HAZEL PRIOR

Miss Veronica und das Wunder der Pinguine

D1375095

GOLDMANN

Lesen erleben

Hazel Prior

Miss Veronica und das Wunder der Pinguine

Roman

Aus dem Englischen
von Thomas Bauer

GOLDMANN

Die englische Originalausgabe erschien 2020
unter dem Titel »Away with the Penguins«
bei Bantam Press, an imprint of Transworld Publishers,
Penguin Random House UK, London.

Penguin Random House Verlagsgruppe FSC® N001967

2. Auflage
Deutsche Erstveröffentlichung November 2021
Copyright © Hazel Prior 2020
Copyright © der deutschsprachigen Ausgabe 2021
by Wilhelm Goldmann Verlag, München,
in der Penguin Random House Verlagsgruppe GmbH,
Neumarkter Straße 28, 81673 München
Dieses Werk wurde vermittelt durch die Literarische Agentur
Thomas Schlück GmbH, 30161 Hannover
Umschlaggestaltung: UNO Werbeagentur, München
Umschlagmotive: FinePic®
Redaktion: Ilse Wagner
KS · Herstellung: ik
Satz: GGP Media GmbH, Pößneck
Druck und Bindung: GGP Media GmbH, Pößneck
Printed in Germany
ISBN: 978-3-442-49205-3
www.goldmann-verlag.de

Besuchen Sie den Goldmann Verlag im Netz

Für Jonathan

»Pinguine sind mir derzeit der einzige Trost im Leben ...
Wenn man einen Pinguin betrachtet, kann man einfach
nicht verärgert sein.«

John Ruskin

1

Veronica

The Ballahays, Ayrshire, Schottland
Mai 2012

Ich habe Eileen gebeten, sämtliche Spiegel abzuhängen. Früher mochte ich Spiegel, aber inzwischen kann ich sie nicht mehr ausstehen. Spiegel sind zu ehrlich. Eine Frau erträgt nur ein bestimmtes Maß an Wahrheit.

»Sind Sie sich sicher, Mrs McCreedy?« Ihr Tonfall lässt vermuten, dass sie besser weiß, was in meinem Kopf vorgeht, als ich selbst. Das macht sie ständig. Es ist eine ihrer unzähligen nervtötenden Angewohnheiten.

»Natürlich bin ich mir sicher!«

Sie schnalzt mit der Zunge und legt den Kopf schief, sodass ihre Korkenzieherlocken eine Schulter streifen. Bei ihrem außerordentlich dicken Hals ist das eine beachtliche Leistung.

»Auch den schönen goldgerahmten über dem Kaminsims?«

»Ja, den ebenfalls«, erkläre ich ihr geduldig.

»Und auch alle Badspiegel?«

»Vor allem die!« Das Badezimmer ist der letzte Ort, wo ich mich sehen möchte.

»Wie Sie wünschen.« Jetzt ist ihr Tonfall fast schon unverschämt.

Eileen kommt jeden Tag. Ihre Hauptaufgabe ist Putzen, aber ihre Fähigkeiten im Haushalt lassen einiges zu wünschen übrig. Anscheinend unterliegt sie dem Irrtum, ich würde Schmutz nicht sehen.

Eileen verfügt über ein begrenztes Repertoire an Gesichtsausdrücken: fröhlich, neugierig, emsig, perplex und ausdruckslos. Jetzt setzt sie ihre emsige Miene auf. Sie gibt ein halb musikalisches Geräusch von sich, während sie herumfuhrwerkt, die Spiegel einen nach dem anderen abhängt und sie in den Flur stellt. Da sie keine Hand frei hat, kann sie die Türen nicht hinter sich zumachen, deshalb gehe ich hinter ihr her und schließe sie behutsam. Wenn ich eine Sache nicht ausstehen kann, dann sind es offene Türen.

Ich spaziere in das größere der beiden Wohnzimmer. Über dem Kaminsims befindet sich jetzt ein unansehnliches dunkles Rechteck auf der Tapete. Ich muss die Stelle mit irgendetwas anderem verdecken. Mit einem schönen Ölgemälde mit viel Grün zum Beispiel, einem Constable-Druck vielleicht. Das würde das Lincoln-Grün der Samtvorhänge besser zur Geltung bringen. Ein beruhigendes ländliches Motiv mit Hügeln und einem See würde mir gefallen. Am besten wäre ein völlig menschenleerer Landstrich.

»Das wär's dann, Mrs McCreedy. Ich glaube, das sind alle.«

Wenigstens spricht mich Eileen nicht mit meinem Vornamen an. Die meisten jungen Leute heutzutage scheinen Mr, Mrs und Miss abgeschafft zu haben. Wenn Sie mich fragen, lässt sich daran der traurige Zustand unserer modernen Gesellschaft ablesen. In den ersten sechs Monaten, nachdem Eileen angefangen hatte, bei mir zu arbeiten, nannte ich sie Mrs Thompson. Ich tue das nur deshalb nicht mehr, weil sie mich inständig darum gebeten hat. (»Sagen Sie doch bitte Eileen zu mir, Mrs McCreedy. Das wäre mir wirklich viel lieber.« – »Nun, sagen Sie doch bitte weiterhin Mrs McCreedy zu mir, Eileen«, erwiderte ich. »Das wäre mir wirklich viel lieber.«)

Ich fühle mich jetzt viel wohler im Haus, nachdem ich die entsetzlichen Gespenster in Gestalt von Veronica McCreedy, die mich aus jeder Ecke verhöhnt haben, losgeworden bin.

Eileen stemmt die Arme in die Hüften. »Tja, dann räume ich die mal weg. Ich stelle sie ins Hinterzimmer, ja? Da ist noch Platz.«

Das Hinterzimmer ist düster und ziemlich kalt und deshalb als Wohnraum eher ungeeignet. Die Spinnen denken, es gehört ihnen. In ihrer grenzenlosen Weisheit benutzt Eileen es als Aufbewahrungsort für sämtliche Gegenstände, die ich loswerden möchte. Sie ist fest davon überzeugt, alles horten zu müssen, »sicher ist sicher«.

Sie schleppt die Spiegel durch die Küche. Ich widerstehe dem Bedürfnis, die Türen hinter ihr zuzumachen, da sie mehrmals hin und her gehen muss, und ich weiß, das würde ihr das Leben nur erschweren. Ich tröste mich mit dem Gedanken, dass bald alle wieder geschlossen sein werden.

Fünf Minuten später ist Eileen zurück. »Ich hoffe, es macht Ihnen nichts aus, dass ich frage, aber ich musste die hier aus dem Weg räumen, um Platz für die Spiegel zu schaffen. Wissen Sie, was das ist? Was da drin ist? Möchten Sie die aufheben? Sonst bitte ich Doug, dass er sie mit zur Müllhalde nimmt, wenn er das nächste Mal hinfährt.«

Sie stellt eine alte Holzkiste auf den Küchentisch und beäugt das rostige Vorhängeschloss.

Ich entscheide mich dafür, ihre Fragen zu ignorieren, und frage stattdessen sie: »Wer ist dieser Doug?«

»Sie wissen schon. Doug. Mein Mann.«

Ich hatte vergessen, dass sie verheiratet ist. Sie hat mir den Unglücklichen nie vorgestellt.

»Ich werde weder in näherer noch in fernerer Zukunft von ihm verlangen, dass er irgendwelche Habseligkeiten von mir zur Müllhalde bringt«, teile ich ihr mit. »Sie können sie einstweilen auf dem Tisch stehen lassen.«

Sie fährt mit dem Finger über den Deckel der Kiste und hinterlässt dabei eine deutliche Spur im Staub. Ihr Gesicht zeigt jetzt Ausdruck Nummer zwei (neugierig). Sie beugt sich verschwörerisch zu mir vor. Ich weiche etwas zurück, da ich nicht das geringste Bedürfnis habe, mit ihr gemeinsame Sache zu machen.

»Ich habe versucht, das Vorhängeschloss zu öffnen, um zu sehen, ob sich etwas Wertvolles in der Kiste befindet«, gesteht sie, »aber es geht nicht auf. Man muss die Zahlenkombination kennen, um es öffnen zu können.«

»Dessen bin ich mir durchaus bewusst, Eileen.«

Sie geht zweifelsohne davon aus, dass ich genauso ahnungslos bin wie sie, was sich in der Kiste befindet.

Bei der Vorstellung, dass Eileen einen Blick hineinwirft, bekomme ich Gänsehaut. Genau aus diesem Grund habe ich alles weggeschlossen: damit niemand herumspioniert. Nur eine einzige Person darf den Inhalt dieser Kiste zu Gesicht bekommen, und diese Person bin ich.

Ich schäme mich nicht. O nein, ganz und gar nicht. Zumindest nicht für ... Und ich weigere mich strikt, mir diesen Stempel aufdrücken zu lassen. In dieser Kiste befinden sich Dinge, die ich jahrzehntelang erfolgreich verdrängt habe. Jetzt bekomme ich schon bei ihrem Anblick weiche Knie. Ich setze mich schnell hin. »Eileen, wären Sie so nett und würden Tee machen?«

Die Uhr schlägt sieben. Eileen ist gegangen, und ich bin allein im Haus. Allein zu sein ist angeblich ein Problem für Leute wie mich, aber ich muss sagen, ich finde es äußerst befriedigend. Ich gebe zu, Gesellschaft ist hin und wieder nötig, aber sie ist fast immer auf irgendeine Weise unangenehm.

Im Moment sitze ich in meiner »Klause«, meinem zweiten, gemütlicheren Wohnzimmer in meinem Queen-Anne-Sessel am Feuer. Dieses »Feuer« ist kein echtes mit Holz und Kohle, leider, sondern eine elektrische Vorrichtung mit Flammenattrappen. Ich musste hier, wie so oft im Leben, Kompromisse machen. Immerhin erfüllt es die wichtigste Anforderung und gibt Wärme ab. In Ayrshire ist es frisch, sogar im Sommer.

Ich schalte den Fernseher ein. Auf dem Bildschirm erscheint eine hagere junge Frau. Sie kreischt wie verrückt, fuchtelt mit den Händen und jault irgendetwas von wegen, sie sei aus Titan. Ich wechsle hastig den Sender, schalte von einer Quizsendung zu einem Krimi zu einem Werbespot für Katzenfutter. Als ich auf den ursprünglichen Sender zurückschalte, jault die junge Frau immer noch: »*I am titanium.*« Jemand sollte ihr sagen, dass sie nicht aus Titan ist. Sie ist eine dumme, lärmende, verzogene Göre. Was für eine Wohltat, als sie zu guter Letzt den Mund hält.

Endlich beginnt *Unsere Erde*, die einzige Sendung der ganzen Woche, bei der es sich lohnt, sie sich anzusehen. Sonst kommen nur Sex, Werbung, Prominente, die versuchen zu kochen, Prominente auf einer einsamen Insel, Prominente im Dschungel, Prominente, die andere Prominente interviewen, und jede Menge Möchtegerns, die alles tun, um prominent zu werden (und sich dabei mit spektakulärem Erfolg lächerlich machen). *Unsere Erde* ist eine willkommene Abwechslung, da die Serie auf vielfältige Weise demonstriert, dass Tiere viel vernünftiger sind als Menschen.

Allerdings stelle ich zu meiner Bestürzung fest, dass die aktuelle Staffel von *Unsere Erde* bereits zu Ende zu sein scheint. Stattdessen wird eine Dokumentation mit dem Titel *Die Misere der Pinguine* gezeigt. Mit einem Funken Hoffnung nehme ich zur Kenntnis, dass sie von Robert Saddlebow präsentiert wird. Dieser Mann ist ein Beispiel dafür, dass es hin und wieder möglich ist, aus gutem Grund prominent zu sein. Im Gegensatz zur großen Mehrheit der Prominenten hat er tatsächlich etwas geleistet. Er reist seit mehreren Jahrzehnten um die Welt, engagiert sich und schafft Bewusstsein für Umweltprobleme. Er gehört zu den wenigen Menschen, für die ich ein gewisses Maß an Bewunderung empfinde.

Am heutigen Abend wird Robert Saddlebow dick eingepackt und mit Kapuze inmitten einer weißen Einöde an meinen offenen Kamin übertragen. Schneeflocken wirbeln um sein Gesicht. Hinter ihm ist ein Pulk dunkler Gestalten zu erkennen. Die Kamera holt sie näher heran, und es zeigt sich, dass es sich um Pinguine handelt – um eine riesige, rastlose Pinguinkolonie. Einige von ihnen stehen dicht zusammengedrängt, andere liegen auf dem Bauch und schlafen, wieder andere watscheln in eigener Mission umher.

Mr Saddlebow informiert mich, dass es insgesamt achtzehn verschiedene Pinguinarten gibt (neunzehn, wenn man den Weißflügelpinguin als eigene Art zählt), von denen viele als gefährdet gelten. Er sagt, er habe seit den Dreharbeiten zu der Sendung großen Respekt vor diesen Vögeln – vor der ganzen Familie, vor jeder Art und vor jedem einzelnen Pinguin. Sie leben unter den rauesten Bedingungen, die auf unserem Planeten anzutreffen sind, und stellen sich dennoch jeden Tag den Herausforderungen mit solchem Elan, dass sich viele von uns Menschen ein Beispiel daran nehmen könnten. »Was wäre es für eine Tragödie, wenn der Planet eine dieser Arten verlieren würde!«, stellt Robert Saddlebow fest und fixiert mich vom Bildschirm aus mit seinen eisblauen Augen.

»Das wäre in der Tat eine Tragödie!«, entgegne ich. Wenn Robert Saddlebow sich so um Pinguine sorgt, tue ich es auch.

Er erklärt, dass er jede Woche eine andere Pinguinart auswählen und uns ihre charakteristischen Eigenschaften präsentieren wird. Diese Woche sind die Kaiserpinguine dran.

Ich bin völlig fasziniert. Kaiserpinguine marschieren jedes Jahr gut siebzig Meilen durch eine Eiswüste, um zu ihrer Brutstätte zu gelangen. Das ist tatsächlich eine beachtliche Leistung, vor allem in Anbetracht der Tatsache, dass die Fortbewegung an Land nicht gerade ihre Stärke ist. Ihr Gang erinnert mich an Eileen: Sie schlurfen bemerkenswert ungraziös dahin und scheinen sich dabei ziemlich unwohl zu fühlen. Ihre Ausdauer ist jedoch beeindruckend.

Als die Sendung vorbei ist, erhebe ich mich aus meinem Sessel. Ich muss zugeben, dass mir das weniger schwerfällt als vielen anderen in meinem fortgeschrittenen Alter. Ich würde mich sogar als rüstig bezeichnen. Mir ist allerdings bewusst, dass ich mich nicht ganz auf meinen Körper verlassen kann. In der Vergangenheit war er eine fehlerfreie Maschine, doch heutzutage hat er sowohl an Elastizität als auch an Effizienz eingebüßt. Ich muss darauf vorbereitet sein, dass er mich womöglich irgendwann in naher Zukunft ganz im Stich lassen wird. Bis jetzt hat er allerdings wunderbar durchgehalten. Eileen merkt mit ihrem notorischen Charme oft an, ich sei »zäh wie altes Schuhleder«. Jedes Mal, wenn sie das sagt, bin ich versucht zu erwidern: »Umso besser, dann kann ich Ihnen ordentlich in den Hintern treten, meine Liebe.« Ich widerstehe der Versuchung jedoch. Man sollte immer bestrebt sein, Unhöflichkeit zu vermeiden.

Es ist Viertel nach acht. Ich gehe in die Küche, um mir meine allabendliche Tasse Darjeeling und eine Karamellwaffel zu holen. Mein Blick fällt auf die Holzkiste, die noch immer ungeöffnet auf dem Tisch steht. Ich ziehe in Erwägung, die Zahlenkombination des Vorhängeschlosses einzustellen und kurz hineinzuspitzen. Obwohl es unlogisch und masochistisch wäre, würde ich es gern tun. Aber es wäre töricht von mir. Wie Pandora in der Mythologie würde ich damit tausend Dämonen loslassen. Die Kiste muss unbedingt zurück zu den Spinnen, ohne dass ich dazwischenfunke.

2

Veronica

The Ballahays

Das Leben ist soeben ein Stück komplizierter geworden. Ich habe heute Morgen versucht, mir die Haare zu so etwas wie einer Frisur zu kämmen, doch der Spiegel im Badezimmer war nicht da. Ich bin zurück ins Schlafzimmer geeilt, nur um festzustellen, dass der Spiegel dort ebenfalls verschwunden ist. Das Gleiche gilt für den Spiegel im Flur und für den im Wohnzimmer.

Als Nächstes frühstücke ich, nicht sonderlich erfreut über diese neuen, unzumutbaren Umstände.

Um neun Uhr schließt Eileen die Tür auf.

»Morgen, Mrs McCreedy! Und was für ein schöner Tag es ist!« Sie besteht darauf, nervtötend gut gelaunt zu sein.

»Was haben Sie mit all den Spiegeln gemacht?«

Sie blinzelt langsam wie ein Frosch.

»Ich habe sie ins Hinterzimmer geräumt, wie Sie es mir aufgetragen haben!«

»Das ist doch absurd! Wie soll ich mich denn ohne Spiegel

frisieren und schminken?« Sie ist wirklich ein irrationales Geschöpf. »Würden Sie die Spiegel bitte wieder aufhängen, bevor Sie irgendwas anderes machen?«

»Was, alle?«

»Ja, alle.«

Sie stößt ein leises Schnauben aus. »Wie Sie wünschen, Mrs McCreedy.«

Das will ich doch hoffen. Ich bezahle sie schließlich nicht umsonst.

Mir fällt zu spät ein, dass auf dem Küchentisch noch eine gewisse Kiste steht und dass Eileen bestimmt ihren Senf dazugeben wird.

»Sie haben es also noch nicht geschafft, sie zu öffnen«, sagt sie sofort, als sie sie erblickt – in der Annahme, dass das nicht meine freie Entscheidung ist, sondern an meinem Unvermögen liegt. »Ich könnte Doug bitten, das Vorhängeschloss aufzusägen, wenn Sie sich nicht mehr an die Zahlenkombination erinnern.«

»Ich erinnere mich an die Zahlenkombination, Eileen. Mein Gedächtnis funktioniert einwandfrei. Ich kann mich noch an Dutzende Zeilen *Hamlet* aus meiner Schulzeit erinnern.« An dieser Stelle verdreht sie kurz die Augen. Sie denkt, ich bemerke es nicht, aber ich bemerke es sehr wohl. »Und ich will nicht, dass sich Ihr Doug an meiner Kiste zu schaffen macht«, fahre ich fort. »Ich wäre Ihnen dankbar, wenn Sie sich ohne viel Aufhebens um die Spiegel kümmern würden.«

»Ja, selbstverständlich, Mrs McCreedy. Wie Sie wünschen.«

Ich sehe zu, wie sie die Spiegel vor sich hin murmelnd aus dem Hinterzimmer schleppt und jeden an seinem ehemaligen Platz aufhängt.

Als die Spiegel wieder an Ort und Stelle sind, nehme ich sofort das Problem mit meinen Haaren in Angriff. Allzu viele sind nicht mehr übrig, und sie sind erschreckend weiß, aber ich habe sie gern ordentlich. Allerdings finde ich keinen Gefallen daran, mich anzusehen. Mein Spiegelbild ist kein schöner Anblick, wenn ich es mit Spiegelbildern der Vergangenheit vergleiche. Vor vielen Jahren war ich wirklich eine Augenweide. Andere nannten mich »bildhübsch«, eine »Klassefrau«, einen »Kracher«. Davon ist nichts mehr übrig, stelle ich fest, als ich mit dem Kamm durch mein schütteres Haar fahre. Meine Haut ist pergamentartig und schlaff geworden. Mein Gesicht ist von Falten durchzogen. Meine Augenlider hängen. Meine einst so aparten Wangenknochen stehen in eigenartigen Winkeln hervor. Eigentlich sollte ich mich inzwischen an diese abscheulichen körperlichen Makel gewöhnt haben, aber es ist für mich immer noch bitter, mich so zu sehen.

Ich gebe mir alle Mühe, das Ganze mithilfe von Lippenstift, Puder und Rouge zu verbessern. Doch das ändert nichts an der Tatsache, dass ich Spiegel nicht mag.

Der Wind schlägt mir entgegen. Es ist diese feuchtkalte, barbarische Sorte von Wind, die es nur in Schottland gibt. Ich schmiege mich in meinen Mantel und kämpfe mich auf dem Küstenweg in Richtung Norden voran. Ich habe schon immer an die Wirksamkeit eines täglichen Spaziergangs geglaubt und lasse mich von schlechtem Wetter nicht davon abhalten. Zu meiner Linken tost das schiefergraue Meer und spuckt wilde, weiße Gischt in die Luft.

Mein Stock hilft mir, auf dem unebenen Torf und Sand das Gleichgewicht zu halten. Ich habe meine goldbesetzte fuchsiafarbene Handtasche mitgenommen, die lästig an meinem

Oberschenkel zappelt. Ich hätte sie im Flur am Haken hängen lassen sollen, aber man kann nie wissen, ob man nicht ein Taschentuch oder eine Schmerztablette braucht. Außerdem habe ich meine Müllsammelzange und einen kleinen Abfallbeutel dabei. Wegen einer Bemerkung, die mein lieber Vater einst gemacht hat, sammle ich schon mein ganzes Leben lang Abfall ein. Das ist sowohl ein kleiner Akt des Gedenkens an ihn als auch eine symbolische Geste, um wegen des Chaos, das die Menschheit angerichtet hat, Buße zu tun. Selbst die felsigen Pfade der Küste von Ayrshire werden von achtlosen Menschen verschmutzt.

Stock, Zange, Müllsack und Handtasche zu handhaben ist keine leichte Aufgabe, vor allem bei diesem Wind. Meine Knochen fangen an, sich über die Anstrengung zu beklagen. Nach und nach lerne ich, mein Gewicht zu verlagern und mich in die Böen zu lehnen, damit sie mich stützen, anstatt gegen mich anzukämpfen.

Eine Möwe kreischt und taucht durch die Wolken. Ich bleibe kurz stehen, um die Schönheit der sturmgepeitschten See zu bewundern. Für Felsen, Wellen und Wildnis habe ich eine besondere Vorliebe. Doch in den Wogen tanzt etwas Scharlachrotes. Handelt es sich um eine Chipstüte oder eine Keksverpackung? Früher wäre ich hinunter zum Strand geeilt, ins Wasser gewatet und hätte es herausgefischt, doch inzwischen bin ich zu solchen Reaktionen leider nicht mehr in der Lage. Die Gischt weht mir ins Gesicht und läuft mir wie Tränen über die Wangen.

Wer die Landschaft vermüllt, gehört erschossen.

Ich kämpfe gegen den Wind an und bahne mir den Weg heimwärts. Als ich am Eingangstor ankomme, bin ich ein wenig erschöpft.

The Ballahays besitzt eine imposante Zufahrt und ist von zwölftausend Quadratmetern schönen Außenanlagen umgeben. Der Großteil des Gartens wird von einer Mauer begrenzt, was einer der Gründe ist, warum ich das Anwesen so mag. Innerhalb dieser Mauer befinden sich Zedern, Steingärten, ein Brunnen, verschiedene Statuen und vier Blumenbeete. Mein Gärtner, Mr Perkins, kümmert sich um sie.

Ich werfe einen Blick auf das Haus, als ich mich nähere. The Ballahays ist ein efeuberankter spätjakobinischer Bau aus Ziegeln und Steinen. Mit seinen zwölf Zimmern und mehreren knarrenden Eichentreppen ist er zugegebenermaßen nicht das ideale Zuhause für mich. Das Haus in Schuss zu halten ist eine gewaltige Aufgabe. Es leidet unter abbröckelndem Putz und schrecklichem Durchzug, und auf dem Dachboden gibt es Mäuse. Ich habe es 1956 gekauft – schlicht und einfach, weil ich es mir leisten konnte. Ich genieße sowohl die Privatsphäre als auch den Ausblick und habe mir deshalb nie die Mühe gemacht umzuziehen.

Ich gehe hinein, stelle den Müllsack und die Zange im Windfang ab und hänge meinen Mantel auf.

Als ich die Küche betrete, fällt mein Blick als Erstes auf die Kiste. Diese elende Kiste schon wieder. Ich hatte sie beinahe vergessen. Ich setze mich an den Tisch. Ich sehe die Kiste an, und die Kiste sieht mich an. Ihre Anwesenheit durchdringt den ganzen Raum. Sie ist dreist, verhöhnt mich, fordert mich heraus, sie zu öffnen.

Niemand kann behaupten, Veronica McCreedy würde sich vor Herausforderungen drücken.

Ich zwinge mich, es zu tun. Drehe die Rädchen und bringe die Ziffern in eine Reihe, eine nach der anderen. Es fällt sicher auf, dass ich mich so genau an die Ziffern erinnere. Eins, neun, vier, zwei: 1942. Sie sind noch immer in mein Gedächtnis eingebrannt, auch nach all der Zeit. Das Schloss ist schwergängig, doch das ist kein Wunder – es ist siebzig Jahre alt.

Als Erstes fällt mir das Medaillon ins Auge. Es ist klein und oval, und zwischen gewundenen Ranken ist ein »V« in das angelaufene Silber eingeätzt. Die Kette ist dünn und filigran. Ich lasse sie durch die Finger gleiten. Ehe ich mich zurückhalten kann, habe ich den Verschluss entriegelt, und das Medaillon klappt auf. Meine Kehle ist plötzlich wie zugeschnürt, und ich schnappe ungewollt nach Luft. Alle vier sind da, wie zu erwarten war. Sie sind winzig, sonst würden sie auch nicht in ein solches Behältnis passen. Sie wirken müde und sehr, sehr zerbrechlich.

Ich werde nicht weinen. Nein. Ganz sicher nicht. Veronica McCreedy weint nicht.

Stattdessen starre ich sie an: die Haarsträhnen von vier Köpfen. Zwei sind miteinander verflochten, braun und rotbraun. Dann ist da eine ganz dunkle, üppige Strähne, die eine viel frühere Version von mir unzählige Male herausgenommen und geküsst hat. Gleich daneben befindet sich ein winzig kleines Haarbüschel, zart und hell, beinahe durchsichtig. Ich bringe es nicht über mich, es zu berühren. Ich klappe das Medaillon zu. Schließe die Augen, atme tief durch. Zähle bis zehn. Zwinge mich, die Augen wieder zu öffnen. Vorsichtig lege ich das Medaillon zurück in eine Ecke der Kiste.

Die beiden schwarzen, in Leder gebundenen Tagebücher sind ebenfalls da. Ich nehme sie heraus. Sie fühlen sich schrecklich vertraut an. Selbst ihr Geruch, der urtümliche Geruch von altem Leder gemischt mit einem Nachhall des Maiglöckchen-Parfums, das ich damals benutzt habe.

Jetzt, da ich angefangen habe, kann ich nicht mehr aufhören. Ich schlage eines der beiden Bücher auf. Jede Seite ist von Hand vollgeschrieben – eifrige, schwungvolle Buchstaben in blauer Tinte. Ich kneife die Augen zusammen, und es gelingt mir, auch ohne Brille ein paar Zeilen zu lesen. Ich lächle traurig. Als Jugendliche war meine Rechtschreibung nicht besonders gut, aber meine Schrift war viel akkurater, als sie es heute ist. Ich klappe das Buch wieder zu.

Ich muss es lesen, und ich werde es lesen, aber wenn meine Vergangenheit mich gleich einholen wird, muss ich mich vorher wappnen.

Ich mache mir eine Kanne Earl Grey und lege ein paar Ingwerplätzchen auf einen Wedgwood-Porzellanteller mit rosafarbenem Hibiskusdekor. Dann bringe ich alles mit dem Teewagen ins Wohnzimmer und lasse mich in dem Sessel am Erkerfenster nieder. Ich esse zwei Kekse, trinke eine Tasse Tee und schenke mir noch eine ein, bevor ich das erste Tagebuch in die Hand nehme. Ich warte fünf Minuten, bis ich es aufschlage. Dann setze ich meine Lesebrille auf.

Wie ein Fenster zum Sonnenschein und zu frischer Sommerluft ist sie da: meine Jugend, zart, lebendig, vor mir ausgebreitet. Und obwohl ich weiß, dass es mich dreifach schmerzen wird, muss ich einfach weiterlesen.

3

Veronica

The Ballahays

Wenn ich jünger wäre, würde ich rennen. Rennen und schreien und Dinge kaputt machen. Jetzt ist das nicht mehr meine Art und kann es auch nicht sein. Ich trinke stattdessen in kleinen Schlucken Tee und denke nach.

Ich habe die ganze Nacht gelesen und stehe unter Schock. Nachdem meine fünfzehnjährige Stimme stundenlang ohne Unterbrechung zu mir gesprochen hat, fühlt es sich an, als habe ein Teil dieses wilderen, verletzlicheren Selbst Besitz von mir ergriffen. Dieses Gefühl ist seltsam und unbehaglich, als würde ein Skalpell in meine Haut eindringen. So viele Jahre lang habe ich mir den Zugang zu diesen Erinnerungen verwehrt. Jetzt, als wollten sie verlorene Zeit wiedergutmachen, haben sie die Schutzmauern meiner mentalen Festung durchbrochen und lassen mich nicht mehr in Frieden.

In dem ganzen Aufruhr hat sich eine hinterhältige kleine Frage in meinen Kopf geschlichen. Während ich frühstücke, denke ich darüber nach. Ich denke immer noch darüber nach, als Eileen kommt. Die Frage begleitet mich bei meinem Vormittagsspaziergang, als ich danach versuche, Emily Brontë zu lesen, bei meinem Lachs-im-Blätterteig-Mittagessen, bei meinem Verdauungsschläfchen, während ich das *Telegraph-*Kreuzworträtsel löse und während ich Rosen für den Esszimmertisch pflücke. Als ich mir anschließend die Fingernägel feile, wird mir bewusst, dass ich keinen Frieden finden werde, bis die Frage beantwortet ist.

Ich gehe zurück ins Schlafzimmer. Die Tagebücher habe ich wieder in die Kiste gelegt und das Vorhängeschloss angebracht. Das Medaillon habe ich allerdings herausgenommen. Es liegt jetzt unter meinem Kopfkissen.

Ich hole es hervor, nehme es in die Hand und lasse die Kette abermals durch die Finger gleiten. Diesmal mache ich es nicht auf, aber meine Gedanken sind bei der dünnsten, hellsten Haarsträhne. Mit beträchtlicher Anstrengung gelingt es mir, den Ansturm von Emotionen noch einmal abzuwehren. Ich zwinge mein Hirn, tätig zu werden.

Die Uhr tickt heute besonders laut. Ich kann Uhren nicht ausstehen, aber wie Politiker und Paracetamol haben sie sich auf dieser Welt irgendwie unentbehrlich gemacht. Ich zupfe mein Hörgerät heraus. Das Ticken wird leiser. Endlich kann ich mich denken hören.

Als Eileen ihre Aufgaben erledigt hat, habe ich einen Entschluss gefasst.

Ich gehe hinunter in die Küche, wähle ein paar Teile aus dem viertbesten Geschirrset aus und mache eine Kanne guten, starken englischen Frühstückstee. Ich bestehe darauf, mir meinen Tee selbst zuzubereiten. Niemand bereitet Tee so gut zu wie ich.

»Setzen Sie sich kurz, Eileen. Ich möchte Sie um etwas bitten.«

Sie lässt sich auf einen Stuhl plumpsen und nuschelt irgendetwas.

»Würden Sie bitte lauter sprechen, Eileen?«

»Wo ist denn Ihr Hörgerät, Mrs McCreedy?«, formt sie mit den Lippen, wobei sie wild gestikuliert und auf ihre Ohren deutet.

»Im Schlafzimmer, glaube ich. Wären Sie so nett und …«

»Natürlich.«

Sie erhebt sich und trottet aus dem Zimmer.

»Eileen, die Tür!«

»Aber ich komme doch gleich … ach, meinetwegen!«, ruft sie und knallt die Tür hinter sich zu. Einen Moment später kommt sie mit meinem Hörgerät in der Hand zurück, und diesmal denkt sie daran, die Tür hinter sich zu schließen.

Ich stecke mir das Hörgerät ins Ohr, dann gieße ich zwei Tassen Tee ein.

Ich würde mich nicht als abergläubisch bezeichnen. Ich gehe immer unter einer Leiter durch, wenn ich auf eine Leiter stoße, unter der man durchgehen kann, und ich bin schwarzen Katzen ziemlich zugetan, ob sie meinen Weg kreuzen oder nicht. Aber ich habe in meinem ganzen Leben noch kein Testament aufgesetzt. Damit, dachte ich immer, würde ich das Schicksal herausfordern. Mir ist allerdings bewusst, dass mein Vermögen womöglich dem Staat oder irgendeinem anderen, ebenso unerwünschten Nutznießer zufallen wird, wenn ich keine Vorkehrungen treffe. Da ich inzwischen Mitte achtzig bin, obliegt es mir, mich eingehend mit der Angelegenheit zu befassen. Es ist durchaus möglich, dass dieser sterbliche Körper noch fünfzehn Jahre durchhält. Vielleicht bekomme ich zu meinem hundertsten Geburtstag eine Postkarte von der Queen. Vielleicht auch nicht.

Soweit ich weiß, habe ich keinen einzigen lebenden Blutsverwandten auf dieser Welt. Doch nach meinem Ausflug in die Vergangenheit fällt mir auf, dass mir die Umstände in diesem Punkt keine absolute Gewissheit gegeben haben. Schließlich gehört nicht viel dazu, einen neuen Menschen in die Welt zu setzen. Nicht jede Geburt wird öffentlich gefeiert, und es gibt bestimmt zigtausend Väter, die keine Ahnung haben, dass sie Väter sind. Jetzt, nachdem dieser kleine, aber nicht von der Hand zu weisende Zweifel aufgetaucht ist, habe ich mich ziemlich darauf eingeschossen. Ich bin fest entschlossen, eine Antwort zu finden. Und ich muss der Sache kurzerhand nachgehen.

Eileen sitzt mir gegenüber, die Finger um ihre Teetasse geschlungen. Sie hat ihre ausdruckslose Miene aufgesetzt. Ich stelle fest, dass ihr Haar noch wilder und krauser ist als sonst. Ich wünschte, sie würde irgendetwas dagegen tun.

»Eileen, ich muss Sie um einen Gefallen bitten. Könnten Sie mithilfe Ihres neumodischen Internets eine seriöse, vertrauenswürdige Agentur für mich heraussuchen?«

»Ja, natürlich, Mrs McCreedy, wenn Sie das wünschen. Welche Art von Agentur schwebt Ihnen denn vor?« Sie grinst in ihren Tee hinein. »Eine Partneragentur?«

Ich bin nicht in der Stimmung, auf ihren Unsinn einzugehen. »Seien Sie nicht albern! Nein, ich brauche eine Agentur, die Dokumente zu verloren geglaubten Verwandten aufstöbert.«

Ihre Hände schießen zu ihrem weiß gepuderten Gesicht hoch, und ihr Grinsen weicht vor Neugier weit aufgerissenen

Augen. »Oh Mrs McCreedy! Denken Sie etwa, Sie haben vielleicht noch irgendwo Angehörige?«

Sie wartet, hungrig nach weiteren Informationen. Ich habe nicht die Absicht, ihr noch irgendetwas zu sagen. In meinem Alter sollte ich tun und lassen können, was ich will, ohne es der ganzen Welt erklären zu müssen.

»Dann soll ich also nach Agenturen googeln? Sie meinen Familien-Wiedervereinigung oder so was in der Art?«, erkundigt sie sich.

»Etwas in dieser Richtung, ja. Benutzen Sie Ihr Googly-Dingsda oder was auch immer in Ihrer Macht steht. Es muss aber eine sehr diskrete Agentur sein«, warne ich sie, »die einen guten Ruf hat und eine gute Erfolgsquote. Ich wäre Ihnen dankbar, wenn Sie darauf achten würden.«

»Selbstverständlich, Mrs McCreedy. Wie aufregend!«, verkündet sie.

»Nun, aufregend oder nicht, ich würde der Sache sehr gern nachgehen. Deshalb wäre ich Ihnen dankbar, wenn Sie mir eine Adresse und Telefonnummer besorgen könnten, sobald es Ihnen möglich ist.«

»Überhaupt kein Problem, Mrs McCreedy. Ich mache mich heute Abend, wenn ich zu Hause bin, gleich auf die Suche. Ich finde bestimmt was. Die Kontaktdaten bringe ich dann morgen mit, wenn ich komme.«

»Ausgezeichnet. Vielen Dank, Eileen.«

Ich drücke auf den Knopf. Die falschen Flammen lodern sofort orangefarben auf. Als Nächstes schalte ich den Fernseher ein, um mir *Unsere Erde* anzuschauen, meine Lieblingssendung. Doch ich muss feststellen, dass stattdessen eine Dokumentation über Pinguine kommt. Wenn ich mich recht erinnere, habe ich vor Kurzem etwas Ähnliches gesehen. Die Dokumentation ist eine willkommene Abwechslung zu den schädlichen Gedanken, die mir schon den ganzen Tag Gesellschaft leisten.

Diese Woche geht es um Königspinguine. Ich gebe zu, dass ich von den tapsigen, aber außerordentlich mutigen Tieren ziemlich fasziniert bin. Die Kamera fängt ein, wie einer von ihnen sein Ei verliert, das in eine steile, unzugängliche Schlucht hinunterrollt, und ich beobachte, wie der arme Vogel trauert und verzweifelt den Schnabel in den Himmel reckt. Das ist wirklich sehr bewegend.

Robert Saddlebow spricht voller Leidenschaft vom drastischen Rückgang der Pinguinpopulation in den letzten Jahren. Offenbar ist das auf Umweltfaktoren zurückzuführen, was allerdings noch näher erforscht werden muss.

Ich finde den Gedanken schrecklich, dass diese imposanten, anmutigen Vögel womöglich von unserem Planeten verschwinden werden.

Ich muss an die Worte meines Vaters denken, die er sagte, als ich als Kind auf seinem Oberschenkel saß, und dann noch viele weitere Male, als ich heranwuchs. Ich kann jetzt beinahe hören, wie er sie mit seiner ernsten, sanften Stimme sagt. »Es gibt drei Sorten von Menschen auf der Welt, Very.« (Er nannte mich Very.) »Es gibt diejenigen, die die Welt schlechter machen, diejenigen, die keinen Unterschied machen, und diejenigen, die sie besser machen. Streng dich an und sei einer von den Menschen, die die Welt besser machen.« Mir sind in meinem Leben nur wenige Menschen begegnet, die in die dritte Kategorie fallen. Auch ich selbst habe nicht viel dazu beigetragen, die Welt besser zu machen. Ich habe mich dazu entschieden, die drei Kategorien so zu interpretieren:

Menschen, die Abfall in die Landschaft werfen, Menschen, die Abfall ignorieren, und Menschen, die den Abfall anderer Menschen aufsammeln. Ich beruhige mein Gewissen mit einer Abfallzange und Müllbeuteln. Abgesehen davon, fürchte ich, war mein Leben nicht im Geringsten von Nutzen.

Jetzt fasst eine Idee Fuß. Vielleicht lässt es sich einrichten, dass zumindest mein Ableben von einem gewissen Nutzen sein wird. Solange nicht das Gegenteil bewiesen ist, muss ich davon ausgehen, dass ich keine Blutsverwandten habe. Es wäre erfreulich, wenn ich für unseren Planeten ein kleines bisschen was bewirken könnte. Je länger ich über diese Idee nachdenke, desto besser gefällt sie mir.

Als ich meine allabendlichen Waschungen vornehme, bin ich von der Idee fast schon besessen. Tatsächlich kann ich es kaum erwarten, einen Stift und ein Stück Papier zur Hand zu haben. Deshalb greife ich zum nächstbesten Schreibwerkzeug, bei dem es sich – da ich mich im Badezimmer befinde – um einen Augenbrauenstift handelt. (Ja, selbst in meinem fortgeschrittenen Alter ist man gegen ein wenig Eitelkeit nicht gefeit. Meine natürlichen Augenbrauen sind bis auf ein paar vereinzelte graue Härchen dahingeschwunden, sodass ich mir morgens meistens die Mühe mache, sie ein wenig zu betonen.) Ich benutze den Augenbrauenstift, um das Wort »PINGUINE« in die rechte untere Ecke des Spiegels zu schreiben.

Mein Gedächtnis ist völlig intakt – ich rezitiere oft Passagen aus *Hamlet*, um mich dieser Tatsache zu versichern –, wenn es aber eine Sache gibt, die ich in den Vordergrund meiner Gedanken stellen möchte, spricht nichts gegen eine schriftliche Erinnerung an einem Ort, wo ich sie regelmäßig sehe.

Terrys Pinguin-Blog

3. November 2012

Soll ich euch etwas Reizendes über Adeliepinguine erzählen? Sie haben eine ziemlich romantische Angewohnheit. Der Pinguinjunge umwirbt sein Pinguinmädchen mit einem Geschenk: mit einem besonderen, sorgfältig ausgewählten Kieselstein. Wie könnte seine Angebetete da nicht beeindruckt sein? Doch damit nicht genug, er vollzieht außerdem ein tolles Balzritual, bei dem er den Kopf in den Nacken legt, die Brust wölbt und laute Schreie ausstößt – was man als Pinguinweibchen natürlich absolut unwiderstehlich findet.

Mit ein wenig Glück hat er auch schon ein schickes neues Nest gebaut, wenn sie aus dem Meer zurückkommt. Das Kieselstein-Geschenk repräsentiert tatsächlich mehr als Loyalität und Liebe. Kieselsteine sind momentan die wertvollste Währung, da sie das wichtigste Nestbaumaterial sind. Pinguine schrecken auch vor Diebstahl nicht zurück. Wir wurden öfter Zeuge drolliger Begebenheiten, als Pinguine sich gegenseitig Kieselsteine aus den Nestern stahlen, sobald einer dem anderen den Rücken zukehrte.

Viele Pärchen aus dem vergangenen Jahr sind jetzt glücklich wiedervereint. Im Großen und Ganzen sind Adeliepinguine treue Seelen. Hin und wieder gibt es jedoch auch mal ein Problem.

Hier ist zum Beispiel ein Pinguin, der unser Interesse geweckt hat. Im Allgemeinen sehen sich Adeliepinguine ziemlich ähnlich, aber das Foto macht deutlich, warum wir diesen hier immer erkennen, sogar aus der Ferne. Während seine Artgenossen an der Brust und am Bauch weiß sind, ist er fast vollständig schwarz. Nur am Hals hat er eine Stelle mit helleren Federn. In den vergangenen vier Saisons war seine Partnerin bei ihm, ein normal schwarz-weiß gefiedertes Weibchen. Aber wo ist sie? Hat sie den Winter in der Antarktis nicht überlebt? Wurde sie von einem Seeleoparden gefressen? Oder haben wir es mit einem seltenen Fall von Pinguin-Untreue zu tun? Wir werden es nie erfahren. Was auch immer der Grund ist, Sooty (wir nennen ihn Sooty, der »Verrußte«) sitzt sehr einsam auf seinem Nest.

4

Patrick

In seiner Wohnung in Bolton, in der Nähe von Manchester
Mai 2012

In einem fort. In meinem Kopf spielt jeder verdammte Song über Einsamkeit, den ich jemals gehört habe. Das treibt mich noch in den Wahnsinn.

Zwei Wochen ist es jetzt her. Zwei verfluchte, qualvolle, nervenaufreibende Wochen und kein Mucks von ihr. Mann, nach vier gemeinsamen Jahren möchte man meinen, sie würde mir wenigstens irgendeine Erklärung liefern. Aber nein, nicht Lynette. Hat ihre Sachen gepackt und ist einfach aus meinem Leben verschwunden. Keine Nachricht, kein Garnichts. Aus meiner Sicht habe ich nichts falsch gemacht, zumindest nicht in letzter Zeit. Ich habe nichts von dem getan, was sie normalerweise auf die Palme bringt. Habe ich vergessen, den Müll rauszutragen? Nein. Habe ich ein vollgerotztes Taschentuch im Bett liegen lassen? Nein. Habe ich beim Abendessen meinen Teller abgeleckt? Nein. Und gestritten haben wir uns auch nicht. Zumindest nicht an diesem Tag.

Ich hatte keinen blassen Schimmer, was das sollte, was eigentlich los war. Erst als Gav mir erzählt hat, er hätte die beiden Händchen haltend gesehen, ist mir der wahre Grund klar geworden und hat mich wie ein Schlag ins Gesicht getroffen. Ich habe ein bisschen recherchiert und im Fahrradladen, im Pub und in allen erdenklichen Gerüchteküchen in Bolton herumgefragt. Ich habe rausgefunden, dass er Bauarbeiter ist, der Kerl, wegen dem sie mich verlassen hat. Besteht anscheinend nur aus Muskeln. Ist oft an der Fish-und-Chips-Bude anzutreffen, wo er gegen die Polen und die Pakistanis stänkert, weil sie uns angeblich die Jobs wegschnappen.

Lynette, Lynette, Lynette! Du brichst mir das Herz. Was, zum Teufel, willst ausgerechnet *du* mit einem rassistischen Maurer? Du, mit deinem Master in Anthropologie und deinen Designerjeans und deinem perfekten Kleopatra-Haarschnitt. Du, mit deiner positiven Arbeitseinstellung und deiner positiven Lebenseinstellung und deiner positiven Pauschaleinstellung. Du hast dein eigenes Wertesystem auf den Kopf gestellt. Du hast dein prall gefülltes Bücherregal gegen einen prallen Bizeps eingetauscht. Ausgerechnet du!

Und was bedeutet das für mich? Okay, bitte schön: Ich bin rückfällig geworden. Du hattest mich zu einem Gesundheitsfanatiker gemacht, Lynette, und mich dazu gebracht, nur noch fruchtige, gemüsige Superfood-Gerichte zu kochen. Tja, wahrscheinlich interessiert es dich einen Fliegenschiss, aber für den Fall, dass du es doch wissen willst: Ich ernähre mich von Kuchen, Chips und Bier. Auf meinem Bizeps, auf den ich früher zugegebenermaßen ein bisschen stolz war, bildet sich gerade eine hübsche Fettschicht. Dasselbe gilt für meinen Bauch. Täglich mehr Speck. Bald ist dieser sehnige

Sexprotz ein wandelnder Wackelpudding. Vielen Dank, Lynette. Ganz toll.

Drei Wochen. Wann ist alles den Bach runtergegangen? War es meine Schuld? Wahrscheinlich schon. Ich weiß, Lynette mochte es nicht, wenn ich beim Kochen geredet habe. Sie hatte nichts dagegen, wenn nach der Arbeit zu Hause ein Gourmetessen auf sie gewartet hat, aber gleichzeitig hat sie die Küche als ihr Herrschaftsgebiet betrachtet. Schließlich hat sie die Kaffeemaschine und die Bratpfanne und den Entsafter gekauft. Und sie hat jedes Mal, wenn der Geschirrspüler verrücktgespielt hat, den Vermieter angerufen. Wenn ich es mir recht überlege, war sie vermutlich ein ziemlicher Kontrollfreak. Oder war alles meine Schuld?

Wahrscheinlich haben wir uns doch gestritten. Aber ich habe gedacht, das wäre halb so wild, und trotzdem geglaubt, dass sie die Richtige für mich ist. Ich stand trotzdem total auf sie. Ich wollte trotzdem mit ihr zusammen sein.

Sie geht mir einfach nicht aus dem Kopf. Sie ist das lebendige Gespenst, das in der Wohnung herumgeistert. In einem Moment ist ihr Kopf tief über ihren Margaret-Atwood-Roman gebeugt, sodass ihr Haar die Seiten streift. Im nächsten Moment hallt ihr schrilles Lachen im Treppenhaus wider. Dann sehe ich sie in High Heels schwankend Fischfutter ins Aquarium streuen – für unser einziges Haustier, den Goldfisch Horatio, den sie mitgenommen hat. Ich drehe total am Rad. Kriege mich überhaupt nicht mehr ein. Allerdings würde ich sie jetzt nicht mehr zurückhaben wollen. Nicht einmal, wenn sie darum betteln würde. Nicht einmal, wenn sie sich komplett ausziehen und mit Taramosalata einschmieren würde.

Am Montag kam ich viel zu spät zur Arbeit, fast eine halbe Stunde. Ich bin mit Tränensäcken, Dreck unter den Fingernägeln und einem Mordskater dort aufgeschlagen.

»Wird einfach nicht besser, was?«, sagte Gav. Typisch Gav. Kein vorwurfsvolles Wort, obwohl ihm der Fahrradladen gehört, den er aus dem Nichts aufgebaut hat und der ihm genauso am Herzen liegt wie ... Na ja, der Laden rangiert mit seiner Frau und seinen Kids ganz oben. Und er kann es sich kaum leisten, mich für den einen Tag in der Woche zu bezahlen, den ich für ihn arbeite. Wenn er pleitegeht, weil ich so schludrig bin, ist es allein meine Schuld.

»Tut mir leid, Gav«, nuschelte ich.

»Ich find's echt schlimm, dich so zu sehen, Patrick«, sagte er und legte mir eine Hand auf die Schulter.

»Stehen irgendwelche Reparaturen an?«

»Ja, hinten im Hof steht was für dich.«

Ich stahl mich in den Hinterhof, froh über die Aussicht auf Öl und Reifen und Schläuche.

Aber ich brachte den ganzen Vormittag damit zu, mich zu fragen, ob Lynette von ihrem Maurer das Gleiche verlangt, was sie von mir immer verlangt hat, und ob er besser darin ist als ich. Hat er Spaß daran, oder findet er es erniedrigend? Wirft sie immer noch ihr verführerisches Kleopatra-Haar nach hinten und stößt dabei dieses heisere erotische Lachen aus?

Meine Hände fingen an zu zittern, und zwar heftig. Ich konnte die Kette einfach nicht einlegen. Sie rutschte immer wieder runter. Mann, ich brauchte dringend was zu rauchen ...

Was zu rauchen ... Nachdem mir der Gedanke gekommen war, hatte er mich sofort voll im Griff. Ich hätte alles, wirklich *alles* für einen Joint gegeben. Mein Vorrat ist schon seit Jahren aufgebraucht, und ich verkehre nicht mehr in den entsprechenden Kreisen. Da wäre allerdings noch Judith …

Vier Wochen. Mein Vermieter hat mich natürlich rausgeschmissen. Wovon hätte ich die Miete auch bezahlen sollen? Keine Chance ohne Lynettes hübschen Batzen Gehalt von Benningfield Solicitors Ltd. Eigentlich hatte ich damit gerechnet, auf der Straße zu landen, aber ich habe wahrscheinlich Glück gehabt und ein Einzimmerapartment bekommen, das dem Kumpel eines Kumpels von Gav gehört. Gav hat für mich herumgefragt. Das ist typisch für ihn. Er ist ziemlich religiös, aber er ist schwer in Ordnung. Seine Nettigkeit ist echt. Und er drängt seine Religiosität anderen Leuten nicht auf. Wenn er das täte, wäre ich schneller aus seinem Laden raus, als man »Klickpedale« sagen kann.

Zu meiner neuen Bleibe geht es zwei schmuddelige Treppen hoch, und das Pärchen unter mir schreit sich den ganzen Tag an, aber, hey, ich habe ein Sofa und einen Fernseher. Es ist ein ziemliches Loch, die Miete beträgt jedoch gerade mal ein Fünftel von dem, was die Wohnung gekostet hat.

Ich schlage immer noch den Kopf gegen die Wand und fühle mich innerlich ausgedörrt. Wahrscheinlich liegt das an dieser furchtbar komplizierten Sache, die man Liebe nennt. Anscheinend habe ich Lynette mehr geliebt, als ich dachte.

Meine Güte, ich hasse Maurer.

Am Dienstag traf ich mich mit Judith (meiner Ex, die noch mit mir spricht). Sie trennte sich nur widerwillig von ihren Cannabis-Pflanzen, aber die Kombination aus meinem fragwürdigen Charme und einem ordentlichen Batzen Geld führte schließlich zum Ziel. Judith hat neuerdings eine blaue Strähne im Haar und sieht auf eine knochige, schmuddelige Art und Weise ziemlich gut aus. Wir rauchten zusammen einen Joint und aßen Chips, und ich dachte, wir würden vielleicht um der alten Zeiten willen miteinander schlafen, aber nein, sie meinte, sie hätte keinen Bock. Außerdem würde sie inzwischen eher auf Frauen stehen.

Na ja, immerhin ging ich mit ein paar getrockneten Knospen in einem Einmachglas und – weil mir klar ist, dass ich es mir nicht leisten kann, mir regelmäßig welche zu kaufen – mit einem Selbstanbauset in Form von zwei hübschen, üppigen Cannabis-Pflanzen nach Hause. Meine Babys. Ich habe sie – frei nach *Alice im Wunderland* – Weedledum und Weedledee getauft. (Anscheinend vermisse ich den Goldfisch mehr, als ich zugeben kann.) Ich habe den Tisch vors Fensterbrett geschoben und sie draufgestellt, damit sie die frühe Morgensonne abbekommen. Außerdem habe ich eine Wärmelampe aufgebaut. Das Ding frisst ordentlich Strom, aber was sein muss, muss sein. Von den getrockneten Knospen habe ich bereits ein paar verbraucht. Die reine Wonne. Ist ja hinlänglich bekannt, wie es ist. Der Stress schmilzt einfach dahin. Aber ich bin nicht stolz darauf, dass ich diesen Weg wieder eingeschlagen habe. Und ich muss mich einschränken, bis die Pflanzen ein Stück gewachsen sind.

Ich bin nach wie vor ein Wrack. Meine Wohnung ist ein Wrack, mein Leben ist ein Wrack, alles, was ich tue, ist abgewrackt. Am Montag habe ich Gav gefragt, warum er mich noch nicht gefeuert hat.

»Keine Ahnung«, meinte er.

»Du kannst mir sagen, dass ich Leine ziehen soll«, sagte ich zu ihm. »Ich würde es dir nicht übel nehmen.«

»Na ja, das würde ich schon tun … aber du weißt einfach alles über Fahrräder, kannst Sachen reparieren, die niemand anderer reparieren kann, und … wenn ich dir zwei Sicherheitsnadeln, eine Batterie und eine Karotte in die Hand drücke, bastelst du daraus einen verdammten Teilchenbeschleuniger oder so was. Außerdem bist du ehrlich und fleißig, und zumindest bis vor Kurzem warst du auch absolut zuverlässig.«

»Aber ich flippe Kunden gegenüber aus«, gestand ich.

Ich kriege das Blabla einfach nicht mehr auf die Reihe. Solche Dinge wie: *Hallo, die Dame, was für ein tolles Fahrrad! Wo liegt denn das Problem? Ach ja, das haben wir im Handumdrehen repariert. Natürlich kann ich Ihnen zeigen, wie man einen Reifen aufpumpt. Nein, keine Sorge. Er explodiert schon nicht.* Irgendwie habe ich diese Gabe verloren.

Mittwoch. Ein Tag der Leere. Ein schmaler Streifen Sonnenlicht zwängt sich am Vorhang vorbei. Ich glaube, ich werde heute Vormittag mal runtergehen und einen kurzen Blick nach draußen werfen, bevor ich es mir vor dem Fernseher bequem mache.

Ich gehe hinunter in den Hausflur. Auf dem Regal, auf das der Typ aus der Erdgeschosswohnung die ganze Post schmeißt, liegt ein Brief. Beim Anblick meines Namens auf dem Umschlag bekomme ich ein flaues Gefühl in der Magengegend. Der Brief muss von Lynette sein, weil ich sonst nie Briefe bekomme. E-Mails, ja, Briefe, nein. Als ich mich wieder beruhigt habe und genauer hinsehe, erkenne ich allerdings, dass er doch nicht von ihr ist. Lynette hat eine

Handschrift wie eine Lehrerin: schmal, ordentlich und absolut senkrecht, als wollte sie damit etwas beweisen. Diese Schrift ist geneigt. Gestochen. Mit Füller, nicht mit Kugelschreiber. Ganz feine Linien. Sorgfältig, aber auch kratzig wie die Krallenspuren einer Katze. Die Briefmarke ist … puh, keine Ahnung. Sieht schottisch aus oder so. Der Brief war an meine alte Anschrift adressiert, und ich vermute, mein ehemaliger Vermieter hat ihn mir nachgesendet. Echt erstaunlich, dass er sich die Mühe gemacht hat.

Ich reiße den Umschlag auf. Der Brief besteht nur aus ein paar Absätzen in derselben altmodischen Handschrift.

Lieber Patrick,

ich hoffe, es geht Dir gut. Ich schreibe Dir, weil es Neuigkeiten gibt, die Dich womöglich genauso überraschen, wie sie mich überrascht haben. Dank gründlicher Nachforschungen durch eine seriöse Agentur bin ich an wichtige Informationen über meinen mir entfremdeten Sohn gelangt. Selbstverständlich habe ich die Richtigkeit dieser Informationen zunächst angezweifelt, doch wie es scheint, lässt sie sich durch Geburtsurkunden, Volkszählungslisten und andere amtliche Dokumente belegen.

Mein Sohn wurde als Säugling zur Adoption freigegeben. Er lebt leider nicht mehr, aber er hatte offenbar recht spät im Leben – wie ich erst seit Kurzem weiß – eine Beziehung mit einer Frau, aus der ein Kind hervorgegangen ist. Und dieses Kind bist Du, wie ich aus zuverlässiger Quelle erfahren habe. Wir beide sind uns nie begegnet, doch wie es scheint, sind wir enge Blutsverwandte: Ich bin Deine Großmutter.

Du wirst daraus zweifellos schlussfolgern, dass ich nicht mehr in der Blüte der Jugend stehe. Nichtsdestotrotz hätte

ich größtes Interesse, Dich kennenzulernen. Ich bin körper-
lich gesund und jederzeit bereit, zu Deinem Wohnort zu rei-
sen, wenn es Dir genehm ist.

Ich freue mich auf Deine prompte Antwort.

Mit besten Grüßen
Veronica McCreedy

5

Patrick

Bolton
Mai 2012

Was, zum Teufel, soll ich damit anfangen? Eine neue Großmutter? Nicht unbedingt das, was ich momentan brauche.
Nicht gerade auf meiner Wahr-gewordene-Träume-Liste.
Vor allem, wenn man bedenkt, dass sie die Mutter von meinem Dad ist, und der, machen wir uns doch nichts vor, war
nie mein Lieblingsmensch. Nicht nach dem, was er Mum
angetan hat.

Ich gehe wieder nach oben, zerknülle den Brief und werfe
ihn in Richtung Abfalleimer. Ich verfehle den Eimer, und er
landet neben einem Haufen Schmutzwäsche auf dem Fußboden. Es gibt hier keine Waschmaschine. Früher oder später
muss ich mich aufraffen und mir einen Waschsalon suchen.

Ich habe ein paar alte Folgen *Top Gear* aufgenommen, also
sehe ich sie mir an, und anschließend ein oder zwei Ausgaben
von *Wer wird Millionär?* Ich mag belangloses Zeug. Es bringt
nichts, Sendungen über den Tod und über Depressionen und

über Morde zu glotzen. Dazusitzen und trübselig zu werden hilft einem im Leben nicht weiter, oder?

Ich habe ein Drittel des Tages erfolgreich herumgebracht, ohne viel an Lynette zu denken, was ein gutes Zeichen ist. Ich stehe auf, strecke mich und gehe zum Fenster. Der Ausblick besteht zum größten Teil aus fleckigem Mauerwerk und Abflussrohren. Man sieht einen Baum, aber der ist verkümmert und nichtssagend. Der Himmel hängt trüb über den Dächern. Die Sonne ist nach ihrem kurzen Auftritt heute Morgen offenbar wieder in Streik getreten.

Weedledum und Weedledee geht es gut. Sie haben ein paar tolle kleine Triebe, die geradezu darauf warten, gepflückt und getrocknet und geraucht zu werden. Was für eine Augenweide! Die Pflanzen lächeln mich verführerisch an.

»Nein, nein, hört auf. Noch nicht«, sage ich zu ihnen. Ich gehe durchs Zimmer und hebe stattdessen den zusammengeknüllten Brief vom Fußboden auf. Ich entknülle ihn langsam und lese ihn noch einmal.

Die Gute hat nicht alle Tassen im Schrank. Was glaubt sie, in welchem Jahrhundert sie lebt? Selbstverständlich habe ich die Richtigkeit dieser Informationen zunächst angezweifelt ... dass ich nicht mehr in der Blüte der Jugend stehe. Will sie mich auf die Schippe nehmen? Kann es tatsächlich sein, dass sie meine Großmutter ist? Immerhin scheint sie gründlich recherchiert zu haben.

Ich habe nie den Versuch unternommen, meinen Dad ausfindig zu machen. Er war der Mühe nicht wert. Ich habe überhaupt keine Erinnerung an ihn, aber ich weiß, dass er sich einen feuchten Dreck um mich und meine Mutter geschert hat. Arme Mum. Dieser Albtraum ... Es macht mich krank und zieht mich runter, wenn ich daran denke.

Ich stehe da wie ein Blödmann und starre auf den Brief von Veronica McCreedy. Familie ist doch eigentlich was Gutes, oder nicht? Aber auch kompliziert. Ich bin sowieso schon total verkorkst. Und mit siebenundzwanzig Jahren plötzlich eine unglaublich förmliche und sehr wahrscheinlich verwirrte Großmutter zu bekommen – wird das wirklich helfen? Ich kann es mir kaum vorstellen.

Trotzdem bin ich ein bisschen neugierig. Und wie es mit Neugier nun mal ist: Sie ist wie ein Wurm, der unentwegt an einem nagt. Sie nagt und nagt, bis man nicht mehr anders kann und nachgibt.

Was kann schlimmstenfalls passieren?

Veronica McCreedy hat nicht daran gedacht, mir eine E-Mail-Adresse oder Telefonnummer zu nennen, also muss ich ihr per Post antworten. Ich besitze kein Briefpapier, aber ich glaube, ich habe noch irgendwo einen Schmierblock. Ja, ich finde ihn auf einem Haufen Bücher und Zeitschriften, und auf ihm liegt ein Schraubenzieher. Ich stecke den Schraubenzieher in die Jackentasche, dann nehme ich einen Kugelschreiber und schreibe eine Nachricht. Kurz und auf den Punkt:

Okay. Wann sollen wir uns treffen? Ich hätte die ganze nächste Woche Zeit, außer Montag.

Oben füge ich meine neue Adresse und Telefonnummer hinzu. Wenn sie noch voll bei Sinnen ist, wird es ihr auffallen. Wenn nicht, egal.

Mir ist bewusst, dass es unhöflich ist, ihr so zu schreiben, aber ich bin echt ziemlich genervt von dieser Frau. Es wäre nett gewesen, wenn sie ein bisschen früher in meinem Leben Kontakt mit mir aufgenommen hätte, als ich, sagen wir mal, sechs Jahre alt war und unbedingt einen Erwachsenen gebraucht hätte, der sich um mich kümmert. Vielleicht hätte das vielen Menschen viel Ärger erspart.

Ich werde rausgehen, meine Antwort in einen Briefkasten werfen und dann im The Harp vorbeischauen und mich mit einem Bier belohnen. Vielleicht rufe ich Gav an. Wir könnten uns ja dort treffen. Ich glaube, ich bin ihm was schuldig. Seine Mum ist vor ein paar Monaten gestorben, eines von seinen Kindern ist krank, und er hat mich als Angestellten. Er kann auf jeden Fall ein oder zwei Bier gebrauchen.

Der Gedanke an ein Bier oder zwei haucht mir neues Leben ein. Ich sause die Treppe hinunter, den Brief in der Gesäßtasche meiner Jeans. Draußen ist es grau, und die Luft fühlt sich feucht an. Ich jogge die Straße entlang. Der Verkehr rauscht vorbei. Beim Laufen kreisen meine Gedanken fast ausschließlich um Bier, aber kaum habe ich die Nachricht in den Briefkasten geworfen, bekomme ich ein schlechtes Gewissen, weil ich so barsch zu Granny Veronica war. Sie ist schließlich eine alte Frau. Wahrscheinlich ist sie gebrechlich. Es war nicht in Ordnung von mir, so kurz angebunden zu reagieren, auch wenn ihr Brief wirklich seltsam war.

Ich frage mich, ob sie antworten wird. Einerseits glaube ich, sie wird antworten. Andererseits glaube ich, sie wird es nicht tun.

Langsam fange ich an zu glauben (okay, eher zu hoffen), dass Granny Veronica ein reizendes altes Muttchen ist. Ich kann sie mir gut vorstellen: pummelig und mit rosigen Wangen und nach Vanille duftend. Sie hat bestimmt ein Funkeln in den Augen und ein helles, mädchenhaftes Lachen. Vielleicht spricht sie mit leicht singendem schottischem Tonfall. Sie wird mir einen selbst gebackenen Apfelkuchen mitbringen, der in ein kariertes Tuch eingewickelt ist.

Während ich im The Harp mit meinem ersten Bier am Tresen stehe (ich rufe Gav gleich an), gefällt mir die Vorstellung immer besser. Ich brüte sogar einen Plan aus. Ich weiß, was ich tun werde: Ich werde einen Kuchen backen, wenn Granny Veronica kommt. Kuchen ist klasse. Einen Kuchen bekomme ich auf jeden Fall hin. Vielleicht ist Kuchenbacken ja die Gemeinsamkeit von Granny und mir und wird uns zusammenschweißen. Wir werden Rezepte austauschen. Und sie wird mir sagen, dass ich ihre Augen und ihre Nase und ihre Vorliebe für Mandelessenz geerbt habe. Und ich werde ihr alles über Lynette erzählen. Und sie wird ganz reizend und einfühlsam und großmütterlich sein. Gebongt.

Granny wird mich total vergöttern.

6

Patrick

Bolton

Ich habe keine Ahnung, warum, aber ich bin aufgewacht und habe mich besser gefühlt. Ich sprudle vor Energie und neuer Lebenslust. Ich springe aus dem Bett, sammle meine schmutzigen Klamotten vom Fußboden auf und stopfe sie in eine Plastiktüte. Viele saubere Sachen habe ich nicht mehr übrig, aber ich schlüpfe in mein altes Gorillaz-T-Shirt und in meine am Knie zerrissenen Jeans – beides stinkt ein bisschen weniger als der Rest. Mein Gott, habe ich mich gehen lassen. Echt erbärmlich. Wird Zeit, dass ich mich wieder unter Kontrolle kriege. Ich stecke die Nase in den Kühlschrank, doch der ist, abgesehen von einem Viertelliter saurer Milch, leer. Ich muss ohne Frühstück los.

Ich setze mich in Bewegung: aus der Wohnung, die Treppe hinunter und zur Haustür hinaus.

Ich laufe auf Hochtouren. Noch hält sich der Verkehr in Grenzen, und auch das übliche aggressive Gehupe ist nicht zu hören. Es herrscht strahlender Sonnenschein, und die

Blätter an allen Bäumen sehen aus wie in Flutlicht getaucht. Hübsch.

Das ist der Beginn eines neuen Lebens. Mein neues Ich ist Single, aber viel ausgeglichener. In einem Punkt hatte Lynette recht: Wenn man nicht auf seine Gesundheit achtet, geht alles den Bach runter. Ich atme tief durch, als ich die Straße entlang, durch den Park und dann den Hang hinunter jogge, bis ich beim Supermarkt ankomme. Ich bin bester Laune.

Der Inhalt meines Einkaufswagens: Avocados, Datteln, Shiitakepilze und Champignons, Salat, ein mageres Stück Lammfleisch, frische Minze, Kartoffeln, Äpfel, Sonnenblumenkernbrot, Quinoa und (okay, ich bin kein Engel) meine Belohnung für das Ganze: zwei Sechserpack Bier. Ich bezahle mit Kreditkarte und gebe mir Mühe, beim Gesamtbetrag nicht zusammenzuzucken. Wenn ich Glück habe, kommt mein nächster Sozialhilfescheck noch rechtzeitig.

Auf dem Nachhauseweg lege ich einen Zwischenstopp beim Zeitschriftenladen ein und vergesse beim Herumblättern völlig die Zeit. Dann wird mir bewusst, dass ich schon viel zu lange hier bin und das Fleisch womöglich schlecht geworden ist. Ich laufe nach Hause, wobei mir meine Einkaufstüten gegen die Beine schlagen. Die Treppe hinauf, immer zwei Stufen auf einmal. Mein Anrufbeantworter blinkt. Ich höre mir die Nachricht an, während ich meine Einkäufe in den Kühlschrank einräume.

»Guten Morgen, Patrick. Hier spricht Veronica McCreedy.« Die Stimme hat keinen singenden schottischen Tonfall. Sie ist sehr englisch. Bestimmt und bieder. »Ich rufe an, um dir mitzuteilen, dass ich mich gerade in Edinburgh am Hauptbahnhof befinde. Laut Fahrplan komme ich um elf Uhr siebzehn in Bolton an, und wenn ich gleich ein Taxi bekomme, sollte ich gegen zwölf bei dir sein.«

Sonst nichts. Nur das. Heiliger Bimbam!

Ein bisschen früher hätte sie mir schon Bescheid sagen können. Ich werfe einen Blick auf die Uhr. Es ist kurz vor zehn. Und ich habe die Zutaten für den Zitronen-Polenta-Kuchen noch nicht. Ich bin am Verhungern und viel weniger munter und motiviert als heute früh. Trotzdem, wenn ich gleich meine einzige lebende Verwandte kennenlerne, sollte ich schnellstens diesen Kuchen gebacken kriegen. Alles scheint von dem Kuchen abzuhängen. Der Kuchen ist womöglich meine einzige Chance, um bei meiner neuen Granny zu punkten.

Also sause ich noch mal raus und knalle die Tür hinter mir zu. Den ganzen Weg wieder zurück, die Straße entlang (der Verkehr ist jetzt ein Albtraum, und die Autos hupen wie verrückt), durch den Park und den Hang hinunter zum Supermarkt. Mir ist heiß, und ich schwitze. Ich kann mich riechen, was gar nicht gut ist.

Ich flitze durch die Gänge, schnappe mir Polenta, braunen Zucker, Zitronen und noch einige andere Sachen. Dann entscheide ich mich für die Kasse mit der kürzesten Schlange, lande aber (typisch für mich) bei der langsamsten Kassiererin des Universums.

»Wunderschöner Vormittag, nicht wahr?«, sagt sie und hält mein Netz mit Zitronen hoch, anstatt es zu scannen. Sie gehört zu den Menschen, die nicht gleichzeitig sprechen und handeln können.

Ich grummle und starre demonstrativ die Zitronen an.

»Aber am Nachmittag soll es angeblich regnen. Nutzen Sie den Tag, solange es noch geht.«

»Ja.«

»Polenta! Da habe ich mich schon oft gefragt ...«

»Mm-hm.«

Irgendwann sind wir mit meinen sechs Artikeln durch. Ich will gerade meine Kreditkarte in das Lesegerät stecken, da fuchtelt sie wie wild mit der Hand vor meinem Gesicht herum, um mich davon abzuhalten.

»Sie haben Ihre Clubkarte vergessen!«

»Nein, habe ich nicht«, erkläre ich ihr.

»Sie meinen ... Sie haben gar keine Clubkarte?«

»Richtig geraten.«

»Oh! Möchten Sie gern eine Karte haben? Die sind wirklich gut, wissen Sie? Man kriegt für jeden Einkauf Punkte, und dann bekommt man für manche Artikel Geld zurück. Das läppert sich schnell.«

»Nicht jetzt, tut mir leid. Ich hab's eilig.«

Sie zieht ein Gesicht, als wäre ich derjenige, der schwierig ist, und wird dann (Gott behüte!) noch langsamer.

»Hier ist Ihr Kassenzettel, und hier ist Ihr Chip«, sagt sie zu mir und drückt mir eine runde Plastikscheibe in die Hand. »Stecken Sie ihn beim Rausgehen einfach in eine der Sammelbüchsen.«

Ich schiebe die Plastikscheibe pflichtgemäß in die erstbeste Sammelbüchse, ohne vorher zu lesen, welcher Eltern-Lehrer-Organisation oder welchem Gartenverein sie zugutekommt. Und endlich kann ich nach Hause und den verfluchten Kuchen backen. Ich gehe keuchend den Hang hinauf und laufe dann in Schlangenlinien auf dem Gehsteig, um andere Leute zu überholen. Das sind alles solche verdammten Lahmärsche.

Aber Moment mal, was ist das? Zwei Leute auf dem Gehsteig vor mir, eng umschlungen. Der Mann hat einen riesigen eckigen Schädel und extrem breite Schultern, und sein Nacken ist tief gebräunt. Die Frau ist schlank wie ein Windhund. Designerjeans und ein frisch gebügeltes Oberteil. Ein perfekter Kleopatra-Haarschnitt. Es ist sie. Es ist Lynette.

Sofort kommt es in mir zu einem heftigen Erdbeben. Es fühlt sich an, als hätten alle meine Organe und Eingeweide plötzlich beschlossen, sich miteinander zu verknoten. Mein Kopf schreit. Meine Füße hören auf, die Straße entlangzulaufen. Ich stehe wie angewurzelt da, angewurzelt auf dem Gehsteig, und glotze wie ein Idiot.

Lynette! Lynette, Lynette, Lynette. Sie hängt an ihm dran. An dem verdammten Maurer.

Ich starre den beiden nach, bis sie am Ende der Straße aus meinem Blickfeld verschwinden.

Mann, ich brauche einen Joint. Ich marschiere im Eiltempo zurück zu meinem Einzimmerapartment, lasse meine Einkäufe auf den Fußboden fallen und schnappe mir meine Zigarettenhülsen. Ich stopfe eine davon mit Gras voll und zünde sie hastig an. Inhaliere tief und blase den Rauch ins Zimmer. Meine Hände zittern noch immer. Vom Ende der Zigarette fällt Asche auf den Teppich.

Es läutet an der Tür. Ich zucke zusammen. Lynette?

Nein, natürlich nicht. Das ist bestimmt Veronica McCreedy, verdammt.

Sie kommt über zwanzig Minuten zu früh. Ich glaube nicht an früh. Lynette wollte immer früh dran sein, aber, hey … Zuspätkommen ist völlig in Ordnung. So hat der andere die Möglichkeit, sich vorzubereiten. Zwanzig Minuten zu früh, das geht gar nicht.

Ich zittere noch immer wie ein Wackelpudding und bin überhaupt nicht in Stimmung für Small Talk. Was für ein

Mensch ist diese McCreedy eigentlich, dass sie ihren eigenen Sohn hergegeben hat? Ich meine …

Es läutet noch einmal. Ich werfe einen Blick aus dem Fenster, gerade noch rechtzeitig, um ein Taxi wegfahren zu sehen. Eine Frau steht vor der Eingangstür. Von hier aus sehe ich allerdings nicht viel von ihr, nur ihren Kopf von oben und ein bisschen weißes Haar. Eine violette Klemmmappe und eine große scharlachrote Handtasche.

Ich nehme an, ich kann sie nicht einfach vor der Tür stehen lassen, oder? Sie ist schließlich eine alte Frau.

Ich gehe runter und mache ihr auf. Sie mustert mich von Kopf bis Fuß. Ich: Joint in der Hand, zerrissene Jeans, zerzauste Haare, unrasiert. Und ich stinke am ganzen Körper wie ein Schweinestall. Sie: elegant gekleidet mit gestärktem Blazer und Faltenrock. Kein Twinset mit Perlenkette, aber beinahe. Auf ihren gespitzten Lippen leuchtet roter Lippenstift.

»Patrick?«

»Ja, der bin ich.«

Ihren entsetzten Gesichtsausdruck kann man ihr wahrscheinlich nicht übel nehmen. Sie tut mir beinahe leid. Anscheinend bin ich noch ein gutes Stück schlimmer als ihre schlimmsten Erwartungen.

»Gehen wir hoch.« Ich bringe kein Lächeln zustande. Sie folgt mir nach oben. Ihre Augen nehmen das ramponierte Geländer und die verdreckte Achtzigerjahre-Tapete wahr. Ich stoße die Tür zu meinem Einzimmerapartment auf und winke sie hinein.

»Hier wohnst du also?« Ihre Stimme strotzt vor Missfallen. Die Tüte mit Schmutzwäsche ist umgekippt und hat sich auf den Fußboden entleert. Das Bett ist ungemacht. Die Cannabis-Pflanzen stehen für jeden sichtbar am Fenster. Aber kümmert mich das? Nein. Ich kann an nichts anderes denken als an Lynette und ihren Maurer. Ich werde auf gar keinen Fall vorgeben, jemand zu sein, der ich nicht bin. Oder so tun, als würde ich mich freuen, dass Veronica McCreedy hier ist.

Ich atme langsam eine Lunge voll Rauch aus. »Setz dich doch.«

Sie entfernt eine Unterhose von meinem einzigen Sessel und lässt sich vorsichtig auf ihm nieder. Sie umklammert ihre teuer aussehende Handtasche von der Sorte, wie die Queen sie immer bei sich hat, scharlachrot und glänzend. Von ihrem rubinroten Lippenstift abgesehen, sieht sie ziemlich ähnlich aus wie andere alte Leute. Soll heißen: weiße Haare, hohle Wangen, tief liegende Augen. Familienähnlichkeit? Vielleicht, was den Knochenbau anbelangt, aber schwer zu sagen. Ich glaube eher nicht.

Da ich selbst in miserabler Verfassung bin, stelle ich fast erleichtert fest, dass sie kein reizendes altes Muttchen ist. Sie ist genau das Gegenteil. Sie ist das, was Lynette eine »alte Schachtel« nennen würde. Steif, bieder, förmlich. Und nein, sie hat mir keinen Kuchen mitgebracht. Sie hat mir gar nichts mitgebracht außer ihrem mürrischen Gesichtsausdruck.

Terrys Pinguin-Blog

10. November 2012

Überleben ist ein schwieriges Unterfangen. Die Tiere der Antarktis haben allesamt Strategien entwickelt, um den widrigen Bedingungen hier zu trotzen. Antarktis-Sturmvögel produzieren ein spezielles Magenöl. Dieses dient nicht nur als energiereiche Nahrungsquelle bei langen Flugstrecken, sondern auch zur Verteidigung, indem sie es Fressfeinden durch ihre röhrenartigen Nasenöffnungen ins Gesicht sprühen. In den meisten Fällen ist auch eine widerstandsfähige Schutzschicht erforderlich. Seeleoparden besitzen dicke Speckschichten, die sie vor der extremen Kälte schützen. Pinguine schließen unter ihrem Gefieder Luft ein, um sich unter Wasser warm zu halten.

Oft müssen Pinguine auch lange Zeit ohne Nahrung auskommen. Kaiserpinguin-Männchen können im antarktischen Winter unglaubliche vier Monate überleben, ohne zu fressen. Ihre Eier halten sie warm, indem sie sie auf ihren Füßen balancieren, während die Weibchen Nahrungsvorräte für die Jungen anlegen. Unsere Adeliepinguine sind vernünftiger und brüten im November (dem antarktischen Frühling), wenn die Bedingungen vergleichsweise einfach sind. Trotzdem sind sie mit etlichen Problemen konfrontiert. Es gibt zahlreiche Raubtiere. Eis und Schnee bergen Gefahren. Sie müssen unglaublich zäh sein, um zu überleben.

7

Veronica

Bolton
Juni 2012

Ich habe immer getan, was nötig war, um zu überleben. Wenn mich das hart und hasserfüllt gemacht hat, sei's drum. Ich bin, wie ich bin.

Und ich muss akzeptieren, dass Patrick so ist, wie er ist. Es fällt mir allerdings schwer, meine Enttäuschung zu verbergen. Ich habe nicht mit Perfektion gerechnet, und ich habe auch nicht mit Zuneigung gerechnet. Ich werde mich hüten, das zu tun. Aber so etwas wie hier? Erschütternd. Ein weiterer Schlag ins Gesicht vom grausamen Despoten namens Schicksal.

Wie ist es möglich, dass dieses erbärmliche, schmierige, drogenberauschte Geschöpf mein leiblicher Enkel ist? Weiß er denn nicht, dass es Wasser und Seife gibt? Und seine Einzimmerwohnung! Mir ist einfach unbegreiflich, wie jemand in solch entsetzlichen Verhältnissen leben kann. Sogar einem Hasen wäre es dort zu beengt. Sogar einer Ratte wäre es dort zu dreckig.

Ich habe den Jungen absichtlich erst kurz vorher gewarnt, dass ich komme, weil ich wissen wollte, wie er wirklich lebt. Ich bereue meine Entscheidung bereits. Er hätte immerhin ein paar Stunden Zeit gehabt, um aufzuräumen, hat sich aber mir zuliebe kein bisschen Mühe gegeben. Anscheinend ist ihm nicht beigebracht worden, anderen mit Respekt zu begegnen. Daran ist bestimmt seine Mutter schuld.

Er kehrt mir den Rücken zu, stapft zum anderen Ende des Raums und brummelt etwas, das ich nicht verstehe und das sich anhört wie »heiß aua«. Dann kommt er wieder zurück und bleibt vor mir stehen. Er qualmt wie ein Schornstein. Ich habe keine Ahnung, mit welcher Substanz er die ohnehin schon schlechte Luft verpestet und sowohl seine Lunge als auch seine Gehirnzellen zerstört, aber es handelt sich ganz sicher nicht um Tabak. Ich sehe ihn mir so genau an, wie es die Dreckschichten zulassen, die seine Gesichtszüge übertünchen. Sein Gesicht ist ähnlich geschnitten wie meines, mit hohen Wangenknochen und einer markanten Kieferpartie. Er ist ein groß gewachsener Bursche mit olivfarbenem Teint und zerzaustem braunem Haar (zu viel davon oben auf dem Kopf und zu wenig auf den Seiten). Seine Augen sind dunkel, doch abgesehen davon erkenne ich keine Ähnlichkeit mit dem Mann, den ich einst angehimmelt habe. In meiner Magengegend macht sich ein flaues Gefühl breit. Ich hätte mich gegen das alles wappnen sollen.

Ich wappne mich jetzt.

»Du denkst also, du bist meine Großmutter?« Kein Tee-Angebot nach meiner langen Anreise.

Ich bin versucht zu sagen, dass das Ganze ein äußerst unangenehmer und unerklärlicher behördlicher Fehler ist und dass ich in Wirklichkeit doch nicht seine Großmutter bin, aber ich wurde zu Ehrlichkeit erzogen, und Aufrichtigkeit ist für mich zur Gewohnheit geworden. »Ja, in der Tat«, sage ich. »So scheint es zu sein. Ich bin im Besitz von Kopien verschiedener Dokumente.« Ich nehme sie aus der Klemmmappe, um sie ihm zu zeigen. Der Drogengestank wird stärker, als er zu mir herkommt und sich vorbeugt, um einen Blick darauf zu werfen. »Hier ist deine Geburtsurkunde«, sage ich zu ihm. »Wie du siehst, lautet der Name deines Vaters Joe Fuller. Das ist der Name, den mein Sohn von seinen Adoptiveltern erhalten hat, als sie ihn mit zu sich nach Kanada nahmen. Verschiedene andere Dokumente deuten ebenfalls darauf hin, dass es sich um ein und denselben Joe Fuller handelt. Wenn nötig, können DNA-Tests weitere Beweise liefern, aber ich habe mir von Rechtsexperten versichern lassen, dass diese Dokumente hundertprozentig verlässlich sind.«

Patrick würdigt die Dokumente kaum eines Blickes, als hätte seine verloren geglaubte Familie überhaupt keine Bedeutung für ihn. »Ich habe den Namen meiner Mutter angenommen«, merkt er an. »Mein Vater ist nach meiner Geburt nicht lange geblieben. Nicht mal eine Woche, um genau zu sein.«

Anscheinend denkt er, ich sollte mich dafür entschuldigen. Das tue ich nicht.

»Also, erzählst du mir jetzt, was passiert ist?«, fragt Patrick unfreundlich.

»Mit deinem Vater?«

»Ja, mit meinem Vater, dem Typen, der mich und meine Mum im Stich gelassen hat. Deinem Sohn. Du hast gesagt, du wärst ›entfremdet‹ von ihm. Wie das?«

Ich weigere mich, mich auf sein Niveau von Unhöflichkeit zu begeben. Stattdessen liefere ich einen ganz knappen

Abriss der Fakten. »Ich habe deinen Vater hergegeben, als er noch ein Baby war, erst ein paar Monate alt. Leider habe ich ihn seitdem nicht mehr gesehen. Es ist mir nicht gelungen, ihn ausfindig zu machen – bis es zu spät war.«

Ich habe es im Lauf der Jahre immer wieder versucht. Erst 1993, als dieser schreckliche Brief auf The Ballahays eintraf, habe ich etwas erfahren.

Patrick stößt ein Schnauben aus. »Wann ist er denn gestorben?«

»Mein Sohn ist 1987 gestorben.« Die Worte fallen wie Steine aus meinem Mund.

»Aha.« Er ist ungerührt. Er geht zum Fenster und kommt wieder zurück, stößt eine lange, widerlich stinkende Rauchfahne aus.

»Wie ist er gestorben?«

»Er war leidenschaftlicher Bergsteiger«, erwidere ich knapp. »Er kam beim Bergsteigen in den Rocky Mountains auf tragische Weise ums Leben, als er in eine Schlucht abstürzte.«

»Clever.«

Seine Gefühllosigkeit lässt mich zusammenzucken. Ich fange an, diesen Patrick zu verabscheuen. Trotzdem fahre ich fort. »Ich hatte nie Kontakt mit dem Paar, das ihn adoptiert hat. Anscheinend konnten die beiden selber keine Kinder bekommen. Als er verunglückte, waren sie schon nicht mehr am Leben. Ein paar Jahre danach sahen Verwandte von ihnen – Cousins und Cousinen, glaube ich – endlich das Familienarchiv durch und entdeckten ein altes Dokument, aus dem hervorging, dass ich seine leibliche Mutter bin.« Eine Cousine, die in Chicago wohnte, teilte mir in einem Brief mit, was passiert war. Das war 1993. Zu diesem Zeitpunkt hatte ich jede Hoffnung aufgegeben, dass ich meinen Sohn jemals wiedersehen würde, aber die Nachricht von seinem Tod war das Letzte, womit ich gerechnet hatte. Die Erinnerung an diesen Brief schmerzt noch immer. »Sie war ihm nur ein paarmal begegnet, da sie geografisch weit voneinander getrennt lebten. Der Brief enthielt nicht annähernd so viele Informationen, wie ich gehofft hatte. Er ist unverheiratet gestorben. Und sie schrieb, er sei kinderlos gewesen – und ich hatte keinen Grund, daran zu zweifeln.«

Patrick atmet Rauch ein und wieder aus. Sein Gesichtsausdruck ist undurchschaubar. »Aber jetzt behauptest du, er wäre mein Dad.«

»Ja.« Ich weiß, dass ich ihn mit eiskaltem Blick anstarre. Selten habe ich eine so bittere Enttäuschung erlebt. »Vor Kurzem ist mir in den Sinn gekommen, dass sich diese Cousine getäuscht haben könnte. Ich bin zu dem Schluss gekommen, dass es sich lohnt, Nachforschungen anzustellen – nur um hundertprozentig sicherzugehen, dass mein Sohn wirklich keine Nachkommen hat. Und zu meinem größten Erstaunen hat die Agentur all das herausgefunden.«

»Und niemand da drüben wusste von mir?«

»Offenbar nicht. Wie du sagst, hat er England kurz nach deiner Geburt wieder verlassen.«

Mein Sohn, das kleine Baby, das immer seine winzigen Finger ausstreckte und nach meinen Locken griff, das sich in meinen Schoß kuschelte und zu mir aufsah, wenn ich ihm vorlas … Aus ihm wurde ein Mann, der selbst einen Sohn in die Welt setzte. Hat er nach mir gesucht, als er vor all den Jahren in diesem Land war? Oder wusste er vielleicht gar nicht, dass es mich gibt? Die Cousine hatte nicht gewusst, dass er adoptiert worden war, also ist es durchaus möglich, dass er es selbst auch nicht wusste. Als wir uns trennten, war er noch zu jung gewesen, um sich später an mich erinnern zu können, und seine kanadischen Adoptiveltern hielten es vielleicht nie für nötig, ihn aufzuklären. Ich weiß es nicht, und der Mann vor mir, mein ganz und gar nicht reizender Enkel, weiß auch nichts. Unzählige Fragen bleiben unbeantwortet.

Patrick grummelt: »Sieht so aus, als hätte er Mum und mich praktischerweise einfach vergessen.«

Wer weiß, ob er sie vergessen hat? Allem Anschein nach hat er jeglichen Kontakt zu seiner Partnerin und seinem Kind abgebrochen. Ich habe keine Ahnung, was jemanden dazu bewegt. Mein Sohn hatte bestimmt seine Gründe. Im Lauf der Geschichte haben Männer immer und immer wieder ihre Frauen und Kinder im Stich gelassen. Ohne Zweifel werden sie das auch weiterhin tun, solange es Leben auf diesem Planeten gibt.

Ich sehe, wie Patrick versucht, das alles zu begreifen. Ich wünschte, er würde sich hinsetzen. Er wirkt angespannt und abwesend. Er fährt sich mit den Fingern einer Hand durchs Haar, während er in der anderen nach wie vor die Zigarette hält.

»Hast du sonst noch irgendwas über sein Leben rausgefunden?«

»Ja, aber nur wenig. Von seiner Cousine.« Ich spule die Dinge herunter, die ich bereit bin, ihm zu erzählen. »Er hat den Großteil seines Lebens in Kanada verbracht. Er hatte ein Faible für gefährliche Sportarten wie Skifahren und Fallschirmspringen und auch Bergsteigen. Er ist viel gereist. Mit Anfang vierzig ist er für eine Weile nach England gekommen. In diesem Zeitraum muss er deine Mutter kennengelernt haben, und bald darauf bist du auf die Welt gekommen.«

»Mein draufgängerischer Vater. Mein nicht so stolzer Vater«, murmelt Patrick und fügt hinzu: »Meine arme Mutter.« Er schneidet eine Grimasse. Dann sieht er mich wieder an.

»Und warum hast du ihn schon als Baby hergegeben?«

Patricks Fragen sind unverblümt, vorwurfsvoll. Ich spüre, wie sich mir die Nackenhaare aufstellen. Ich hasse es, mich einem Menschen wie ihm gegenüber rechtfertigen zu müssen. Allerdings glaube ich, dass er ein Recht darauf hat, es zu erfahren.

»Ich war sehr jung.«

»Und?«

»Und unverheiratet.«

Patrick geht im Raum auf und ab. »Anscheinend liegt es in der Familie, Babys im Stich zu lassen.«

Wie kann er es wagen, so mit mir zu reden? Ich bin sein Fleisch und Blut und den ganzen weiten Weg zu ihm gekommen. Mir wird jetzt klar, dass das Ganze ein Fehler von kolossalem Ausmaß war. Die Vorgeschichte ist zu kompliziert, die Distanz zu groß. Patrick ist, wie er ist. Ich bin, wie ich bin. Wir sind zwei völlig verschiedene Paar Schuhe.

Ich frage mich, ob ich möchte, dass sich dieses neu entdeckte Verwandtschaftsverhältnis fortsetzt. Die Antwort ist klar und deutlich: Ich möchte es nicht.

»Wie alt warst du, als du meinen Vater zur Welt gebracht hast?«, will Patrick wissen.

Meine Antwort ist ähnlich nüchtern. »Zu jung.«

Ich sehe in seinen Augen etwas aufblitzen. Es könnte sich um Mitgefühl handeln, aber ich bezweifle es.

»Und wie alt bist du jetzt?«

»Zu alt.«

»Wie alt ist zu alt?«

Mir fällt auf, dass er mich nicht gefragt hat, wie jung zu jung ist. Ich seufze. »Ich werde am einundzwanzigsten Juni sechsundachtzig, also nächsten Donnerstag.«

Er runzelt die Stirn. »Aha. Und lebst du allein?«

»Ja. Aber ich habe eine Haushälterin, die mir beim Saubermachen hilft. Eileen. Das Haus ist zu groß und zu heruntergekommen, als dass ich es allein in Schuss halten könnte.«

»Aha, Granny«, sagt er. Ich schaudere bei dem Wort. »Dann hast du es ja recht weit gebracht.«

Ich neige den Kopf zur Seite. »Das kommt ganz darauf an, was man unter weit versteht. Aber ja, das Haus ist ein paar Millionen wert.«

Er ringt nach Luft, und ein Ascheschauer regnet auf den Teppich. Ich bin sofort wütend auf mich selbst. Auf gar keinen Fall hätte ich mein Vermögen zur Sprache bringen sollen. Jetzt wird er automatisch denken, er hätte ein Anrecht darauf. Zumindest habe ich die anderen paar Millionen nicht erwähnt, die auf verschiedenen Bankkonten schlummern und Zinsen anhäufen.

Patrick bringt ein paar Minuten kein Wort heraus, dann scheint er mich nicht ansehen zu wollen und richtet den Blick zum Fenster hinaus.

»Wie bist du denn so reich geworden?«, fragt er die Abflussrohre.

»Ich habe geheiratet. Mein Mann war in der Immobilienbranche. Ich habe ihn eine Zeit lang bei der Arbeit unterstützt, bis wir uns scheiden ließen.« Ich bin nicht bereit, mehr von mir preiszugeben.

Jetzt komme ich an die Reihe, Fragen zu stellen, Patrick in die Mangel zu nehmen, wie er mich in die Mangel genommen hat. Ich bin dabei wesentlich höflicher, allerdings bringe ich nicht viel Enthusiasmus auf. Ich erfahre, dass Patrick lediglich einen Tag in der Woche in einem Fahrradladen arbeitet. Selbst das hat er nur der Wohltätigkeit eines Freundes zu verdanken, der dort sein Chef ist. Seine Freundin hat sich vor Kurzem von ihm getrennt. Ich kann nicht behaupten, dass mich das überrascht. Mich überrascht eher, dass jemand wie er überhaupt eine Freundin gefunden hat. Was für eine junge Frau das war, will ich gar nicht wissen. Ich verzichte darauf, Patrick zu fragen, ob er jemals badet. Mir ist nach einer gründlichen Wäsche, seit ich hier bin, aber ich habe nicht das geringste Bedürfnis, sein Badezimmer zu Gesicht zu bekommen.

Unserer Unterhaltung geht sehr schnell die Puste aus. In mir wächst der Wunsch, mich aus der übel riechenden Gesellschaft dieses Mannes zu befreien. Ich bin mir ziemlich sicher, es war kein Verlust, nicht schon früher seine Bekanntschaft gemacht zu haben. Ich bitte ihn, mir ein Taxi zu rufen, sobald es der Anstand erlaubt.

Ich bin extrem erleichtert, wegzukommen.

8

Veronica

The Ballahays

»Dann wird Ihr Enkel Sie ja bestimmt bald hier besuchen kommen!«, verkündet Eileen fröhlich, während sie einen Bürstenaufsatz auf das Rohr des Staubsaugers steckt.

»Das will ich wirklich nicht hoffen.«

Ich konnte es nicht vermeiden, ihr von meinem Besuch bei Patrick zu erzählen, aber es war ein praktisch zusammengefasster Bericht. Ich habe nicht die Absicht, weitere Konversation zu dem Thema anzuregen.

»Tatsächlich, Mrs McCreedy?« Sie hält inne, da sie gerne glauben möchte, dass mein Enkel und ich Zuneigung füreinander hegen. »Sie würden ihn doch bestimmt willkommen heißen, wenn er jetzt an die Tür klopfen würde, oder?«

Ich antworte nicht. Leicht schwerhörig zu sein, das ist manchmal von Vorteil. Man kann es sich erlauben, blöde Fragen einfach nicht zu beantworten.

Eileen zuckt fröhlich mit den Schultern. »Hm, Staubsaugen erledigt sich nicht von selbst!« Sie zieht den Staub-

sauger durch die Küche und in den Flur und lässt die Tür
offen.

»Eileen. Tür.«

»Tut mir leid, Mrs McCreedy«, sagt sie und zieht die Tür
hinter sich zu.

Ich trinke meine Tasse Tee aus und blättere einen Garten-
katalog durch. Heutzutage mache ich nur noch wenig Gartenarbeit, nur die Rosen schneide ich zurück, aber ich bestelle
hin und wieder ein paar Beetpflanzen oder einen Strauch.
Ich habe auf The Ballahays einige Rhododendren, auf die
ich besonders stolz bin. Prächtige Blüten helfen einem im
Leben weiter – davon bin ich überzeugt. Außerdem braucht
Mr Perkins, der Gärtner (der seit sechsundzwanzig Jahren
für mich arbeitet und inzwischen ein bisschen Schimmel an-
gesetzt hat), ein paar Projekte, damit er nicht das Interesse
verliert.

Ich ziehe meinen Mantel und meine Handschuhe an und
gehe spazieren. Dabei atme ich die saubere, klare schottische
Luft ein. Nach meinem Besuch in Patricks widerwärtiger
Bleibe fühle ich mich noch immer schmutzig.

Das Medaillon liegt momentan unter meinem Kopfkissen.
Wenn ich das nächste Mal im Obergeschoss bin, werde ich
es holen und zurück in die Kiste legen. Und die Kiste muss
wieder in den unergründlichen Tiefen des Hinterzimmers
verschwinden. Ich werde mir Mühe geben, schnell zu vergessen, woran ich mich schmerzlich erinnert habe. Diese Dinge
hätten erst gar nicht zutage gefördert werden sollen.

An diesem Abend meldet sich Robert Saddlebow von einer
Pinguinkolonie auf einer abgelegenen Insel, die zu den Südlichen Shetlandinseln in der Antarktis gehört.

»Die Antarktische Halbinsel ist eine der Regionen auf unserem Planeten, die sich am schnellsten erwärmen«, informiert er mich von einem schneebefleckten Hang. »In den letzten Jahrzehnten ist das Meereis signifikant zurückgegangen.«

»Ach du liebe Zeit!«, merke ich an.

Sein markantes Gesicht wird größer, bis es (recht gefällig) den größten Teil des Bildschirms einnimmt. »Pinguine dienen Wissenschaftlern als Indikator für Veränderungen innerhalb ihres Ökosystems«, fährt er fort. »Jegliche Veränderungen bei ihrem Bruterfolg und ihrer Population lassen auf Veränderungen der Antarktis im Ganzen schließen. Deshalb liefert uns die Beobachtung einer Gattung wie die der Adeliepinguine wertvolle Erkenntnisse hinsichtlich weitreichender Umweltveränderungen.«

»Oh Robert, wenn wir dich nicht hätten! Wir Unwissenden müssen von diesen Dingen erfahren«, murmle ich.

Er lächelt. »Adeliepinguine sind wirklich besonders reizende Tiere«, fügt er hinzu, als die Kamera noch einmal in die Weite schwenkt.

Ich stimme voll und ganz zu. Die versammelten Vögel erfüllen die karge Landschaft mit ausgelassenem Leben. Die Spezies ist nach der Frau eines französischen Entdeckers aus dem neunzehnten Jahrhundert benannt. Ihrem Namen zum Trotz wirken sie nicht besonders feminin. Mit ihrem seidig glänzenden schwarz-weißen Gefieder sehen sie aus wie kleine, untersetzte Männer im Smoking. Mit einer Größe von etwa siebzig Zentimetern gehören Adeliepinguine zu den kleineren Arten. Sie haben weiß umrandete, wache und intelligente Augen. Wirklich ganz entzückend. Nachdem ich ihr buntes Treiben an Land genossen habe, bekomme ich großartige Aufnahmen präsentiert, wie die Vögel unter Wasser schwimmen. Ihre pummeligen Körper verwandeln sich dabei in den Inbegriff von Anmut und graziöser Präzision.

Die Sendung zeigt auch eine Gruppe von Wissenschaftlern, die vor Ort leben und die Pinguine erforschen. Robert Saddlebow interviewt einen von ihnen, einen Deutschen namens Dietrich. Er bezeichnet sich selbst als »Pinguinologe«. Ich finde keinen Gefallen an seinem Akzent, aber ich bin beeindruckt, mit welcher Leidenschaft der Mann spricht. Er erklärt, dass Adeliepinguine zwar nicht zu den am stärksten bedrohten Arten zählen (wie etwa Tristanpinguine oder Kronenpinguine), aber dennoch in die Kategorie »potenziell gefährdet« fallen. Zudem hat sich die Größe dieser speziellen Kolonie in den letzten Jahren besorgniserregend verringert, und niemand weiß, warum. Vor sieben Jahren wurde auf der Insel eine Forschungsstation errichtet, um den Ursachen auf den Grund zu gehen, und seitdem beobachten Wissenschaftler die Pinguine jede Saison genau, doch die finanziellen Mittel sind fast aufgebraucht. Als die Folge gedreht wurde, waren lediglich vier Wissenschaftler vor Ort, die sich bemühten, die Arbeit von fünf zu erledigen. Dieses Jahr werden sie nur zu dritt sein. Danach muss das Projekt möglicherweise ganz eingestellt werden, es sei denn, sie werden weiterhin gefördert. Seine Worte stupsten irgendetwas in meinem Unterbewusstsein an.

Diesem Dietrich steht Sorge in sein großes, haariges Gesicht geschrieben. Er gestikuliert aufgeregt. Normalerweise würde mich eine solche Zurschaustellung von Gefühlen unberührt lassen, aber Robert Saddlebow (für den ich eine gewisse Bewunderung hege) wirkt ebenfalls ziemlich ergriffen.

Er beteuert seine Hoffnung, dass die Wissenschaftler einen Weg finden werden, wie sie ihre enorm wichtige Arbeit fortsetzen können, schüttelt dem Mann die Hand und wünscht ihm ganz viel Glück. Der Schauplatz wechselt, und man sieht einen hübschen, wenn auch ziemlich korpulenten Pinguin auf einem Felsen stehen, der seine Flossen abtropfen lässt, indem er sie rechtwinklig vom Körper abspreizt. Er fixiert mich mit seinem Blick und stellt damit eine unheimliche Verbindung her zwischen ihm auf seinem Felsen in der Antarktis und mir in meinem Sessel auf The Ballahays.

»Wenn Sie mehr über diese Kolonie von Adeliepinguinen erfahren möchten«, sagt Robert Saddlebow, »dann lesen Sie bitte ›Terrys Pinguin-Blog‹. Sie finden dort regelmäßige Updates zu den Fortschritten der Wissenschaftler und den Pinguinen auf Locket Island.«

Locket Island? *Locket* Island? Die »Medaillon-Insel«? Das Wort löst eine ganze Reihe von elektrischen Impulsen in meinen Nervenbahnen aus. Ein merkwürdiger Zufall? Oder ein Omen?

Ich schalte den Fernseher aus, während der Abspann läuft. Um nicht im Sessel einzunicken (was Gift für die Nackenmuskulatur ist), gehe ich gleich nach oben. Als ich das Badezimmer betrete, stockt mir vor Erstaunen der Atem. Da ist es, vor meiner Nase: das Wort »Pinguine«, mit braunem Augenbrauenstift unten auf den Spiegel geschrieben. Diese Erinnerung muss mir sehr wichtig gewesen sein, da ich mich dafür zu Schmierereien habe hinreißen lassen. Interessant.

Ich nehme den Stift noch einmal in die Hand und füge die Worte »Adelie« und »Antarktis« hinzu. Und nachträglich: »Locket Island«.

Ein Pinguin, der ein Medaillon um den Hals trägt, watschelt auf mich zu. Er macht den Schnabel auf und zu, als ob er mir etwas sagen will, es kommt jedoch kein Ton heraus. Ich bin eine junge, sorgenfreie Version von mir selbst mit einer Mähne kastanienbrauner Locken, die im Wind wehen. Aber alles um mich herum ist weiß. Weiße Blumen, weiße Bäume, weiße Federn, die in der Luft umherwirbeln. Ich gehe einen Schritt auf den Pinguin zu und beuge mich hinunter, damit ich höre, was er sagt. Beinahe kann ich Wörter verstehen, Pinguinwörter, die aus seinem Schnabel kommen, doch dann gibt es eine Unterbrechung. Ein schrilles Klingeln, das mir in den Ohren wehtut.

Ich setze mich abrupt im Bett auf. Mir ist sofort klar, dass mich das Telefon aus dem Schlaf gerissen hat. Ich nehme meinen Morgenmantel vom Stuhl und schlüpfe hinein, wobei ich einen Blick auf die Uhr werfe: einundzwanzig Uhr dreißig. Welcher Schwachkopf ruft um diese Uhrzeit an? Ich stolpere durchs Zimmer und hebe ab. Die Stimme am anderen Ende der Leitung klingt dumpf.

»Einen Moment«, sage ich und fummle mein Hörgerät ins Ohr.

»Hier ist Veronica McCreedy«, sage ich, als ich so weit bin.

»Hallo, Granny.«

Einen Moment lang denke ich, ich bin verrückt geworden, dann fällt mir meine unerfreuliche Begegnung mit meinem neu entdeckten Enkel wieder ein. *Granny*. Pfui. Warum muss er mich so nennen?

»Patrick«, sage ich. Sein Name ist mir sofort wieder eingefallen. Zum Glück bin ich voll auf der Höhe und habe ein bemerkenswertes Gedächtnis. Ich bin allerdings nicht davon überzeugt, dass es eine gute Idee war, ihm meine Telefonnummer zu geben. Zu dem Zeitpunkt hielt ich es für eine notwendige Formalität und eine Gefälligkeit, aber jetzt habe ich das ungute Gefühl, dass er meinen guten Willen ausnutzen wird.

»Tut mir leid, dass ich deinen Geburtstag vergessen habe. Du hattest vorgestern, oder?«

Ich konsultiere den Kalender auf dem Fensterbrett, auf dem ich das Datum jedes Tages sorgfältig rot durchstreiche, nachdem dieser vergangen ist.

»Vorvorgestern«, sage ich zu ihm. Ich weiß nicht, was ihn das angeht.

»Ach, das war dann also …« Er hält inne und versucht, seinem drogenbenebelten Hirn eine Information zu entlocken. »Der Zweiundzwanzigste?«

»Der Einundzwanzigste.«

»Der Einundzwanzigste dann also. Und du bist jetzt wie alt? Achtundachtzig, oder?«

»Versuch's noch mal.«

»Siebenundachtzig?«

»Nein, Patrick.«

»Sechsundachtzig?«

Ich ertrage ihn geduldig. »Sehr gut. Gut gemacht. Ausgezeichnet. Genau richtig.«

»Alles Gute zu deinem Geburtstag, ähm, vorvorgestern! Das ist ja fast schon ein … ein biblisches Alter.«

Er versucht, lustig zu sein, was ihm nicht sonderlich gut gelingt. Was für ein Ärgernis für ihn, mich in seinem Leben zu haben. Was für eine Erleichterung es sein wird, wenn ich tot und unter der Erde bin.

»Hast du irgendwas Besonderes gemacht?«, erkundigt er sich.

»Nein. Eileen hat einen Kuchen mitgebracht.« Er hat bestimmt keine Ahnung, wer Eileen ist.

»Ach, das ist ja nett. Eileen ist deine Pflegerin, stimmt's?«

»Ganz sicher nicht! Ich brauche keine Pflegerin. Ich bin durchaus in der Lage, mich um mich selbst zu kümmern. Eileen unterstützt mich hin und wieder im Haus und bei anderen Angelegenheiten.«

Eine kurze Pause. »Ah! Okay. Die gute alte Eileen. Hat er geschmeckt? Der Kuchen?«

»Er war ganz annehmbar.« (Um ehrlich zu sein, er war grässlich, nur Mandeln und rosafarbener Zuckerguss. Er hat nach Zahnverfall geschmeckt. Als hätte ich davon nicht ohnehin schon genug.) »Eileen ist nicht gerade ein kulinarisches Genie. Aber es war eine nette Geste. Sie hat sich Mühe gegeben.«

»Im Gegensatz zu mir«, sagt Patrick mit untypischem Scharfsinn.

»Du gibst dir doch gerade Mühe«, stelle ich freundlich fest.

»Wahrscheinlich *bin* ich eher mühsam.«

Ich bin geneigt zuzustimmen, beiße mir aber auf die Zunge.

»Hör mal, ich weiß nicht, wie ich das sagen soll, aber mir macht das irgendwie zu schaffen. Ich habe das Gefühl … Ich habe das Gefühl, wir haben einen schlechten Start erwischt, Granny. Es war nicht so, wie ich es erwartet hatte, und mir ist bewusst, ich muss wie – entschuldige meine Ausdrucksweise – ein totales Arschloch rübergekommen sein. Ich habe mich gefragt, ob wir vielleicht, na ja, noch mal von vorn anfangen könnten?«

Ich lasse mich von diesem unpoetischen salbungsvollen Gehabe nicht beeindrucken und schließe sofort daraus, dass er über mein Geld nachgedacht hat.

»Na schön«, erwidere ich mit vorgetäuschter Geduld.

Es entsteht eine unbehagliche Pause. »Wie läuft es denn so bei dir?«, frage ich. Nicht, dass ich die Antwort unbedingt hören will – sein Leben besteht aus unzivilisierten Belanglosigkeiten –, aber irgendjemand muss schließlich etwas sagen.

»Ach, du weißt schon. Das Übliche. Viel ist nicht los. Montags Fahrräder. Regen. Rechnungen. Kochen. Essen. Hin und wieder ein Bewerbungsschreiben, für das ich ewig brauche und das mich auch nicht weiterbringt. Aber ich beklage mich nicht. Was mich aufheitert, sind Pub-Besuche und *Wer wird Millionär?*«.

»Du wärst wahrscheinlich gern einer.«

Eine kurze Pause. »Na ja, natürlich würde ich mir nicht die Augen ausheulen, wenn mir eine Million Pfund in den Schoß fallen würde.«

Die Dreistigkeit des Jungen ist ein Affront. Er macht auf die denkbar unsubtilste Art und Weise Anspielungen. Anscheinend hat er sich zusammengereimt, dass ich sonst niemanden habe, dem ich mein Geld vermachen kann. Das heißt niemanden, der als Angehöriger durchgeht. Tatsächlich habe ich diesem Problem in letzter Zeit viel Aufmerksamkeit gewidmet. Vermögend zu sein, das ist mit einer großen Verantwortung verbunden. Ich hätte die Möglichkeit, alles Eileen zu vermachen, die mir – trotz all ihrer Schwächen – seit vielen Jahren treu ergeben ist, aber sie bekäme vermutlich sofort Gewissensbisse und würde es an Patrick weitergeben. Sie singt (wenn man es so nennen kann) in einem Kirchenchor und betrachtet sich als redlich und anständig.

Am Telefon entsteht eine weitere bedeutungsvolle Pause. Man möchte meinen, Patrick würde wenigstens einen

Funken Interesse an seiner Großmutter zeigen, aber nein. Die Unterhaltung ist bereits versiegt. Es hat keinen Sinn, diese Quälerei noch länger auszudehnen.

»Danke für den Anruf, Patrick.«

Ich lege auf. Verbitterung und Groll durchfluten mich. Wie kann er es wagen, zu versuchen, sich meine Gunst zu erschleichen, indem er mich mitten in der Nacht anruft, um mir *drei Tage zu spät* zum Geburtstag zu gratulieren? Und das, nachdem er mich bei meinem Besuch in seiner stinkenden Bleibe so schlecht behandelt hat. Er hat sich mir gegenüber respektlos verhalten und auch, was noch schlimmer ist, gegenüber dem Andenken an meinen Sohn, seinen verstorbenen Vater. Offenbar hat er es sich nur deshalb anders überlegt, weil der Gedanke an mein Erbe in seinen Schädel eingedrungen ist.

Soll er ruhig davon träumen, Millionär zu werden. Warum sollte ich Verdorbenheit und schiere Faulheit belohnen? Derzeit kümmern sich verschiedene Banken und Bausparkassen um mein nicht unbedeutendes Vermögen. Ich werde meinen Anwalt kontaktieren und Vorkehrungen treffen. Es heißt, Blut sei dicker als Wasser. In unserem Fall ist das leider nicht einmal in der Nähe der Wahrheit. Nein, es hat den Anschein, dass McCreedy-Blut viel, viel dünner als Wasser ist. Dieser Junge muss etwas anderes mit seinem Leben anfangen, als mein Erbe für Alkohol, Drogen und Schlimmeres zu verprassen. Ich habe mich entschieden. Mein Vermächtnis wird einer würdigeren Sache zugutekommen. Patrick bekommt mein Geld auf gar keinen Fall in seine schmutzigen kleinen Finger.

9

Patrick

Bolton

Ich versuche, das unangenehme, kratzige Gefühl loszuwerden, das sie bei mir ausgelöst hat. Verdammt, ich habe mein Bestes gegeben, oder etwa nicht? Ich wollte nicht unbedingt anrufen, aber meine innere Stimme ließ nicht locker: *Los, mach schon. Ruf sie einfach an.* Also habe ich mich überwunden. Und wie üblich habe ich es auf ganzer Linie vermasselt. Ich habe versucht, mich zerknirscht zu geben, habe aber die Daten durcheinandergebracht. Wochentage, o Mann – ich weiß nie, welchen wir gerade haben. Montags wird gearbeitet, das steht fest, aber die anderen Tage verschmelzen zu einer Art Klecks. Jedenfalls ist es mir gelungen, Granny V auf den Schlips zu treten, indem ich mich beim Datum ihres Geburtstags vertan habe, und dann habe ich mich noch tiefer reingeritten, weil ich sie älter geschätzt habe, als sie ist. Ich konnte am Telefon regelrecht spüren, wie gereizt sie war. Wenn es eine Goldmedaille für Sarkasmus gäbe, würde sie sie gewinnen. Ich war so angespannt, dass mir »Arschloch« rausgerutscht ist. Dann habe ich angefangen, einfach draufloszuschwafeln, damit das Ganze eher wie eine normale, entspannte Unterhaltung zwischen Granny und Enkel klingt. Und dann hat sie irgendwie das Thema gewechselt, und es ging darum, dass ich Millionär werden möchte, was völlig bizarr und irrelevant war. Hoffentlich denkt sie nicht, ich habe eine Anspielung gemacht oder so.

Wenigstens habe ich es versucht. Ich glaube, ich habe mir ein Bier verdient. Es ist noch früh – erst ungefähr zweiundzwanzig Uhr –, also schreibe ich Gav eine SMS, dann mache ich mich auf den Weg. Er ist meistens für ein Bier zu haben, nachdem er seine Kids ins Bett gebracht hat.

Als ich im *Dragon's Flagon* ankomme, steht er schon an der Bar. Wir holen uns etwas zu trinken und zwängen uns in eine Ecke.

»Wie läuft's denn so?«, fragt er nach ein oder zwei Schlucken. »Schon besser?«

»Ja, ich glaube, ich habe die Kurve gekriegt.«

»Klingt gut. Dann bist du also endlich über Lynette hinweg?«

»Wie bitte? Hast du gerade geflucht?«

»Okay, alles klar. Ich nehme das L-Wort nicht mehr in den Mund.«

Wahrscheinlich war es gut, dass ich sie und den Maurer zusammen gesehen habe. Hat mich zwar mitten ins Herz getroffen, und das Timing hätte kaum schlechter sein können, aber wenigstens ist die Sache jetzt vom Tisch. Lynette ist raus aus meinem Leben – daran besteht kein Zweifel.

»Aber weißt du, was?«, sage ich zu Gav. »Eilmeldung: Ich habe eine neue Granny.«

Gav gibt einem immer das Gefühl, dass das, was man sagt,

wichtig ist. Er ermuntert mich wortlos, indem er mir aufmerksam zuhört, als ich alles beschreibe: meine schreckliche erste Begegnung mit Granny V und meine Versuche, das Ganze am Telefon wiedergutzumachen. Als ich erwähne, dass Granny V in Schottland in einem Herrenhaus wohnt, pfeift er leise.

»Weißt du, was ich glaube?«, fragt Gav und trinkt einen Schluck Bier.

»Nein. Aber du wirst es mir gleich verraten.«

»Okay, da hast du recht. Ich weiß, es war nicht gerade Liebe auf den ersten Blick bei euch beiden, aber ich denke, es lohnt sich, es noch mal mit dieser Granny Veronica zu versuchen. Schließlich ist sie deine einzige Verwandte. Vielleicht wachst ihr einander mit der Zeit noch richtig ans Herz.«

Ich grinse. »Du hast sie noch nicht kennengelernt. Sie ist ein richtig kalter Fisch. Im Vergleich zu ihr ist ein Eiszapfen warm und flauschig.«

Er grinst zurück. »Okay, ich habe kapiert, dass sie nicht gerade knuddelig ist.«

»Um Himmels willen, nein!«

Dann verfinstert sich Gavs Gesicht. »Aber im Ernst, du solltest dich trotzdem ins Zeug legen. Ältere Leute sind irgendwie …«

Er ringt nach Worten, deshalb nenne ich ihm ein paar Optionen: »Langweilig? Egoistisch? Geizig?«

»Nein, das wollte ich nicht sagen. Sie haben eine andere Herangehensweise, weil sie schon so viel erlebt haben. Sie sind nicht nur voller Falten, sondern auch voller … *Geschichten*. Und oft wissen wir sie erst dann zu schätzen, wenn sie nicht mehr da sind.«

Er kämpft vor Rührung mit den Tränen. Der Tod seiner Mutter macht ihm immer noch zu schaffen. Das hatte ich ganz vergessen. Seine Mum war ebenfalls ziemlich betucht (natürlich nicht so wie Granny Veronica, aber gut bei Kasse). Sie kam allerdings nie auf die Idee, Gav bei seinen finanziellen Problemen unter die Arme zu greifen. Nicht einmal dann, als seine acht Jahre alte Tochter an Krebs erkrankte.

Gav war trotzdem total vernarrt in seine Mum.

Die Unterhaltung wird für uns beide zu belastend, deshalb belassen wir es dabei und reden stattdessen über Fahrräder. Er zieht in Betracht, unser Sortiment an hochwertigen E-Bikes aufzustocken. Momentan verkaufen wir nicht viel Hochwertiges. Zu riskant.

Auf dem Nachhauseweg denke ich noch einmal über Granny V nach. Gav hat natürlich recht. Ich muss am Ball bleiben.

Überall liegen stinkige Socken herum. Der Fußboden ist übersät damit. Ich sammle sie auf und stopfe sie wieder in die Plastiktüte. Ich werde sie heute gleich nach der Arbeit in den Waschsalon bringen. Ich muss versuchen, mich wieder auf Kurs zu bringen, sonst rutsche ich wieder dahin ab, wo ich war, bevor ich Lynette kennengelernt habe. Und das will ich nicht. Also verpasse ich der Wohnung eine Generalüberholung. Am Wochenende habe ich endlich mein Bett frisch überzogen, den Teppich gesaugt und den Dreck aus dem Backofen geschrubbt.

Ich habe auch angefangen, mich selbst wieder in Form zu bringen. Gestern bin ich mit dem Fahrrad meilenweit durch die Gegend gefahren und habe mir am Abend etwas

Gesundes gekocht: Zitronenhähnchen und gedünstete französische Bohnen mit Bratkartoffeln. Und vor allem habe ich gegessen, ohne dabei den Fernseher einzuschalten. Stattdessen habe ich Musik gehört: Sixx:A.M., »This is Gonna Hurt«. Habe zum Rhythmus der Songs meine Kartoffeln aufgespießt und meine Bohnen aufgeschlitzt. Das war total klasse.

Den Zitronen-Polenta-Kuchen habe ich auch gebacken. Man wirft teure Kuchenzutaten doch nicht weg, oder? Ich könnte diese Woche den Zug nach Schottland nehmen und Granny V den Kuchen persönlich vorbeibringen, aber ich kann mich einfach nicht dazu durchringen. Sie hasst mich, da bin ich sicher, und ich tue mich echt schwer, sie zu mögen. Ich muss immer wieder daran denken, dass sie ihr Baby weggegeben hat, und frage mich, wie es sich auf das Leben meines Vaters und letztes Endes auch auf meines ausgewirkt hätte, wenn sie es nicht getan hätte.

Trotzdem hätte ich nicht so mit Granny sprechen sollen.

Ich gehe zu Weedledum und Weedledee hinüber und gieße die beiden. Der Kuchen steht auf dem Tisch, neben den Pflanzen, warme, zitronige Kuchengerüche ziehen durch das Apartment. Schon bei seinem Anblick bekomme ich ein schlechtes Gewissen.

Deshalb beschließe ich, ihn zur Arbeit mitzunehmen.

»Der Kuchen ist für dich, Gav«, murmle ich und stelle ihn auf die Ladentheke. »Als ... du weißt schon. Für die Unterstützung. Für alles.«

Ich bin nie gut mit Worten und mit einem Kloß im Hals schon gar nicht.

»Mensch, Patrick!«, ruft Gav und strahlt übers ganze Gesicht. »Das wäre doch nicht nötig gewesen.«

»Doch. Ich benehme mich seit Wochen wie ein Vollidiot«, sage ich. »Nimm ihn mit nach Hause zu deiner besseren Hälfte und deinen Kids.«

Ich schaffe es nicht, mich ausdrücklich zu entschuldigen, aber ich glaube, er hat es kapiert.

Nach der Arbeit (heute war ein viel besserer Tag: *Madam, ich freue mich, Ihnen sagen zu können, dass Ihr Fahrrad jetzt perfekt funktioniert*) statte ich dem Waschsalon den lange ersehnten Besuch ab. Jetzt bin ich gerade mit einer Tüte voller sauberer Klamotten auf dem Rückweg zur Bushaltestelle. Aus meinen Kopfhörern ertönt Coldplay, und ich kann es mir nicht verkneifen, ein bisschen zu headbangen. Ich sehe bestimmt wie ein totaler Trottel aus. Als ich die Straße überquere und einer großen Pfütze ausweiche, kommt aus dem Nichts ein Riesenlaster angedonnert und fährt mich beinahe platt. Er macht gerade noch rechtzeitig einen Schlenker, hupend und mit quietschenden Reifen. Ich bekomme fast einen Herzinfarkt.

Der Fahrer ist ein Glatzkopf mit gerötetem Gesicht. Er beschimpft mich durch die Windschutzscheibe. Ich forme »Entschuldigung« mit den Lippen und gehe weiter.

Ich könnte mir in den Arsch beißen, dass ich mich entschuldigt habe. Ja, ich sollte schauen, bevor ich die Straße überquere, aber er war viel zu schnell unterwegs. Ich zeige dem Lastwagen noch einen Stinkefinger hinterher, als er auf der Straße davonrast. Ich bin viel zu spät dran, als dass der Typ es noch mitbekommen könnte.

Die Sache bringt mich ins Grübeln. Würde es irgendjemanden kümmern, wenn ich überfahren werde? Gav vielleicht. Ja, Gav würde es aufrichtig leidtun. Judith (meine Ex, die noch mit mir spricht – »Du bist ein netter Kerl, Patrick, aber ein schrecklicher Freund«) würde vielleicht eine Träne vergießen. Lynette? Ich glaube nicht, dass es sie jucken würde, da sie jetzt ihren Maurer-Fuzzi hat. Sonst irgendjemand? Granny McC? Irgendwie kann ich mir das nicht vorstellen.

Ich nehme an, Granny wird noch ewig leben. Auf jeden Fall länger als ich, so wie ich unterwegs bin. Und wenn ich überfahren werde, wird sie es wahrscheinlich gar nicht zur Kenntnis nehmen. Ihre Pflegerin wird sich vor Mitgefühl gar nicht mehr einkriegen, und Granny V wird sagen: »Eileen, würden Sie bitte aufhören? Ich habe alle Hände voll damit zu tun, Servietten zu drapieren.«

Es heißt doch, wenn man dem Tod ins Auge sieht, läuft das ganze Leben vor einem ab, oder? Bei mir war das gerade eben nicht der Fall. Ich habe nur den wütenden Blick des Fahrers zu sehen bekommen. Aber jetzt habe ich anscheinend so etwas wie eine verzögerte Reaktion. Bilder aus meiner Kindheit schießen mir durch den Kopf, während die Musik in meinen Ohren pocht. Mir erscheinen meine fünf Pflegefamilien. Fünf, nicht weniger! Sie haben das ganze Spektrum von rigoros streng bis unglaublich locker abgedeckt. Ich erinnere mich, wie ich bei den Millards in mein Zimmer gesperrt wurde, nur weil ich geflucht hatte. Ich erinnere mich, wie Jenny und Adrian Fanshaw mich belehrten, wie glücklich ich mich schätzen könne. Ich erinnere mich, wie ich mich aus den Portemonnaies der Gregsons bedient habe. Das war schmählich, aber ich konnte nicht anders. Ich brauchte das Geld für Drogen. Ich war ein Problemkind.

Im Großen und Ganzen ging es mir aber recht gut. Ich hatte immer etwas zu essen, immer ein Dach über dem Kopf und bekam immer so etwas wie Bildung. Mir wurde immer eine verhaltene Art von Liebe zuteil. Aber Eltern waren keine von ihnen.

Mit siebzehn Jahren fing ich an, bei Charlie zu arbeiten, einem Automechaniker im Ort. Es gefiel mir recht gut, Autos auseinanderzunehmen und wieder zusammenzubauen. Charlie war in Ordnung. Ich blieb vier Jahre bei ihm, bis er pleiteging. Dann war ich eine Zeit lang arbeitslos, dann habe ich für ein reiches Pärchen gegärtnert, dann war ich mit Judith zusammen, dann trennten wir uns wieder.

Nach Judith kam Lynette. Das erste Mal sah ich sie, als sie eine Autopanne hatte. Sie stand auf der Straße und hackte wie wild Nummern in ihr Handy. Sie wirkte gestresst (nicht irgendwie gestresst, sondern »kurz berockt, Haare werfend und einen Schmollmund machend«-gestresst – *sexy* gestresst), also bot ich ihr meine Hilfe an. Ich kenne mich mit Autos aus, hatte im Handumdrehen ihre Motorhaube aufgemacht und ihren Wagen wieder zum Laufen gebracht.

Lynette war von meiner männlichen, lässigen Ausstrahlung und dem ungepflegten Äußeren angetan – das hat sie mir zumindest später erzählt. Sie selbst war nicht ungepflegt. Weit entfernt davon. Sie war in jeder Hinsicht das Gegenteil von Judith. Adrett gekleidet, belesen und gutherzig. Wir zogen ziemlich schnell zusammen. Das heißt, ich zog bei ihr ein. Sie hatte eine große, schicke Wohnung und arbeitete als Rechtsanwältin. Sie versuchte, mich zu »retten«, was … na ja, halbwegs funktioniert hat. Auf jeden Fall hat sie mich dazu gebracht, dass ich mich gesund ernähre. Ich hätte nie gedacht, dass ich jemals auf Brokkoli abfahren würde, aber so war es! Und eine Zeit lang bin ich auch von den Drogen losgekommen. Ich habe meine Sucht auf Laufen und Radfahren übertragen. Habe mir bei Gav ein gutes gebrauchtes Rad besorgt, und da ich schon mal dabei war, habe ich mir dort gleich noch einen Job besorgt. Lynette meinte, als Übergangslösung wäre er okay, aber früher oder später müsste ich mir einen Vollzeitjob suchen. Ich warte immer noch darauf, dass es dazu kommt.

Wie auch immer, Lynette ist jetzt Geschichte. Wie es scheint, habe ich mir stattdessen eine griesgrämige Granny eingehandelt. Wie bizarr ist das denn?

Es will mir einfach nicht in den Kopf, dass Veronica McCreedy die Mutter meines Dads ist. Um ehrlich zu sein, mache ich mir nicht viele Gedanken über ihn. Ich weiß sowieso rein gar nichts über ihn. Ich erinnere mich, dass ich als kleiner Knirps meine Mum ein paarmal wegen ihm gelöchert habe, weil meine Freunde im Kindergarten alle Dads hatten, und wo war meiner?

Mums Antwort war immer dieselbe: ein schnelles, barsches: »Du hast keinen Dad.« Gefolgt von einem raschen Themenwechsel. Nur einmal fügte sie hinzu: »Wenn er geblieben wäre, dann wäre vielleicht alles anders gekommen.« Das hat sie danach allerdings nie wieder gesagt.

Anfangs haben Mum und ich in einem Wohnmobil gewohnt. Genauer gesagt in einem maroden Campingbus, der auf einem nicht genutzten Grundstück voller Gestrüpp geparkt war. Später sind wir dann in eine Sozialwohnung gezogen, aber ich kann mich kaum mehr daran erinnern, außer dass Mum alte Zeitungen in alle Ritzen stopfte, weil es so zog. Die Wohnung hat sich nicht wie ein Zuhause angefühlt.

Mum hat eine Menge Jobs ausprobiert, aber nie lange durchgehalten. Ich erinnere mich, dass es mit ihrer Stimmung ständig rauf und runter ging. Erst sang sie fröhlich vor sich hin, im nächsten Moment war sie in Tränen aufgelöst. Als ich sechs Jahre alt war – kurz bevor sie ihr Leben für nicht mehr lebenswert hielt –, kam sie in mein Zimmer, wo ich gerade aus Bauklötzen ein Schloss baute. Sie ließ die Schultern hängen, und ihre Wangen waren feucht. »Patrick, mein Schatz«, sagte sie mit einem Seufzer, »mir tut das alles so leid. Entschuldige, dass ich für nichts zu gebrauchen bin.« Ich hatte keine Ahnung, was sie damit meinte. In meinen Augen machte sie ihre Sache gut. Sie gab mir etwas zu essen, zog mich an, brachte mich in den Kindergarten und so weiter. Aber wahrscheinlich kostete das alles sie einfach zu viel, sowohl Geld als auch Energie. Rückblickend erkenne ich, dass sie Opfer gebracht hat. Ihr Sozialleben, zum Beispiel. Sie unternahm nichts mit Freunden. Sie muss einsam gewesen sein. Sie gab sich Mühe, ihr Unglücklichsein vor mir zu verbergen, aber es muss gewaltig gewesen sein.

Denn eines Tages brachte sie mich zu einer Babysitterin, einer Frau, die ich überhaupt nicht kannte. Ich erinnere mich, dass die Babysitterin mir an dem Abend Würstchen mit Bohnen zu essen gab. Irgendwann wurde sie unruhig und sah immer wieder auf die Uhr. Dann telefonierte sie lange, legte auf und wählte weitere Nummern. Ihre Stimme klang immer verzweifelter.

Erst sagte sie zu mir: »Keine Sorge, Patrick, sie kommt bestimmt bald«, und dann hieß es: »Ich bringe dich ins Bett. Mum kommt morgen früh zurück.« Und dann, als es Morgen war und immer noch keine Spur von Mum, hieß es: »Okay, Patrick, wir machen eine kleine Spazierfahrt.«

Ich wurde an andere Leute weitergereicht, die ich nicht kannte und die mich an der Hand nahmen und mir erklärten, ich müsse ein tapferer Junge sein. Mum werde nicht so schnell wiederkommen. Später sagten sie mir, es sähe so aus, als werde sie überhaupt nicht mehr zurückkommen. Und noch später fand ich heraus, dass sie sich Steine in die Taschen gesteckt hatte und ins Meer gegangen war.

Ich komme an der Bushaltestelle an und warte dort mit Pendlern und Einkäufern. Sie machen alle den Eindruck, als hätten sie die Kurve gekriegt. Selbstwertgefühl, das ist es. Dieser Typ mit Anzug und Krawatte, zum Beispiel, der einen schwarzen Regenschirm in der Hand hält. Ich wette, er geht mit seiner Frau und seinen Kindern jeden Samstagabend thailändisch essen. Und das Pärchen, das Händchen hält. Die beiden können es kaum erwarten, nach Hause zu kommen und sich gegenseitig zu entblättern. Und die gefärbte Blondine simst ihrem Partner und schreibt: »Bin auf dem Nachhauseweg. Komme in zwanzig Minuten.« Und tippt am Ende jede Menge X.

Single zu sein macht mich teilnahmslos. Ich bin komplett über Lynette hinweg, aber ich muss zugeben, dass sie jeden verdammten Aspekt meines Lebens dominiert hat. Wenn sie da war, hatte ich nie die Gelegenheit, mich deprimierenden Gedanken hinzugeben. Jetzt, da sie weg ist, scheint sich mein Leben wieder mit der alten, unheimlichen Stille gefüllt zu haben. Ich fühle mich wie eine Bierflasche, nachdem das ganze Bier ausgetrunken wurde. Überflüssig, wertlos, leer.

Terrys Pinguin-Blog

Pinguine sind willensstark und dickköpfig. Sie geben niemals auf.

Ein Beispiel dafür ist unser einsamer schwarzer Pinguin, Sooty. Er hockt immer noch auf seinem Nest, wartet geduldig und hofft gegen jede Vernunft, dass seine Prinzessin eines Tages kommen wird.

Und dann ist da noch dieser Draufgänger, der auf dem Foto zu sehen ist. Der fragliche Pinguin (bei dem es sich um ein Männchen oder ein Weibchen handeln könnte – schwer zu sagen, aber ich denke, es ist eine Sie) hat beschlossen, auf einen sehr steilen Eisberg zu klettern. Wer weiß, warum sie das für so wichtig befunden hat? Auf jeden Fall konnte nichts sie aufhalten. Ich habe zugesehen, wie sie den beinahe senkrechten Hang hinaufgekrochen ist und es bis auf halbe Höhe geschafft hat, aber dann wieder bis ganz nach unten gerutscht ist. Sie ist auf die Seite gekippt, Füße und Flossen unwürdig abgespreizt. Unbeirrt hat sie sich sofort wieder aufgerappelt und zum Gipfel hinaufgeschaut. Sie würde sich auf gar keinen Fall von dem Hang unterkriegen lassen. Sie hat beide Flossen ausgestreckt, um das Gleichgewicht zu halten, ist ein Stück weit gewatschelt, abgerutscht, weitergewatschelt, auf den Bauch gefallen, wieder aufgestanden. Das letzte Stück des Eisbergs war besonders steil. Sie hat den Schnabel in den Schnee gesteckt und sich daran wie an einem Kletteranker hochgezogen. Nicht sehr elegant, aber es hat funktioniert. Schließlich hat sie es bis nach ganz oben geschafft, und ich muss gestehen, dass ich geklatscht habe, als sie dort ankam. Sie hat richtig selbstzufrieden gewirkt.

Solche Beharrlichkeit ist wirklich bewundernswert.

10

Veronica

The Ballahays
Juli 2012

Ich werde ein außerordentliches Maß an Entschlossenheit aufbringen müssen. Doch das ist immer erforderlich, wenn man im Leben irgendetwas erreichen möchte.

Ich erinnere mich, dass ich als Kind glaubte, mir würden die wundervollsten Dinge einfach in den Schoß fallen. Dieser Illusion geben sich meines Erachtens viele Menschen hin. Sie rechnen fast auf ihrem ganzen Lebensweg damit, dass hinter der nächsten Ecke das Paradies auftaucht. Bei mir hat sich diese Erwartung allerdings schon früh verflüchtigt. In einem bestimmten Moment vor etwa siebzig Jahren lösten sich meine sämtlichen Träume in Luft auf. Seitdem ist alles nur ein Anzeichen dafür, dass die Zeit vergeht. Das Leben ist eine Abfolge unbedeutender Ereignisse, die sinnlos dahinplätschern und sofort wieder vergessen werden. Termine beim Hausarzt, Zahnarzt, Optiker, Fußpfleger. Im Supermarkt in der Warteschlange stehen. Eileen Anweisungen bezüglich der Wäsche erteilen. Mr Perkins Anweisungen bezüglich der Petunien erteilen. Schlafen. Lesen. Kreuzworträtsel lösen. Blumen arrangieren. Tee trinken.

Ich habe aus purer Gewohnheit weitergemacht. Dennoch haben mir die Tagebücher einen starken Anstoß gegeben. Sie haben mir etwas in Erinnerung gerufen, das ich vergessen hatte: mein ehemaliges Feuer. Seit ich sie gelesen habe, verhöhnt mich meine innere Stimme. *Früher warst du ein menschlicher Dynamo,* flüstert sie. *Früher hast du dich ins Zeug gelegt. Früher hast du dich jeder Herausforderung gestellt. Aber hast du im letzten halben Jahrhundert irgendetwas von Belang getan?*

Ich muss versuchen, etwas zu tun, bevor es zu spät ist. Nicht nur etwas mit meinem Geld, sondern auch etwas mit meinem Leben – wie viel auch immer noch davon übrig ist. Naiverweise hatte ich geglaubt, die Entdeckung eines neuen Angehörigen würde in beiderlei Hinsicht eine Lösung liefern. Ich habe mich geirrt.

Ich muss eine Alternative finden, eine Mission, irgendetwas Inspirierendes. Leider gibt es auf diesem Planeten nur wenige Dinge, auf die diese Beschreibung zutrifft.

Eines davon ist jedoch vor Kurzem in Erscheinung getreten. Während ich mir die Zähne putze, blicke ich vom Waschbecken auf. Es ist noch immer da, lässt keinen Zweifel zu, wurde von mir selbst auf den Spiegel geschrieben.

»Warum nicht?«, frage ich mein Spiegelbild.

Veronica McCreedy erwidert meinen Blick, Feuer in den Augen.

Eileen ist mit einem grässlichen rosa-weiß karierten Overall bekleidet. Sie verströmt einen penetranten Bleichmittel-Geruch.

»Soll ich den Badezimmerspiegel auch putzen, Mrs Mc-Creedy?« Sie ist nach unten gekommen – wie es scheint, nur, um mir diese Frage zu stellen. Ich bin gerade auf der Suche nach meiner Lesebrille, die wie so oft verschwunden ist.

»Also wirklich, Eileen, müssen Sie mich das fragen?«, entgegne ich. »Es ist doch Ihre Aufgabe, alles zu putzen, was geputzt werden muss.«

»Ja, das weiß ich, aber da steht eine mit braunem Stift geschriebene Nachricht drauf. Ich war mir nicht sicher, ob sie wichtig ist. Irgendwas über ein Medaillon, eine Insel, jemanden mit dem Namen Adele und … und Pinguine?«

Der Klang ihrer Stimme gefällt mir nicht. Sie spricht mit dem halb besorgten, halb amüsierten Tonfall, den sie benutzt, wenn sie vermutet, ich würde letztendlich doch von Demenz heimgesucht werden.

»Ist dies schon Tollheit, hat es doch Methode«, zitiere ich. »Das ist aus *Hamlet*, wissen Sie?«

»Ja, das glaube ich gern, Mrs McCreedy. Aber was ist mit dem, was auf dem Spiegel steht?«

»Was auf dem Spiegel steht, ist nur eine Erinnerung«, erkläre ich ihr. »Stift und Papier hat man nie zur Hand, wenn man beides braucht, und Not macht erfinderisch.«

»Eine Erinnerung?«

»Ja. Natürlich besteht nicht die geringste Gefahr, dass ich es vergesse. Mein Gedächtnis ist absolut zuverlässig und hundertprozentig intakt.«

»Das sagen Sie immer«, murmelt sie.

Ich starre sie wütend an. »Sie dürfen den Rest des Spiegels putzen, bis auf die Ecke, in der die Wörter stehen.«

»Wie Sie wünschen. Und … und es ist eine Erinnerung woran, wenn es Ihnen nichts ausmacht, dass ich frage?« Sie trägt jetzt ihren neugierigen Gesichtsausdruck zur Schau.

Ich seufze. Um ehrlich zu sein, macht es mir schon etwas aus, dass sie fragt, aber leider muss ich sie einweihen. Noch schlimmer ist, ich werde ihre Hilfe brauchen.

Ich setze sie darüber in Kenntnis, dass ich eine Reise auf die Südlichen Shetlandinseln plane.

»Die Shetlandinseln!«, ruft sie und schaudert übertrieben. »Du meine Güte, Mrs McCreedy! Sie sind voller Überraschungen. Was für ein unübliches Urlaubsziel! Aber immerhin haben Sie sich für die *Südlichen* Shetlandinseln entschieden. Nicht ganz so kalt dort wie auf den nördlichen, kann ich mir vorstellen.«

»Nein, Eileen.« Ich werde es ihr in einfachen Worten erklären müssen. »Bei den Südlichen Shetlandinseln handelt es sich um eine völlig andere Inselgruppe, nicht um die in der Nähe von Schottland.«

Jetzt zeigt sie ihren perplexen Gesichtsausdruck.

»Sie befinden sich auf der Südhalbkugel«, erkläre ich ihr.

»Ach so, dann ist es ja gut. Dann sind sie ja bestimmt viel besser geeignet«, sagt sie grinsend. »Schön exotisch. Bestimmt voller Sandstrände und Palmen. Für einen Moment dachte ich schon, Sie wären verrückt geworden, Mrs McCreedy!«

Bei ihr besteht immer noch Aufklärungsbedarf. »Die Südlichen Shetlandinseln liegen in der Antarktis«, sage ich zu ihr.

Es bedarf einiger Zeit, um sie davon zu überzeugen, dass ich es ernst meine, und etliche Versicherungen, dass ich in der Tat noch alle Tassen im Schrank habe.

Nachdem diese Herkulesarbeit geschafft ist, erkundige ich mich, ob sie gewillt wäre, ihre Computerkenntnisse anzuwenden und eine E-Mail an die Forschungsstation auf Locket Island zu schreiben, die Robert Saddlebow besucht hat.

»Ich glaube, Sie finden die richtige Adresse mithilfe eines Blogs, wenn Sie Ihr Googly-Dingsda benutzen.«

»Ah, ich verstehe. Ja, Mrs McCreedy, das ist recht wahrscheinlich. Auf Websites gibt es in der Regel ein Kontaktformular. Es sollte möglich sein, wenn Sie sich wirklich sicher sind, dass Sie das wollen.«

»Haben Sie jemals erlebt, dass ich mir bei irgendetwas nicht sicher bin?«

»Na ja, nein, Mrs McCreedy, aber …« Sie murmelt etwas, das ich nicht verstehe. Die Leute heutzutage sprechen nie deutlich genug. Allerdings bitte ich sie nicht, es zu wiederholen. Ich bin mir ziemlich sicher, dass mir dadurch keine wertvollen Weisheiten entgehen.

Nachdem wir meine Brille ausfindig gemacht haben (irgendwie ist sie oben auf dem Kühlschrank gelandet), notiere ich alle Einzelheiten auf einem Blatt Papier, weil ich herausgefunden habe, dass man Eileen auf diese Weise am besten klare Anweisungen geben kann. Sie weiß, dass ich es todernst meine, wenn ich das tue.

Meine Gedanken kehren zu den Pinguinen zurück. Ich habe mir eine wichtige und interessante Mission anvertraut und bin recht zufrieden.

11

Sehr geehrte Wissenschaftler,

ich habe vor Kurzem Robert Saddlebows Fernsehsendung gesehen, in der es um Ihr Projekt ging, und bin von Ihrer Forschung zu den Adeliepinguinen der Antarktis zutiefst beeindruckt. Als glühende Bewunderin Ihrer Mission, die Spezies zu schützen, und als Befürworterin von Naturschutz im Allgemeinen, habe ich beschlossen, Ihr Forschungsprojekt – sollte sich Ihre Arbeit als so wertvoll erweisen, wie es momentan erscheint – in meinem Testament mit einem beträchtlichen Geldbetrag zu bedenken. Ich beabsichtige deshalb, Ihrem Standort in naher Zukunft einen Besuch abzustatten, um weitere Informationen einzuholen und um sicherzustellen, dass Ihre Arbeit einer so großen Summe würdig ist. Ich bringe Verpflegung und Lebensnotwendiges mit, aber ich brauche ein Zimmer für drei Wochen (vorzugsweise mit eigenem Bad) und möchte Ihnen bei Ihren Studien und Pinguin-Beobachtungen so viel über die Schulter schauen, wie es Ihnen genehm ist.

Mit freundlichen Grüßen
Veronica McCreedy

Anmerkung

Hallo. Ich bin Eileen Thompson (Mrs), und ich bin Mrs Mc-Creedys Haushaltshilfe. Mrs McC hat mich gebeten, Ihnen diese Nachricht zu senden, da sie E-Mail selber nicht nutzt. Mrs McC ist geistig voll auf der Höhe, aber sie ändert oft ihre Meinung, daher würde ich mir an Ihrer Stelle keine allzu großen Sorgen machen und das Ganze nicht für bare Münze nehmen.

Viele Grüße,
Eileen Thompson

Liebe Mrs Thompson,
danke für Ihre E-Mail. Ich wäre dankbar, wenn Sie unten stehende Antwort an Mrs McCreedy weiterleiten und sie von uns grüßen würden.

Vielen Dank und herzliche Grüße,
Dietrich Schmidt

Sehr geehrte Mrs McCreedy,
wir schätzen uns glücklich, Ihre Unterstützung zu haben, und freuen uns sehr über Ihr Interesse an unserer Arbeit mit den Adeliepinguinen.

In unserer Forschungsstation herrschen allerdings äußerst beengte Platzverhältnisse, und sie ist extrem spartanisch ausgestattet. Wir haben kaum fließendes warmes und kaltes Wasser, geschweige denn ein Zimmer mit eigenem Bad. Wir würden uns zwar sehr freuen, Sie kennenzulernen, wären aber nicht in

der Lage, Sie so unterzubringen, wie Sie es vorgeschlagen haben.

Im Anhang finden Sie ein Informationsblatt über
Adeliepinguine, das Sie vielleicht interessieren wird.
Selbstverständlich wäre jeder Beitrag zu ihrem
Schutz, jetzt oder in der Zukunft, überaus willkom-
men. Mit herzlichem Dank für Ihr Interesse verbleibt

Ihr Dietrich Schmidt
Pinguinologe und Leiter des Locket-Island-Teams

Bitte entschuldigen Sie, dass ich Sie noch einmal beläs-
tige, Mr Dietrich, aber Mrs McC besteht darauf, dass ich
Ihnen die folgende Nachricht übersende.

Viele Grüße,
Eileen

Sehr geehrter Mr Schmidt,
danke für Ihre prompte und informative Antwort.
Wie ich schon erwähnt habe, werden Ihrem Projekt
auf lange Sicht sieben Millionen Pfund zugutekommen, gesetzt den Fall, dass mein Aufenthalt in Ihrem Forschungszentrum zufriedenstellend verläuft.
Inzwischen habe ich meinen Flug nach King George
Island und meine Überfahrt von dort mit Blue Ice-
berg Ferries gebucht. Ich komme am 8. Dezember
um 8:30 Uhr auf Locket Island an und wäre Ihnen
sehr verbunden, wenn Sie einen Ihrer Helfer schicken würden, der mich abholt und mich und mein

Gepäck zu Ihrem Forschungszentrum begleitet. Bitte machen Sie sich keine Gedanken wegen meiner Bedürfnisse. Da ich die letzten dreiundfünfzig meiner insgesamt sechsundachtzig Jahre an der Westküste Schottlands verbracht habe, besitze ich eine gewisse Zähigkeit und komme mit ungemütlichen Bedingungen problemlos zurecht. Eileen hat die Temperaturen auf Ihrer Insel recherchiert und mir gesagt, dass sie in Ihrem antarktischen Sommer um den Gefrierpunkt liegen, womit es bei Ihnen nicht viel kälter ist als hier bei uns in Ayrshire im Dezember. Für Kost und Logis während meines Aufenthalts werde ich natürlich bezahlen. Ein Luxusapartment in London kostet ungefähr 400 Pfund pro Nacht, wie ich aus zuverlässiger Quelle erfahren habe. Ich werde Ihnen deshalb einen Betrag von jeweils 400 Pfund für vierundzwanzig Stunden meines Aufenthalts zukommen lassen. Da Sie erwähnt haben, die Bedingungen seien spartanisch, habe ich keine Zweifel, dass dieser Betrag mehr als ausreichend ist, um für Ihre Unkosten und sämtliche Unannehmlichkeiten aufzukommen, die Ihnen dadurch entstehen, dass sich eine zusätzliche Person in Ihrem Forschungszentrum aufhält. Außerdem komme ich gerne für alle unvorhergesehenen Kosten im Zusammenhang mit meinem Besuch auf. Meine Medikamente und alles andere, was ich für mein leibliches Wohl benötige, bringe ich mit. Ich danke Ihnen und freue mich auf meinen Aufenthalt.

Mit besten Grüßen
Veronica McCreedy

Liebe Eileen,

Mrs McCreedys letzte E-Mail hat uns zutiefst beunruhigt. Wir sind ungemein dankbar für ihr großzügiges Vorhaben, aber wir können sie auf keinen Fall drei Wochen lang bei uns unterbringen. Genau genommen sind wir nicht in der Lage, irgendjemanden bei uns unterzubringen, und schon gar nicht eine Person fortgeschrittenen Alters. Wenngleich wir sehr vereinzelt Besucher auf Locket Island empfangen, handelt es sich hier nicht um ein Touristenziel, und wir sind jeden Tag mit unseren Studien und unserer Forschung beschäftigt. Ich bezweifle nicht, dass Mrs McCreedys Absichten edelmütig sind, und die von ihr versprochene Summe ist sogar erschreckend großzügig, aber würden Sie ihr bitte zu bedenken geben, dass ihr Vorhaben einfach nicht durchführbar ist?

Mit besten Grüßen
Dietrich und das Locket-Island-Team

Lieber Mr Schmidt,

es tut mir sehr leid. Ich dachte wirklich, Mrs McCreedy würde es sich noch mal anders überlegen. Normalerweise tut sie das, aber diesmal scheint sie fest entschlossen zu sein. Es hat keinen Sinn, zu versuchen, sie von etwas abzubringen, denn das bewirkt bei ihr das genaue Gegenteil. Aber machen Sie sich bitte keine Sorgen. Es stimmt, dass sie sehr zäh ist. Und neunzig Prozent der Zeit ist sie voll auf der Höhe, deshalb wird es bestimmt kein Problem. Schließlich ist es nur für drei Wochen.

Liebe Eileen,

hat Mrs McCreedy irgendwelche Angehörigen, mit denen
wir per E-Mail kommunizieren könnten? Wir können natürlich nicht verhindern, dass sie kommt, aber ich möchte
gewiss nicht verantwortlich gemacht werden, weder für
ihre Gesundheit noch für ihr Glück.

Herzliche Grüße
Dietrich

Lieber Mr Schmidt,

sie hat nur einen Enkel in Bolton, aber die beiden sehen
sich nicht oft. Hier ist seine E-Mail-Adresse, falls Sie sie
haben wollen.

Sehr geehrter Mr Patrick (McCreedy?),

wie Sie sicher wissen, hat Ihre Großmutter, Mrs Veronica
McCreedy, einen Flug in die Antarktis gebucht – mit dem
ausdrücklichen Wunsch, unserer Station einen Besuch
abzustatten. Das bereitet uns große Sorge. Sie darf gerne
kommen und sich eine Stunde in der Forschungsstation
umsehen, während sie hier ist, aber ich möchte Sie bitten,
ihr zu erklären, dass ein Besuch mit Übernachtung – geschweige denn ein dreiwöchiger Aufenthalt – wegen feh-
lender Räumlichkeiten nicht möglich ist.

Es ist immer erfreulich, wenn jemandem die Zukunft
unserer Pinguine und unsere wissenschaftliche Mission am
Herzen liegen, aber wir wären sehr betroffen, falls Ihrer

Großmutter irgendetwas zustoßen würde, während sie sich hier aufhält. Mrs McCreedys Haushaltshilfe, Eileen Thompson, hat uns versichert, dass sie neunzig Prozent der Zeit »voll auf der Höhe« ist, aber diese neunzig Prozent werden womöglich nicht ausreichen. Ich glaube wirklich, Ihre Großmutter hat keine Vorstellung, wie hart die Bedingungen hier sind – allein die Kälte stellt für jemandem im fortgeschrittenen Alter, ganz egal, wie gesund er ist, eine Gefahr dar.

Ich hoffe aufrichtig, dass es Ihnen gelingt, sie davon abzubringen und ihr zu erklären, aus welchen Gründen wir einem längeren Aufenthalt nicht zustimmen können.

Mit freundlichen Grüßen
Dietrich Schmidt (Pinguinologe) und das Locket-Island-Team

Lieber Patrick McCreedy,
ich schreibe Ihnen noch einmal, da ich auf meine letzte E-Mail keine Antwort erhalten habe und befürchte, dass sie Sie womöglich nicht erreicht hat. Würden Sie uns bitte dringend wegen Ihrer Großmutter Veronica McCreedy kontaktieren?

Liebe Eileen,
wir haben vergeblich versucht, Mrs McCreedys Enkel zu kontaktieren. Würden Sie Mrs McCreedy bitte mitteilen, dass wir sie bei ihrem Besuch in der Antarktis nicht beherbergen können, ihr aber einen sehr angenehmen Urlaub wünschen?

Lieber Mr Dietrich,

es tut mir leid, dass es Ihnen nicht gelungen ist, Patrick zu erreichen. Ich glaube aber, es hätte sowieso nicht funktioniert. Mrs McCreedy hat es sich in den Kopf gesetzt, Sie und Ihre Pinguine zu besuchen. Ich fürchte, ich kann sie nicht davon abbringen. Sie ist wirklich ziemlich eigensinnig und stur. Sie werden es selbst sehen, wenn Sie sie kennenlernen. Ich bin sicher, alles wird gut.

Beste Grüße
Eileen

12

Patrick

Bolton
November 2012

Neulich ist etwas Seltsames passiert. In meinem Posteingang war eine E-Mail von einer Organisation namens penggroup-4Ant. Ich bekomme nicht oft E-Mails, deshalb war ich fasziniert. Allerdings wollte ich kein Risiko eingehen. Letzten Monat hatte ich nämlich ein Riesenproblem, weil ich eine E-Mail von jemandem geöffnet habe, den ich nicht kannte. Mein Computer hat davon richtig Schüttelfrost bekommen. Greg vom Computerladen hat drei Wochen und 250 Pfund gebraucht, um ihn zu reparieren. Nie wieder. Also bin ich davon ausgegangen, dass es sich bei dieser penggroup4Ant-E-Mail um Spam handelt, und habe sie prompt gelöscht. Aber die Woche drauf, siehe da, wieder eine Nachricht von penggroup4Ant. Ich habe sie wieder gelöscht.

Jedenfalls bin ich am heutigen Abend gerade dabei, mir Chili con Carne zu machen, und habe gerade Chilis fertig geschnitten, da bekomme ich einen Anruf von Granny Veronicas Pflegekraft – oder wie auch immer man sie nennen mag. Die Wichtigtuerin Eileen. Sie brabbelt irgendwas von einem Plan von Granny, auf eine lange Reise zu gehen. Ich habe mir die Hände nicht gewaschen, bevor ich ans Telefon gegangen bin, und mir brennen die Finger von den Chilis. Ich würde das Gespräch am liebsten schleunigst beenden, aber diese Eileen redet, ohne Luft zu holen. Ihre Stimmlage wird immer höher.

»Mrs McCreedy hat sich da total reingesteigert. Der Grund dafür ist irgendwas in einer Kiste, die sie gefunden hat. Seitdem ist sie wie ausgewechselt. Ich weiß, dass sie öfter ein bisschen sprunghaft ist, aber dieses Mal ist es wirklich besorgniserregend. Tut mir leid, dass ich Sie damit behellige, aber Sie sind schließlich ihr Enkel, und ich bin mit meinem Latein am Ende. Ich habe sie noch nie so begeistert erlebt. Und Sie haben bestimmt schon bemerkt, dass sie kaum zu bremsen ist. Sie hat es sich in den Kopf gesetzt, in die Antarktis zu reisen. Und es bringt nichts, wenn ich mit ihr darüber diskutiere. Sie wissen ja, wie sie ist. Wenn man ihr sagt, dass sie etwas nicht tun soll, dann tut sie es erst recht.«

»Moment mal. Halt. Langsam!«, rufe ich. »Soll das heißen, Granny reist in die *Antarktis*?«

»Ja, das hat sie vor.«

Ich breche in Gelächter aus.

Eileen verschlägt es vor Schreck die Sprache, dann sagt sie: »Sie müssen versuchen, sie davon abzuhalten. Bitte.«

Das Ganze wird langsam surreal. Granny McC hat auf mich durchaus zurechnungsfähig gewirkt, als ich sie gesehen habe, aber ich bin kein Experte. So oder so, ich kann nicht glauben, dass Eileen denkt, die Sache hätte irgendwas mit mir zu tun.

»Na ja, sie ist doch ein freier Mensch.« Ich zucke mit den Schultern, obwohl sie mich nicht sehen kann.

»Sie müssen irgendwas unternehmen!«, fleht sie mich an.

Ich habe diese Eileen noch nicht kennengelernt, aber ich stelle sie mir als eine untersetzte, ängstliche Frau mit Schürze vor, die die Hände ringt.

Ich bin baff. In die Antarktis? Ich weiß, dass Geld kein Problem darstellt, aber in die Antarktis? Nicht gerade ein alltägliches Urlaubsziel.

»Warum ausgerechnet in die Antarktis?«, frage ich.

»Pinguine!«

»Pinguine?«

»Pinguine!«

Ich warte auf weitere Informationen. Eileen muss nicht extra aufgefordert werden. »Sie hat ihren ganzen Badezimmerspiegel mit Notizen über Pinguine vollgeschrieben! Und ich musste für sie die Pinguin-Leute kontaktieren. Sie hat eine Fernsehsendung über Pinguine gesehen. Seitdem ist sie besessen von Pinguinen. Sie möchte sie retten. Aber bevor sie sie rettet, möchte sie sie sehen.«

»Tut mir leid. Was Sie sagen, ergibt überhaupt keinen Sinn.«

Am anderen Ende der Leitung ist ein Schnauben zu hören. »Sie hat mich losgeschickt, damit ich ihr die Flugtickets und ein Ticket für die Fähre und so besorge. Ich dachte, das wäre in Ordnung, aber die Wissenschaftler sagen, dass es nicht möglich ist. Man kann nicht einfach dorthinkommen. Aber sie meint, sie könnte es. Sie meint, sie könnte die Pinguine vorm Aussterben retten, wenn sie ... na ja, es hat mit Geld zu tun ...«

Eileens Stimme wird plötzlich leiser, als wäre ihr etwas

bewusst geworden oder eingefallen. »Ich dachte nur, Sie schaffen es vielleicht, sie davon abzuhalten«, murmelt sie.

»Warum, in aller Welt, sollte sie auf mich hören?«

»Weil Sie ihr Enkel sind. Ihr *einziger* Enkel. Sie müssen es versuchen!«, fleht sie.

Es ist schwierig, vernünftig mit ihr zu reden. »Was spielt es für eine Rolle, ob Granny reist oder nicht?«

»Die Wissenschaftler!«, keucht Eileen. »Sie sagen, die Bedingungen sind unerträglich. Für alle und erst recht für eine alte Dame. Sie hat mich gebeten, dass ich den Wissenschaftlern eine E-Mail schreibe und ihnen mitteile, dass sie kommt. Aber die haben mir zurückgemailt, dass das nicht geht. Dass es wirklich nicht geht. Dann hat sie von mir verlangt, dass ich antworte und ihnen sage, sie kommt *trotzdem* und sie sollen sich keine Sorgen machen, aber sie machen sich natürlich Sorgen. Ich habe ihnen Ihre E-Mail-Adresse gegeben. Haben sie sich denn nicht bei Ihnen gemeldet?«

Der Groschen fällt. Bei penggroup4Ant muss es sich um die Wissenschaftler handeln, die versucht haben, mich zu kontaktieren, da sie glaubten, ich sei womöglich in der Lage, Granny umzustimmen. Ich kann mir ein weiteres Glucksen nicht verkneifen.

»Da gibt's nichts zu lachen«, schimpft Eileen mich. »Wenn ihr irgendwas zustößt, während sie bei den Pinguinen ist, würde ich mir das niemals verzeihen!«

Eileen muss Granny gernhaben. Ich gebe zu, dass ich insgeheim, trotz meiner Abneigung, allmählich so etwas wie Bewunderung für sie empfinde. Die Frau hat Mumm, das muss man ihr lassen.

»Eileen«, sage ich. »Beruhigen Sie sich. Ich bin sicher, alles wird gut gehen. Sie ist doch nicht lange weg, oder?«

»Drei Wochen!« In einem Tonfall völliger Verzweiflung.

»Ich sage Ihnen, was ich tun werde. Ich werde diesen Wissenschaftlern mailen und ihnen mitteilen, dass wir uns alle Mühe geben werden. Und Sie können sicherstellen, dass sie jede Menge warme Klamotten und, äh, Medikamente hat … und was sie sonst noch braucht, oder?«

»Jaja, aber rufen Sie sie an und überreden Sie sie, nicht zu verreisen!«

Meine Anrufe bei Granny sind nicht für ihre Erfolgsquote bekannt. Bislang war es nur einer, und der war, machen wir uns nichts vor, ein totaler Rohrkrepierer.

»Die Tickets hat sie bereits, sagten Sie?«, frage ich Eileen.

»Ja.«

»Tja, dann hat es doch keinen Sinn, oder? Wie es sich anhört, wird sie sich auf den Weg ans andere Ende der Welt machen, ob es uns gefällt oder nicht.«

Terrys Pinguin-Blog

6. Dezember 2012

Pinguine bewegen sich auf viele verschiedene Weisen fort. Die meisten Menschen stellen sich Pinguine aufrecht watschelnd vor, und so legen sie tatsächlich gewisse Strecken zurück, wenn sie sich an Land aufhalten. Ihre robusten Füße besitzen so etwas wie natürliche Steigeisen, was ihnen dabei hilft, sich in verschneitem und steinigem Terrain fortzubewegen. Aber sie sind nicht dumm und wissen auch, wie sie sich die Glätte von Eis zunutze machen können. Oft werfen sie sich auf den Bauch und schlittern mit hoher Geschwindigkeit dahin. Rutschende Pinguine bringen mich immer zum Schmunzeln. Dieses Foto habe ich heute Nachmittag geschossen, als ich bei der Kolonie war. Man sieht, dass sie die Flossen seitlich anlegen, die Füße hinten rausstrecken und sich gelegentlich mit ihnen abstoßen, um voranzukommen. Die physikalischen Gesetze erledigen den Rest.

Selbstverständlich verbringen Pinguine einen großen Teil ihres Lebens im Meer. Sie besitzen einen stromlinienförmigen Körper und tauchen mit perfektem Timing in die Wellen ein und tauchen wieder auf, wobei ihre Flossen als eine Kombination von Finne und Flügel fungieren. Unter Wasser sind sie echte Bewegungskünstler. Sie schießen in die Tiefe und vollführen unglaubliche akrobatische Kunststücke. Sie können eine Viertelstunde unter der Oberfläche bleiben, ohne Luft zu holen, dann kommen sie wie ein Delfin in hohem Bogen aus dem Wasser geschossen. Manchmal holen sie vor dem nächsten Abstecher unter Wasser Luft, manchmal tauchen sie wie ein Delfin durch die Wellen. Das Ganze ist ein großartiger Anblick, der von purer Lebensfreude zeugt.

13

Veronica

Auf dem Weg in die Antarktis
Dezember 2012

Früher bin ich gern gereist. Inzwischen habe ich dabei gemischte Gefühle. Mein verstorbener Exmann hat mich in unserer Anfangszeit zu verschiedenen exotischen Zielen entführt: San Francisco, Florenz, Paris, Monaco und Mauritius. Damals war das einigermaßen vergnüglich, aber die Erinnerung daran ist leider von dem getrübt, was anschließend in unserer Beziehung geschah. In den letzten Jahren bin ich gar nicht mehr gereist. Mit dem Fliegen selbst habe ich kein Problem. Was mich eher stört, ist die Nähe vieler anderer Menschen.

Bei den Tickets handelt es sich um sogenannte »E-Tickets«. Bislang dachte ich immer, das E stünde für *ether*, die englische Bezeichnung für »Äther« (den ich für das Medium hielt, durch das diese Nachrichten reisen), aber Eileen hat mir gesagt, dass dem nicht so ist. Offenbar steht es für »elektronisch«. Heutzutage beginnen ganz viele Dinge mit einem E oder alternativ mit einem I. Die i-Worte sind allgegenwärtig: iPhones, iPlayer, iPads, iTunes – wo soll das noch hinführen? »I«, »I«, »I«, alle sind davon besessen, keiner hat mehr Zeit für jemand anderen oder etwas anderes.

Meine Tickets wurden telefonisch bei dem Reisebüro in Kilmarnock bestellt. Eileen erhielt per E-Mail zunächst eine Bestätigung und dann die Tickets, die sie ausgedruckt und mir gegeben hat. Warum alles so kompliziert sein muss, werde ich nie verstehen.

Eileen begleitet mich im Taxi zum Flughafen Glasgow. Mit ihrer Unterstützung habe ich das Menschenmögliche getan, um mich auf meine Expedition vorzubereiten. Wir haben alles bis zur letzten Dezimalstelle berechnet und alles bis zum letzten Hühneraugenpflaster in meine Koffer gepresst. Angesichts der Tatsache, dass die Wissenschaftler die »spartanische Ausstattung« betont haben, habe ich ein paar kleine Freuden des Lebens im Gepäck, und zwar eine Dose losen Darjeeling-Tee, ein paar Pfefferminzplätzchen, meine drei Lieblingshandtaschen und zwei Stück Ylang-Ylang- und Granatapfelseife. Außerdem habe ich in die beste Kaltwetterbekleidung investiert, die für Geld zu haben ist: langärmlige Merinowolle-Unterhemden mit passenden langen Unterhosen, ein Sortiment an Cordhosen und wasserdichten Hosen (ich bevorzuge Röcke, bin aber bedauerlicherweise zu dem Schluss gekommen, dass diese in antarktischen Bedingungen unpraktisch sind), doppelflächige Kaschmirpullover, dicke Wollwesten und ein ziemlich grotesker »Dynotherm«-Daunenanorak mit Kapuze in einem Scharlachrot, das zu meiner zweitliebsten Handtasche passt. Bei meinem Schuhwerk handelt es sich um spezielle Stiefel, die sich des Namens »Mukluks« erfreuen. Diese Mukluks sind unansehnlich, aber anscheinend ideal für extreme Witterungsbedingungen. Außerdem eignen sie sich hervorragend für eisige und felsige Untergründe (wie das Internet Eileen und Eileen dann mir mitgeteilt hat). Selbstverständlich werden sie mit Thermosocken kombiniert.

Mein Medaillon habe ich ebenfalls mitgenommen. Das war ein Impuls in letzter Minute. Da mein Ziel Locket Island heißt, »Medaillon-Insel«, erscheint es mir angebracht. Im Moment trage ich das Medaillon auf der Haut, unter mehreren Schichten Bekleidung, genau wie früher. Es mag schrullig klingen, aber ich habe das Gefühl, es ermöglicht mir, aus der Energie und dem Tatendrang zu schöpfen, die ich in jungen Jahren besaß.

Eileen und ich steigen aus dem Taxi aus. Der Flughafen ist voll mit übertrieben aufwendig verpackten und überteuerten Produkten und mit Menschen in Uniform, die mich »meine Liebe« nennen, was äußerst ärgerlich ist. Ich bin einiges, aber ich bin ganz bestimmt keine »Liebe«.

Da wir früh dran sind, besteht Eileen darauf, dass wir in einem der lauten Café-Bereiche einen Kaffee trinken. Ich habe gerade den einzigen Tisch ausfindig gemacht, auf dem kein Müll anderer Leute liegt, als ich zu meinem Entsetzen feststelle, dass ein großer, schmuddeliger junger Mann unmittelbar vor mir steht.

»Hallo, Granny!«

Damit war nicht zu rechnen. »Was, in aller Welt, machst du denn hier?«

Er wirft Eileen einen verschlagenen Blick zu. »Ein kleines Vögelchen hat mir gezwitschert, dass du auf dem Weg in den frostigen Süden bist. Also dachte ich mir, ich komme und verabschiede dich.«

»Warum?«

»Na ja, du hast dir vor einiger Zeit ja auch die Mühe gemacht und bist mich besuchen gekommen. Ich dachte mir, es wäre nett, wenn ich mich … äh, mich revanchieren würde.«

Eileen ist knallrot angelaufen und gibt sich alle Mühe, nicht wie eine Verräterin auszusehen.

»Ich dachte, Sie würden sich freuen, Mrs McCreedy«, stammelt sie.

Ich würde nicht sagen, dass »Freude« eine zutreffende Beschreibung für das ist, was ich gerade empfinde. Was ist in den Jungen gefahren? Versucht er, sich bei mir einzuschmeicheln, weil er sich Geld von mir leihen möchte? Glaubt er etwa, er kann mit einer derart übertriebenen Geste Pluspunkte sammeln?

»Ich bewundere wirklich deinen Mut, Granny, so weit zu reisen«, schwafelt Patrick, als hätte er meine Gedanken gelesen. »Und ich dachte mir, du hättest eine … äh, familiäre Verabschiedung verdient, weil es ein so abenteuerlicher Trip ist.«

Ich mustere ihn und erkenne in seinen Augen den aufrichtigen Wunsch zu gefallen. Vielleicht war ich mit meinem Urteil etwas vorschnell.

Eileen holt Kaffee, und wir würgen ihn hinunter, während wir eine gekünstelte Unterhaltung beginnen. Ich kann zumindest berichten, dass Patrick sich diesmal mehr Mühe gegeben hat als bei unserer letzten Begegnung. Keines seiner Kleidungsstücke ist zerrissen. Was er anhat, sieht einigermaßen sauber aus, ist allerdings völlig geschmacklos. Auf seinem T-Shirt prangt ein gekritzeltes Wort, das aussieht wie »Spikey«, aber fast alles heißen könnte. Warum laufen Leute mit Reklame auf dem Körper herum? Und ich werde wirklich nie verstehen, warum Jeans in Mode sind, bei denen der Hosenbund im Genitalbereich auf halbmast hängt. Wenigstens raucht er diesmal keine Drogen. Das wäre hier auch nicht erlaubt.

Patrick will von mir wissen, ob es in der Antarktis um diese Jahreszeit kalt ist, und stellt noch weitere dümmliche Fragen. Außerdem unternimmt er ein paar Versuche mit Pinguin-Witzen, von denen die meisten kläglich scheitern. Sowohl er als auch Eileen legen eine angespannte, besorgte Heiterkeit an den Tag.

»Sind Sie sich sicher, dass Sie zurechtkommen werden, Mrs McCreedy?«, winselt Eileen und legt die Stirn in Falten.

»Selbstverständlich« erwidere ich ziemlich streng. »Und wenn nicht, was spielt das für eine Rolle?«

»Oh, sagen Sie das nicht, Mrs McCreedy! Natürlich spielt es eine Rolle!« Ihre Augen füllen sich mit Tränen. Manchmal ist sie fast schon absurd sentimental.

Wir drei trinken unseren ungenießbaren Kaffee und machen uns auf den Weg in den Wartebereich. Die Stühle stehen zu nah nebeneinander, sind aber fest mit dem Fußboden verschraubt, sodass man nichts dagegen tun kann. Ich setze mich hin und verschanze mich hinter meinem Handgepäck, das jedoch nur wenig Schutz bietet. Binnen zwei Minuten dringt eine fünfköpfige Familie mit quengelnden Kindern in meinen persönlichen Bereich ein, indem sie sich direkt neben mir niederlässt.

»Ich habe alle Ihre Utensilien und auch die Medikamente in die blaue Reisetasche mit der Unterwäsche gepackt«, teilt Eileen mir viel zu laut mit.

»Jaja, ich weiß.« Ich habe im Moment gerade kein Bedürfnis, über Binden und Medikamente zu sprechen. Die Mitglieder der fünfköpfigen Familie haben einen vergnügten Ausdruck in ihren klebrigen kleinen Gesichtern.

Patrick wirft einen Blick auf seine Uhr. »Tut mir leid, aber ich muss jetzt sofort den Bus zurück erwischen, sonst muss ich anderthalb Stunden warten.« Er schaut mich unsicher an. »Also dann, tschüss, Granny.«

»Auf Wiedersehen, Patrick.«

Er kommt drohend näher, als würde er mich gleich umarmen, dann überlegt er es sich zum Glück anders.

»Pass auf dich auf. Ähm ... tschüss!« Und weg ist er.

Eileen bleibt, bis es Zeit wird, an Bord zu gehen. Sie kann es sich nicht verkneifen, meinen Reisezeitplan Dutzende Male durchzugehen und mich auf verschiedene Dinge hinzuweisen, als wäre ich bescheuert. Mehrere kleine Männer wurden engagiert, damit sie mir beim Ein- und Aussteigen an den Flughäfen mit meinem Gepäck helfen. Eileen hat darauf bestanden.

»Lassen Sie mich nach Möglichkeit wissen, dass Sie gut angekommen sind, Mrs McCreedy?«

Ich nicke. Sie soll sich meinetwegen nicht noch mehr Sorgen machen. »Ich schicke Ihnen eine Postkarte, falls das möglich ist.«

»Oder vielleicht bitten Sie diesen netten Dietrich, dass er mir e-mailt?«

»Wie Sie wollen.«

»Ach, Mrs McCreedy, wenn ich Sie doch begleiten könnte! Ich habe Doug gefragt, aber er hat nur gelacht. Und er hat mich daran erinnert, dass ich nie fliege. Da wird mir nämlich ganz schwummerig und übel.«

»Ich brauche Sie nicht, und ich möchte Sie auch nicht dabeihaben, Eileen«, versichere ich ihr freundlich.

»Bitte passen Sie auf sich auf, Mrs McCreedy, ja?«, wimmert sie.

Sie macht aus jeder Mücke einen Elefanten. Ich richte den Blick starr nach vorn.

Nach dem überraschenden Auftauchen meines Enkels bin ich zu einem Entschluss gekommen. Ich gebe Eileen langsam und deutlich ein paar sehr genaue Anweisungen in Bezug auf eine gewisse Holzkiste. Sie setzt ihren neugierigen Gesichtsausdruck auf, verkneift es sich aber, mich mit Fragen zu bombardieren.

»Ich habe Ihnen in einem braunen Umschlag eine Kleinigkeit hingelegt und auf den Tisch im Flur eine Dose mit Tulpen auf dem Deckel für Sie hingestellt«, sage ich zu ihr. Da sie drei Wochen ohne Arbeit ist, habe ich ihr den Lohn für diese drei Wochen bezahlt. Und eine Familienpackung von ihren Lieblings-Schokolade-Marshmallow-Keksen. »Also, Eileen, Sie haben doch bestimmt was zu erledigen. Marsch, marsch!«

»Ich wünsche Ihnen viel Spaß, Mrs McCreedy«, murmelt sie und tupft sich die Augen mit einem bereits feuchten Taschentuch ab.

»Auf Wiedersehen, Eileen.« Ich sehe zu, wie ihr breiter Rücken in der Menge verschwindet. Dann drehe ich mich um und gehe mit gezückter Bordkarte durch die Abflughalle.

Ich bin froh über meinen scharlachroten Dynotherm-Anorak. Draußen ist es frisch, und der Wind sticht mir wie Nadeln ins Gesicht.

Meine Flieger waren beengt, aber zum Glück pünktlich. Die diversen Helfer, die gebucht worden waren, damit sie sich um meine Bedürfnisse kümmern, haben ihre Aufgabe effizient erledigt (was ich auch erwarten durfte – wir haben einen satten Aufpreis für sie bezahlt), neigten allerdings zu Unterwürfigkeit, vor allem der letzte. Es war eine Erleichterung, nicht mehr in ein Flugzeug steigen zu müssen und gestern an Bord des Schiffs zu gehen. Das offene Meer ist mir bei Weitem lieber.

Ich habe bereits einen Buckelwal gesehen, der eine Wasserfontäne ausstieß, Robben, die sich auf Felsen abmühten, und einige tropfnasse Pinguine, die in Gruppen an den Stränden kleiner Inseln standen.

Heute früh bin ich an Deck gegangen. In meiner kompakten, aber gut ausgestatteten Kabine gibt es nicht viel zu tun, deshalb habe ich beschlossen, der Kälte zu trotzen. Der Himmel besteht aus sich langsam bewegenden Mustern in marmoriertem Grau. Riesige Eisberge gleiten wie elegante Meeresungeheuer durch das Wasser. Über uns kreisen Möwen. Die Wellen schlagen gegen den Rumpf des Schiffs. Im Wasser klirren Eiskristalle. Ich blicke in die Ferne, während die Weiße immer weißer wird.

Ich bin so vertieft, dass ich zusammenzucke, als ich eine Stimme neben meiner Schulter höre. »Cool, oder?«

Neben mir steht ein korpulenter Mann, der halb so alt ist wie ich und mit einer umfangreichen Fotoausrüstung hantiert. Ich nicke zustimmend, wobei ich mir nicht ganz sicher bin, ob sich »cool« auf die Temperaturen oder auf die beeindruckende Eislandschaft bezieht.

Der Mann kommt noch näher und fummelt an seinem Objektiv herum. Mein Instinkt sagt mir, dass ich mich entfernen soll, aber ich war zuerst hier. Er scheint sich mit mir unterhalten zu wollen und geht offenbar davon aus, dass ich mich auch mit ihm unterhalten will.

»Hey, sehen Sie sich das an!«, posaunt er, als wir uns einem Eisberg nähern, der wie ein Torbogen geformt ist. Ich muss nicht gesagt bekommen, was ich mir ansehen soll. Der Mann sieht sich den Eisberg nicht einmal richtig an, da er viel zu sehr damit beschäftigt ist, seine Kamera darauf zu richten. »Wow! Was für ein Schmuckstück!« Klick, klick, klick.

»Machen Sie keine Fotos?«, fragt er ungläubig.

»Nein«, erwidere ich. »Ich sehe mir die Welt lieber mit den Augen an, ohne dass mir eine Wand aus sperrigen Gerätschaften die Sicht beschränkt.«

»Autsch«, sagt er. »Das saß!« Dann fügt er hinzu: »Aber es ist ein gutes Gefühl, sich für die Zukunft eine Sammlung toller Erinnerungen aufzubauen.«

»Es ist nicht mein Ding, Erinnerungen für die Zukunft anzusammeln«, teile ich ihm mit. »Die Gegenwart genügt mir.«

Trotz seines ermüdenden Geplauders fühle ich mich unbeschwert beim Anblick der wunderbar kargen Eislandschaft.

Morgen komme ich an meinem Ziel an. Ich spüre eine kindliche Aufregung in mir aufsteigen. Es ist sehr lange her, dass ich ein Abenteuer erlebt habe.

14

Veronica

Locket Island, Südliche Shetlandinseln, Antarktische Halbinsel

Locket Island scheint ziemlich bergig zu sein. Die Küste ist in manchen Bereichen zerklüftet, in anderen sanft geschwungen. Parallel zu uns erstreckt sich ein schmaler, zum Teil schneebedeckter Lavastrand. In gefrorenen Pfützen und Rinnsalen spiegelt sich das blasse Licht. Ich sehe weit und breit nicht einen Pinguin.

Ich bin der einzige Passagier, der hier von Bord gehen soll, und von den anderen lässt sich keiner blicken. Gestern Abend fand eine sogenannte »*Funanza*« statt, eine fürchterliche Angelegenheit mit lauter Musik, Alkohol und lärmenden Menschen, die sich zweifellos noch von ihren Exzessen erholen. Zum Glück war meine Kabine weit entfernt von all der Trunkenheit und all den Ausschweifungen, sodass ich gut schlafen konnte und mich heute Morgen ziemlich ausgeruht und energiegeladen fühle.

Der Mann, der an Bord als mein Assistent fungiert, ist ein dunkelhäutiger scharfsichtiger Zeitgenosse, der nur wenig

Englisch spricht. Ich bitte ihn, mein gesamtes Gepäck in das kleine Schlauchboot zu laden, das uns an Land bringen wird. Er gestikuliert und murmelt etwas, tut aber wie ihm geheißen. Er hilft mir mit ruhiger Hand ins Boot, was auch gut so ist.

Als wir uns auf den kleinen Wellen dem Ufer nähern, mache ich am Strand zwei Gestalten aus. Mein Assistent hilft mir aus dem Boot und beginnt, mein Gepäck auszuladen. Es tut gut, wieder festen Boden unter den Füßen zu haben, auch wenn er uneben und steinig ist. Mit meinen Mukluks und mithilfe meines neuen Polar-Wanderstocks bewältige ich das Terrain sehr gut, wobei ich die rutschigen Büschel farbigen Seetangs meide, der die Felsen schmückt.

Die beiden Gestalten kommen auf uns zu, um uns zu begrüßen.

Beide tragen dicke Anoraks. Der Mann tritt einen Schritt vor. Er ist knapp über vierzig, stämmig, mit dichtem braunem Haar, einem Bart, der an eine Wurzelbürste erinnert, und einem kräftigen Händedruck.

»So ... willkommen! Ich bin Dietrich. Sie haben es geschafft, Mrs McCreedy.« Sein Tonfall ist eine Mischung aus Herzlichkeit und Besorgnis. Er spricht mit ausgeprägtem Akzent.

»Natürlich habe ich es geschafft. Das habe ich doch gesagt. Sie sind Deutscher«, füge ich hinzu.

»Österreicher«, entgegnet er leicht gereizt.

»Ich bin Terry«, sagt die junge Frau mit einem Strahlen, als sie mir die Hand schüttelt. Ich wusste, dass es im Team jemanden namens Terry gibt (der Verfasser des Blogs, wie mir Eileen gesagt hat), aber ich hatte angenommen, Terry wäre ein Mann. Diese Terry ist Mitte zwanzig, schätze ich, ist etwas blass im Gesicht, hat blondes, schulterlanges Haar und trägt eine Brille. Ihr Lächeln wirkt schüchtern. »Wir haben von Ihrer Haushälterin die Nachricht erhalten, dass Sie voraussichtlich heute mit dem Schiff hier ankommen und ... ähm ... freuen uns, dass Sie da sind. Wir waren uns nicht sicher, ob Sie wirklich kommen würden.«

»Warum denn nicht?« Wenn Eileen diese E-Mails wirklich geschickt hat, sollte man doch meinen, ich hätte mehr als deutlich zu verstehen gegeben, dass ich kommen würde.

»Na ja, nichts für ungut, aber ich glaube nicht, dass Ihnen wirklich bewusst ist, wie hart die Bedingungen hier sind. Ich habe keinen Zweifel daran, dass Sie gesund und munter sind, aber selbst wir – und wir sind spartanische Verhältnisse gewohnt – finden es manchmal schwierig.«

Spartanische Verhältnisse – schon wieder! »Lassen Sie mich das selber beurteilen«, sage ich.

Die beiden sehen sich an und beraten sich wortlos, das würde man aus einer Meile Entfernung erkennen.

Dietrich wirft einen Blick auf seine Uhr. »Das Schiff legt in drei Stunden wieder ab, Mrs McCreedy. Warum nehmen Sie sich nicht diese Zeit und sehen sich hier um? Sie werden verstehen, was wir meinen, da bin ich mir sicher. Niemand wird es Ihnen verübeln, wenn Sie es sich anders überlegen. Ich schlage vor, Sie kehren zum Schiff zurück, wenn Sie hier alles gesehen haben, genießen den vergleichsweise großen Komfort an Bord und reisen für den Rest Ihres Urlaubs an ein besser geeignetes Ziel weiter.«

»Ich bin den ganzen Weg hierhergekommen, um Zeit mit den Pinguinen zu verbringen«, sage ich zu den beiden. »Und genau das werde ich auch tun.«

Die Locket-Island-Forschungsstation befindet sich in Küstennähe. Da Terry und Dietrich einen Schlitten dabeihaben, dauert es nicht lange, mein Gepäck mit der Hilfe des mürrischen Fremden dorthin zu bringen.

Die junge Frau deutet mit einer weit ausholenden Geste auf eine Art Baracke aus Schlackenbetonsteinen, die auf einer Ebene aus Felsen und Eis steht. Sie ist nicht gerade ein Schmuckstück. »Zu Hause!«, verkündet Terry.

Auf der verschneiten Anhöhe hinter der Baracke stehen ein paar primitive Windräder aus Metall, die sich langsam vor dem marmorierten Himmel drehen. Es ist ein Sakrileg, dass hier überhaupt etwas gebaut wurde, und ich bin nicht beeindruckt von diesen hässlichen, menschengemachten Striemen im reinweißen Antlitz der Natur. Aber ich nehme an, was sein muss, muss sein.

»Wir haben eigentlich Solarstrom, aber die Windräder tragen auch noch ihren Teil bei«, erklärt Dietrich. »Alles zusammen erzeugt genug Strom für unsere verschiedenen Elektrogeräte.«

»Wo sind denn die Pinguine?«, erkundige ich mich. Ich hatte damit gerechnet, dass sich Unmengen von ihnen um die Forschungsstation scharen.

»Nicht hier, aber auch nicht weit weg. Sehen Sie den großen verschneiten Hang da? Auf der anderen Seite befindet sich ihre Brutstätte. Sobald Sie sich ausgeruht haben, laufen wir hin und statten ihnen einen Besuch ab.«

Terry drückt die Tür der Forschungsstation auf und geht als Erste hinein. Wir legen unsere Jacken ab, und meine Koffer werden in dem großen Hauptraum abgestellt. Mein Helfer nuschelt Dietrich irgendetwas zu, dann entfernt er sich und verschwindet.

Ich lehne Terrys Kaffee-Angebot ab. Kurz bevor ich von Bord gegangen bin, habe ich mir Tee und Croissants gegönnt. Stattdessen widme ich meine Aufmerksamkeit der Begutachtung meiner Unterkunft.

An einer Wand steht ein Propangas-Heizofen, und es gibt ein paar Stühle und einen ziemlich großen Tisch. In dem Raum befindet sich außerdem eine große Menge Utensilien, die sich von normalen Haushaltsutensilien ein wenig unterscheiden. Vieles hängt an Nägeln: Pfannen, Löffel, Plastikbänder, Netze, diverse Schutzbrillen und diverse Haken. Ich kann nicht sagen, worum es sich bei all diesen Gerätschaften handelt, nehme aber an, dass sie pinguinrelevant sind. Ein Wirrwarr von Elektrokabeln baumelt auf ziemlich beunruhigende Weise von der Decke. In den Regalen stapeln sich ausgebleichte Konservendosen und Schachteln zwischen allen möglichen natürlichen Abfällen: Flechten, Knochenstücken, Eierschalen, Federn und Fischskeletten. Ich nehme erfreut zur Kenntnis, dass auch ein paar Bücher vorhanden sind.

»Wir können nie so viele mitbringen, wie wir gern möchten, aber die hier haben sich im Lauf der Jahre angesammelt«, erklärt Dietrich.

»Nicht, dass wir viel Zeit zum Lesen hätten«, sagt Terry mit einem Seufzen. »Sie möchten jetzt doch bestimmt ein bisschen die Füße hochlegen, Veronica.«

Ich hasse es, wenn Leute in fortgeschrittenem Alter mit Invaliden gleichgesetzt werden. Ich war fast drei volle Tage lang zuerst in Flugzeugen und anschließend auf einem Schiff eingepfercht, ohne mich körperlich ertüchtigen zu können. Außerdem bin ich erst vor zwei Stunden aus dem Bett aufgestanden, und trotzdem wird von mir erwartet, dass ich mich schon wieder hinlege.

Ich tue ihnen den Gefallen, indem ich mich eine Viertelstunde auf einen harten Stuhl setze, dann stehe ich auf und gehe im Raum auf und ab, da ich unbedingt demonstrieren will, dass ich vor Energie strotze.

Mir fallen ein paar an die Wand geheftete Tuschezeichnungen auf, keine davon besonders gut.

»Die hat Dietrich gezeichnet. Toll, finden Sie nicht?«

Ich kann Terrys Begeisterung nicht teilen. Alle Zeichnungen zeigen vermenschlichte Pinguine. Auf einer singt ein Pinguin-Chor, auf einer anderen sitzt ein einzelner Pinguin mit Schiebermütze auf einem Eisberg und hält eine Angel, auf einer dritten schaukeln Pinguin-Kinder auf einem Spielplatz. Die Zeichnungen sind ohne Ausnahme völlig lächerlich.

Dietrich hustet entschuldigend. »Das ist ein Hobby von mir. Ich zeichne sie immer für meine Kinder, wenn ich gerade einen freien Moment habe, und schicke sie dann per E-Mail, um ihnen und meiner Frau eine Freude zu machen. Terry besteht darauf, dass ich die Originale hier aufhänge.«

Terry lächelt. »Das sorgt für ein bisschen Wohnlichkeit«, sagt sie.

»Diese Station wurde vor sieben Jahren speziell für unsere Zwecke errichtet«, erklärt Dietrich mir. »Sie befindet sich in bester Lage für die Pinguin-Beobachtung. Sie kommen hier meistens vorbei auf dem Weg vom Meer zu ihrer Brutstätte oder Kolonie, wie wir dazu sagen.«

»Kolonie?« Nach meinem Empfinden ist das ein ziemlich merkwürdiger Name für die Brutstätte von Pinguinen.

Dietrich will mir unbedingt von dem Projekt erzählen. »Unsere Forschungsstation ist gar nicht so klein, wie Sie noch sehen werden. Sie ist darauf ausgelegt, fünf Wissenschaftler ganzjährig zu beherbergen, und im ersten Jahr war sie voll belegt. Sehen Sie, wir haben hier drin, hier drin und hier drin Betten.«

Er macht die Türen nur kurz auf, sodass ich nicht erkennen kann, welches Zimmer meines ist.

»Aber jetzt sind wir noch zu dritt«, fährt er fort. »Und wir sind nur hier, weil wir uns damit einverstanden erklärt haben, für einen äußerst geringen Lohn zu arbeiten. Mike ist der dritte Wissenschaftler. Er ist gerade draußen bei den Pinguinen und kommt später wieder.«

»Sie drei sind also damit beschäftigt, die Gründe für die sinkende Anzahl von Pinguinen zu finden?«

»Ja. Wir haben beschlossen, noch einen Versuch zu unternehmen. Wir haben hier drin ein kleines Labor, in dem wir Proben verschiedenen Tests unterziehen können. Das ist in erster Linie Mikes Aufgabe. Einen Computerraum haben wir ebenfalls. Den brauchen wir, um unsere Daten einzugeben und den Zahlenakrobaten in Großbritannien zu schicken. Wir haben nur unregelmäßig Internetzugang. Besser als nichts.«

»Und nur einen Computer«, fügt Terry hinzu. »Unser anderer hat vor ein paar Wochen den Geist aufgegeben. Der Computerraum ist immer sehr gefragt.«

Dietrich grinst. »Wir geben uns Mühe, nicht darum zu kämpfen.«

Ich mag es nicht, wenn jemand Witze über Kämpfe macht. Kämpfe zieht man nicht ins Lächerliche.

Ich werfe ihm einen missbilligenden Blick zu. »Wären Sie so nett und würden mir zeigen, in welchem Zimmer ich schlafe?«

Ich beobachte, wie ein Funke Hinterlist zwischen den beiden überspringt. »Wir sollten Veronica lieber zuerst die sanitären Anlagen zeigen«, sagt Terry und schiebt mich sanft zu dem kleinsten Raum, den ich jemals gesehen habe. »Wir verfügen über den Luxus einer Toilette, aber leider weder eine Badewanne noch eine Dusche. Mit Warmwasser sieht es auch schlecht aus.«

Das Waschbecken ist ziemlich groß. Die Toilette besteht aus einer Ansammlung von Eimern und einem Sitz aus Hartschaum, der hoch genug angebracht ist, dass ein Eimer darunter passt.

Wieder tauschen Terry und Dietrich einen verstohlenen Blick.

Die Toilette ist offenbar ihre Trumpfkarte.

»Fantastisch!«, verkünde ich und poche mit meinem Stock auf den Fußboden. Ich gebe zu, dass mir das Alter ein paar Nachteile auferlegt hat, die aber ganz bestimmt nicht unüberwindbar sind. Es ist mehr nötig als ein unkomfortables Bad, um mich von einer Unternehmung abzubringen. »Ein hervorragendes Klosett. Und wo ist mein Schlafzimmer, bitte?«

»Es tut mir sehr leid, Mrs McCreedy«, erwidert Dietrich mit schuldbewusstem Blick. »Wir waren extrem beschäftigt, und es ist noch nicht für Sie hergerichtet ...«

»Wenn das so ist, dann möchte ich die Pinguine jetzt gleich sehen.«

Anscheinend muss Dietrich das Entladen von Lebensmittelvorräten von dem Schiff überwachen, das mich hierhergebracht hat (es legt alle drei Wochen auf dem Weg zu beliebteren Reisezielen auf Locket Island an, sodass die Wissenschaftler ihre Speisekammer auffüllen können). Deshalb spielt Terry meinen Guide.

»Sind Sie warm angezogen?«, erkundigt sie sich. »Ich hoffe,

Sie tragen warme Unterwäsche. Mit Erfrierungen ist wirklich nicht zu spaßen.«

Ich werfe ihr einen langen Blick zu. Ich werde nicht gern für eine Idiotin gehalten. Unter meinem Wollpullover und der Hose mit Fleece-Futter, die Eileen für mich besorgt hat, trage ich drei Lagen lange Thermounterwäsche. Mein Dynotherm-Anorak hat mich dreihundertfünfundzwanzig Pfund gekostet. Ich kann mich kaum bewegen, so dick bin ich eingepackt.

Wir gehen nach draußen. Die Sonne ist hinter den Wolken hervorgekrochen, und uns schlägt grelles weißes Licht entgegen. Ich trete in meinen Mukluks vorsichtig auf und stoße meinen Wanderstock in den Schnee.

Terry hält meine Langsamkeit fälschlicherweise für einen Mangel an körperlicher Fitness und versucht, mich am Arm zu stützen. Ich schüttle sie ab. Sie selbst trägt einen ganzen Berg Equipment, als wäre es federleicht. Sie hat keine Ahnung, wie glücklich sie sich schätzen kann, so viel Kraft zu haben. Andererseits hätte ich das auch geschafft, als ich in ihrem Alter war.

Der Schnee ist sogar durch meine entspiegelte Sonnenbrille so hell, dass ich kaum den Blick direkt auf ihn richten kann. Wir kämpfen uns den Hang hinauf. Er ist weder steil noch lang, aber ich lasse mir Zeit. Ich bleibe immer wieder stehen, um die Landschaft zu betrachten. Zu meiner Rechten erhebt sich eine porzellanblaue Bergkette. Die Beschaffenheit der Berge ist recht gegensätzlich: Zum Teil sind sie spiegelglatt, zum Teil zerklüftet. Zwischen den Felsen hindurch schlängeln sich glitzernde Schmelzwasserbäche. Im unteren Bereich sind die Hänge erstaunlich farbenfroh. Sie werden von lindgrünen, gelben, pinkfarbenen und feurig orangefarbenen Flechten erleuchtet.

Als wir oben ankommen, deutet Terry in die Ferne.

»Schauen Sie als Erstes in diese Richtung«, sagt sie. »Dann sehen Sie, woher der Name ›Locket Island‹ kommt.«

In der Ferne ist eine schmale Schleife Land zu sehen, die sich um einen halbkreisförmigen See erstreckt. Dahinter befindet sich das Meer. Mit ihrer ovalen Form und dieser natürlichen Öffnung gleicht die Insel auf der Landkarte einem Medaillon.

»Und jetzt schauen Sie dorthin.«

Ich tue es. Auf der flachen Landzunge unter uns sehe ich ein Mosaik aus dunkleren Farbtönen vor dem weißen Hintergrund. Es handelt sich um eine riesige Ansammlung kleiner watschelnder Körper. Als wir uns nähern, verspüre ich ein Kribbeln in der Magengegend. Plötzlich gehe ich schneller.

»Was ist all das rosafarbene Zeug?«, frage ich Terry.

»Das ist Pinguinkot. Auch bekannt als Guano.«

»Oh!« Sie scheinen in einem Sumpf aus ihren eigenen Exkrementen zu leben. Ekelhaft.

»Sie haben doch nicht etwa erwartet, dass sie ganz sauber sind und aussehen wie Zeichentrickfiguren auf einer Weihnachtskarte, oder?«

In gewisser Weise habe ich genau das erwartet. Aber meine Enttäuschung weicht schnell wieder Erregung. Das sind keine hübschen Illustrationen in einem Buch, sondern echte Lebewesen, beeindruckend dreidimensional und ungeniert leibhaftig. Hier sind sie, frech und fröhlich, und führen ihr Leben in einer großen, lebhaften Gemeinde. Schmutzig, laut, unbekümmert, vor Lebensfreude und Energie strotzend. Ich fühle mich extrem privilegiert, hier zu sein und sie in freier Natur zu sehen, in ihrer ganz eigenen schwarz-weißen, ein wenig drolligen Pracht. Trotz der Unmengen von Guano ist es ein herrlicher Anblick. Ihre heiseren Schreie dröhnen mir in den Ohren. Doch jetzt habe ich ein Problem mit meinen Augen. Sie brennen und werden feucht. Das muss an der Kälte liegen. Ich blinzle die Feuchtigkeit weg.

Überall Pinguine. Manche putzen sich, manche liegen schlafend auf dem Bauch, manche scheinen miteinander zu plaudern. Andere stehen einfach nur da und starren stoisch vor sich hin. Sie sind Lebenskünstler, sowohl in der Gruppe als auch jeder für sich allein. Unsere Anwesenheit scheint sie nicht im Geringsten zu stören.

Mein Geruchssinn hat in den letzten Jahren deutlich nachgelassen, doch der Fischgestank, der in der Luft hängt, ist extrem penetrant. Ein schleimiger, erdiger Geruch.

Terry streift die kleine Kamera ab, die sie über der Schulter trägt. »Ich mache immer ein paar Fotos«, sagt sie. »Man kann nie wissen, wann man die perfekte Pose erwischt.« Sie geht in der Nähe einer Gruppe von Pinguinen in die Hocke. Ein paar von ihnen drehen den Kopf und sehen sie an.

»Sie haben keine Angst vor Menschen«, erklärt sie. »Was für uns extrem praktisch ist.«

»Ausgezeichnet!«, sage ich und trete einen Schritt näher an eine kleine Gruppe heran, die eine gewisse Ähnlichkeit mit einer Clique von zwergenhaften Jugendlichen hat, die gerade eine Zigarettenpause einlegen. Ich möchte mir den Gesichtsausdruck von jedem von ihnen genau ansehen und versuchen, auf seinen Charakter zu schließen, auf seinen Daseinszweck. Ich werde von dem Verlangen erfasst, ihnen nah zu sein. Einer von ihnen scheint genauso fasziniert von mir zu sein und zieht den Kopf ein bisschen ein, was ich für eine Geste der Begrüßung halte.

Wir betrachten einander eine Weile, dann setzt der Pinguin die Konversation mit seinen Gefährten fort. Terry knipst wie wild mit ihrer Kamera, während ich am Rand der Menge umherwandere und mich über jeden einzelnen Pinguin freue. Die Kälte nehme ich überhaupt nicht wahr. Dann richtet Terry die Kamera plötzlich auf mich.

»Nein!«, kreische ich und hebe die Arme, um mein Gesicht zu verdecken – einen Sekundenbruchteil zu spät.

»Oh, tut mir leid«, sagt sie sofort. »Das war so ein Moment. Ihr Gesicht. Ihr Ausdruck. Sie haben wie hypnotisiert gewirkt. Entrückt. Wie ein anderer Mensch.«

Das, stelle ich fest, ist nicht gerade ein Kompliment dafür, wie ich normalerweise aussehe. Aber Terry hat irgendetwas an sich, was es einem schwer macht, ihr böse zu sein.

»Keine Sorge«, versichert sie mir. »Ich werde es nicht für meinen Blog verwenden.«

»Ah, ja, ich erinnere mich, dass Eileen etwas von einem Blog gesagt hat.«

»Er hat noch nicht allzu viele Follower, aber dank der Sendung von Robert Saddlebow werden es immer mehr. Ich poste dort Fotos und erzähle der ganzen Welt, was wir hier tun.« Sie drückt kurz auf der Kamera herum, dann hält sie sie mir hin, um mir das Foto von mir zu zeigen.

Ich sehe aus wie eine alte Frau im Schnee.

»Großartig, oder?«

Ich verstehe gar nicht, was sie meint.

»Wow, es wäre fantastisch, wenn ich es doch in meinem Blog posten könnte«, stellt Terry fest, als sie sich das Foto noch einmal ansieht. »Es ist wirklich außergewöhnlich. Sie hier draußen zu zeigen, das würde eine Menge Aufmerksamkeit erregen.«

Dann wirft sie einen kurzen Blick auf die Uhr.

»Oh mein Gott. Wir müssen uns in Bewegung setzen. Das Schiff legt in vierzig Minuten ab! Die anderen flippen aus, wenn ich Sie nicht rechtzeitig zurückbringe.«

15

Veronica

Locket Island

Der Fußmarsch zurück geht außerordentlich langsam vonstatten. Ich habe Probleme mit meinem Wanderstock, der sich nicht weniger als dreimal in Spalten verkeilt und sich nur schwer wieder herausziehen lässt, selbst mit Terrys Hilfe. Dann muss ich mich auf einen Felsen setzen und mich zehn Minuten ausruhen. Wenn ich sage »muss«, übertreibe ich womöglich ein bisschen. Genau genommen genieße ich die reine, unbelastete Luft und fühle mich ungewöhnlich energiegeladen. Der Felsen ist aufgrund der üppigen Wattierung meiner Bekleidung nicht so unbequem, wie man meinen möchte. Terry gestikuliert wild, während sie auf mich einredet. Mein Hörgerät funktioniert nicht richtig, deshalb muss ich sie immer wieder bitten, noch einmal zu wiederholen, was sie gesagt hat.

Ich gebe zu, dass ich hämische Freude verspüre, als wir endlich wieder bei der Forschungsstation eintreffen. Oben auf der Hügelkuppe angekommen, sahen Terry und ich das

Schiff ablegen. Terry quengelte, konnte aber nichts dagegen tun.

»Dann werden Sie wohl bleiben müssen, Mrs McCreedy«, stellt Dietrich fest, als wir unsere Jacken ausziehen. »Das nächste Schiff kommt erst in vollen drei Wochen.« Er scheint alles andere als begeistert zu sein.

»Na ja, es ist ja nicht so, dass wir keinen Platz hätten«, sagt Terry mit einem Schulterzucken. »Ich schlage Folgendes vor: Veronica kann mein Zimmer haben, solange sie hier ist. Es ist das wärmste. Ich ziehe in die Kammer um.«

Mein Verdacht hat sich bestätigt. Sie hatten nie vorgehabt, mich hierbleiben zu lassen. Da die junge Frau allerdings bereit ist, mir zuliebe auf ihr Zimmer zu verzichten, werde ich keinen Aufstand machen.

»Sie setzen sich hin und trinken eine Tasse Tee, während ich meine Sachen umräume«, sagt sie. »Ich brauche nur zwanzig Minuten. Dann können Sie auspacken und richtig einziehen.«

»Ich bin zugegebenermaßen überrascht, dass Sie nicht besser vorbereitet sind. Ich habe Ihnen doch reichlich Vorlauf für meinen Besuch gegeben«, merke ich etwas frostig an.

Dietrich erhebt sich. »Ich mache Tee«, sagt er und geht, um Wasser aufzusetzen. »Dann haben Ihnen die Adeliepinguine also gefallen, Mrs McCreedy?« Er ist höflich, ach so höflich.

»Und wie!«

Nachdem ich sorgsam sämtliche Türen zugemacht habe, die offen standen, lasse ich mich auf dem einzigen Stuhl nieder, der ein Sitzkissen hat. Er sieht geringfügig bequemer aus als die anderen. Das Kissen ist abgenutzt und hat einen grässlichen Orangeton. Trotzdem ist es besser als nichts.

In diesem Moment geht die Eingangstür auf, und ein junger Mann kommt herein. Er trägt den allgegenwärtigen Anorak. Er ist klein und schlank, aber drahtig, hat ein längliches Kinn und einen durchdringenden, kalten Blick. Dieser Blick fokussiert mich sofort, richtet sich dann vorwurfsvoll auf Dietrich und schwenkt wieder auf mich zurück.

»Hallo.« Sein Tonfall ist nicht einladend.

»Gestatten Sie mir, Ihnen Mike vorzustellen. Mike, das ist Veronica McCreedy«, sagt Dietrich. »Sie bleibt«, fügt er wohlüberlegt hinzu.

Mike streift seine äußeren Lagen ab und hängt sie gewissenhaft an einem Haken auf. Dann tauscht er seine Mukluks (ich stelle mit Interesse fest, dass er ebenfalls welche besitzt) bedächtig gegen ein Paar Turnschuhe. Erst dann durchquert er den Raum, um mir die Hand zu schütteln.

»Bitte entschuldigen Sie, dass ich sitzen bleibe«, sage ich. »Ich bin gerade eben von meinem ersten Ausflug zu den Pinguinen zurückgekommen.«

»Mrs McCreedy war nicht rechtzeitig zurück, um wieder an Bord des Schiffs zu gehen«, teilt Dietrich Mike mit. Seinen Akzent mag ich wirklich gar nicht, und seine Attitüde gefällt mir auch nicht.

»Ich hatte sowieso nicht vor, zurück aufs Schiff zu gehen«, erinnere ich ihn scharf. Er reicht mir einen Becher Tee. Von dem Becher ist ein Stück abgeplatzt, und der Tee schmeckt wie Teer.

»Ich nehme auch einen, wenn du welchen machst, Deet«, sagt Mike.

Er nimmt eine Packung Kekse aus dem Regal und bietet mir einen an, ohne sich die Mühe zu machen, sie zuerst auf einen Teller zu legen. Es handelt sich um Vollkornkekse, wirklich sehr einfach. Höflichkeitshalber nehme ich einen.

Wir sitzen ein paar Minuten schweigend mit unserem Tee und unseren Keksen da.

»Irgendwas Ungewöhnliches heute?«, fragt Dietrich Mike.

Mike schüttelt den Kopf. »Eigentlich nicht. Ich habe Sooty wiedergesehen. Er hockt immer noch hoffnungsvoll auf seinem Nest.«

»Sooty ist unser Exzentriker hier, Mrs McCreedy«, erklärt Dietrich mir. »Ein Pinguin, der fast am ganzen Körper schwarz ist.«

Bevor ich auf das Thema eingehen kann, taucht Terry aus ihrem Zimmer auf, die Arme voll mit prall gefüllten Plastiktüten und Bettzeug. Die Atmosphäre wird sofort lockerer. Anscheinend hat sie diese Wirkung auf die anderen.

»Oh, hi, Mike! Dann hast du Veronica ja schon kennengelernt.«

Er nickt. »Ja.« Dieses »Ja« ist knapp und strotzt vor Missbilligung.

»Das Zimmer gehört ganz Ihnen, Veronica, wann immer Sie bereit sind«, zirpt Terry.

»Hervorragend«, erwidere ich.

Wir haben eine schlabberige und geschmacklose Mahlzeit verzehrt, die aus nicht identifizierbaren, in einer Fertig-Bratensoße schwimmenden Fleischstücken und wiederbelebten Kartoffeln und Karotten als Beilage bestand. Mike (oder Mark, ich kann es mir nicht merken) war heute Abend der Koch.

Terry krempelt die Ärmel hoch. »Ich bin mit Abspülen dran!«

Ich biete an, ihr beim Abtrocknen zu helfen. Das ist eine gute Gelegenheit, um sie auszufragen.

Während wir mit dem Geschirr beschäftigt sind, erzählt sie mir, dass Dietrich das Projekt leitet, aber großen Wert darauf legt, dass jede Entscheidung demokratisch gefällt wird. Er ist der »Pinguinologe«, der sich mit Haut und Haaren der Erforschung der Vögel verschrieben hat. Terry zufolge hat er zu Hause in Österreich eine reizende Frau und drei Kinder. Er vermisst sie mehr, als er sich anmerken lässt. Dietrich ist ein »echter Gentleman«, der »für jeden alles tun« würde.

Egal, was Terry sagt, ich kann nicht umhin, vor Dietrich auf der Hut zu sein. Im Gegensatz zu allen anderen hier habe ich den Krieg erlebt. Eine solche Erfahrung macht einem bewusst, dass in uns allen ein Monster lauert. *Dass einer lächeln kann, immer lächeln, und doch ein Schurke ist.* Ich werde um diesen Dietrich einen großen Bogen machen.

Mike (Mark?) ist ein »netter Kerl«, habe ich mir sagen lassen, allerdings weiß er das gut zu verbergen. Seine kratzbürstige Art ist eine Angewohnheit, die er schon seit Langem kultiviert hat, beinahe wie ein Hobby. »Wir legen bei ihm nicht jedes Wort auf die Goldwaage«, merkt Terry mit einem bitteren Lächeln an. Ich habe beobachtet, dass junge Männer sich unbedingt immer auf die eine oder andere Weise beweisen müssen. Bissig zu sein ist zweifellos Mikes perverse Methode, um seine Männlichkeit und Zähigkeit unter Beweis zu stellen. Das ist absolut erbärmlich, aber bitte. Terry erzählt mir, dass er Biochemiker ist und nichts lieber tut, als Knochenstücke und Guano auf ihren Mineralgehalt zu untersuchen. Zu Hause in London hat er eine Freundin, von der niemand viel weiß. Was sie anbelangt, ist er ziemlich zugeknöpft.

»Und Sie?«, frage ich Terry. »Sind Sie jemandem besonders zugeneigt?«

Ihr Lächeln hat etwas Anziehendes. Das sieht sogar eine harte Nuss wie ich.

»Ich bin vielen Menschen und vielen Pinguinen zugeneigt«, entgegnet Terry und streicht sich eine blonde Haarsträhne hinters Ohr. »Aber offiziell bin ich Single.«

Ich mustere sie. Mir fällt auf, wenn sie sich eine anständige Frisur schneiden lassen und ein bisschen Make-up verwenden würde, wäre sie wirklich sehr hübsch. Ihre Haut ist makellos. Ihre Gesichtszüge sind gleichmäßig und gefällig. Ihre Augen hinter der unvorteilhaften Brille sind riesengroß und haben das Blau des Meeres und das Grau von Kies.

»Warum haben Sie einen männlichen Vornamen?«, erkundige ich mich.

»Na ja, eigentlich heiße ich Teresa«, erwidert sie und schneidet eine Grimasse. »Aber ich mag den Namen nicht.«

»Warum denn nicht?«, frage ich. Mir würde er unendlich viel besser gefallen als »Terry«. Sie hätte sich kaum einen unattraktiveren Namen aussuchen können. »Teresa ist doch ein recht schöner Name.«

Sie bleibt unnachgiebig. »Ich heiße schon immer Terry.«

Die Wissenschaftler haben die Tür zum Computerraum und die Tür zum Labor offen stehen lassen. Ich mache beide gewissenhaft zu und gehe dann in mein Zimmer. Mein Körper ist müde und verlangt danach, für eine Weile in horizontale Lage gebracht zu werden. Ich strecke mich auf dem klumpigen Bett aus. Terry hat es zwar mit reichlich Decken hergerichtet, es ist jedoch trotzdem noch klumpig. Aber ich will mich nicht beklagen.

Die Pinguine zu sehen war eine Freude, aber irgendwie auch ein Schock. Ihre hell umrandeten, glänzenden Augen, ihre pummelige Statur, ihre charakteristischen Flossen und Füße. Ihr zugegebenermaßen widerlicher, aber gleichzeitig authentischer Geruch. Die Kakofonie ihres trompetenden, kreischenden Geschreis. Die Art und Weise, wie sie manchmal hintereinander in einer Reihe den Pinguin-Highway entlangmarschieren. Die Art und Weise, wie sie über den Schnee rutschen und schlittern. Die Art und Weise, wie sie mit ihrem Hinterteil wackeln, ihre Federn ausschütteln und sich putzen. Ihre ganze unvorstellbar gesellige Lebensweise.

Ich kann kaum glauben, dass ich tatsächlich hier bin. Endlich mache ich etwas Interessantes und Bedeutungsvolles. All die Pinguine kommen mir hundertmal realer und wahrhaftiger vor, als sie in meiner Vorstellung waren. In diesem Augenblick bin ich mir trotz der lästigen Anwesenheit anderer Menschen sicherer denn je, dass ich dieser Sache mein Geld hinterlassen möchte.

Die drei Wochen versprechen, äußerst interessant zu werden. Ich bemerke, wie ich mir selbst Beifall klatsche. Es ist tatsächlich lobenswert, dass ich mir die Mühe gemacht habe, hierherzukommen. In meinem Kopf treiben angenehme Pinguinbilder umher.

… ich höre ein leises Stimmengemurmel und weiß nicht, wie lange ich geschlafen habe. Es dauert einen Moment, bis mir bewusst wird, wo ich bin, dann sickert die Realität durch und zaubert mir ein Lächeln aufs Gesicht. Ich bin in der Antarktis. Mein Ziel ist, mich auf ein letztes großes Abenteuer einzulassen, meine Mission ist, den Adeliepinguinen zu helfen. Ich spüre das warme Metall meines Medaillons auf der Haut. Alles ergibt einen Sinn.

Die Forschungsstation hat dünne Wände. Ich schnappe das Wort »Veronica« auf, ausgesprochen mit ziemlicher Bissigkeit. Ich glaube, es handelt sich um Mikes Stimme. Ich setze mich auf, greife nach meinem Hörgerät, stecke es ins Ohr und stelle auf maximale Lautstärke.

Jetzt spricht Terry. »Aber das ist sie nicht«, höre ich sie sagen, als würde sie dem widersprechen, was jemand anderer gesagt hat. »Du hättest ihr Gesicht sehen sollen, als wir vorher unterwegs waren. Sie war bei ihrem Anblick völlig fasziniert. Das ist nicht nur eine Laune.«

»Das ist mir egal. Drei Wochen sind eine verdammt lange Zeit.« Mike wieder. »Wir sind nicht verpflichtet, sie hierzubehalten. Wir haben uns in unseren E-Mails mehr als deutlich ausgedrückt, dass sie nicht kommen soll. Trotzdem hat sie sich uns ohne unsere Zustimmung aufgedrängt. Das ist unhöflich, und es ist manipulativ. Völlig respektlos und ohne einen Funken gesunden Menschenverstand.«

Es kehrt kurz Stille ein.

»Sie hat gesagt, sie wird für ihre Unterbringung bezahlen. Ungefähr zehnmal so viel, wie angemessen wäre«, gibt Dietrich zu bedenken.

»Das glaube ich erst, wenn ich es sehe!«

»Aber wenn sie wirklich vorhat, dem Projekt eine beträchtliche Summe zukommen zu lassen«, murmelt Terry. »Vielleicht *Millionen*. Können wir es uns dann erlauben, sie fortzuschicken?«

»Selbst wenn es wahr ist, bekommen wir den Großteil des Geldes bestimmt erst dann zu sehen, wenn sie tot ist.« Mike besitzt wirklich eine ordentliche Portion Kratzbürstigkeit. Seine Stimme ist voller Ecken und Kanten. »Andererseits, wie lange kann das noch dauern?«, überlegt er laut und lacht.

Die anderen beiden stimmen nicht ein. »Sie wirkt allerdings ziemlich zäh, das sage ich euch«, fährt er fort. »Womöglich hält sie noch zehn Jahre durch. Und ich muss sagen, ich bin nicht bereit, zu warten und vor ihr zu katzbuckeln, und all das für Geld, das auftauchen wird oder nicht auftauchen wird. Bis sie den Löffel abgibt, ist das Pinguin-Projekt längst Geschichte.«

In diesem Moment stelle ich fest, dass meine Augen stark brennen. Schon zum zweiten Mal heute. Normalerweise machen sie mir überhaupt keine Probleme. Ich hoffe, das ist nicht das erste Anzeichen irgendeiner Augenerkrankung. Ich suche ein Taschentuch und tupfe sie kurz ab, dann drücke ich wieder das Ohr an die Tür.

»So oder so, wie sollen wir unsere Arbeit machen, wenn sie hier ist?«, ruft Mike. »Sie würde uns in den Wahnsinn treiben. Wir sind Freunde und Wissenschaftler-Kollegen, aber selbst *wir* finden es in dieser Umgebung schwierig, uns nicht gegenseitig zu zerfleischen!«

Wissendes Lachen ertönt, das wie die Billigung einer gründlich überprüften Tatsache klingt.

»Da hast du recht«, entgegnet Dietrich. »Es grenzt an ein Wunder, dass wir überhaupt noch miteinander sprechen.«

»Aber vielleicht ist ein bisschen frisches Blut genau das, was wir brauchen«, argumentiert Terry.

»Alles schön und gut, aber das ändert nichts an der Tatsache, dass sie eine alte Dame ist.« Mike wieder. »Und alte Damen gehören nicht hierher. Sie sollten von Heizkörpern und Teppichboden und Nachmittagsfernsehen umgeben sein. Ich bin dafür, dass wir sie sofort wieder wegschicken.«

In diesem Moment wird mir bewusst, auch wenn Dietrich mit Akzent spricht, der Feind ist jemand anderer. Es ist Mike.

Terry räuspert sich. »Leichter gesagt als getan, Mike.«

Sie senken die Stimmen, und ich verstehe nicht, was anschließend gemurmelt wird. Das ist außerordentlich frustrierend. Doch dann spricht Mike wieder lauter. »Es ist unser gutes Recht, sie wieder wegzuschicken. Es tut mir leid, aber wir müssen sie irgendwie loswerden. Während sie hier ist, sind wir für sie verantwortlich, und ich für meinen Teil bin damit nicht glücklich.«

»Ich mache mir auch Sorgen«, gibt Dietrich zu. »Wenn sie krank wird, können wir sie unmöglich ausreichend versorgen.«

»Kommt schon, gebt ihr doch bitte noch ein bisschen Zeit«, fleht Terry. »Wir können sie nicht schon wieder wegschicken. Sie ist doch gerade erst angekommen ...«

»... und wir hassen sie bereits«, sagt Mike.

16

Patrick

Bolton

Jobcenter Bolton: nicht gerade ein Ponyhof. Genau genommen ist es einer der Orte auf diesem Planeten, die ich am allerwenigsten mag. Ich bin gerade auf dem Rückweg von dort. Mir werden die Sozialleistungen gekürzt, wenn ich nicht zum Schein Anstrengungen unternehme, um Arbeit zu finden. Es gibt bestimmt haufenweise Jobs, die ich machen *könnte*, aber ohne die entsprechenden Qualifikationen auf Papier habe ich nicht den Hauch einer Chance. In einer idealen Welt würde ich etwas finden, das sich mit meinen Montagen im Fahrradladen verbinden lässt. Aber wird es dazu jemals kommen? Machen wir uns nichts vor: im Leben nicht!

Der einzige Aushang am schwarzen Brett war heute das Überwachen von Einkaufswagen auf einem Supermarkt-Parkplatz. Anscheinend braucht man dafür gute Kommunikationsfähigkeiten und ein gutes räumliches Vorstellungsvermögen und muss schnell Entscheidungen treffen können.

Wie bitte? Um Einkaufswagen in eine Einkaufswagen-Sammelstelle zu schieben? Man muss ein Online-Formular mit ungefähr fünfunddreißig Fragen ausfüllen und obendrein noch ein Bewerbungsschreiben und seinen Lebenslauf hinschicken. Und wenn man das alles gemacht hat, wollen sie ganz bestimmt noch von einem, dass man den Everest besteigt und dabei ein rohes Ei auf der Nasenspitze balanciert. Meine Güte! Kein Wunder, dass manche Leute es vorziehen, den Staat zu schröpfen.

»Möchten Sie sich bewerben?«, fragte mich die stocksteife Frau hinter ihrem Schreibtisch mit roboterhafter »Ist-mir-so-oder-so-egal«-Stimme.

»Ich denke drüber nach«, erwiderte ich.

Tja, ich habe darüber nachgedacht, und ich will wirklich nicht noch länger darüber nachdenken. Ich trotte an der Autohupen-Allee entlang zurück und fühle mich nutzlos und niedergeschlagen. Wie der Esel I-Aah aus *Pu der Bär*. Gut möglich, dass es Zeit ist, über Weedledum und Weedledee herzufallen. Der Gedanke muntert mich allerdings auch nicht auf, da ich dachte, ich würde gut klarkommen, aber wie sich zeigt, bin ich immer noch ein verdammter Schwächling.

Ich will gerade die Treppe zu meiner Wohnung hochgehen, als mein Blick auf ein Paket fällt, das im Hausflur auf mich wartet. Zugepflastert mit Briefmarken – es muss ein Vermögen gekostet haben, es zu verschicken. Was zum …?

Einen Moment lang denke ich, dass es für die Nachbarn im Erdgeschoss sein muss, nicht für mich. Ich sehe noch mal nach. Nein, es ist nicht für das lärmende Pärchen. Es steht mein Name darauf, meine Adresse.

Lynette? Bei dem Gedanken stockt mir kurz der Atem. Fakt: Ich bin zu hundert Prozent über sie hinweg. Aber wer sonst sollte mir etwas schicken? Es muss von ihr sein, oder nicht? Sie hat ein paar von meinen Sachen behalten, wie das Akku-Ladegerät und meine Kopfhörer. Vielleicht hat sie Gewissensbisse bekommen und beschlossen, sie mir zurückzugeben?

Das Paket ist aber nicht von Lynette, das sehe ich. Das ist nicht ihre Handschrift. Hat sie womöglich ihren Maurer darum gebeten, dass er die Adresse für sie daraufschreibt? Vielleicht spielt der Maurer-Fuzzi ja ihren *Sekretär*. Das ist allerdings nicht sehr wahrscheinlich. Ich bezweifle, dass er überhaupt schreiben kann. Außerdem sieht die Handschrift aus wie die von einer Frau. Rundliche, gedrungene Buchstaben, geschrieben mit blauem Kugelschreiber.

Ich schleppe das Paket nach oben und reiße es auf. Unter jeder Menge braunem Papier und Schnur kommt eine ramponierte Kiste zum Vorschein, die ziemlich schwer ist. Sie verströmt einen antiken, holzigen Geruch und ist mit einem Vorhängeschloss gesichert, das sich nur mit der richtigen Zahlenkombination öffnen lässt. Wie komisch ist das denn?

Dann entdecke ich ein gefaltetes Stück Papier. Ich falte es auf.

Lieber Patrick,
ich hoffe, es geht Ihnen gut.
Mrs McCreedy (Ihre Großmutter) hat mich vor ihrer Abreise gebeten, Ihnen diese Kiste zu schicken. Mir ist bewusst, dass sie verschlossen ist, aber sie wollte, dass ich sie trotzdem schicke. Sie meinte, Sie sollen darauf aufpassen. Sie

können sie nicht öffnen – Sie dürfen sie nicht öffnen –, so-
lange Sie die Zahlenkombination nicht haben. Und sie
meinte, die bekommen Sie momentan nicht.
Scheußliches Wetter, nicht wahr?

Viele Grüße,
Eileen

Ich frage mich allmählich, ob Granny nicht selbst hinter
Schloss und Riegel gehört. Das Ganze wird immer surrealer.

Was, in aller Welt, könnte sich in der Kiste befinden? Irgendetwas, was meinem Vater gehört hat? Oder irgendein
Familienerbstück aus dem sechzehnten Jahrhundert? Ein Set
viktorianische Serviettenringe? Ein antikes ausgestopftes
Eichhörnchen?

Ich wünschte, ich hätte bei unseren beiden Begegnungen
ein bisschen mehr über Granny erfahren. Ich könnte mich
jetzt in den Hintern beißen, dass ich so auf meine eigenen
Probleme fixiert war.

Ich drehe die Rädchen an dem Vorhängeschloss und stelle
ein paar verschiedene Zahlenkombinationen ein, aber keine
davon funktioniert. Natürlich könnte ich auch einfach meinen Werkzeugkasten holen und es aufsägen. Das sollte ich
nicht tun, aber wie es mit der Neugier nun mal ist …

Nein. Ich werde tun, was Granny V will. Wenn sie entschlossen ist, auf mysteriös zu machen, dann ist das okay für
mich. Vielleicht wird sich alles aufklären, wenn sie aus der
Antarktis zurückkommt. Wie es ihr wohl ergeht?

Ich schiebe die Kiste unters Bett.

17

Veronica

Locket Island

»Bedienen Sie sich, Veronica.«

Ich frühstücke zum ersten Mal hier. Auf dem Tisch stehen Berge von warmem Essen: Speck, Eier, Baked Beans, Kartoffelpuffer und Toast. Der Schwerpunkt liegt eher auf Quantität als auf Qualität. Bei sämtlichen Produkten handelt es sich um die farblose aufgetaute Variante. Die Wissenschaftler schlagen zu, als würde es sich um Delikatessen handeln. Vermutlich sind solche riesenhaften Portionen nötig, um alle für den Tag zu versorgen. Ich schenke mir selber einen Becher Tee aus der Kanne ein und trinke einen kleinen Schluck. Er schmeckt widerlich. Irgendwo in meinem Reisegepäck habe ich einen Vorrat an duftendem Darjeeling. Ich werde ihn herauskramen müssen.

Unausgesprochener Unmut mir gegenüber liegt in der Luft. Ich lade eine Scheibe Toast, etwas gelbe Pampe, die sich als Ei ausgibt, und eine Scheibe Speck, die aussieht wie ein Stück Leder, auf meinen Teller. Dann komme ich sofort zur Sache.

»Ich habe noch nicht für meine Unterbringung bezahlt. Das würde ich gerne unmittelbar nach dem Frühstück regeln. Ich beabsichtige, Ihnen wesentlich mehr zu bezahlen, als ich in meiner E-Mail vorgeschlagen habe.«

Ich beobachte, wie sich Ungläubigkeit auf ihren Gesichtern breitmacht.

»Sie wollen *mehr* für Ihre Unterbringung bezahlen, als Sie vorgeschlagen haben?«, wiederholt Dietrich.

»Ja.«

Sie starren mich an. Mark (oder heißt er Mike?) lacht. »Warum? Das ist doch kein Fünfsternehotel hier!«

»Ich weiß. Aber ich möchte gleich zu Beginn etwas Wesentliches beitragen, um Sie bei Ihrem Projekt zu unterstützen. Um den Pinguinen zu helfen.«

Dietrich runzelt die Stirn. »Ich bin mir nicht sicher, ob wir das zulassen können, Mrs McCreedy. Tatsache ist …«

Ich unterbreche ihn. »Keine Widerrede.«

Terry blickt von mir zu Dietrich und wieder zurück. »Das ist unglaublich großzügig von Ihnen, Veronica.«

Ich merke, dass Mark (oder Mike) mich anstarrt. Er wirkt genervt, als ob er denkt, ich würde gerade einen Bestechungsversuch unternehmen. Was ich zweifellos tue. Ich sehe, dass er sich erneut bereit macht, mir eine Standpauke zu halten. Anscheinend glaubt er, sämtliche Entscheidungen treffen zu müssen, obwohl das eigentlich Dietrichs Aufgabe ist.

Ich stochere in meinem Essen herum. Irgendwie bringe ich am heutigen Morgen nichts hinunter. Ich habe letzte Nacht kaum geschlafen, weil ich zu sehr damit beschäftigt war, hin und her zu überlegen. Ich schiebe mein ungenießbares Ei mit Speck zum Tellerrand, damit es nach möglichst wenig aussieht, was ich nicht essen mag. Es ist immer schlecht, undankbar zu wirken.

»Terry, ich habe über Ihr Dingsda nachgedacht.«

Sie macht große Augen. »Mein Dingsda?«

»Ich bin nicht dumm, junge Dame. Ich weiß, dass Sie und Dietrich und Mark möchten, dass ich mich schleunigst aus dem Staub mache und Sie in Ruhe lasse.«

»Nicht Mark, sondern Mike«, wirft der unhöfliche Mensch spitz ein.

Ich ignoriere ihn. »Aber wenn ich die ganzen drei Wochen hierbleibe, wäre das für alle Beteiligten von Vorteil. Ich kann Zeit mit den Pinguinen verbringen, was einer meiner letzten Wünsche auf Erden ist. Sie wiederum bekommen reichlich Geld für meine Unterbringung und, zu gegebener Zeit, mein gesamtes Erbe, damit die Fortsetzung Ihres Projekts sichergestellt ist. Darüber hinaus dürfen Sie, Terry, mich in Ihrem Blog-Dingsda zeigen, wenn Sie möchten.«

Terrys Gesicht hellt sich auf. »Ah, *dieses* Dingsda«, sagt sie.

»Ich bin keine große Befürworterin von sozialen Medien und solchem Firlefanz«, fahre ich fort, »aber ich bin bereit, Ihnen zu erlauben, das Foto von mir dort einzustellen und mich zu interviewen oder was Sie sonst von mir brauchen. Für Publicity-Zwecke, da Sie ja offenbar denken, dass es was bringt. Für die Zukunft der Pinguine.« Ich war selten bei irgendetwas so großmütig.

»Oh, vielen, vielen Dank, Veronica!«, sagt Terry. »Das wäre wunderbar! Sie würden damit die menschliche Komponente beitragen, die momentan fehlt. Das ist eine große Hilfe!«

Sie dreht sich mit einem »Ich-hab's-dir-doch-gesagt«-

Blick zu Mike (nicht Mark). Er macht ein finsteres Gesicht und legt Messer und Gabel geräuschvoll aufeinander, dann steht er schnell auf und verlässt den Raum.

Veronica McCreedy lässt sich nicht von den Machenschaften kleinkarierter Menschen unterkriegen. Ich verspüre einen Anflug köstlicher Siegesfreude.

Terry ist heute abermals mein Guide. Sie schlüpft in Windeseile in ihre wetterfeste Kleidung und wartet auf mich. Ich bin deutlich langsamer, benachteiligt durch meine steifen, sechsundachtzig Jahre alten Gliedmaßen. Die anderen sind längst weg, als wir endlich startbereit sind.

»Was genau machen Sie?«, frage ich.

»Jeder von uns hat ein anderes Aufgabengebiet. Wir kontrollieren die Nester und kennzeichnen, wo sie sich befinden. Wir zählen die Pinguine und wiegen einige von ihnen. Und wir überprüfen, welche von ihnen letztes Jahr schon einmal hier waren.«

»Woher wissen Sie, welche Pinguine letztes Jahr schon einmal hier waren? Bekommen sie einen Ring ans Bein wie Tauben?«

»Nein«, entgegnet Terry. »Pinguinfüße sind dafür zu dick und zu fleischig. Man hat das in der Vergangenheit versucht, aber es hat dort, wo der Ring an der Haut reibt, zu Infektionen geführt. Nein, wir legen ihnen eine Art Armband aus Metall an, das über die Flosse gestreift wird. Jedes Band hat eine Nummer, sodass wir erkennen können, welche Pinguine wir schon einmal gesehen haben.«

Als ich nach draußen gehe, ergreift die kalte Luft sofort Besitz von meiner Lunge. Das ist äußerst belebend. Das Sonnenlicht wird in silbrigen Weißtönen vom Schnee reflektiert und vollführt einen fröhlichen Tanz. Ich trage meine Sonnenbrille und den lilafarbenen Schal, den Eileen mir geschenkt hat. Meine scharlachrote zweitliebste Handtasche habe ich auch dabei, falls ich ein Taschentuch oder eine Schmerztablette brauche. Und natürlich meinen Wanderstock. Ich erklimme den Hang im Eiltempo.

Terry wirkt beeindruckt. Ihre Wangen sind heute etwas stärker gerötet, und sie trägt eine Mütze mit herabhängenden Troddeln an beiden Ohren. Kein schöner Anblick.

»Sie sind jung«, stelle ich fest. »Fühlen Sie sich nicht ein bisschen einsam hier auf einer antarktischen Insel mit den zwei merkwürdigen Männern?«

»Ehrlich gesagt habe ich gern viel Platz um mich herum«, erwidert sie. »Das ist nicht jedermanns Sache, aber so bin ich nun mal. Zum ersten Mal bewusst geworden ist mir das schon vor Jahren, als ich mit mehreren Freunden auf dem Glastonbury-Festival war. Mir gefiel der Schlamm, und mir gefiel die Musik. Die stinkenden Toilettenhäuschen und die kalten Nächte im Zelt, über die sich alle beklagten, machten mir überhaupt nichts aus. Aber was ich nicht gepackt habe, das waren die Menschenmassen. Ich hatte das Gefühl zu ersticken.«

»Tatsächlich?« Vielleicht haben wir mehr gemein, als ich dachte.

»Tatsächlich. Verstehen Sie mich nicht falsch, ich mag Menschen. Ich mag sie sogar sehr. Nur in großen Mengen ertrage ich sie nicht. Ich bin mir all der Gefühle bewusst, all der Pläne und Träume und Wünsche. All der *Absichten*. Das ist wie eine heftige Überlastung meines Systems. Ich weiß, dass andere Leute diesen Kitzel genießen, aber mir ist er einfach zu viel.«

Mein Interesse ist geweckt. »Große Menschenansammlungen sind für Sie also unerträglich. Große Pinguinansammlungen sind eine andere Sache, nehme ich an?«

»Oh ja!«, erwidert Terry begeistert. »Pinguine kann man gar nicht genug haben. Sie haben eine andere Art von Energie als Menschen. Elementarer und irdischer. Sie zermartern sich nicht wegen allem Möglichen den Kopf. Sie haben keine Probleme.«

»Ich mag Menschen in Massen auch nicht«, beichte ich. »Aber im Gegensatz zu Ihnen mag ich sie einzeln genauso wenig.«

»Oh?«

»Habe ich Sie geschockt?«, frage ich.

»Nein«, erwidert sie. »Aber ich finde es traurig, dass Sie so empfinden. Vielleicht sind Ihnen bislang nur die falschen Menschen begegnet. Oder hat Ihnen jemand etwas angetan?«

Ich sehe sie finster an. Ich habe kein Bedürfnis, über die mannigfachen Tragödien in meinem Leben zu sprechen. Mir ist sehr wohl bewusst, für jemanden wie Terry bin ich der lebende Beweis dafür, dass Geld nicht glücklich macht. Unabhängig, ganz sicher. Gesund und langlebig, ja, wenn man Glück hat. Glücklich? Kaum.

Auf der Hügelkuppe machen wir eine Pause, und ich lasse die Aussicht auf mich wirken. Die Gipfel der majestätischen Berge in der Ferne sind in Weiß getaucht. Über ihre Südhänge ziehen sich ausgefranste Schneestreifen. Der halbmondförmige See schimmert in einem ganz blassen Türkis. Der schmale Streifen Land dahinter, der ihn vom Meer trennt, ist gerade noch sichtbar. Im Vordergrund stellen die Felsen ihren bunten Schmuck aus vielfarbigen Flechten zur

Schau. In der Morgensonne stechen jeder Halm und jede Faser hervor. Hier gibt es nur stellenweise Schnee: Er füllt alle Vertiefungen und Ritzen, sammelt sich in Rüschenmustern auf den Felsen, schlängelt sich durch die Schluchten.

»Liegt das an meiner Sonnenbrille, oder ist der Schnee rosa- und bernsteinfarben getönt?«, frage ich.

»Nein, das liegt nicht an Ihrer Sonnenbrille. Das ist ein farbiger Schein, verursacht von mikroskopisch kleinen Algen. Hübsch, nicht wahr?«

Wir nähern uns den Pinguinen, und ihr Zwitschern und Krächzen dringt nach und nach zu uns. Die Tausenden winzigen Gestalten sind im Gegenlicht von feinen goldenen Fäden eingefasst.

»Da freut man sich, am Leben zu sein, finden Sie nicht?«, ruft Terry aus und hebt ihre Kamera von der Schulter, als wir bei der Vogelkolonie ankommen.

Die Pinguine verströmen Lebensfreude. Ich verstehe, was Terry meint. Trotz ihres Lärms, ihres Geruchs und ihrer enormen Mengen Guano mag ich Pinguine schon jetzt viel lieber als Menschen. Die Vögel führen heute offenbar eine Art Stammestanz auf, heben und senken den Kopf, marschieren hin und her und brabbeln vor sich hin und miteinander. Sie steigern das Tempo, und einige von ihnen werfen sich auf den Bauch und rutschen über das Eis. Ihre Flossen sind abgespreizt, ihr Schnabel bohrt sich in den Wind, der ihnen entgegenschlägt. Sie wirken wahnsinnig glücklich.

Terry läuft auf sie zu, ebenfalls wahnsinnig glücklich. »Es ist so ein wunderschöner Morgen, ich mache als Erstes ein paar Fotos.« Sie knipst wie wild drauflos. Ab und zu richtet sie die Kamera dabei auch auf mich.

»Lächeln Sie, Veronica!«, ruft sie. Aber sie braucht es mir nicht zu sagen. Ich lächle ohnehin.

Terry entdeckt in der Ferne einen bebänderten Pinguin und reicht mir das Fernglas. Ich schaue gebannt hindurch. Der Pinguin erweckt nicht im Entferntesten den Anschein, als würde ihn der Fremdkörper an seiner Flosse stören, obwohl das Band ziemlich fest zu sitzen scheint.

»Behindert sie das nicht beim Schwimmen?«

»Überhaupt nicht. Und es tut ihnen auch nicht weh.«

»Da bin ich aber erleichtert. Ich hätte Zweifel, Sie zu unterstützen, wenn ich herausfände, dass Sie ihnen in irgendeiner Weise Schmerzen zufügen.«

Sie nickt. »Und das auch zu Recht!«

Wir wandern durch die Reihen der Pinguine. Terry hält Fakten über die zurückgekehrten Pärchen in ihrem Notizbuch fest, ich genieße den Anblick. Während sie schreibt, zeigt sie mir ein paar andere einheimische Vögel. Für mich sehen sie alle aus wie Möwen, aber offenbar handelt es sich bei einem von ihnen um einen Albatros, bei einigen anderen um Raubmöwen und bei wieder einem anderen um eine Sturmschwalbe. Terry reicht mir noch einmal das Fernglas, und ich richte es auf die Sturmschwalbe, die am Himmel kreist und versucht, sich zu orientieren.

Plötzlich ertönt ein lautes Krächzen, und ich spüre ein Stechen am Bein. Ich lasse vor Schreck das Fernglas fallen und stoße einen Schrei aus. Neben mir steht ein Pinguin, die Flossen entrüstet erhoben, den Schnabel bereit für die nächste Attacke. Bevor ich reagieren kann, pickt er noch ein paarmal kräftig gegen mein Schienbein, dann packt er mich wie eine Zange unterhalb vom Knie. Ich spüre den Schmerz durch meine wasserdichte Hose und die lange Unterwäsche.

»Weg, weg, weg, du kleiner Mistkerl!«, schreit Terry und greift mit beiden behandschuhten Händen nach ihm. Er lässt mein Bein sofort los, nur um sich in meiner zweitliebsten scharlachroten Handtasche zu verbeißen. Ich kreische und zerre mit ganzer Kraft an meiner Handtasche. Der dreiste kleine Kerl will einfach nicht loslassen, obwohl er im Kreis gedreht wird, bis seine Füße vom Boden abheben. Erst als das Leder hoffnungslos zerfetzt ist, lässt er endlich davon ab und taumelt wie ein Betrunkener davon.

»Oh, das tut mir so leid!«, keucht Terry. »Alles in Ordnung mit Ihnen?«

»Mir ... mir geht's gut. Alles gut«, lüge ich. »Und nicht Sie sollten sich entschuldigen, sondern der Pinguin.«

»Ich weiß, es kann ziemlich schmerzhaft sein, wenn ein Pinguin auf einen losgeht, selbst durch mehrere Lagen dicker Kleidung.«

Sie bückt sich und reibt mir sanft das Bein.

»Lassen Sie das!«, fahre ich sie an.

»Ich dachte, das lindert vielleicht die Schmerzen. Wir können eine Salbe draufschmieren, wenn wir wieder in der Station sind, aber hier draußen kann ich das Bein natürlich nicht entblößen, um das Hämatom zu untersuchen. Wie schlimm ist es denn? Möchten Sie zurückgehen?«

»Alles gut.«

Sie runzelt die Stirn. »Sie sehen aber nicht so aus, als wäre alles gut.«

»Ich brauche nur eine Schmerztablette. Können Sie mir helfen, dieses Ding aufzubekommen?«, frage ich und halte ihr meine zerstörte Handtasche hin.

»Ach, wie schade. Ihre, ähm ... Ihre schöne Handtasche!«

Sie zieht ihre Handschuhe kurz aus, um die Schließe zu

öffnen und meine Tabletten herauszufischen. Sie bietet mir einen Schluck aus ihrer Wasserflasche an, damit ich eine hinunterspülen kann.

Ich bin wütend auf den Pinguin, der schleunigst zur Kolonie zurückgekehrt ist und sich unter seine Kameraden gemischt hat.

»Warum hat er das getan?«, will ich wissen. »Warum?«

»Das ist ... na ja, Angriffslust. Nennen Sie es jugendlichen Übermut. Die Zwei- und Dreijährigen sind diejenigen, vor denen man sich in Acht nehmen muss. Sie sind zu jung zum Brüten und haben nicht viel zu tun, außer zu flirten, sich zu balgen und sich zu beweisen. Er ist nichts weiter als ein überheblicher Teenager.«

»Ich verstehe.«

Ich fühle mich trotzdem verletzt, sowohl im wörtlichen als auch im übertragenen Sinn.

Terry versucht, mich zu beruhigen. »Ich weiß nicht, warum er sich Sie ausgesucht hat. Es hätte genauso gut ich sein können.«

»Das ist kein Wunder«, sage ich zu ihr. »Gegen mich haben alle sofort eine Abneigung.«

Sie dreht ruckartig den Kopf und schaut mich an. »Ach, sagen Sie das nicht, Veronica!«

»Warum nicht? Es ist wahr.«

Sie ist zu ehrlich, um das zu verneinen.

18

Veronica

Locket Island

Terry besteht darauf, mich zurück zur Forschungsstation zu begleiten, und entschuldigt sich auf dem Weg dorthin ununterbrochen. Ich hülle mich weiterhin in ehrfürchtiges Schweigen.

Sie hilft mir beim Ausziehen meiner Mukluks und führt mich zu dem Stuhl mit Sitzkissen. Er ist inzwischen mein Stuhl.

»Ich mache Ihnen erst mal eine Tasse Tee auf den Schreck hin, und dann sehen wir uns Ihr Bein an.«

»Wie Sie meinen.«

Ich bekomme einen dampfenden Becher mit der nach Teer schmeckenden Flüssigkeit hingestellt, die sie Tee nennen.

»Sie haben die Küchentür nicht zugemacht«, sage ich ihr.

»Spielt das eine Rolle?«

»Ich wäre Ihnen dankbar, wenn Sie sie zumachen würden.«

Sie zuckt mit den Schultern, geht und macht die Tür zu und kommt wieder zurück. Ich erlaube ihr, meine wasserdichte Hose und meine lange Unterhose so weit hochzuschieben, dass die Wunde entblößt ist. Sie ist leicht violett und unansehnlich, aber nicht übermäßig schlimm. Terry betupft sie mit antiseptischer Salbe aus ihrem Erste-Hilfe-Kasten und klebt ein Pflaster darauf. Die Schmerzen haben bereits nachgelassen.

»Also ich glaube, Sie werden es überleben.«

»Das werde ich ganz bestimmt.«

»Vielleicht sollten Sie sich ein bisschen ausruhen.«

»Vielleicht werde ich das tun.«

Sie versucht, mich in mein Zimmer zu führen. Ich schüttle sie ab. Ich benötige keine Hilfe. Sie will nicht gehen, ist voller Sorge.

»Bitte gehen Sie und erledigen Sie Ihre wichtige Arbeit mit den Pinguinen, Terry. Ich komme hier schon zurecht. Ich brauche etwas Zeit allein.«

»Sind Sie sich sicher, dass Sie zurechtkommen?«

»Absolut.«

Sie wirkt unentschlossen. »Um ehrlich zu sein, hätte ich tatsächlich Arbeit zu erledigen. Ich bin ein bisschen ins Hintertreffen …«

»Dann los.«

»Ich komme in ein paar Stunden zurück. Bitte entspannen Sie sich. Fühlen Sie sich ganz wie zu Hause. Und nehmen Sie sich, was Sie möchten.«

Ich hasse es wirklich, wenn Leute sich meinetwegen Umstände machen.

Es ist eine Erleichterung, als sie geht. Ich strecke mich auf dem knubbeligen Bett aus. Innerlich koche ich immer noch. Diese ganze Antarktis-Eskapade ist ein Desaster. Es hat sich ganz deutlich gezeigt, dass die Wissenschaftler mich nicht hier haben wollen, und zu meiner bitteren Enttäuschung gilt für die Pinguine offenbar das Gleiche. Undankbare Vögel! Ich hatte geglaubt – nein, ich war mir sicher gewesen –, dass an diesem Ort am Ende der Welt eine Art Bestimmung für mich liegt ... doch das war ein Trugschluss.

Langsam verfliegt meine Verärgerung, und ich fühle mich leer. Meine Blase pinguinbedingter Wohltätigkeit ist geplatzt. Ich brauche innere Stärke.

Ich rapple mich auf und nehme noch eine Schmerztablette. Das ist eine treffende Erinnerung an all die anderen bitteren Pillen, die ich schon schlucken musste. Für einen Augenblick droht meine Vergangenheit meine Gedanken zu überrollen. Ich dränge sie zurück und konzentriere mich auf das gegenwärtige Problem.

Ich habe aufgehört, Pinguine zu mögen.

Es ist das Recht einer Frau, ihre Meinung zu ändern.

Zweifellos gibt es jede Menge anderer guter Zwecke, die mein Erbe verdient haben.

»Hi, Veronica. Tut mir leid, habe ich Sie geweckt?«

Ich bin einen Moment orientierungslos, dann wird mir bewusst, dass Terry den Kopf zur Tür hereinstreckt.

»Nein. Ich habe mich nur in eine liegende Position begeben, da hier ein Mangel an bequemen Stühlen herrscht.« Ich richte mich langsam auf.

Noch immer entstellt ihr besorgtes Gehabe ihren Mund und ihre Stirn. »Wie geht's Ihnen? Was macht Ihr Bein?«

»Es hat sich vollständig erholt, danke.«

»Gott sei Dank. Was für eine dumme Sache! Das tut mir so leid mit dem unverschämten Pinguin.«

»Um Himmels willen, hören Sie auf, sich zu entschuldigen!«

»Kann ich Ihnen irgendwas bringen?«

»Nein.«

»Wenn das so ist, gehe ich ein bisschen in den Computerraum. Ich muss die Daten von heute ins System eingeben.«

Sie verschwindet.

»Terry!«, rufe ich.

»Ja?«

»Die Tür.«

»Die Tür. Okay. Tut mir leid.« Sie macht sie zu, und ich habe meine Ruhe.

Nach nur wenigen Minuten klopft sie an.

»Veronica, eine E-Mail für Sie ist gekommen. Ich habe sie ausgedruckt. Ich dachte mir, Sie möchten sie bestimmt gleich lesen. Hier.«

Sie drückt mir ein Blatt Papier in die Hand, ehe sie sich abermals zurückzieht.

Ich mache mich auf die Suche nach meiner Lesebrille. Nachdem ich sowohl meine zerstörte scharlachrote Handtasche als auch meine weniger gute, aber zumindest nicht zerstörte fuchsia- und goldfarbene Handtasche ohne Erfolg durchwühlt habe, krame ich in meinem Koffer. In seinen Tiefen entdecke ich die Dose mit duftendem Darjeeling, aber keine Lesebrille. Der Tee ist allerdings ein gewisser Trost. Ich gehe in die Küche und setze Wasser auf. Wie der glückliche Zufall es will, versteckt sich ganz hinten in einem der Schränke eine »Brown-Betty«-Teekanne, zusammen mit einem Teesieb. Ich braue mir eine Kanne. Trotz des tragischen Mangels an Teetassen und der daraus resultierenden Notwendigkeit, einen angeschlagenen Becher benutzen zu müssen, ist der Geschmack von echtem Tee eine willkommene Ermunterung. Schon beim ersten kleinen Schluck spüre ich die alte McCreedy-Entschlossenheit zurück in meine Adern fließen.

Als ich den Becher wieder abstelle, entdecke ich meine Lesebrille im Regal, wo ich sie zuvor abgelegt haben muss, während ich die Bücher begutachtet habe. Ich setze mich auf meinen Stuhl, um den Ausdruck von Eileens E-Mail zu lesen.

Liebe Mrs McCreedy,
ich habe zwei E-Mails bekommen, eine von Mr Dietrich und eine von dem Blog-Schreiber Terry, in denen es hieß, dass Sie gut angekommen sind, deshalb mache ich mir keine Sorgen mehr. Ich hoffe, es geht Ihnen gut und Sie frieren nicht allzu sehr. Hoffentlich kommen Sie mit Ihrer langen Unterwäsche zurecht. Es muss toll sein, echte Pinguine zu sehen. Ich weiß nicht viel über sie, aber sie sind die Lieblingsvögel meines Neffen Kevin. Er hat ein dunkelblau-weißes Pinguin-Stofftier, das er über alles liebt.

Hier herrscht ziemlich trübes Wetter. Ich finde es schwieriger, die Zeit auszufüllen, wenn Sie nicht da sind, aber Doug (mein Mann, falls Sie sich nicht mehr erinnern) meint, ich soll mehr unter die Leute gehen. Ich denke, er sagt das vielleicht nur, weil er mich aus dem Haus haben will. Er findet nämlich, ich summe zu viel.

Auf jeden Fall würde ich mich freuen, ab und zu Neuigkeiten von Ihnen zu erfahren, damit ich weiß, dass es Ih-

nen gut geht. Vielleicht können mir die netten Wissenschaftler wieder eine E-Mail schicken, wenn Sie ihnen
sagen, was sie schreiben sollen.

Die Kekse sind sehr gut.

Alles Gute!
Eileen

Nun, ich werde Eileen bald wieder eine Menge zu tun geben.

Ich leere meinen zweiten Becher Darjeeling, als Mike und
Dietrich gemeinsam hereinkommen.

»Ah, Mrs McCreedy. Wie war denn Ihr heutiger Ausflug?«, erkundigt sich Dietrich höflich.

»Nicht besonders erfolgreich«, teile ich ihm mit einem
Blick über meine Brille hinweg mit. »Ich bin angegriffen
worden.«

»Angegriffen?«

»Ja, in der Tat. Ein Pinguin hat beschlossen, seine Wut auf
sehr unangebrachte und aggressive Art und Weise sowohl an
meinem Schienbein als auch an meiner zweitbesten Handtasche auszulassen.«

»Oh. Das ist nicht gut.«

»Nein.«

»Hat Terry ...?«

»Terry hat mich verarztet. Mit antiseptischer Salbe und
einem Pflaster.«

Dietrich hat so viele Barthaare, dass man seinen Gesichtsausdruck darunter kaum entschlüsseln kann. Aber sein »gut«
klingt aufrichtig. Mike dagegen hat eine gekünstelte Betrof-
fenheitsmiene aufgesetzt, die seine Schadenfreude nicht zu
verbergen vermag.

»Pinguine sind Wildtiere, Veronica. Das dürfen wir nicht vergessen.«

»Das tun wir ganz bestimmt nicht«, erwidere ich mit Pathos.

»Sie machen keinen sehr glücklichen Eindruck«, stellt er fest und lässt sich auf einem der Plastikstühle nieder. »Es ist noch nicht zu spät, wenn Sie doch lieber wieder nach Hause möchten.«

»Ehrlich gesagt, wollte ich genau darüber mit Ihnen sprechen.«

Er sieht Dietrich an, dann wieder mich. Sein Spott zeichnet sich jetzt deutlicher ab und vermischt sich mit Freude über die Aussicht auf meine Abreise. »Das nächste Schiff geht erst in drei Wochen. Was wir aber tun können, ist, über Funk das Krisenmanagement-Team um Hilfe zu bitten. Normalerweise schicken sie nur ungern einen Helikopter, es sei denn, es handelt sich um einen Notfall. Wenn Sie allerdings bereit sind, ein bisschen was springen zu lassen, um für die Kosten aufzukommen …«

»Geld ist kein Problem«, versichere ich ihm.

»Wenn das so ist, dann sollte es möglich sein, Mrs McCreedy«, sagt Dietrich. Er schlägt einen anderen Ton an, um neutral zu klingen. »Ich kann mich sofort darum kümmern.« Er kramt in seinen Taschen und holt ein kleines schwarzes Gerät hervor, bei dem es sich vermutlich um eine Art Funkgerät handelt.

Die beiden können es kaum erwarten, mich loszuwerden. Mike lächelt wölfisch. »Locket Island ist doch kein so lauschiges Plätzchen, was, Veronica?«

Ich nehme Anstoß daran, wie sich seine Stimme kräuselt, als er meinen Namen ausspricht. Ich lasse mich nicht dazu herab, darauf zu antworten.

Er kann nicht widerstehen, die Sache noch weiter auszuschlachten. »Wir haben alle versucht, Sie zu warnen. Aber Sie – bei allem Respekt –, Sie haben darauf bestanden, Ihren Kopf durchzusetzen, habe ich recht?«

Respekt, dass ich nicht lache! Er weiß nicht mehr über Respekt als ein Erdferkel über den Brief des Paulus an die Epheser. Dieser unerträgliche Mensch versucht, mich schlechtzumachen und meine Entscheidungen verächtlich abzutun. Was fällt ihm ein!

»Ich glaube, Sie müssen es zugeben, Veronica: Das hier ist kein Touristenziel.«

»Und ich bin keine Touristin!« Ich spucke ihm die Worte entgegen.

»Vielleicht nicht. Nicht ganz. Aber Sie sind auch keine Wissenschaftlerin. Sie hatten keinerlei Ausbildung, und nur umfassend ausgebildete Wissenschaftler sind für einen längeren Aufenthalt auf Locket Island gerüstet.«

Als er das sagt, werde ich mir meines Medaillons bewusst, dessen glattes Silber sich unter meinem Thermounterhemd an meine Brust schmiegt und meinem Herzen still zuflüstert.

»Tja, ich wünsche Ihnen eine angenehme Heimreise«, sagt Mike abschließend mit unverblümter Unaufrichtigkeit.

Dietrich, der während dieser Zurschaustellung von Unhöflichkeit geschwiegen hat, fängt an, auf seinem Funkgerät Knöpfe zu drücken. Ich gebiete ihm mit einer scharfen Geste Einhalt. »Wer hat gesagt, dass ich abreise?«

Mike schlägt die Hände über dem Kopf zusammen. »Sie haben doch gesagt, dass Sie das möchten!«

Ich sehe ihn gleichgültig an. »Nein, ganz und gar nicht. Das möchte ich *nicht*. Sie haben mich völlig falsch verstanden. Ich habe nur meine Optionen überdacht. Ich kann Ihnen versichern, dass mein Entschluss feststeht.« Wenn er bislang noch nicht feststand, dann steht er jetzt ganz sicher fest. »Ich bleibe die kommenden drei Wochen hier, ob es Ihnen gefällt oder nicht.«

Und ich werde darauf beharren, diesen elenden Pinguinen zu helfen, ob sie es zu schätzen wissen oder nicht.

Heute ist der mürrische Mike an der Reihe, das Abendessen zu kochen. Seine Bemühungen sind erbärmlich. Würstchen mit der Konsistenz von Stahlwolle, Rosenkohl, der bei dem Versuch, grün zu sein, kläglich gescheitert ist, Kartoffelpüree aus der Packung und dazu eine Soße, die sowohl von ihrer Farbe als auch von ihrem Geschmack an Schlamm erinnert.

Ich schiebe den Rosenkohl auf meinem Teller herum. Die Stimmung ist etwas angespannt.

Terry, die an der Unterhaltung zuvor nicht beteiligt war, denkt offenbar, dass ich über das Essen die Nase rümpfe.

»Tut mir leid, dass wir kein frisches Gemüse bieten können, Veronica.«

»Hören Sie auf, sich ständig für irgendwas zu entschuldigen, was nicht Ihre Schuld ist.«

Mike denkt offenbar, dass ich damit andeuten will, die schlechte Qualität der Verpflegung sei *seine* Schuld.

»Wenn man den katastrophalen Zustand unserer Lebensmittelvorräte, den launenhaften Herd und die Zeitnot bedenkt, habe ich mich gar nicht so schlecht geschlagen, finde ich.«

Ich sehe ihn missbilligend an. Wenn ich eines nicht ausstehen kann, dann sind das Leute, die ständig herumjammern.

Alle erwecken den Eindruck, als würden sie überlegen, was sie sagen könnten, um die nachfolgende Stille zu füllen.

»Sie betrachten das als Entbehrung«, sage ich. »Ihre Generation ist es gewohnt, sämtliche Lebensmittel zur Verfügung zu haben, Lebensmittel aus der ganzen Welt. Aber ich erinnere mich an Zeiten, als es schwierig war, Brot zu bekommen, als die meisten Leute ihren Garten aufgraben mussten, um Kartoffeln anzubauen, und als alles, was Ähnlichkeit mit einer Wurst hatte, purer Luxus war. Damals hätte man diese Mahlzeit als Festessen betrachtet.«

Dietrich zwinkert Mike zu. »Da hast du's, Mike. Ein Kompliment!«

»Ja, genau«, entgegnet er.

Wieder kehrt Schweigen ein. Mein Hörgerät verstärkt die missmutigen Kaugeräusche.

»Ich glaube, ich werde den Pinguinen morgen *allein* einen Besuch abstatten«, kündige ich an. »Ich möchte Ihnen bei Ihren wissenschaftlichen Studien nicht in die Quere kommen, und ich kann mich an den Weg zur Kolonie erinnern.«

Mike prustet. »Keine gute Idee.«

»Warum nicht? Sie brauchen mich nicht in Watte zu packen. Ich bin durchaus in der Lage, selber auf mich aufzupassen«, entgegne ich in scharfem Ton.

»Wenn Sie hierbleiben, halten Sie sich an unsere Regeln«, beharrt er und starrt mich wütend an. Ich starre wütend zurück. Ich kann jeden jungen Schnösel niederstarren.

Terry dreht sich mit versöhnlicher Miene mir zu. »Wir hätten ein besseres Gefühl, wenn Sie mit einem von uns gehen würden, Veronica. Das Wetter erscheint im Moment mild, aber es kann schnell umschlagen, und dann wird es vielleicht ziemlich ungemütlich. Und wir drei haben Erfahrung damit, was in einem Notfall zu tun ist. Ich begleite Sie sehr gern. Falls das in Ordnung für Sie ist.«

Ich bin von ihrem Vorschlag nicht begeistert. Mein größter Wunsch ist es, allein zu sein. Allerdings hat es den Anschein, dass abermals Kompromissbereitschaft gefragt ist.

»Also gut«, sage ich.

»Ich erzähle Ihnen auf dem Weg noch mehr über Pinguine. Und vielleicht können wir ein paar Aufnahmen für den Blog machen.«

»Der Blog. Immer der verdammte Blog«, murmelt Mike.

Terry tut so, als würde sie ihn mit ihrem Würstchen bewerfen. Das löst zumindest ein Lächeln bei ihm aus.

Terrys Pinguin-Blog

12. Dezember 2012

Seht euch diese Dame an. Ich glaube, ihr werdet beeindruckt sein. Sie ist gerade erst hier angekommen. Sie liebt Pinguine so sehr, dass sie den ganzen Weg von Schottland in die Antarktis zurückgelegt hat, und sie ist – jetzt kommt's – sechsundachtzig Jahre alt! Das nenne ich Hingabe.

Ihr Name ist Veronica. Sie bleibt für drei Wochen hier bei uns in der Forschungsstation auf Locket Island, und wir sind gespannt, wie sie sich einleben wird.

Wie ihr auf dem Foto seht, ist sie bereits draußen unterwegs und genießt den Anblick von fünftausend Adeliepinguinen. Sie wird alle ihre Gepflogenheiten kennenlernen … und unsere ebenfalls.

Veronica hat sich schon eine Menge Wissen über die Adeliepinguine angeeignet. Sie weiß zum Beispiel, dass ihre Lieblingsspeise die als Krill bekannten, winzigen shrimpartigen Krustentiere sind und dass in der Antarktis momentan Frühling herrscht, was bedeutet, dass die Vögel massive Veränderungen erwarten. Viele von ihnen sitzen gerade auf ihren Nestern und sind bereit für den Beginn von neuem Leben.

Veronica meinte, die Steinnester sähen nicht besonders bequem und warm aus. Da hat sie recht, aber wir dürfen nicht vergessen, dass Pinguine in etliche Fettschichten gehüllt sind. Außerdem tragen sie ein Kleid aus ganz speziellen isolierenden Federn. Im Gegensatz zu uns haben sie mit Kälte überhaupt kein Problem.

Apropos, falls sich jemand Sorgen macht: Veronica ist topfit und für ihren Aufenthalt hier bestens ausgerüstet. Ihrem Vorrat an wetterfester Kleidung kann nur ihr Maß an Entschlossenheit Paroli bieten. Brauchen wird sie beides.

19

Patrick

Bolton

Ich habe heute wieder eine E-Mail von den Pinguin-Leuten in der Antarktis bekommen. Ein Typ namens Terry hat mir geschrieben – er meinte, ich wüsste vielleicht gern, dass es Veronica gut geht – und mir einen Link geschickt. Nach dem Frühstück habe ich mich eingeloggt, um einen Blick darauf zu werfen. Als Erstes erschien ein Foto von Granny V, und ich muss sagen, mir ist echt die Spucke weggeblieben. Auf dem Foto hat sie gelächelt, tatsächlich gelächelt! Sie hat *verzückt* gewirkt, als hätte sie eine Schar Engel gesehen oder so. Aber es waren keine Engel. Es waren Pinguine. Unmengen von Pinguinen, überall um sie herum, ein regelrechtes Meer von untersetzten schwarz-weißen Gestalten. Und sie, eingepackt in einen scharlachroten Anorak mit flauschiger Kapuze und mit ihrer großen, glänzenden Handtasche, die im Schnee rot leuchtete. Passend dazu leuchtend roter Lippenstift. So-dass man das Lächeln unmöglich übersehen konnte.

Keine Frage, Granny mag Pinguine. Und wie!

Ich habe mir einen Kaffee geholt und den Blog gelesen. »Seht euch diese Dame an«, hieß es darin. Dieser Terry klang echt beeindruckt. Er hat Granny V fast wie eine Wundertäterin hingestellt. Anscheinend zeigt sie sich von ihrer besten Seite.

Echt komisch. Ich verdränge Granny V so gut es geht aus meinen Gedanken, aber sie taucht immer wieder darin auf. An dem Tag, an dem sie mich zu Hause besucht hat, war ich nicht annähernd bereit für die plötzliche »Verloren-geglaubter-Verwandter«-Nummer. Ich gebe Lynette die Schuld dafür. Der Schock, sie um ihren Maurer-Fuzzi geschlungen zu sehen, war an dem Tag das Einzige, was ich im Kopf hatte. Für etwas anderes war kein Platz (Timing ist nun mal alles entscheidend). Aber als ich Granny am Flughafen gesehen habe, sind meine Gedanken nicht nur um mich, mich, mich gekreist, und ich hatte das seltsame Gefühl, dass mir bei unserer ersten Begegnung etwas entgangen ist. Dass ihre Schroffheit eine Art Mantel ist, in den sie sich fest einwickelt, damit niemand sieht, was sich darunter befindet. Nicht einmal Eileen.

Ich habe das meiste von Granny Vs Leben verpasst. Werde ich das jemals aufholen können? Ist es bereits zu spät? Wie ist sie? Ich meine, wie ist sie *wirklich* hinter ihrer Kriegsbemalung und ihrer Spießigkeit? Was in aller Welt ist in sie gefahren, dass sie den weiten Weg in die Antarktis auf sich genommen hat, um unter Pinguinen zu sein?

Ich stelle mir auch immer mehr Fragen, was meinen Dad anbelangt. Joe Fuller. Er war ihr Sohn. Er ist unser fehlendes Bindeglied, er ist die Generation dazwischen, er ist das, was uns (ob es uns gefällt oder nicht) zusammenschweißt – und doch hat keiner von uns jemals Gelegenheit gehabt, ihn kennenzulernen. Für mich war er immer ein Kotzbrocken aufgrund dessen, was mit Mum passiert ist. Aber vielleicht wusste er nicht, was er tat. Vielleicht hatte er Probleme. Man weiß nichts über andere Menschen, nicht wahr? Sogar bei denjenigen, die man gut kennt, hat man eigentlich keine Ahnung, wie sie wirklich ticken.

Jetzt plötzlich wünschte ich, ich wüsste mehr. Jede Info wäre hilfreich. Was er zum Frühstück gegessen hat, was er sich im Fernsehen angeschaut hat, ob er sich wie ich für belangloses Zeug und für mechanische Dinge interessiert hat. Er war Bergsteiger, also nehme ich an, er war ein abenteuerlustiger Typ. Vielleicht hatte er das von Granny.

Die Familie, von der er adoptiert wurde, müsste doch bestimmt ein paar Details nennen können. Die Eltern sind bereits tot, und Geschwister gab es keine, aber die Cousine in Chicago lebt noch, soweit ich weiß. Vielleicht kann ich sie ja kontaktieren. Oder vielleicht kann ich die Kumpels von meinem Dad ausfindig machen. Gesetzt den Fall, er hatte welche.

Ich gehe ans Fenster und starre hinaus auf die Abflussrohre.

Granny würde doch bestimmt auch gern mehr über ihren Sohn erfahren, oder? Schließlich hat sie keinen Aufwand gescheut, um mich ausfindig zu machen. Aber sie kann nicht mit dem Internet umgehen. Ich könnte ihr helfen. Wenn sie aus der Antarktis zurückkommt, sollten wir uns treffen und darüber reden. Ich bin begierig darauf, alles zu erfahren, was sie weiß, ab dem Moment, als sie ihn zur Adoption freigegeben hat.

Warum, zum Teufel, hat sie das getan? Dieser Frage bin ich nicht annähernd auf den Grund gegangen. Ach was, ich war nicht einmal auf halbem Weg dorthin. Ich war zu sehr damit beschäftigt, mich an der Oberfläche zum Narren zu machen. Wenn Granny V nach Hause kommt, wird alles anders. Dann fange ich an nachzuforschen.

Als ich vom Laufen zurückkomme, klingelt das Telefon. Ich hechle wie ein Hund die Treppe hinauf und nehme den Hörer ab.

»Immer noch scheußliches Wetter, nicht wahr?«, sagt eine Frau, als würden wir ein Gespräch fortsetzen, das wir zuvor begonnen haben.

»Ähm, wer spricht denn da?«

»Eileen Thompson. Sie wissen schon. Wir sind uns am Flughafen begegnet.«

»Hallo, Eileen. Was kann ich für Sie tun?«

»Na ja, also, ich habe gerade eine E-Mail von ihnen bekommen. Aus der Antarktis. Von diesem Terry.«

»Ach ja, ich auch. Haben Sie sich den Blog angeschaut?«

»Ja, ja, habe ich. Mrs McCreedy hat sehr nett ausgesehen, oder? Ziemlich schick, fand ich.«

»Ja, sehr, äh … farbenfroh.« Ich gehe im Zimmer auf und ab, fächle mit einer Hand kühle Luft unter mein T-Shirt und halte mir mit der anderen das Telefon ans Ohr.

»Aber hat Ihnen Terry die andere Sache auch geschrieben?«, fragt sie.

»Welche andere Sache, Eileen?«

»Die andere Sache über Mrs McCreedy. Sie wurde von einem Pinguin gebissen.«

»Was?«

»Ihre Großmutter. Gebissen. Von einem Pinguin.«

»Aha.« Ich bin mir nicht sicher, ob mich das beunruhigen

soll. Ich muss zugeben, dass ich mich mit Pinguinbissen nicht auskenne. »Es ist nicht tödlich, nehme ich an?«

»Nein, nein, keinesfalls! Terry, der Wissenschaftler, meint, Mrs McCreedy wäre ziemlich geschockt gewesen und hätte beinahe beschlossen abzureisen. Aber jetzt hat sie sich wieder beruhigt. Und ich habe auch eine kurze Nachricht von Mrs McCreedy selbst bekommen, die mir Terry per E-Mail weitergeleitet hat.«

»Dieser Terry scheint Grannys Handlanger zu spielen, oder?«

»Ja, sieht so aus. Aber ich bin sehr erleichtert, dass sich jemand um sie kümmert. Manchmal ist sie ein bisschen … na ja, Sie wissen schon. Sie ist eben nicht mehr die Jüngste.«

Ich lächle. Eileen ist eine Perle.

Am anderen Ende der Leitung gibt es eine klitzekleine Pause, dann die abrupte Frage: »Haben Sie die Kiste aufgemacht?«

Bilde ich mir das ein, oder hofft sie, dass ich sie geöffnet habe?

»Die Kiste? Die, die Sie mir geschickt haben? Sie haben mir doch gesagt, Granny meinte, ich darf sie nicht aufmachen – also nein.«

»Ah, ja. Ich habe mich nur gefragt. Wissen Sie, ich mache mir Sorgen um sie, Patrick. Sie ist es gewohnt, niemanden außer mich um sich zu haben, und sie lässt mich nicht richtig an sich heran. Ich meine, sie lässt mich natürlich in ihr Haus – das muss sie ja –, aber sie lässt mich nie daran teilhaben, was sie denkt oder fühlt. Und dann habe ich gestern was in Dougs *Daily Mail* gelesen …«

Sie macht eine dramatische Pause. Ich glaube, ich soll beeindruckt sein, wie ausgebufft sie ist, was das aktuelle Geschehen anbelangt. Sie nimmt definitiv an, dass ich es kaum erwarten kann, zu hören, was sie mir gleich sagen wird.

»Erzählen Sie weiter.«

»Es ging um alte Leute und Einsamkeit.« Sie senkt die Stimme zu einem vertraulichen Flüstern. »Es wurde berichtet, wie schlecht es ist, nicht zu kommunizieren. Warten Sie, ich habe es hier.« Abermals eine Pause und das Geräusch umgeblätterter Seiten. »Ja, hier ist es! ›*Eine neue Studie* … bla, bla, bla … *bestätigt den hohen Tribut, den Einsamkeit von der Gesundheit fordert* … bla, bla, bla … *Gedanken und Meinungen nicht mit anderen Menschen zu teilen, erhöht das Risiko, an Demenz zu erkranken, um vierzig Prozent.*‹ Vierzig Prozent!«

»Demenz?« Ich bin erstaunt. »Granny V hat auf mich bei den beiden Malen, als wir uns begegnet sind, den Eindruck gemacht, als wäre sie voll da.«

»Oh ja. Das ist sie auch! Ich wollte Sie nicht beunruhigen. Bitte, das war *überhaupt* nicht meine Absicht. Aber manchmal hat sie … kleine Aussetzer. Kleine Erinnerungsaussetzer. Und ich frage mich, ob sie mehr Angehörige und Verwandte bräuchte, damit das bei ihr nicht schlimmer wird. Deshalb bin ich so froh, dass sie jetzt Sie hat, Patrick. Und diesen netten Terry. Und die Pinguine.«

20

Veronica

Locket Island

»Ich habe das Gefühl, all die frische Luft tut Ihnen gut,
Mrs McCreedy«, sagt Dietrich, der mich als Einziger nicht
Veronica nennt. (Er hat offenbar eine gute Erziehung genos-
sen.) »Sie sehen gut aus.«

»Danke, Dietrich.«

»Findest du nicht auch, dass sie jünger aussieht, Mike?«

Der unerklärlich unfreundliche Mike stößt einen leisen
Laut aus, der interpretierbar ist. Ich entscheide mich dafür, ihn
als Bestätigung auszulegen, dass ich tatsächlich jünger aussehe.
Nicht, dass das in irgendeiner Weise von Bedeutung wäre.

Dietrich überrascht mich. Terrys Unterstützung ist nicht
weiter verwunderlich, da sie unbedingt ihren Blog aufpeppen
möchte. Mit Dietrichs Wohlwollen habe ich dagegen überhaupt nicht gerechnet, wenn man bedenkt, dass er sowohl
Ausländer als auch ein Vertreter des männlichen Geschlechts
ist. Ich habe den Eindruck, dass er in sich gegangen ist und
sich zu meinen Gunsten entschieden hat.

Was Mike angeht … nun, wir dulden einander. Ginge es nach ihm, wäre ich inzwischen aus ihrem Kreis ausgestoßen worden – wobei ich nicht genau weiß, wie sie das angestellt hätten. Womöglich hätten sie mich einfach vor die Tür gesetzt. Es wäre nicht das erste Mal in meinem Leben, dass mir das passiert.

Mike lässt beharrlich sämtliche Türen offen. Ich weiß, das macht er nur, um mich zu ärgern.

Aufgrund meiner immensen Voraussicht und Rücksichtnahme habe ich schon vor einer Weile angefangen, mich einzupacken und mich in meine Mukluks zu quetschen. Deshalb stehe ich schon an der Tür bereit, als Terry ihren Anorak anzieht und sich ihre Kamera, ihr Notizbuch und eine Hand voll Pinguin-Markierungsbänder schnappt. Sie trägt ihre unansehnliche Wollmütze mit den baumelnden Troddeln, unter der ihr blondes Haar hervorlugt, schlaff und zerzaust.

»Sie machen sich offenbar nicht viel aus Mode und Styling«, stelle ich fest.

Sie lacht schallend. »Vielen Dank, Veronica! Sie sind also nicht beeindruckt von meinem Erscheinungsbild?«

Die Höflichkeit verlangt, dass ich um den heißen Brei herumrede. »Nun, ich verstehe vollkommen, dass die Antarktis bestimmte Kompromisse verlangt, was Stil anbelangt. Deshalb besteht durchaus die Möglichkeit, dass Sie zu Hause in England ein echtes Glamourgirl sind … was ich allerdings irgendwie bezweifle.«

Sie kichert. »Das bezweifeln Sie zu Recht«, gesteht sie ein, dann fügt sie hinzu: »Aber wer braucht schon Designer-Handtaschen, wenn man einen Guano-Sumpf und fünftausend Pinguine haben kann?«

Ich blicke auf meine Designer-Handtasche hinunter, bei der es sich (aufgrund des Ablebens meiner scharlachroten) um meine drittliebste handelt, die fuchsiafarbene mit den Goldapplikationen. Ich bin drauf und dran, in scharfem Ton zu antworten, dann wird mir bewusst, dass sie es gar nicht als Stichelei gemeint hat. Der Bezug war purer Zufall.

Wir machen uns gemeinsam auf den Weg. Der Schnee quietscht und knirscht unter unseren Füßen.

Die junge Frau neben mir ist völlig anders, als ich in ihrem Alter war. Sie betrachtet sich als Selbstverständlichkeit und macht sich überhaupt keinen Kopf um die Jahre voller Möglichkeiten, die vor ihr liegen. Es kommt ihr nicht in den Sinn, dass ein einziger Schritt in die falsche Richtung alles zerstören kann. Ich hoffe, sie macht mehr aus ihrem Leben, als ich aus meinem gemacht habe. Aber sie macht ja bereits mehr daraus, oder etwa nicht? Zum ersten Mal denke ich über Terry nach. Sie hat eine stille Art, verfügt aber über eine ausgeprägte Zielstrebigkeit.

»Welchen Hintergrund haben Sie, Terry?«, frage ich aus aufrichtigem Interesse. »Wie hat es Sie hierher verschlagen?«

»Ach, nichts Besonderes.« Sie richtet ihre Aufmerksamkeit eher auf unsere Umgebung, auf die Möglichkeit, eine Robbe oder einen seltenen Vogel zu erspähen, als auf meine Frage. »Ich war schon immer ein Naturfreak.«

»Erzählen Sie mir mehr.«

»Na ja, als Kind war ich völlig fasziniert von Vögeln. Von Wildtieren im Allgemeinen, aber besonders von Vögeln. Als Teenagerin habe ich ständig auf Felsen gesessen, bin durch Flüsse gewatet und habe mitten in Sümpfen gestanden und durch mein Fernglas gestarrt. Meine Freunde müssen mich für eine furchtbare Langweilerin gehalten haben.«

Immerhin hatte sie Freunde gehabt. Im Gegensatz zu mir war sie vermutlich schon immer beliebt.

»Nach der Schule habe ich Naturwissenschaften studiert«, fährt sie fort. »Und dann habe ich meinen Master in Artenschutz gemacht. Eine Zeit lang habe ich in England in einem Naturschutzgebiet gearbeitet, und in meiner Freizeit habe ich mich viel für Naturschutzorganisationen engagiert. Ein paar Sommer habe ich damit verbracht, auf den Äußeren Hebriden Seevogelbestände zu überwachen.«

Wenn man sich heutzutage für etwas interessiert, dann tut man es einfach. Als ich jung war, gab es solche Möglichkeiten nicht. Zumindest nicht für Frauen. Neid steigt süßlich-bitter in mir auf. Es ist schwierig, die zahlreichen Ungerechtigkeiten des Lebens zu schlucken.

»Ich habe nicht damit gerechnet, diesen Job zu bekommen, als ich mich dafür beworben habe«, sagt sie fröhlich, während sie den Hang hinaufstapft. Sie erwärmt sich allmählich für das Gesprächsthema. »Aber ich bin jeden Tag aufs Neue dankbar, dass ich es getan habe! Ich liebe es hier, und ich liebe die Herausforderungen, die Entbehrungen und die lustigen Dinge, die passieren. Ich liebe das Team. Wir sind nicht perfekt, aber wir stehen uns nahe. Und es ist natürlich ein wahr gewordener Traum, mit Pinguinen zu arbeiten.«

Wir sind oben angekommen. Sie geht langsamer und deutet mit einer ausholenden Geste auf das Panorama. Hauchdünner lavendelfarbener Nebel hängt schwer über den Bergen. In den dunklen Vertiefungen in den Felsen glitzern Eiskristalle. Unter uns erstreckt sich die Pinguinkolonie, ein Puzzle mit unzähligen schwarz-weißen Teilen.

»Dieser Ort hier«, sagt sie, »trifft einen direkt ins Herz und in die Seele. Er verändert alles. Wie man die Welt und sich selbst sieht, und wie man über alles denkt.« Sie sieht mich unvermittelt an. »Ihnen geht's genauso, habe ich recht, Veronica?«

Ich weiß nicht, was ich darauf antworten soll. Vermutlich hat sie nicht ganz unrecht. Seit meiner ersten unerfreulichen Erfahrung wurde weder ich noch meine Handtasche erneut angegriffen. Tatsächlich ist mein ursprüngliches Entzücken beim Anblick der Pinguine zurückgekehrt. Ich sehe meinen täglichen Begegnungen mit den kleinen beflügelten Energiebündeln mit großer Vorfreude entgegen.

Gestern habe ich zum ersten Mal ein kleines Wunder miterlebt: ein schlüpfendes Adeliepinguinküken. Zuerst wackelte das Ei, und aus seinem Inneren war ein leises Klopfen zu hören. Dann erschien die Spitze eines kleinen Schnabels. Eine kleine, feuchte, verklebte Kreatur folgte, entknitterte sich, hob unbeholfen die Füße, um aus der Eischale herauszuklettern. Das Küken war grau und flauschig und wirkte ein wenig benommen. Ich war natürlich nicht der einzige Zeuge. Die Pinguin-Mutter drehte den Kopf hin und her, um ihr frisch geschlüpftes Baby aus allen Perspektiven zu betrachten. Die beiden kuschelten sich liebevoll aneinander. Dann reckte der Kleine den Hals und beäugte um seine Mutter herum die Umgebung hinter ihr. Er schien fasziniert zu sein, sich in einem Universum aus glänzenden Steinen und Schnee zu befinden.

Ich bin froh, dass ich mich nicht von dem unausstehlichen Mike dazu habe drängen lassen, Locket Island zu verlassen. Das hier ist auf jeden Fall besser, als Eileen Einkaufslisten zu schreiben oder Mr Perkins Instruktionen zu den Stauden zu geben. Außerdem bin ich stolz, sagen zu können, dass sich die körperlichen Einschränkungen meines fortgeschrittenen

Alters nicht als allzu große Last erwiesen haben. Ich habe mich den Herausforderungen der Antarktis vortrefflich gestellt.

Terry macht sich mit Feuereifer an die Arbeit. Sie taucht in die Gruppe ein, um sich einen Pinguin nach dem anderen zu schnappen und in einer Wiegetasche hochzuheben. Einige Vögel wehren sich und picken, aber sie ist sehr geschickt darin, den Schnäbeln und Klauen auszuweichen. Sie führt Statistiken in ihrem Notizbuch. Hin und wieder holt sie ihre Kamera hervor und macht einen Schnappschuss. Ich erkundige mich, ob die Fotos Teil ihrer Forschungsarbeit sind.

»Zum Teil ja, zum Teil mache ich sie aber auch zu meinem Privatvergnügen und zum Teil für den Blog«, entgegnet sie.

»Ihr Blog liegt Ihnen ziemlich am Herzen, nicht wahr?«, stelle ich trocken fest.

Sie nickt. »Soziale Medien sind der beste Weg – eigentlich der einzige Weg –, um andere Leute zu beeinflussen, um sie zu sensibilisieren.«

Ich frage mich, ob das wirklich so ist. Ich habe überhaupt keine Ahnung, wie soziale Medien funktionieren, aber mir ist aufgefallen, dass die Medien generell enorme Macht besitzen. Als Robert Saddlebow vor ein paar Jahren eine Dokumentation über die Ozonschicht präsentierte, fiel allen plötzlich auf, was sie schon seit Jahrzehnten vor der Nase gehabt hatten: Dass die Menschheit den Planeten nicht nur für die Tierwelt zerstört, sondern auch für sich selbst. Ein paar Leute handelten daraufhin sogar.

Wenn die sozialen Medien Menschen sensibilisieren können, sind sie vielleicht doch gar nicht so schlecht.

Ich betrachte die Pinguine liebevoll. Terry schießt ein Foto von mir.

»Sie sehen aus wie eine Königin, die alle ihre Untertanen um sich geschart hat.«

Dieser Vergleich gefällt mir ziemlich gut.

Während ich nachsinne, spricht Terry weiter. »Verstehen Sie mich nicht falsch, Veronica, aber ich muss zugeben, es überrascht mich, dass Sie Ihre Millionen einem Projekt für Adeliepinguine hinterlassen wollen. Ich bin sehr froh darüber und enorm dankbar, aber ich frage mich trotzdem … Sie haben doch einen Enkel, oder?«

»Ja, habe ich«, erwidere ich. Meine Begeisterung verpufft bei dem Gedanken.

»Patrick, stimmt's?«

»Ja.« Ihre Fragerei ist mir unangenehm. Ich bin nicht hierhergekommen, um ausgefragt zu werden.

Terry lässt einen Pinguin frei, der davoneilt, zuerst aufrecht, dann lässt er sich auf den Bauch plumpsen, um über den Schnee zu schlittern. »Wenn ich mir eine Frage erlauben darf … Gibt es irgendein Problem? Ich meine, man hinterlässt sein Geld doch normalerweise seinen Angehörigen. Tut mir leid, wenn ich den Bogen überspanne, aber ich kann es mir einfach nicht verkneifen, ein bisschen neugierig zu sein.«

Ich seufze. Patricks Existenz ist wie eine beharrliche Fliege, die immer wieder gegen das Fenster meines Bewusstseins prallt. Je mehr ich versuche, sie zu vergessen, desto lauter kommt sie mir vor. Ich verspüre nicht den Wunsch, darüber zu sprechen, und meine normale Vorgehensweise wäre, das Thema zu wechseln. Doch die Gegenwart der Pinguine macht mich irgendwie entspannter und sorgloser, als ich es normalerweise bin. Wenn Terry eine Erklärung braucht, dann kann ich ihr eine liefern. »Patrick und ich kennen uns kaum.

Ich betrachte ihn nicht als Angehörigen. Wir sind uns erst vor ein paar Monaten zum ersten Mal begegnet.«

»Ach ...«

»Ja. Und es war äußerst unerfreulich. Obwohl ich weit gereist war und beträchtliche Mühen in Kauf genommen hatte, um seine Bekanntschaft zu machen, war er alles andere als freundlich. Seitdem hat er ein paar klägliche Versuche unternommen, um das wiedergutzumachen, aber ich bin von seinen finanziell motivierten Vorstößen nicht beeindruckt. Außerdem ist er ein hoffnungsloser Fall.« Dann verkünde ich, was gewöhnlich als Pointe bezeichnet wird. »Patrick nimmt Drogen.«

Terry ist geschockt, was sie auch sein sollte. »Oh, tut mir leid, das zu hören, Veronica. Haben Sie irgendeine Ahnung, warum?«

Warum? Dieser Frage habe ich bislang keine Beachtung geschenkt. Ich würde meinen, die Antwort liegt auf der Hand. »Ganz gewöhnliche, banale Entartung, glaube ich.«

Terrys Gesicht zeigt eine Art Halblächeln, aber ihre Augen hinter der unattraktiven Brille sind ernst.

»Wenn Sie ihn kaum kennen, hat er vielleicht harte Zeiten hinter sich und es Ihnen noch nicht erzählt. Vielleicht nimmt er deshalb Drogen?«

Auf diese Idee bin ich noch nicht gekommen. Ich bin es nicht gewohnt, mich eingehend damit zu befassen, was andere Menschen dazu veranlasst, sich schlecht zu benehmen. Um ehrlich zu sein, bin ich es nicht gewohnt, mich überhaupt mit anderen Menschen zu befassen. Meiner Erfahrung nach führt das gewöhnlich nur zu Unannehmlichkeiten und Ärger. Allerdings hat Terry das Bruchstück einer Erinnerung in die vorderste Reihe meiner Gedanken gedrängt: ein paar Wörter, die Patrick über seine Mutter genuschelt hat. Er ist nicht ins Detail gegangen. Und ich war zu entsetzt über den Zustand seiner Bleibe, über seine Körperhygiene und über sein unhöfliches Benehmen, um nachzufragen. Jetzt frage ich mich allerdings, ob Patrick womöglich von irgendeiner Tragödie geformt wurde, die sich in seiner Vergangenheit ereignet hat. Vielleicht zieht er es wie ich vor, seine Geschichte nicht mit jedem zu teilen.

»Nimmt er denn *harte* Drogen?«, will Terry wissen.

»Ich habe keine Ahnung, wie hart oder weich sie sind. Er hat irgendwas geraucht, das widerlich gerochen hat«, entgegne ich.

»Wahrscheinlich nur Cannabis«, sagt sie. »Es könnte viel schlimmer sein.«

»Wohl kaum!«, schnaube ich.

Ich widme meine Aufmerksamkeit wieder den Pinguinen, aber Terry hat aufgehört, sie zu wiegen, und ich spüre ihren Blick auf meinem Gesicht. Dann sagt sie in bedächtigem Tonfall: »Cannabis ist heutzutage in vielen Ländern legal. Es hat schlechte Presse bekommen, hat aber medizinischen Nutzen. Als Wissenschaftlerin kann ich Ihnen versichern, dass es neben seinen Nachteilen auch Vorteile hat.«

»Tatsächlich?« Ich sehe sie skeptisch an.

»Oh ja! Es kann zum Beispiel zur Behandlung von Multipler Sklerose eingesetzt werden oder um die schrecklichen Nebenwirkungen einer Chemotherapie zu lindern. In manchen Fällen ist es tatsächlich weniger schädlich als Schmerztabletten.«

Damit habe ich ganz und gar nicht gerechnet. Ich umklammere meine Handtasche fest. Die Packungen Paracetamol und Aspirin, die ich in der Innentasche verstaut habe, sind mir bewusst. Moralisch sind sie Cannabis doch sicher weit überlegen? Doch Terry scheint meine Abscheu gegenüber Drogen nicht zu verstehen.

»Patrick hat bestimmt seine Gründe, warum er Cannabis raucht«, beharrt sie.

»Zweifellos«, erwidere ich in seinem Tonfall, der klarmacht, dass das Thema für mich beendet ist. Aber ihre Worte haben mir Grund zum Nachdenken gegeben.

21

Patrick

Bolton

»Warum rufen Sie mich an, Eileen?«

»Ich habe wieder eine E-Mail von diesem Terry bekommen.«

»Aha.«

»Mit einem reinkopierten Brief von Mrs McCreedy.«

»Toll. Irgendwelche Neuigkeiten?«

»Es geht ihr gut. Die Pinguine bekommen Kinder.«

Ich lächle. Ich spüre, dass das noch nicht alles war. »Noch irgendwas?«

»Mrs McCreedy hat in ihrem Brief erwähnt, dass sie Ihnen über Terry auch eine E-Mail geschickt hat. Haben Sie die bekommen?«

Das ist interessant. Eine echte schriftliche Nachricht von Granny V? Ich vermute, es handelt sich um eine Erklärung zu der Kiste.

»Ich habe heute noch nicht in meine E-Mails geschaut«, sage ich zu Eileen.

Sie schnalzt ungeduldig mit der Zunge. »Ich glaube, es ist wichtig. Ich glaube, es könnte … wissen Sie? Schauen Sie besser gleich nach. Ich warte so lange.«

Sie weigert sich aufzulegen, bis ich nachgesehen habe. Warum habe ich es ständig mit penetranten Frauen zu tun? Ich hole lustlos meinen Laptop und öffne mein E-Mail-Postfach. Ja, da ist eine E-Mail von penggroup4Ant. Ich überfliege sie.

»Ja«, sage ich zu Eileen. »Sie ist sehr kurz. Die Nachricht von Granny ist noch kürzer. Eigentlich ist es gar keine Nachricht. Es sind nur Zahlen. Ich nehme an, es handelt sich um die Zahlenkombination für das Schloss an der Kiste.«

»Oh, ich habe mich schon so oft gefragt, was sich wohl in der Kiste befindet. Wissen Sie, nachdem sie die Kiste geöffnet hat, ist sie nämlich auf einmal so … so *seltsam* geworden.«

»Ach ja?«

»Ja. Erst die Sache mit der Agentur, dann der Besuch bei Ihnen und dann Hals über Kopf in die Antarktis, um Pinguine zu retten. Machen Sie die Kiste jetzt gleich auf?«

So was von neugierig!

»Ja, mache ich«, sage ich zu ihr und lege auf.

Wahrscheinlich ruft sie später noch einmal an, um sich übers Wetter zu unterhalten und zu fragen: *Ach übrigens, was haben Sie denn in der Kiste gefunden?* Sie hat das Herz trotzdem am rechten Fleck.

Ich gehe in die Hocke und ziehe die Kiste unter dem Bett hervor. Ungeduldig drehe ich die Rädchen in Position. Das Vorhängeschloss springt auf.

Die Kiste enthält nur zwei alte, ramponierte schwarze Bücher. Auf den Umschlägen befindet sich weder ein Titel noch sonst irgendeine Beschriftung. Ich schlage das obere Buch auf. Jede Seite ist eng beschrieben, in sehr ordentlicher Handschrift. Es ist eine altmodische geneigte Schrift in blauer Tinte, ähnlich wie Grannys Schrift, nur weicher und voller. Dem Anschein nach handelt es sich um das Tagebuch eines Mädchens im Teenageralter aus längst vergangenen Zeiten. Die Einträge beginnen im Jahr 1940. Sieht so aus, als hätte ich eine Zeitreise vor mir.

Ich setze mich aufs Bett und fange an, ein paar beliebige Einträge zu lesen.

Samstag, 20. Juli 1940
Shepherd's Bush

Bin ich ungewöhnlich? Anscheinend schon. Ich bin heute spazieren gegangen und hatte schon wieder den Eindruck, alle starren mich an. Das fällt mir immer öfter auf, seit ich noch einen »Wachstumsschub« hatte, wie Mum es nennt. Alle Jungs bekommen Stielaugen, und die Mädchen glotzen mich an, als wollten sie mein Aussehen stehlen.

Im Schaufenster des Gemüsehändlers habe ich im Vorbeigehen einen Blick von meinem Spiegelbild erhascht. Da war ich, schwebte über einem Berg Äpfel, und meine kastanienbraunen Locken strömten unter meinem breitkrempigen Hut hervor. Ich sah schlank aus in dem dunkelvioletten Taftkleid, von dem Mum sagt, es sei unpraktisch (nach langem Betteln hat sie es mir trotzdem genäht). Mir gefällt, wie sich das Kleid an meine Taille schmiegt und dann in Wellen um meine Beine schwingt. Nicht wie die adretten, gerade geschnittenen Röcke, die all die anderen Mädchen tragen. Das Einzige, was mein Erscheinungsbild heute getrübt hat, war die Schachtel mit Kordel, die ich überallhin mitnehmen muss. Sie ist schrecklich schlicht. Hoffentlich muss ich nie die hässliche schwarze Gasmaske aufsetzen, die sich darin befindet. Ich hängte mir die Schachtel über die andere Schulter, damit sie in meinem Spiegelbild nicht zu sehen war. Es ist erstaunlich, wie glücklich man sein kann, wenn man sich auf die richtigen Dinge konzentriert.

Im Sonnenschein wirkte alles idyllisch, war alles honigfarben. Ein Holzreifen rollte auf der Straße an mir vorbei, verfolgt von einer Gruppe Kinder. Frauen standen vor Geschäften Schlange, unterhielten sich über Fleischrationen, verglichen, was sich in ihren Körben befand. Man sah ihnen nicht an, dass die Hälfte von ihnen die Nacht in Schutzräumen kauernd verbracht hatte, mit dem Heulen des Fliegeralarms in den Ohren.

Ich ging durch den Ravenscourt Park nach Hause. Tufty war wieder am Geländer angebunden. Als er mich sah, fing er sofort an, mit dem Schwanz zu wedeln. Ich weiß nicht, wem er gehört, aber sein Besitzer bindet ihn fast jeden Morgen stundenlang dort an – was für eine Gemeinheit, einem süßen kleinen Scottish Terrier so etwas anzutun. Ich würde ihn wahnsinnig gerne mit nach Hause nehmen, aber Mum und Dad haben es mir verboten. Heute hatte ihn sein grausamer Besitzer in der prallen Sonne zurückgelassen, also habe ich ihn losgebunden, einen kleinen Spaziergang mit ihm gemacht, damit er sich im See abkühlen konnte, und ihn dann ein Stück weiter am Geländer festgebunden, im Schatten einer schönen großen Zeder. Er ist vor Freude herumgehüpft. Was sein Besitzer wohl denkt, wenn er ihn ein paar Meter von der Stelle entfernt findet, an der er ihn zurückgelassen hat, und obendrein klatschnass? Hahaha!

Angeblich soll das Geländer entfernt werden, weil das Eisen für Kriegswaffen gebraucht wird. Ich frage mich, wo Tufty dann wohl angebunden wird.

Um die Bühne scharte sich eine Menschenmenge. Die Band spielte eine bekannte Melodie, und viele Zuschauer sangen mit und nickten im Takt. Einige Pärchen tanzten sogar auf der Wiese. Die Musik klang auf dem ganzen Nachhauseweg in meinem Kopf nach. Ich höre sie jetzt noch.

Später

Meine Güte, als ich das vorhin geschrieben habe, hatte ich keine Ahnung, dass sich bald alles ändern würde. Nachdem ich mit dem Tagebucheintrag fertig war, lief ich sofort nach unten und sang aus vollem Hals: *»Doing the Lambeth Walk – Oi!«*

Mum rief: »V McC! Halt die Luft an, ja? Du hast mich zu Tode erschreckt!«

Ich tänzelte in die Küche, immer noch singend, und kam bei dem *Oi* abrupt vor Dad zum Stehen. Er saß auf dem Stuhl mit Spindellehne und rauchte eine Zigarette, die Zeitung von heute auf dem Schoß. Er grinste.

»Dad, Mum, bringt ihr mir den Lambeth Walk bei?«

Die beiden gehen fast jede Woche tanzen. Sie kennen sämtliche Schritte.

»Nicht jetzt, Veronica«, entgegnete Mum von ihrem Platz am Herd. »Meine Hände sind voller Mehl.«

»Zeigst du ihn mir, Dad?«

Doch Dads Lächeln war verschwunden. »Nun, Very ...« (Er ist der einzige Mensch auf der Welt, der mich Very nennt. Ich liebe dieses Wort, wenn er es in seinem warmen schottischen Dialekt ausspricht. Leider habe ich den nicht geerbt. Ich spreche vornehmes Englisch wie Mum.) »Ich zeige dir den Lambeth Walk, wenn du etwas für uns tust«, sagte er. »Mach jetzt keinen Schmollmund!«

Vielleicht habe ich tatsächlich einen Schmollmund gemacht, ein wenig. »Es ist bestimmt was Schreckliches, oder, Dad? Das ist es zurzeit immer.«

Mum und Dad haben sich in letzter Zeit verändert. Oft senkt sich eine Schwere auf sie, und ich höre sie bis spät in die Nacht hinein in ernstem Tonfall diskutieren. Manchmal legen sie aber auch eine verzweifelte Heiterkeit an den Tag, als wollten sie so viel Spaß wie möglich haben, bevor es keinen mehr gibt.

Dad legte seine Zigarette in den Aschenbecher und nahm meine beiden Hände in seine. »Du wirst zu schnell erwachsen, Very«, sagte er. »Viel zu schnell.«

Dad hat das freundlichste Gesicht, das man sich vorstellen kann, aber es war von Sorgenfalten durchzogen. Mum entfernte sich vom Herd, kam

herüber, setzte sich neben ihn und wischte sich die
Hände an ihrer Schürze ab.

Ich streckte das Kinn vor.

»Und?«

»Erinnerst du dich noch, dass du früher immer auf
dem Land wohnen wolltest?«

»Ziehen wir um?«, fragte ich.

»Nein. Das können wir nicht. Zumindest nicht wir
alle gemeinsam.«

»Wir müssen beide hier arbeiten«, sagte Mum. »Das
ist zurzeit wichtiger als je zuvor.« Mum hat neulich
gelernt, einen Krankenwagen zu fahren. Es gefällt ihr
viel besser als all die langweilige Hausarbeit, die sie
früher immer erledigen musste. Das ist nicht zu
übersehen. Dad ist ebenfalls stolz auf seine Arbeit. Er
hat im letzten Krieg gekämpft, ist aber zu alt, um in
diesem zu kämpfen. Stattdessen ist er Luftschutzhelfer
geworden.

Es gefiel mir nicht, dass Mum und Dad so ernst
waren. Ich hatte Lust zu tanzen.

»Du hättest die Möglichkeit, rauf nach Derbyshire
zu gehen«, sagte Dad.

»Was? Warum?« Viele Kinder werden aus London
evakuiert. Dinah und Tim aus meiner Straße hat es
auch erwischt. Aber mich wird es nicht erwischen. Das
dachte ich zumindest immer.

»Du weißt, warum, Very. Dort ist es viel sicherer.
Und deine Großtante Margaret hat es uns angeboten.
Du kannst bei ihr wohnen.«

»Oh nein! Nicht bei Tante Margaret! Überall, aber
nicht bei ihr!«

Mum seufzte. »Ich weiß, es ist nicht ideal. Tut mir leid, mein Schatz, aber sonst müsstest du bei irgendjemand Fremdem wohnen. Und Tante Margaret war so ... so nett, es anzubieten.«

»Ich hasse diesen blöden Krieg!«, rief ich.

»Das geht uns allen so«, sagte Dad. »Aber es wird nicht so schlimm, wie du denkst. Du bist nur am Wochenende bei Tante Margaret. Die restliche Zeit bist du in deiner neuen Schule, St. Cathrine's. Vor dem Krieg war die Schule in York, aber alle Schülerinnen wurden nach Dunwick Hall umquartiert. Das ist ein riesengroßes Landhaus mit Türmen, fast wie ein Schloss.«

Ich habe solche Gebäude schon im Kino gesehen. Villen mit Dienstmädchen mit Spitzenhäubchen, die am Fenster Laken ausschütteln, und manchmal mit einem gut aussehenden jungen Mann, der auf einem Pferd über die Außenanlagen reitet. Vielleicht wird es gar nicht so schlimm. Ich verlasse Mum und Dad nur ungern, aber die beiden sind übertrieben fürsorglich. Sie behandeln mich noch immer wie ein Kind. Ich bin vierzehn, meine Güte!

Ich sah von einem Gesicht zum anderen. Sie hatten die Entscheidung nicht leichtfertig gefällt.

»Also gut. Ich gehe.«

Ich konnte beinahe sehen, wie sie wieder anfingen zu atmen.

»So, Dad, und jetzt musst du mir den Lambeth Walk beibringen. Das hast du versprochen.«

Er stand auf und machte eine übertriebene Verbeugung. »Darf ich um diesen Tanz bitten, junge Dame?«

»Aber sicher!«, jauchzte ich. Gemeinsam machten wir die Schritte auf dem Küchenboden.

Mum zog ihre Schürze aus und hängte sie an den Haken hinter der Tür. Dann schlüpfte sie hinaus und ging nach oben.

Später am Abend, als ich gerade das hier am Küchentisch schrieb, kam sie wieder herunter. Ihre Augen waren gerötet und geschwollen.

Freitag, 16. August 1940
Im Zug nach Derby

Ich freue mich nicht darauf, Tante M. wiederzusehen, aber wenigstens habe ich das Medaillon. Dad hat es mir geschenkt, und ich liebe es. Es hat früher seiner Mutter gehört. In das Muster aus verschlungenen Ranken ist ein »V« in das Silber eingeätzt, das für Violet stand. Jetzt steht es für Veronica. Das Medaillon ist mir wichtiger als alles andere, was ich dabeihabe – wichtiger als das dunkelviolette Kleid, wichtiger als mein Lieblingsbuch über Tiere und sogar wichtiger als meine kostbare, kostbare Ration Schokolade.

Da es bislang noch keinen gut aussehenden Prinzen gibt, habe ich darauf bestanden, dass Mum und Dad mir jeweils eine Haarsträhne geben, damit ich sie in dem Medaillon aufbewahren kann. Ich kann meinen neuen Schulfreundinnen sagen, dass es sich um die Haarsträhnen von zwei jungen Romeos handelt und ich mich noch nicht entschieden habe, welchen von den beiden ich mit meiner Liebe beglücken werde.

Ich habe überlegt, ob ich mir für das Medaillon auch noch eine Strähne Fell von Tufty holen soll, aber in der Hektik heute Morgen war dafür keine Zeit mehr. Hoffentlich kommt er ohne mich zurecht.

»Keine Sorge, Very«, sagte Dad, als Mum und er mich zum Abschied küssten. »Alles wird gut. Sei stark!«

Ich werde ganz bestimmt stark sein. Ich bin immer stark. Aber ein bisschen nervös bin ich trotzdem.

Wie wird mein neues Leben aussehen? Werde ich Jungs kennenlernen?

Tante Margaret ist eine verschwommene Person in meiner Erinnerung. Wenn ich mich recht entsinne, gehört sie zu denjenigen, die keinen Vertreter des männlichen Geschlechts näher als eine Meile heranlassen. Das ist bedauerlich, aber ich nehme an, ich werde es schon irgendwie ermöglichen können.

Noch einmal Freitag, 16. August, am Abend
Bei Tante Margaret in Aggleworth

Als ich am Bahnhof von Derby aus dem Zug stieg, wurde ich von einer hageren Gestalt im braunen Mantel und mit Kopftuch empfangen. Mit ihrer Hakennase und ihren Schlupflidern erinnert mich Tante Margaret an einen Falken. Sie beugte sich vor, um mich zu küssen, kam aber nicht ganz heran und küsste stattdessen zwei oder drei Zentimeter von meiner Wange entfernt die Luft.

»Du hast dich verändert, Kind«, stellte sie mit dünner Stimme fest.

»Gut«, entgegnete ich. Schon jetzt herrschte
Feindseligkeit zwischen uns.

Die Unterhaltung im Bus nach Aggleworth war
furchtbar angestrengt. Tante M. sah mich prüfend an,
während sie sich nach Mum und Dad erkundigte, und
mokierte sich über mehr als eine meiner Antworten.
Ihren Einkaufskorb hatte sie die ganze Fahrt über auf
dem Schoß. Sie umklammerte seinen Griff mit faltigen
Händen, deren Knöchel weiß hervortraten.

Die Ortschaft Aggleworth ist recht hübsch, aber zu
grau. Die meisten der niedrigen Häuser sind aus
Naturstein erbaut und besitzen mit Schiefer gedeckte
Dächer. Tante Margaret bin ich bislang nur bei ein
paar Hochzeiten und Beerdigungen begegnet, in ihrem
Haus war ich noch nie. Wie sich herausstellt, ist es
geräumig, aber sehr düster. Mit Bibelzitaten bestickte
Wandbehänge sind die einzige Dekoration: »Gott ist
unsere Zuflucht« und so weiter. Im Wohnzimmer steht
ein Radiogerät, aber Tante M. hört sich immer nur
Nachrichten und religiöse Sendungen an. Mir fehlt die
Musik jetzt schon.

Mein Zimmer ist ein kleiner Raum mit niedriger
Decke unter dem Dach, mit einem Gemälde der
Jungfrau Maria über dem Waschtisch. Die Jungfrau
hat übermächtig auf mich herabgeblickt, deshalb habe
ich das Bild umgedreht, sodass sie jetzt zur Wand
schaut. Viel, viel besser.

Der einzige Lichtblick in dem Zimmer ist das
Fenster, das zum Garten hinausgeht. Ich habe gerade
eine ganze Stunde an diesem Fenster verbracht und
den Vögeln zugeschaut, die zwischen den Apfelbäumen

umherfliegen. Von den vielen Spaziergängen mit Dad
auf dem Land kenne ich ihre Namen: Grünfinken,
Amseln, Fliegenschnäpper, Drosseln, Rotkehlchen,
Blaumeisen, Kohlmeisen, Raben. Ich wünschte, ich
könnte mich auf ihre Flügel setzen und nach Hause
fliegen.

Donnerstag, 29. August 1940
St. Catherine's School, Dunwick Hall

Mein Leben hat sich völlig verändert. Montagmorgens
in aller Frühe fahre ich auf einem von Pferden
gezogenen Milchwagen zur Schule. Samstags fahre ich
auf dieselbe Weise wieder zurück zum Haus von Tante
Margaret. Der langsame, klappernde Milchwagen
nimmt auf seiner Route durch die Ortschaften noch
mehrere andere Mädchen mit. Gelenkt wird er von
Mr Bennet, einem sanften Mann mittleren Alters, der
sehr höflich ist. Bei jedem Halt zieht er seine Kappe
vor uns, nachdem er die Milchflaschen abgeladen hat,
und bringt uns damit alle zum Kichern.

Aus der Ferne betrachtet ragt Dunwick Hall riesig
und gespenstisch auf, wobei seine Rechteckigkeit von
zwei runden Türmen und sogar ein paar Zinnen
aufgelockert wird. Die Außenanlagen sind ebenfalls
ziemlich beeindruckend: eine grüne Insel in der
Wildnis der Hügel von Derbyshire, mit Zedern,
Eichen und riesigen Kastanien.

Das Gebäude selbst ist voller marmorner offener
Kamine, Rautenglas-Fenster und knarrender
Eichentreppen. Die wertvollen Dinge wurden alle

weggeräumt, aber es ist trotzdem ein prachtvolles altes Gemäuer. Ich habe Mum und Dad geschrieben und ihnen von den in die Treppengeländer geschnitzten Meerjungfrauen, den funkelnden Kronleuchtern und allen anderen Schmuckstücken von Dunwick Hall erzählt. Ich habe nicht geschrieben, dass ich fürchterliches Heimweh habe.

Genauso wenig habe ich den Mangel an gut aussehenden Prinzen erwähnt. Ich wäre durchaus kompromissbereit, aber es gibt hier nicht einmal ganz normale Jungs. Viele Schulen haben wegen kriegsbedingter Umstrukturierungen angefangen, beide Geschlechter aufzunehmen, aber die St. Catherine's brüstet sich mit ihrer unverdorbenen Weiblichkeit. Offenbar versichert unsere Rektorin Miss Harrison beunruhigten Eltern (die an der lockeren Moral von heute verzweifeln) immer wieder, dass zumindest ihre Töchter unverdorben bleiben. Unverdorben!

Schulaufgaben stellen kein großes Problem dar. Meine Lieblingsfächer sind Geografie, Mathematik und Naturwissenschaften. Ich nehme neuen Stoff auf, ohne mich besonders anstrengen zu müssen. Manchmal beantworte ich die Fragen der Lehrerinnen zu schnell. Dann sehen sie mich wütend an, als wäre ich frech gewesen, während meine Mitschülerinnen Grimassen schneiden. Ich glaube, sie mögen mich nicht besonders.

Ich teile mir ein Mehrbettzimmer mit fünf anderen Mädchen, die sich gut kennen. Manchmal ist es schwer, zu verstehen, was sie sagen, weil sie mit starkem Dialekt sprechen. Die meisten Mädchen hier an der Schule laufen in Gruppen herum und starren mich an.

An meinem ersten Tag bin ich auf dem Korridor an zwei Mitschülerinnen vorbeigegangen und habe bemerkt, wie sie sich gegenseitig in die Rippen stießen. »Für wen hält sie sich eigentlich?«, sagte diejenige mit dem breiten Gesicht und der Himmelfahrtsnase kichernd. Ihre Freundin, ein dürres, sommersprossiges Mädchen mit schräg stehenden Augen, zuckte mit den Schultern und flüsterte irgendetwas zurück, das ich nicht verstand.

Manchmal frage ich mich, ob es wirklich gut ist, eine so auffällige Erscheinung zu sein. Niemand sonst hat lange, offene, ungebändigte Locken. Das Haar der anderen ist meist zurückgesteckt oder stark onduliert. Alle versuchen, den Gracie-Fields-Look zu imitieren. Beim Anblick meiner kittelartigen Bluse und meines fließenden Rockes verdrehen sie die Augen. Ich trage den Kopf hoch und lasse mich nicht von ihnen einschüchtern.

Enttäuscht bin ich allerdings schon. Statt des luxuriösen Lebensstils, den ein solches Schloss eigentlich bieten sollte, ist hier offenbar nur Trostlosigkeit im Angebot. Das Schulessen ist ebenfalls schrecklich. Die anderen Mädchen tauschen Lutschbonbons miteinander, bieten mir aber nie welche an.

Sonntag, 15. September 1940
Bei Tante Margaret

Der Sommer weicht dem Herbst. Wir haben einige
Ausflüge in die ländliche Umgebung gemacht, bei
denen Schülerinnen und Lehrerinnen gemeinsam
umherwanderten, Henkelkörbe am Arm. Wir
pflückten Blumen, um sie verwundeten Soldaten in
den Krankenhäusern zu schicken, und suchten
zwischen den Hecken nach Brombeeren und
Hagebutten. Hagebuttengelee enthält angeblich viele
Vitamine.

Ich wurde neulich gerügt, weil ich nicht aufgegessen
habe. Es gab Kartoffelpastete, aber sie hat abscheulich
geschmeckt. Die Lehrerin, die boshafte Miss Philpotts,
wollte mich zwingen aufzuessen, deshalb habe ich
versehentlich mit Absicht das Essen auf meinem Teller
auf den Boden gekippt.

»Ach, Veronica! Was für eine schreckliche
Verschwendung!«, rief sie. Zur Strafe bekam ich
zusätzliche Rechenaufgaben.

Das Wort »Verschwendung« höre ich immer und
immer wieder. Ich habe schon öfter Mädchen in
Tränen ausbrechen sehen, weil ihre Katze oder ihr
Hund eingeschläfert wurden – anscheinend ist es
»Verschwendung«, Tieren etwas zu fressen zu geben.
Das ist schrecklich. Warum werden Tiere getötet, nur
weil die Menschen einen blöden Krieg führen müssen?
Ich hoffe wider alle Vernunft, dass es meinem Freund
Tufty aus dem Ravenscourt Park gut geht. Jedes Mal,
wenn ich mit Mum und Dad telefoniere, frage ich sie

nach ihm, aber sie sagen, sie hätten ihn seit Ewigkeiten
nicht mehr gesehen. Ich ertrage den Gedanken nicht,
dass mein kleiner schwanzwedelnder Freund
womöglich tot ist.

Am häufigsten hört man das Wort
»Verschwendung«, wenn von Menschen berichtet
wird – jungen Menschen, alten Menschen, Familien –,
die bei Luftangriffen getötet wurden. »Was für eine
fürchterliche Verschwendung von Leben«, sagen die
Lehrerinnen.

Die Wochenenden sind schrecklich. Tante
M.s prüfende Blicke und ihre eintönigen religiösen
Predigten sind schwer zu ertragen. Heute waren wir
wie jeden Sonntag in der Kirche. Ich habe auf der
harten Bank gesessen und mich gefragt, was Gott da
eigentlich treibt.

Mum und Dad melden sich normalerweise ein Mal
in der Woche, um mir vom Leben in London zu
erzählen, von den Nachbarn und von den Tomaten und
den Kohlköpfen, die sie in unserem winzigen Garten
angepflanzt haben, in dem früher Rosen und
Schwertlilien wuchsen. Manchmal erwähnen sie
Flugzeuge, Explosionen und Splitterregen. Sie haben
zu Hause kein Telefon, deshalb rufen sie mich aus dem
Luftschutzbüro in Shepherd's Bush an. Tante M.s
Telefon befindet sich bei ihr im Flur, und sie hört bei
allen Gesprächen mit, sodass ich nichts Privates sagen
kann. Deshalb habe ich Dad letztes Wochenende von
der Telefonzelle auf dem Aggleworth Green im Luftschutzbüro angerufen. Als ich seine sanfte Stimme
hörte, strömte es nur so aus mir heraus: Wie langweilig

es in der Schule ist, dass niemand mit mir befreundet sein will, wie sehr ich Tante Margaret hasse und wie sehr ich mich nach zu Hause sehne. Er schwieg. Ich konnte mir sein verständnisvolles Gesicht vorstellen. Dad versteht mich.

Heute Nachmittag war Mum an der Reihe.

»Es tut mir so leid, dass du unglücklich bist, mein Schatz, aber das ist in Kriegszeiten die Realität. Wir müssen dankbar für das sein, was wir haben.«

»Was wir haben? Da fällt mir gar nichts ein!«, beklagte ich mich. Es war mir egal, dass ich hysterisch klang.

»Sag das nicht! Du weißt, da ist eine ganze Menge«, schimpfte Mum. Aber sie kann einfach nicht streng sein. »Das mit Tante Margaret tut mir leid. Ich weiß schon, dass es mit ihr nicht so lustig ist, aber sie ist es nicht gewohnt, jemanden im Haus zu haben. Wahrscheinlich findet sie es genauso schwierig wie du.«

Mum hat vermutlich recht. Sie kann sich gut in andere hineinversetzen. Viel besser als ich.

Sie fuhr fort: »Dad und ich haben etwas entdeckt, was dich vielleicht ein bisschen aufmuntert. Samstagnachmittags gibt's in Aggleworth immer Tanzunterricht im Gemeindehaus. Zu Fuß braucht man von Tante Margarets Haus eine Viertelstunde dorthin. Würdest du gern Tanzen lernen?«

»Ja!«, kreischte ich ins Telefon, kaum hatte sie die Worte ausgesprochen.

Wie ich mich nach Tanzen sehne!

Und im Unterricht sind womöglich Jungs …

Unglaublich. Ich habe mit dem Tanzunterricht begonnen, und dort ist KEIN EINZIGER JUNGE! Eigentlich hätte ich mir das denken können, denn das Ganze wird von Kirchenmitarbeitern organisiert. Wir müssen untereinander Paare bilden und uns in der Rolle des Mannes abwechseln. Es gibt nur ein altes Grammofon und eine begrenzte Auswahl an Schallplatten.

Ach ja, es tut trotzdem gut, sich zur Musik zu bewegen. Wir lernen den Quickstepp, den Walzer und den Foxtrott. Ich möchte nicht angeben, aber ich glaube allen Ernstes, dass ich die Graziöseste in unserer Gruppe bin. Die anderen Mädchen brauchen ewig, bis sie die Schritte beherrschen.

Immerhin sind sie freundlicher als die Mädchen an der Schule. Letzten Samstag bin ich mit einem Mädchen namens Queenie ein Stück des Weges zurückgegangen, lachend Arm in Arm, und ich konnte mir vorstellen, dass wir vielleicht einmal Freundinnen werden. Doch dann hielt uns ein alter Mann auf der Straße auf. Er war richtig böse. »Wisst ihr denn nicht, dass Krieg herrscht?«, fragte er.

Das hat mir richtig die Laune verdorben. Ich sagte zu Queenie: »Alle sagen: ›Wisst ihr denn nicht, dass Krieg herrscht?‹ Ich habe die Frage so satt. Natürlich wissen wir das. Wie hätte es uns entgehen können?«

Aber Queenie war plötzlich mürrisch. Anscheinend darf sich niemand mehr amüsieren.

22

Patrick

Bolton

Ich fasse es immer noch nicht. Warum hat sie mich in all das eingeweiht? Das ist das Letzte, was ich von jemandem wie ihr erwartet hätte, der eisigsten Eiskönigin auf dem ganzen Planeten. Es besteht kein Zweifel daran, dass Veronica McCreedy keine stinknormale Allerweltsgroßmutter ist. Erst verschwindet sie in die Antarktis, und dann schickt sie mir ihr Tagebuch aus Teenagerzeiten. Warum, zum Teufel, tut sie so etwas?

Ich kann einfach nicht glauben, dass es sich bei der verdorrten alten Schachtel und dieser hinreißend verrückten Vierzehnjährigen um ein und dieselbe Person handelt. Die junge Veronica war eine verdammt versnobte Prinzessin, aber allem Anschein nach hatte sie damals ein großes Herz. Tiere waren ihr auf jeden Fall wichtig, und sie liebte ihre Eltern. Was ihr anscheinend wirklich gefehlt hat, waren Freunde.

Ich weiß nicht, was ich davon halten soll. Alle möglichen Gefühle prasseln auf mich ein. Wie zum Beispiel das Gefühl, dass ich nicht die Gedanken dieses Mädchens belauschen sollte, auch wenn die erwachsene Veronica es genehmigt hat. Und das Gefühl, dass ich ihre Einsamkeit gut nachempfinden kann. Und das Gefühl, dass ich eine seltene Gelegenheit bekommen habe – wofür genau, bin ich mir allerdings nicht sicher.

Zwischen den Seiten des Tagebuchs steckt ein Brief, geschrieben in krakeligen Buchstaben auf altem, vergilbtem Papier. Ich ziehe ihn heraus.

Liebste Very,

es gibt tolle Neuigkeiten! Wahrscheinlich hast Du das Päckchen, das wir mit diesem Brief geschickt haben, schon aufgemacht. Ja, in dem Einmachglas befindet sich tatsächlich das, was draufsteht: Erdbeermarmelade! Ich wünschte, ich könnte jetzt Dein Gesicht sehen, Very! Wie lange ist es her, dass Du solche Süße geschmeckt hast? Wir wussten, Du würdest Dich freuen. Iss sie ganz allein auf oder teil sie mit Deinen Freundinnen, ganz wie Du willst. Sie stammt von meinem Cousin aus Australien. Er hat sie geschickt, als er von der Zucker-Rationierung erfuhr – als besonderes Geschenk für uns alle. Ein Glas Melasse hat er uns auch noch geschickt. Ich hoffe, Du hast nichts dagegen, dass ich das für deine Mutter aufgehoben habe. Uns beiden geht es gut, allerdings bekommen wir nicht so viel Schlaf, wie wir gerne hätten. Noch immer gibt es die ganze Nacht Luftabwehrfeuer, aber wir nehmen Feldflaschen mit in den Anderson-Schutzraum und wickeln uns in Decken ein. Wenn es zu laut ist, um schlafen zu können, spielen wir Whist oder Ludo. Wir kümmern uns so gut wie möglich umeinander. Mum ist vom Krankenwagenfahren immer noch begeistert. Sie kommt mit schreckli-

chen Geschichten von Leuten mit fehlenden Gliedmaßen und herumspritzendem Blut nach Hause und schafft es trotzdem, das Abendessen zu kochen. Sie hat ein Rezept für Glycerin-Kuchen entdeckt. Nicht so schlecht, wie es klingt! Ich wollte Dir welchen schicken, aber sie meint, er würde schlecht werden, bis er bei Dir ankommt. Du kennst Mummy ja! Immer pragmatisch!

Die Arbeit beim Luftschutz ist immer gleich. Die Leute gehen manchmal irrsinnige Risiken ein, lassen sich aber nicht unterkriegen, was erstaunlich ist, wenn man bedenkt, was alles passiert.

Ich hoffe, dass auch Du Dich nicht unterkriegen lässt, mein liebes Mädchen, und dass Dir die Tanzstunden dabei helfen. Mum lässt Dich grüßen und sagt, das nächste Mal schreibt sie. Wir hoffen beide, Du arbeitest hart und fühlst Dich wohl in dem Beinaheschloss. Wir denken jeden Tag an Dich, Very, und freuen uns darauf, alle Deine Neuigkeiten zu erfahren. Schreib uns bald.

Dein Dich immer liebender Vater

Freitag, 4. Oktober 1940
Dunwick Hall

Dad ist wirklich der beste Dad auf der ganzen Welt.

Ich habe gerade das Päckchen aufgerissen und halte das Glas Marmelade in den Händen. »Iss sie ganz allein auf oder teil sie mit Deinen Freundinnen.« Typisch Dad, dass er annimmt, ich hätte Freundinnen. Er begreift einfach nicht, dass ich nicht beliebt bin. Ich gebe zu, ich habe ein bisschen geweint. Ich wünschte, dieser blöde Krieg wäre endlich vorbei, und ich könnte wieder nach Hause.

Ich habe gerade den Deckel abgeschraubt, einen Finger hineingesteckt und einen Batzen klebrig rotes Paradies herausgeholt. Ich lasse ihn auf der Zunge zergehen und widerstehe der Versuchung, ihn hinunterzuschlucken, damit ich möglichst lange etwas davon habe. Der Geschmack ist köstlich. Erdbeeren und Sommer und pure Freude.

Aber ich darf nichts mehr von der Marmelade essen. Ich habe einen Plan.

Samstag, 12. Oktober 1940

Ich war aufgekratzt, als ich heute Morgen vom Milchwagen heruntersprang und zu Tante Margarets Haus lief. Tante M. sah mich verblüfft an, als sie die Tür aufmachte. Zuerst erkannte sie die junge Dame vor ihr gar nicht. Dann plötzlich doch.

»Gütiger Himmel, was ist denn mit dir passiert?«

»Ich halte nur Schritt mit den anderen«, sagte ich und streifte ihre Wange mit einem pflichtschuldigen Kuss.

Mein neuer Haarschnitt betont meine hohen Wangenknochen und meine zarte Kieferpartie. Mein Haar wellt sich in einer breiten kastanienbraunen Bahn von meiner Stirn nach hinten und schmiegt sich in kurzen glänzenden Spiralen hinter meine Ohren. Alle sagen, wie gut mir das steht. Besonders schick sieht es aus, wenn ich mir dazu noch die Lippen dunkelrot färbe. Es gibt natürlich keinen Lippenstift, aber Rote-

Bete-Saft ist fast genauso gut. Auf Janets Farm werden Rote Bete angebaut.

Ja: Ich habe eine Freundin. Nein: Freundinnen, Plural! Janet, das Mädchen mit dem breiten Gesicht und der Himmelfahrtsnase, das mich am Anfang verspottet hat, kann ich jetzt als Freundin bezeichnen. Genauso wie ihre Kumpanin mit den Sommersprossen, Norah. Ich musste den größten Teil meiner Erdbeermarmelade abtreten, aber das war ein kleines Opfer.

Janet sagt, dass ich sie zum Lachen bringe. Besonders gefällt ihr, wenn ich den Lehrerinnen Streiche spiele. Wie zum Beispiel letzten Mittwoch, als ich Miss Philpotts' Stuhl mit einem Tropfen Klebstoff versehen habe ...

Die Idee mit dem Haarschnitt stammt von Janet und Norah. Irgendwie glaube ich, sie haben nicht damit gerechnet, dass ich danach so erwachsen und so verführerisch aussehe.

»Was wird nur aus dieser Welt!«, rief Tante Margaret auf der Türschwelle aus. »Ich bete jeden Abend für dich, Veronica, und sieh dir an, wie du dich zugerichtet hast!«

Sie glaubt, dass Mode und Lasterhaftigkeit Hand in Hand gehen: Das eine ist ohne das andere kaum möglich. Ich versuchte, es ihr zu erklären: »Es ist nichts verkehrt daran, wie ich aussehe, Tante Margaret. Die anderen haben sich bisher über mich lustig gemacht.«

Genau genommen tun sie es immer noch, und sie halten mich nach wie vor für eingebildet, aber immerhin passe ich jetzt besser dazu als zuvor.

Vor dem Zubettgehen ließ mich Tante Margaret vor dem hölzernen Kreuz im Wohnzimmer hinknien. Sie kniete sich neben mich und las ein paar Gebete aus ihrem schwarzen Gebetsbuch vor. Wie immer endete sie mit dem Vaterunser.

»Führe uns nicht in Versuchung, sondern erlöse uns von dem Bösen. Denk über diese Worte nach, Veronica. Denk über diese Worte nach, während dein Vater und deine Mutter in London arbeiten und unsere tapferen Männer auf den Schlachtfeldern kämpfen. Denk darüber nach und halte dich von schlechten Einflüssen fern.«

»Ja, Tante Margaret«, entgegnete ich. »Natürlich werde ich das tun.«

Natürlich werde ich das nicht tun.

Montag, 21. Oktober 1940

Hurra! Ich muss nicht mehr jedes Wochenende zu Tante M. Janet hat mich zu sich nach Hause eingeladen, auf die Eastcott Farm. Die ist nur drei Meilen entfernt. Norah verbringt jedes Wochenende dort. Sie wohnt wie ich recht weit weg, deshalb fährt sie nur in den Ferien nach Hause.

Am Samstagmorgen wurden wir drei in aller Frühe am Tor des Parks von einem Ackerwagen abgeholt. Ich war so aufgeregt! Der Wagen wurde von einem hübschen Apfelschimmel gezogen. Janets Vater und ihr ältester Bruder arbeiten bei den Luftstreitkräften und sind zurzeit nicht da, deshalb lenkte Janets anderer Bruder den Wagen. Er heißt Harry und ist sechzehn.

Er ist groß und wuchtig und hat wie Janet ein breites Gesicht, aber seine Nase ist in Ordnung. Seine Ohren stehen zu weit ab, und er hat schlechte Haut, aber abgesehen davon ist er ganz nett anzusehen.

Der Pfad zur Eastcott Farm schlängelt sich zwischen grünen Weiden und mit Schafen übersäten Hügeln hindurch und wird schließlich zu einem breiten Weg mit einem Gestrüpp aus Weißdornbüschen auf beiden Seiten. Harry schrie auf das Pferd ein und schnalzte über seinem Hals mit der Peitsche, um es anzutreiben.

»Tu ihm nicht weh!«, rief ich.

»Tue ich nicht. Es spürt gar nichts«, sagte er. »Los, du lahmer Gaul!«, fügte er, an das Pferd gerichtet, hinzu.

»Hör auf anzugeben, Harry«, schimpfte Janet. »Wir müssen nicht schneller nach Hause kommen. Es holpert auch so schon genug!«

Als wir zwischen mehreren Farmgebäuden ausstiegen, wanderte Harrys Blick an mir auf und ab. Ich starrte zurück.

Janets und Harrys Mutter, Mrs Dramwell, kam in ihrer Schürze heraus, um uns zu begrüßen. Sie ist nicht nur im Gesicht breit, sondern auch überall sonst. Ihr Haar ist ziemlich ungepflegt, aber sie scheint recht nett zu sein.

Sie bat uns ins Haus und gab jedem von uns einen Becher heiße Milch, setzte sich selber aber nicht hin. Ich weiß von Janet, dass das Leben auf der Farm hart ist, seit ihr Dad weg ist. Sie haben zwei Mägde, die dort wohnen, und für die schweren körperlichen

Arbeiten wird jeden Tag ein Kriegsgefangener aus dem Lager auf der anderen Seite des Hügels geschickt. Abgesehen davon sind Mrs Dramwell und Harry bei der Lebensmittelerzeugung auf sich allein gestellt. Also halfen wir Mädchen, so gut wir konnten. Es war anstrengend, machte aber viel Spaß. Ich habe gelernt, wie man eine Kuh melkt! Mum und Dad werden es nicht glauben, wenn ich es ihnen erzähle. Zuerst habe ich mich über das Euter kaputtgelacht (es war riesengroß und labberig), und ich konnte kaum glauben, dass man es drücken muss, um ihm Milch zu entlocken. Aber nachdem Janet es mir vorgemacht hatte, bekam ich es hin.

Später zeigte sie uns dann die Schweine. Ich hatte davor noch nie ein Schwein gesehen. Die Schweine waren wirklich süß, aber sehr, sehr schmutzig und suhlten sich im stinkenden Dreck. Ein Ferkel war in einen Graben gefallen und kam nicht mehr heraus. Es geriet in Panik.

»Armes kleines Ding!«, rief ich.

»Warum gehst du nicht rein und hilfst ihm raus?«, fragte Janet, amüsiert darüber, dass ich so betroffen war.

Ich sprang über den Zaun.

»Das kannst du nicht machen!«, kreischte Norah.

»Seht mir zu!«, sagte ich. Ich bahnte mir den Weg durch den Schlamm und zog das kleine Geschöpf aus dem Graben. Es quietschte und zappelte. Ich gab ihm einen dicken Kuss auf die Nase und ließ es wieder frei. Wie wir lachten!

Ich war anschließend völlig verdreckt. Meine Schuhe, meine Socken, der Saum meines Rockes –

alles war mit stinkendem Schlamm verkrustet. Ich musste die Sachen abschrubben, zum Trocknen neben den Ofen legen und mir in der Zwischenzeit von Janet etwas zum Anziehen ausleihen. Das Ferkel war allerdings glücklich.

Montag, 28. Oktober 1940

Ich komme gerade von meinem zweiten Wochenende auf der Eastcott Farm zurück. Janets Bruder Harry hat uns mit dem Pferdewagen abgeholt und wieder zurückgebracht.

»Und, was machst du so, Veronica?«, fragte er, als ich bei der Farm vom Wagen stieg. Er sprach meinen Namen leicht spöttisch aus, aber das tun Janet und Norah auch immer. Anscheinend können sie nicht anders.

Ich sagte ihm, dass ich gern zeichne und mich für Naturwissenschaften interessiere, aber dass meine große Liebe Tieren gilt. Das war offenbar nicht die richtige Antwort. Also fragte ich im Gegenzug, was er gern tut.

»Wenn mir die Farm Zeit lässt, baue ich Flugzeugmodelle«, entgegnete er. »Aus allen möglichen Abfällen, die ich so finde.«

»Er ist besessen davon«, erklärte Janet.

»Sie sind alle sehr gut, sehr geschickt gemacht«, warf Norah ein, um mir klarzumachen, dass sie zuerst hier war. »Zeigst du sie uns noch mal, Harry?«

Harry führte uns in ein kleines Hinterzimmer, in dem es nach Holz und Klebstoff roch.

»Das hier ist eine Wellington. Ich habe ewig dafür gebraucht. Daran arbeite ich zurzeit.« Er hob ein Modell vorsichtig hoch. »Das ist eine Spitfire. Du darfst sie in die Hand nehmen, wenn du möchtest.«

Ich nahm das Modell und hielt es ins Licht. Es bestand aus zerschnittenen alten Konservendosen, Streichhölzern und sorgfältig gebogenen Nägeln. Ich wusste den Erfindungsreichtum zu würdigen, aber das Ganze ist nicht mein Ding. Ich bevorzuge Schweine. Allerdings merkte ich, dass es ihm wichtig ist, und tat deshalb so, als würde es mich interessieren. Janet tat so, als müsse sie gähnen. Norah gab sich am meisten Mühe, etwas vorzutäuschen. Sie tat so, als sei sie völlig fasziniert. Ich reichte ihr das kostbare Stück weiter. Norah machte ein Gesicht, als wären ihr die Kronjuwelen überreicht worden.

»Sagenhaft, einfach sagenhaft!«, wiederholte sie immer und immer wieder. Ich lache mich schlapp, wenn ich mich daran erinnere.

Dienstag, 29. Oktober 1940

Ich kann nicht glauben, dass ich gestern noch glücklich war. Ich bin so dumm, so ahnungslos.

Ich werde nie wieder glücklich sein.

Ich würde alles dafür geben, die Zeit zurückdrehen zu können und für immer im Gestern zu leben.

Wie soll ich damit fertigwerden? Wie soll es weitergehen? So etwas passiert anderen. Nicht mir.

Oh mein Gott.

23

Patrick

Bolton
Dezember 2012

Sie ist aufgewühlt, richtig aufgewühlt. Das gefällt mir nicht.

Ich bin selber ein bisschen beunruhigt. Dieser Typ, Harry. Ist er womöglich mein Großvater? Fließt Harrys Blut in meinen Adern? Als ich mir ein sauberes Shirt anziehe, betrachte ich mein Spiegelbild. Man kann eigentlich nicht sagen, dass mein Gesicht zu breit ist. Und meine Haut ist auch nicht allzu schlecht. Beides könnte ich aber auch mütterlicherseits geerbt haben. Stehen meine Ohren arg ab? Schwer zu sagen. Ich drehe den Kopf hin und her, um es besser beurteilen zu können.

Das mit den Modellflugzeugen ist etwas, wofür ich mich auch interessieren würde. Komisch. Ich weiß nicht, was ich hoffe. Für Harry kann ich mich nicht besonders erwärmen, aber es liegt auf der Hand, dass er total auf Veronica steht. Ich muss zugeben, ich fiebere mit ihr mit. Hoffentlich überstürzt sie nichts. Sie ist noch viel zu jung.

Das Ganze geht mir unter die Haut. Aber ich kann nicht weiterlesen, weil es höchste Zeit ist, dass ich mich auf den Weg zu Gav mache. Ob es mir gefällt oder nicht, Granny Vs Leben als Teenagerin muss erst einmal warten. Was sein muss, muss sein.

Gav hat sich anscheinend in den Kopf gesetzt, dass ich Gesellschaft brauche. Zumindest nehme ich an, dass das der Grund ist, warum er mich zu sich nach Hause zum Abendessen eingeladen hat. Ich finde es echt klasse von Gav, dass er an mich denkt, obwohl er mehr als genug um die Ohren hat. Es muss ein verdammter Albtraum für ihn sein, um seine Mum zu trauern *und* sich gleichzeitig Sorgen um seine Tochter machen zu müssen.

Um ehrlich zu sein, ich würde mich viel lieber mit ihm auf ein Bier im Pub treffen. Ich bin nicht gerade mit sozialer Kompetenz gesegnet, und ich bin ein hoffnungsloser Fall, was Small Talk bei einer Dinnerparty angeht. Immerhin sind Kinder da. Ich finde es viel einfacher, mit Kindern zu reden als mit Erwachsenen. Bei Kindern steht man nicht unter dem Druck, cool sein zu müssen. Die akzeptieren einen so, wie man ist.

Ich fahre mit dem Rad zu der Adresse. Gavs Haus ist das dritte in einer Zeile hellbrauner Reihenhäuser, bei denen es sich um ehemalige Sozialbauten handelt. Mehrere an das Nebengebäude gelehnte Fahrräder sind ein sicheres Zeichen dafür, dass ich hier richtig bin. Mit dem kleinen Vorgarten – einer ordentlich geschnittenen Hecke und mehreren Blumenbeeten – haben sie sich große Mühe gegeben.

Als ich klingle, macht ein Mädchen in einem roten Kleid mit Marienkäfermuster und passenden, glänzend roten Sandalen die Tür auf. Die Kleine hat riesige Augen, aber keine

Haare. Ein ausgebleichtes blaues Tuch ist fest um ihren Kopf gewickelt.

»Hallo«, sage ich.

»Mum!«, kreischt sie. »Er ist da!«

Ohne auf eine Antwort zu warten, nimmt sie mich an der Hand und führt mich durch den Flur und ins Wohnzimmer. »Du bist Patrick«, sagt sie zu mir, »und ich bin Daisy. Das ist das Wohnzimmer. Das ist mein Dad, aber den kennst du schon von den Fahrrädern.« Gav springt von seinem Stuhl auf und gibt mir die Hand, kann aber noch nichts sagen, weil Daisy voll in Fahrt ist. »Das ist mein Bruder Noah, aber du brauchst ihn nicht zu beachten« – in diesem Moment hebt ein kleiner Junge, der die Nase in ein Comicheft steckt, die Hand und winkt in meine Richtung, ohne dabei aufzublicken –, »und das ist meine Puppe Trudy. Sie ist meine Tochter – also nicht meine echte Tochter, aber sie ist wie eine Tochter für mich, und ich kümmere mich um sie.« (Trudy, die großköpfige, glupschäugige Puppe, ist eindeutig wichtiger als Noah, der Bruder.) »Die einzigen anderen Leute, die du noch kennenlernen musst, sind Mummy und Bryony. Sie sind in der Küche, verschönern den Pudding und trinken Wein. Mummy *und* Bryony, das heißt: beide.« Sie spricht sehr eindringlich.

»Aha. Deine Mum habe ich schon kennengelernt«, sage ich zu ihr und erinnere mich an die elfenhafte Frau, die manchmal im Laden auftaucht, wenn Gav irgendwas zu Hause vergessen hat. »Aber Bryony?«

»Bryony ist eine Freundin«, erklärt Gav mit einem schlitzohrigen Grinsen. »Wir haben sie auch eingeladen, weil sie in letzter Zeit nicht so recht weiß, was sie mit sich anfangen soll.«

»Bryony ist sehr, sehr hübsch«, sagt Daisy zu mir. Ihr Blick wandert prüfend über mein Gesicht. »Und du bist auch recht gut aussehend«, entscheidet sie schließlich.

Die Aussicht darauf, diese Bryony kennenzulernen, schüchtert mich ein bisschen ein. Mehr als ein bisschen, um ehrlich zu sein. Ich bringe in Gegenwart attraktiver Frauen keinen Ton heraus und verfalle in ungute Teenagergewohnheiten.

Daisy lässt uns zusammenzucken, als sie ohne Vorwarnung kreischt: »Mum! Patrick ist hier, und ihr lasst ihn warten. Das gehört sich nicht. Kommt ihr endlich, du und Bryony?«

Aus der Küche ist Lachen zu hören. »Ja, Schatz! Wir sind schon unterwegs.«

Gavs Frau betritt das Zimmer und küsst mich auf die Wange. Sie ist dünn wie eh und je, und ihr Gesicht scheint für ihr Alter zu schnell Falten anzusammeln. »Ich freue mich sehr, dass du kommen konntest, Patrick. Das Abendessen wird leider recht einfach, fürchte ich. Ich musste was kochen, was die Kinder auch gern essen.«

»Kein Problem«, erwidere ich und drücke ihr mein Mitbringsel in die Hand, eine Flasche Billigwein.

Sie tritt zur Seite, und ich sehe ein umwerfendes Lächeln in einem kleinen ovalen Gesicht. Während wir einander vorgestellt werden, stelle ich fest, dass Bryony tatsächlich *sehr* hübsch ist. Ihre sinnlichen Augen haben lange Wimpern, ihr Haar ist zu einem glänzenden Bob geschnitten. Letzterer leuchtet in vielen verschiedenen Kupfer- und Goldtönen, sobald sie den Kopf bewegt. Sie hat sich Mühe gegeben, was ihr Äußeres anbelangt. Sie ist ganz glitzerig mit einer Glitzerhalskette und kleinen Glitzerohrringen. Dazu trägt sie ein luftiges (beinahe durchsichtiges) Oberteil und einen engen schwarzen Rock, der über den Knien endet. Hübsche Beine.

Bei Würstchen im Teig erfahre ich, dass Bryony geschieden ist und im örtlichen Museum arbeitet. Ihre Hobbys sind Tennis, antike Geschichte und Filzen. Sie verspricht Daisy eine Filzgiraffe. Sie ist viel netter als ich, viel intelligenter als ich und viel interessanter als ich.

Trotz alledem kann ich mich irgendwie nicht dazu aufraffen, mich für *sie* zu interessieren. Meine Gedanken kreisen um Granny Vs Tagebücher. Ist Harry mein Großvater? War er in Granny V verliebt? Was genau ist zwischen den beiden passiert? Und warum war sie am 29. Oktober 1940 so aufgewühlt? Ich will nur wieder nach Hause, damit ich weiterlesen kann.

Nach dem Essen möchten Daisy und Noah den Besuchern unbedingt ihre Meerschweinchen zeigen. Bryony und ich werden in den Garten hinausgeführt. Daisy holt die Meerschweinchen aus dem Stall, und sie werden eines nach dem anderen herumgereicht.

»Niedlich, nicht wahr?«, sagt Bryony, als sie eines an sich drückt. »Magst du Tiere, Patrick?«

»Klar. Äh, ja, ich denke schon.«

Daisy strahlt uns an. Anscheinend erwartet sie, dass ich noch etwas sage, aber mir fällt nichts ein. In meinem Kopf herrscht völlige Leere. Sie wartet noch ein bisschen, dann nimmt sie Bryony das Meerschweinchen wieder ab und verkündet: »Dann müsst ihr beiden euch also ein Meerschweinchen anschaffen, wenn ihr heiratet.«

Ich wünsche mir, der Erdboden würde mich verschlucken, aber Bryony scheint Daisys Kommentar nicht im Geringsten aus der Fassung zu bringen. »Daisy, du ziehst ein bisschen voreilig Schlüsse!«, stellt sie mit einem schallenden Lachen fest.

Bryony wohnt gleich um die Ecke, und Gav hat mir das Versprechen abgenommen, dass ich sie nach Hause begleite.

Das macht mir nichts aus. Sie ist eine angenehme Gesellschaft. Nachdem wir uns von unseren Gastgebern verabschiedet haben, trotte ich mit ihr die Straße entlang und schiebe mein Fahrrad auf der anderen Seite neben mir her. Wir unterhalten uns über Daisy. Bryony sagt, es sei eine Schande, dass sie so krank ist, und was für ein tapferes Mädchen sie sei und wie beeindruckend, und überhaupt sei die ganze Familie beeindruckend. Ich stimme ihr zu. Es dauert nicht lange, bis dieses Gesprächsthema erschöpft ist. Als Nächstes reden wir darüber, wie sicher verschiedene Stadtviertel seien und dass sie normalerweise kein Problem damit habe, nachts allein durch die Straßen zu gehen, aber da Gav so hartnäckig gewesen sei ... Ich sage, es wäre mir eine Freude (Eine *Freude*! Jetzt benutze ich schon meinen Fahrradladen-Jargon), und es sei sowieso kein großer Umweg für mich. Dann entsteht eine peinliche Pause, und unsere Schritte klingen laut.

»Ich habe mir sagen lassen, du hast dich vor Kurzem von deiner Freundin getrennt?«

»Ja«, gebe ich zu. »Sie hieß Lynette. Vor ein paar Monaten hat sie mich ohne Vorwarnung sitzen lassen.«

Bryony stößt einen mitfühlenden Laut aus. »Echt heftig, wenn so was passiert. Ich habe zwei Jahre gebraucht, um drüber hinwegzukommen, dass mein Mann mich verlassen hat. Fast so lange wie unsere Ehe!«

»Sag bloß!«

Ich frage mich flüchtig, wie ihr Mann wohl war. Ein Idiot, da möchte ich wetten. Sie verdient etwas Besseres.

Sie geht neben mir, dem Anschein nach tief in Gedanken versunken. Ich frage mich, ob sie mich auf einen Kaffee zu sich einladen wird und was ich machen soll, wenn sie es tut.

Ein Kaffee ist nicht verlockend, aber das, was danach kommt, ist es womöglich. Wird der Abend länger, als ich erwartet habe? Wie weit gehe ich? Wie weit will sie, dass ich gehe? Wie weit will *ich*, dass ich gehe? Und habe ich eine saubere Unterhose an? Plötzlich umkreisen mich alle möglichen leistungsbezogenen Ängste wie Wölfe.

Wir sind fast bei ihrer Tür angelangt. Die erneute Stille wird unerträglich. Ich überlege krampfhaft, was ich sagen könnte, um sie zu füllen.

»Ich lese gerade die Tagebücher meiner Großmutter«, sage ich schließlich.

»Ach, wie faszinierend«, erwidert sie höflich.

»Sie war echt hübsch, als sie jung war. Wirklich bildhübsch.« Ich ziehe in Erwägung, »genau wie du« hinzuzufügen, entscheide mich aber dagegen. Zu schmalzig.

Ich bleibe stehen, und sie bleibt ebenfalls stehen. Ich drehe mich unter einer Straßenlaterne zu ihr. »Bryony, ich möchte dich was fragen, und ich will, dass du ehrlich zu mir bist.«

»Klar, bin ich, Patrick.« Es hat den Anschein, als würde sie sich gegen etwas wappnen. Ihr Gesicht wirkt ruhig, aber bereit, eine angemessene Reaktion zu zeigen.

Wir sehen uns einen Moment lang im Schein der Laterne an. Dann rücke ich einfach mit der Sprache heraus. »Bryony, findest du, dass ich abstehende Ohren habe?«

Sie wirkt überrascht. Damit hat sie nicht gerechnet. »Nein, nicht auffallend. Du hast nette Ohren.«

Dann besteht also Hoffnung.

Wir gehen weiter.

»Tja«, seufzt sie, als wir bei den Stufen von Nummer sechzehn ankommen. »Wir sind da. Und … deine Ohren gefallen mir immer noch.«

»Okay, super.«

Sie kramt in ihrer Handtasche nach ihrem Schlüssel. Als sie ihn gefunden hat, spielt sie damit herum und blickt dabei zu mir auf. Wartet sie darauf, dass ich sie küsse? Ist das eine gute Idee? Ich bin mir nicht ganz sicher. Sie sieht wirklich verführerisch aus. Ihre Augen funkeln genauso wie ihr Schmuck, und ihr Haaransatz glänzt im Halbdunkel rotgolden. Ihre vollen Lippen sind leicht geöffnet. Ich könnte einfach zuschlagen. Im Moment hat es den Anschein, als wäre sie dafür zu haben. Aber bin *ich* dafür zu haben? Mann, ich habe doch nicht mehr alle Tassen im Schrank! Was ist nur los mit mir? Es ist eine verdammte Schande, eine solche Gelegenheit nicht beim Schopf zu packen.

Ich kann nicht genau sagen, was für eine Ausrede ich habe. Vielleicht die, dass ich noch nicht über Lynette hinweg bin. Aber das glaube ich nicht. Meine Güte, ich bin echt nicht ganz richtig im Oberstübchen. Vor mir steht eine umwerfende, hinreißende Frau, die zu haben ist und nur darauf wartet, dass ich die Initiative ergreife. Aber nein, zwischen Bryony und mir wird nichts passieren. Denn was werde ich tun? Ich werde mich schnurstracks auf den Nachhauseweg machen und weiter in den Tagebüchern meiner Großmutter lesen.

Terrys Pinguin-Blog

14. Dezember 2012

Pinguin-Pärchen reißen sich echt am Riemen. Wie Veronica heute zu mir gesagt hat, wirken sie viel besser organisiert als menschliche Pärchen. Sie verschwenden keine Zeit. Sobald die Eier gelegt sind, kehren die Weibchen für ein paar Wochen ins Meer zurück, um zu fressen, während die Männchen eiersitten. Dann, Anfang Dezember, bebrüten die Pärchen die Eier abwechselnd. Nachdem die Jungen geschlüpft sind, wechseln sich die Eltern beim Bewachen ihrer Jungen und bei der Nahrungssuche ab.

Es ist unglaublich herzerwärmend zu beobachten, wie Pinguine zusammenarbeiten. Hier sind ein paar Schnappschüsse von Veronica an der Brutstätte, auf denen sie die Dynamik des Familienlebens der Adeliepinguine bewundert.

24

Veronica

Locket Island

Liebe Mrs McCreedy,

es ist großartig, die Fotos von Ihnen in diesem Blog zu sehen. Sie sehen schick aus. Man merkt, dass es Ihnen gut geht und nicht zu kalt ist. Ich hoffe, Ihre Hühneraugen machen keine Probleme und den Pinguinen geht es gut.

Gestern habe ich in einem Laden in Kilmarnock Pinguin-Kekse gesehen und an Sie gedacht. Ich habe allerdings keine gekauft. Ich habe noch welche von den leckeren Marshmallow-Schokolade-Keksen übrig, die Sie mir dagelassen haben. Ich gebe mir Mühe, nicht zu viele auf einmal zu essen. Doug (mein Mann) sagt, dass ich meiner Figur damit keinen Gefallen tue. Ich weiß, dass er recht hat, aber ich mag süße Sachen nun mal so gern.

Wir haben im Kirchenchor ein neues Lied gelernt, das sich über zweieinhalb Seiten hinzieht, mit jeder Menge Gott, Gott, Gott und einem Amen. Da ist es sehr schwierig, den Überblick zu behalten.

Das Wetter hier ist in letzter Zeit recht sonnig, aber morgens ist es immer eiskalt, und manchmal schneit es ein bisschen. Ich schaue jeden Tag auf The Ballahays vorbei, um die Zimmerpflanzen zu gießen und nach dem Rechten zu sehen, wie Sie mich gebeten haben. Gestern habe ich beim Gehen Mr Perkins mit einer Schubkarre Kompost gesehen und zu ihm gesagt, wie seltsam leer es sich ohne Sie anfühlt, und er meinte, ja, stimmt, das tut es.

Ich hoffe, Sie essen gut.

Viele Grüße
Eileen

Ich verstehe nicht, warum sie sich die Mühe macht, diese E-Mails zu schicken, wenn sie nichts von Interesse zu sagen hat. Da Terry sich jedoch die Mühe gemacht hat, ihre Nachricht für mich auszudrucken, überfliege ich sie, bevor ich sie in den Papierkorb werfe.

Der Abend ist ruhig und friedlich. Mike ist momentan nicht da, er ist bestimmt im Labor und analysiert Blut, Knochen und Kot. Dietrich sitzt am Tisch und schraffiert mit Kugelschreiber eine seiner Zeichnungen: zwei Pinguine, die Tango tanzen, wie er mir verraten hat.

Terry ist in den Computerraum zurückgekehrt. Sie verbringt dort mehr Zeit als die beiden anderen, tippt Pinguin-Informationen in Datenbanken und arbeitet an ihrem Blog. Ich frage mich, ob Patrick ihn gelesen hat und ob er auch nur das geringste Interesse daran hat. Und ich frage mich, ob er einen Blick in die Tagebücher geworfen hat.

Dietrich legt seine Stifte zur Seite und erhebt sich mit entschlossener Miene.

»Sind Sie mit Ihrer Zeichnung fertig?«, erkundige ich mich höflich.

»Nein, noch nicht. Aber ich bin heute Abend mit Kochen an der Reihe.«

Er nimmt ein paar Sachen aus dem Regal und betrachtet sie mit trübseligem Gesichtsausdruck. Dann verschwindet er in der »Speisekammer« und kommt mit einem undefinierbaren Brocken Fleisch heraus, bei dem es sich um irgendeinen Körperteil irgendeines Tieres handelt.

»Sollte inzwischen aufgetaut sein«, murmelt er.

»Kann ich irgendwie helfen?«, frage ich. Bislang ist Terry die Einzige, der ich bei häuslichen Aufgaben geholfen habe.

»Ja, das wäre nett«, erwidert er, überrascht und erfreut über mein Angebot. Wir gehen in die Küche. Als ich neben ihm an der Arbeitsplatte stehe, fällt mir auf, dass ihm abgesehen von seiner Gesichtsbehaarung auch überall auf dem Nacken Haare sprießen. Es kommt mir fast so vor, als würde ich neben einem Bären stehen.

»Wenn Sie das vielleicht für mich umrühren könnten?« Er kippt den grünlichen Inhalt einer Konservendose in eine Pfanne und drückt mir einen Holzlöffel in die Hand.

Ich rühre pflichtbewusst.

»Sagen Sie, Mrs McCreedy, denken Sie, Terry geht es gut?«, fragt er aus heiterem Himmel.

Ich fühle mich von der Frage völlig überrumpelt. Mir ist nie in den Sinn gekommen, dass es ihr nicht gut gehen könnte. »Natürlich. Ich nehme an, Sie fühlen sich in gewisser Weise verantwortlich für ihr Wohlergehen, oder?«

»In meiner Position kann ich nicht anders«, entgegnet er.

»Sie mögen sie sehr gern, habe ich recht?«

»Oh ja. Sehr sogar. Sie und Mike, beide.«

Mir rutscht ein leises Knurren heraus. Wie kann man den ungalanten Mike nur mögen?

»Die beiden sind ein tolles Team«, fährt Dietrich fort, während er sich auf leicht verzweifelte Art und Weise mit einem Hackmesser über das Fleisch hermacht. »Es ist wichtig, dass sie gut klarkommen. Acht Monate an einem Ort wie diesem mit so wenig Kontakt zu anderen Menschen sind eine lange Zeit. Ich habe das Glück, dass ich zu meiner Frau und meinen Kindern zurückkehren kann, wenn alles vorbei ist. Mike hat seine Freundin. Aber Terry? Sie ist nicht in einer Beziehung. Und ihre Angehörigen verstehen sie nicht. Bei ihr dreht sich alles um Pinguine.«

»Da haben Sie wahrscheinlich recht. Terry würde alles Erdenkliche tun, um die Zukunft der Spezies zu sichern. Solche Leidenschaft und Hingabe habe ich selten erlebt.«

Dietrich strahlt. »Genauso sehe ich das auch. Sie erledigt immer noch zusätzliche Arbeit hinter den Kulissen. Und sie kann unglaublich gut mit Leuten umgehen – sogar mit Mike und mir. Es gibt nicht viele, die es so lange mit uns beiden aushalten würden.« Er fügt hinzu: »Es ist toll für Terry, dass Sie ihr eine Zeit lang Gesellschaft leisten.«

»Sie schmeicheln mir.«

»Nein, das meine ich ernst.«

Er hält inne, das Hackmesser in der Hand. »Sie und ich, wir sind älter als die anderen beiden, Mrs McCreedy, und wir sehen das Ganze aus einem anderen Blickwinkel.«

Ein trockenes Lachen rasselt in meiner Kehle. »Sie sind kaum zehn Jahre älter als die beiden. Ich dagegen bin fünf oder sechs Jahrzehnte älter als sie alle.«

»Sie haben die Nase vorn, ja«, gibt Dietrich zu. »Aber ich nehme an, Sie haben wie ich festgestellt, dass das Altern zumindest einen Vorteil mit sich bringt, Mrs McCreedy. Finden Sie nicht auch, dass man im Lauf der Jahre weniger ichbezogen wird? Und dass einem andere Menschen wichtiger werden? Es ist, als würde mit zunehmendem Alter auch die Fähigkeit, zu lieben, zunehmen.«

Ich schweige. Nach meiner Erfahrung trifft das überhaupt nicht zu. Eher das Gegenteil.

25

Veronica

Locket Island

Aus dem Labor dringen laute Stimmen. Von allen dreien. Ich bin gerade auf dem Rückweg von der bedauerlich unzureichenden Toilette. Ich gehe immer lange vor den anderen zu Bett, und da es Viertel nach neun ist, habe ich meine Waschungen bereits erledigt, meinen Morgenmantel angezogen und mein Hörgerät abgelegt. Die Lautstärke der Auseinandersetzung ist allerdings so groß, dass mir ein paar Bruchstücke nicht entgehen können. Ein »Verdammt noch mal!« von Mike, ein »Nein, ich habe mich entschieden« von Dietrich, ein »Bitte, lasst uns nicht streiten« von Terry – alles inmitten eines kakofonischen Wirrwarrs aus anderen Wörtern. Ich halte inne und versuche, noch mehr herauszuhören, doch es scheint, als habe der Streit ein Ende gefunden. Dietrich taucht aus dem Zimmer auf und eilt mit nicht mehr als einem »Gute Nacht, Mrs McCreedy« an mir vorbei. Unmittelbar danach höre ich die gedämpfte Stimme von Ella Fitzgerald durch die geschlossene Tür seines Zimmers.

Ich gehe zurück in den Aufenthaltsraum, um meine Brille zu holen. Dabei bleibe ich am Bücherregal stehen und ziehe den Sherlock-Holmes-Wälzer als meine nächste Lektüre in Erwägung. Leider Gottes handelt es sich um eine Taschenbuchausgabe, aber es wird mir vielleicht trotzdem ein wenig geistige Stimulation bieten.

Terry betritt den Raum mit ungewöhnlich geröteten Wangen.

»Oh, hallo, Veronica. Schöner Morgenmantel.«

Sie setzt sich nicht hin.

Ich fahre mit meiner Begutachtung von Conan Doyles Werk fort, aber ich spüre ihre Ruhelosigkeit. Sie haucht ihre Brille an und putzt sie energisch. Dann stößt sie mit einem lauten Zischen Luft zwischen den Zähnen aus. Anschließend schüttelt sie schnell den Kopf, als wolle sie eine lästige Mücke loswerden.

»Was ist denn los?«, erkundige ich mich und schiebe Sherlock zurück zwischen Christie und Dickens.

Sie nuschelt irgendetwas Undeutliches. Ich werde das nicht auf sich beruhen lassen.

»Holen Sie mir doch bitte mein Hörgerät, und dann erzählen Sie mir alles.«

Sie schneidet eine Grimasse, aber trottet davon und kommt einen Moment später mit dem Hörgerät zurück. Nachdem ich es eingesetzt habe und wir es uns im Aufenthaltsraum bequem gemacht haben, jeder mit einem Becher Tee, bestätigt sie, was ich schon die ganze Zeit vermutet habe: Das Problem ist Mike.

»Warum überrascht mich das nicht?«, rufe ich aus.

Sie runzelt die Stirn. »Ich weiß, dass er sich *Ihnen* gegenüber ein bisschen eigenartig verhält, Veronica. Dafür gibt es

Gründe. Aber zu *mir* war er noch nie so garstig. Normalerweise verstehen wir uns prima.«

Die Andeutungen entgehen mir nicht. »Entschuldigen Sie bitte, Terry, aber wenn es ›Gründe‹ dafür gibt, dass er sich mir gegenüber ›ein bisschen eigenartig‹ verhält – wie Sie es so wohlwollend formuliert haben –, wären Sie dann so nett und würden mir verraten, um welche Gründe es sich handelt?«

»Tja«, entgegnet sie langsam, »dann erzähle ich es Ihnen eben, damit Sie das Ganze besser verstehen. Vielleicht erinnern Sie sich, dass wir letztes Jahr und die Jahre davor noch einen weiteren Wissenschaftler bei uns hatten.«

Ich habe tatsächlich eine vage Erinnerung daran. Über diesen vierten Wissenschaftler sprechen sie allerdings nie.

»Er hieß Ryan«, teilt Terry mir mit. »Er war witzig und schlau und voller Ideen, und handwerklich begabt war er auch. Er war derjenige, der unsere Wasserleitungen repariert hat, wenn etwas kaputtging, der die Generatoren installiert hat und die Umkehr-Osmose-Anlage. Noch wichtiger, er war ein toller Kommunikator, ein toller Netzwerker, der nur seinen Zauberstab zu schwenken brauchte, um finanzielle Mittel für das Projekt zu beschaffen. Ein gewisser Betrag wurde vom Anglo-Antarctic Research Council bereitgestellt, genug für ein sechsjähriges Projekt. Aber wir wussten alle, wir würden mehr Zeit brauchen. In diesen sechs Jahren gab es ein sehr starkes Auf und Ab bei den Zahlen der Adeliepinguine auf Locket Island, stärker als irgendwo anders. Ryan versprach uns, dass er sich darum kümmern würde. Als die ersten Zweifel über die Zukunft des Projekts aufkamen, spielte er die Angelegenheit herunter und meinte, seine persönlichen Kontakte würden ihren finanziellen Beitrag erhöhen. Tatsächlich geschah aber das Gegenteil: Sie stellten ihre

Zahlungen vollständig ein. Und was tat Ryan dagegen? Er verließ uns. Er kehrte dem Projekt den Rücken und ging nach Island, um dort eine ruhige Kugel zu schieben und Seevogelbestände zu überwachen.«

Ich hätte die Überwachung von Seevogelbeständen niemals als ruhige Kugel betrachtet, aber mein Wissen ist ja auch begrenzt, was solche Dinge anbelangt.

»Das war eine bittere Zeit für uns alle, aber Mike hat es am schlimmsten getroffen. Mike stand Ryan sehr nahe. Er hatte sein ganzes Vertrauen in ihn gesetzt, nur um dann von ihm total enttäuscht zu werden. Als *Sie* dann aufgetaucht sind und all das zusätzliche Geld versprochen haben, wollte Mike deshalb nicht glauben, dass es tatsächlich dazu kommen würde. Er hätte es nicht ertragen, dass bei uns wieder Hoffnung geweckt und dann erneut zerstört wird. Deshalb verhält er sich Ihnen gegenüber eigenartig. Das liegt nur daran, dass ihm das Adeliepinguinprojekt so wichtig ist.«

Terry glaubt hartnäckig an das Gute in anderen Menschen. Ich bin allerdings nicht überzeugt von ihren Erklärungen und räuspere mich demonstrativ. »Soweit ich weiß, hat Eileen für meine dreiwöchige Unterbringung bereits mehrere Tausend Pfund von meinem Konto an die Locket-Island-Stiftung überwiesen. Genügt das denn nicht, um ihm zu beweisen, dass es mir ernst ist?«

Sie zuckt mit den Schultern. »Na ja, ich glaube, es wird ihm langsam klar. Aber er will nicht eingestehen, dass er sich getäuscht hat.«

Sie ist nicht dumm.

»Und was für ein Problem hat Mike mit *Ihnen*?«, erkundige ich mich. »Worum ging es denn bei der Zankerei heute Abend?«

Eine Vielzahl von Emotionen huschen über ihr Gesicht, dann scheint sie eine Entscheidung zu treffen. Weitere Enthüllungen stehen unmittelbar bevor. Es freut mich, dass sie mich für geeignet erachtet, deren Empfängerin zu sein.

»Na ja, um die Tatsache, dass Dietrich *mir* eine Aufgabe überträgt«, vertraut sie mir mit gewissem Stolz an. »Er möchte, dass ich die gesamte Kommunikation mit dem Anglo-Antarctic Research Council übernehme. Das ist eine riesige Verantwortung, vor allem jetzt, da die Zukunft unseres Projekts in der Schwebe ist. Und wenn – das ist ein großes *Wenn* – wir irgendwie mit unserer Forschungsarbeit weitermachen können, möchte Deet seine Zeit anders aufteilen und mehr davon bei seiner Familie in Österreich verbringen. Da er dann nicht so viel hier sein wird, hat er mich gefragt, ob ich in zwei Monaten das Ruder übernehme. Er hat mich gebeten, das Locket-Island-Team zu leiten. Ich habe natürlich ja gesagt.«

»Aha!« Das ist tatsächlich eine Enthüllung. Ich greife spontan nach ihrer Hand. »Glückwunsch! Sie haben das voll und ganz verdient.«

»Ich freue mich darauf, auf die Herausforderung«, erwidert sie mit einem breiten Lächeln. »Aber ich glaube – nein, ich *weiß* –, dass Mike verärgert ist, weil er den Job nicht bekommen hat.«

»Ohne Zweifel«, erwidere ich. »Sie haben, was er will. Das nennt man Neid. Ich selber habe nur selten darunter gelitten, aber ich erinnere mich, dass Menschen in meinem Umfeld stark davon betroffen waren. Eines der Symptome ist garstiges Verhalten.«

»Scheint so.«

Es mag durchaus noch einen weiteren Grund für Mikes Schroffheit geben. Terry hat keine Ahnung, dass sie trotz ihres vernachlässigten Äußeren und ihres Mangels an Stil über beachtliche Reize verfügt. Tatsächlich würde jemand im passenden Alter sie womöglich ziemlich attraktiv finden. Wenn man bedenkt, dass Mike zu Hause in England eine Freundin hat, könnte es gut sein, dass er die Augen vor der Wahrheit verschließt, was er für Terry empfindet.

»Mike nörgelt jetzt an allem herum, was ich mache«, sagt sie verärgert.

Ich strecke die Hand aus und lege sie ihr auf den Arm. »Das ist sein Problem, nicht Ihres. Er wird darüber hinwegkommen.«

»Sie haben recht, Veronica. Natürlich wird er das.«

Ich höre ein Donnern in den Hügeln. Die Luft hat eine gespenstisch graue Färbung angenommen. Wild zerzauste Wolken jagen sich gegenseitig mit beängstigender Geschwindigkeit über den Himmel. Die Pinguine wirken beunruhigt, stapfen in engen Kreisen umher und kauern sich zusammen.

Ein unvermittelter Windstoß reißt mir die Kapuze herunter und zerzaust mir das Haar.

»Okay, das war's. Wir gehen zurück zur Forschungsstation«, ruft Terry und setzt einen verwirrten Vogel auf dem Boden ab. Er watschelt davon und lässt sich wieder auf sein Nest plumpsen. Terry packt ihre Pinguin-Waage und ihre Kamera ein.

Ich werfe einen Blick auf die Uhr. Allmählich gewöhne ich mich daran, dass es hier nie richtig dunkel wird und die Sonne rückwärts über den Himmel wandert. Mein Zeitgefühl ist in der Antarktis allerdings immer noch durcheinander.

»Es ist erst zwölf Uhr!«, protestiere ich.

»Ich weiß. Aber da zieht ein Sturm auf.«

Ich blicke zu den Bergen. Sie sind in einen wabernden Nebel gehüllt. Das Donnern wird immer lauter.

Terry holt ihr Funkgerät hervor und spricht kurz mit Dietrich und Mike.

»Ja, wir sind uns alle einig. Beeilen Sie sich, Veronica.«

Wir marschieren den Hang hinauf. Als wir oben ankommen, fliegen uns weiße Flocken ins Gesicht. Wir sind beide außer Atem. Ich bin froh, dass der restliche Weg bis zur Forschungsstation nur bergab führt. Ich muss allerdings ziemlich aufpassen, damit ich nicht ausrutsche. Mukluks sind gut, aber der Boden ist gnadenlos, wenn man stürzt. Bislang ist mir das hier nur ein Mal passiert, und ich habe immer noch blaue Flecken und zudem nicht die Absicht, diese Erfahrung zu wiederholen.

Wir kommen unversehrt bei der Forschungsstation an. Es dauert nicht lange, bis Dietrich und Mike zu uns stoßen.

Dietrich geht in die Hocke, um den Heizofen anzufeuern. »Nehmen wir dieses Ding in Betrieb und verbarrikadieren wir uns.«

»Ich lege einen Tag im Labor ein«, verkündet Mike. Er verschwindet in Richtung Labor und lässt die Tür hinter sich offen. Ich mache sie zu.

»Wahrscheinlich eine gute Idee, Mrs McCreedy. Dann zieht es nicht«, merkt Dietrich an.

Terry steuert auf den Wasserkocher zu. »Kann sein, dass wir hier einige Zeit festsitzen, Veronica. Am besten schnappen Sie sich ein Buch.«

Ich ignoriere Sherlock Holmes ein weiteres Mal und wähle etwas aus, das thematisch besser passt: *Scott's Antarctic Expedition: The Worst Journey in the World*. Nachdem ich meine Brille ausfindig gemacht habe, akzeptiere ich von Terry einen Becher Tee und lasse mich auf meinem Stuhl nieder …

Zwei Tage später sitze ich noch immer hier. Wir haben es bisher nicht gewagt, nach draußen zu gehen. Hier drin ist es todlangweilig und beklemmend eng. Ich vermisse die Erde, die Luft, den Himmel. Ich vermisse die Pinguine. Ich ertrage Mike nicht mehr, ertrage Dietrich nicht mehr. Manchmal ertrage ich nicht einmal mehr Terry.

The Worst Journey in the World trägt wenig dazu bei, dass ich mich besser fühle.

26

Veronica

Locket Island

Als Dietrich schließlich verkündet, dass draußen keine Gefahr mehr besteht, taumeln wir zur Tür hinaus. Wir sind alle vier leicht hysterisch vor Erleichterung. Die Landschaft hat sich verändert, da ihre Konturen von einem zarten Überzug gerundet sind. Über die Umgebung der Forschungsstation hat sich ein unberührter Spitzenschleier gelegt. Der Boden gleicht einem aufgewühlten Meer aus Schlagsahne.

Wir strecken uns und atmen begierig die frische Luft ein. Die drei Wissenschaftler tollen jubelnd im Schnee herum. Auch meine Stimmung hat sich enorm gebessert, aber ich verzichte darauf, zu jubeln und herumzutollen.

Mike hat offenbar akzeptiert, dass Terry in naher Zukunft seine Chefin wird. Zumindest nehme ich an, dass das der Grund ist, warum er ihr eine Hand voll Schnee hinten in den Halsausschnitt steckt. Sie revanchiert sich, indem sie so viel Schnee wie möglich zusammendrückt und ihm diesen ins Gesicht reibt, und zwar fest. Alle kreischen vor Lachen.

Aber es wird Zeit, sich wieder an die Arbeit zu machen. Anscheinend hat der Sturm eines von den Strom-Dingern beschädigt. Dietrich zerrt hinter der Forschungsstation eine Leiter hervor und lehnt sie gegen das kleinere der beiden Windräder.

»Hoch mit Ihnen, Mrs McCreedy!«, ruft er mir zu. Ich schenke ihm ein Lächeln. Gesund und munter, wie ich bin, doch wir wissen beide, dass ich nicht auf Leitern klettern werde.

»Ich steige rauf«, meldet Mike sich freiwillig und erklimmt im Handumdrehen die Leiter. Oben angekommen, verflüchtigt sich seine gute Laune augenblicklich.

Während er Schimpfwörter auf uns herabregnen lässt, holen sich Terry und Dietrich jeweils eine Schaufel und machen sich daran, einen Weg den Hang hinauf freizuräumen. An manchen Stellen ist der Schnee viel tiefer als an anderen. »Es ist heimtückisch, wenn man nicht sieht, wohin man tritt«, stellt Terry fest.

Ich bin beeindruckt, wie sehr sie sich beide abmühen. Die junge Frau scheut sich wirklich nicht vor harter Arbeit.

Ein Besuch der Brutstätte ist ausgeschlossen, solange die Probleme nicht beseitigt sind, deshalb gehe ich wieder hinein und mache mir Darjeeling. Ich stelle fest, dass die Wissenschaftler sämtliche Türen offen gelassen haben. Ich schließe sie gewissenhaft.

Eine halbe Stunde später taucht Mike vor mir auf, zerzaust und verdrossen.

»Wir haben ein Problem, Veronica. Einer der beiden Generatoren ist kaputt und lässt sich nicht mehr reparieren. Das bedeutet, wir haben nur noch einen zur Verfügung.«

»Wie ärgerlich«, sage ich.

Leider ist er noch nicht fertig. »Ich fürchte, wir müssen unseren Energieverbrauch reduzieren«, erklärt er. Dann setzt er eine autoritäre Miene auf. »Das bedeutet als Allererstes: den Wasserkocher weniger benutzen. Von jetzt an müssen Sie sich mit vier Tassen Tee am Tag begnügen.«

Ich erbleiche. Das ist wirklich eine Farce. »Gibt es denn keine andere Möglichkeit …?«

»Terry reduziert die Zeit am Computer, die sie für ihren Blog verwendet. Dietrich schränkt das CD-Hören ein, und ich werde weniger nachts bei Licht im Labor arbeiten. Beim Heizen können wir keine Kompromisse machen und auch nicht beim Strom, den wir für die Pinguin-Forschung brauchen, aber bei allem anderen müssen wir sparen. Verstanden?«

Was für ein unfreundlicher Mann. »Entschuldigung« ist für ihn offenbar ein Fremdwort.

»Im Zeitalter der Raumfahrt muss es doch möglich sein, einen simplen Generator zu reparieren.«

»Nein, ist es nicht«, erwidert er unverblümt. »Ich habe nicht das richtige Werkzeug dafür.«

Ich bin stark versucht, das Sprichwort vom schlechten Handwerker zu zitieren, der immer auf sein Werkzeug schimpft, verkneife es mir aber. Stattdessen begnüge ich mich damit, ihn mit einem strengen Blick zu bedenken.

Nach jedem Gespräch mit Mike kommt es mir so vor, als wäre mir der Kopf gewaschen worden. Der Darjeeling beruhigt mein Gemüt. Ich muss ihn bis zum letzten Tropfen genießen, wenn er in Zukunft rationiert wird.

Es ist wunderbar, die Pinguine wiederzusehen, aber auch niederschmetternd, da viele kleine rundliche Kadaver herumliegen. Der Anblick löst ein scharfes Stechen in meiner Brust aus, genau dort, wo das Medaillon auf meiner Haut ruht.

Die lebenden Pinguine setzen ihre ausgelassenen Aktivitäten fort und ignorieren dabei tapfer den Friedhof inmitten ihrer Gemeinde. Trotz der Verluste erblüht überall neues Leben. In der ganzen Kolonie tauchen winzige wackelnde Köpfe aus Eiern auf. Ich schaffe es, die Fassung wiederzuerlangen, indem ich meine Aufmerksamkeit auf die Eskapaden eines wirklich reizenden Adeliepinguinkükens richte. Das dicke, flauschige Junge läuft in engen Kreisen, als würde es einen imaginären Schmetterling jagen. Es wirkt entzückt von sich und der Welt.

Dann gleitet ein riesiger beflügelter Schatten über den Schnee. Ich blicke auf und folge dem Weg des Vogels, den ich als Raubmöwe identifiziere. Er taucht in die Ansammlung von Pinguinen ab, schnappt sich genau das Junge, das ich beobachtet habe, und steigt wieder auf. Das arme Pinguinbaby ist eine zappelnde Silhouette vor dem grellblauen Himmel.

»Lass los, lass los, du Miststück!«, kreische ich der Raubmöwe hinterher, doch meine Schreie sind vergebens. Das Junge strampelt kurz mit abgewinkeltem Hals, dann hängt es wie ein nasser Sack in den Klauen der Raubmöwe. Eine zweite Raubmöwe fliegt heran, und zu zweit reißen sie das Pinguinbaby in Stücke.

Ich zittere vor Schock am ganzen Körper. Mein Blick kehrt zur Kolonie zurück, sucht nach den Eltern, da ich mir ihres Schmerzes bewusst bin. Ich habe keine Ahnung, um welche Pinguine es sich handelt. Sie sind ein anonymer Teil der brodelnden schwarz-weißen Masse.

Terrys Stimme reißt mich aus meinem Tagtraum. Ich halte einen (jetzt besonders wertvollen) Becher Darjeeling-Tee in der Hand, während sie am anderen Ende des Raums mit einem Haufen Pinguin-Markierungsbändern hantiert.

Ich justiere mein Hörgerät. »Haben Sie etwas gesagt?«

»Sie wirken traurig. Ist irgendwas, Veronica?«

Mir war nicht bewusst, dass es so offensichtlich ist.

»Was soll sein? Nein«, erwidere ich. Auf jeden Fall nicht mehr als sonst.

Sie zieht die Augenbrauen zusammen und sucht mit ihrem Blick mein Gesicht ab. »Ich merke, dass irgendwas Sie bekümmert. Sie können mit mir reden, Veronica, wissen Sie? Über alles, vertraulich. Hier draußen kann einem manches ganz schön zusetzen, ich weiß das. Man fühlt sich emotional irgendwie wund, entblößt. Aber es hilft, darüber zu sprechen.«

»Tatsächlich?« Ich habe daran große Zweifel.

»Ich werde es niemandem erzählen, wenn ... wenn es was Persönliches ist. Und übrigens habe ich nicht die Angewohnheit, über andere Menschen zu urteilen.«

Ein Mensch, der nicht über andere Menschen urteilt? Das wäre ja etwas ganz Neues.

»Sie reden nicht viel über sich selbst«, fügt sie hinzu. »Ich würde gern mehr über Sie erfahren.«

Sie lässt sich auf dem Stuhl neben mir nieder. Ihre Miene verrät, dass sie nicht lockerlassen wird. Das erinnert mich an jemanden.

Doch im Moment scheint die legendäre McCreedy-Willensstärke zu bröckeln. Meine Gliedmaßen sind schwer, und jede Bewegung ist eine Herkulesaufgabe. Auch mein Gehirn fühlt sich sonderbar erschöpft an. Manchmal kommt es mir so vor, als würde ich versuchen, Dinge neu zu ordnen, die sich einfach nicht neu ordnen lassen. Ich dachte, ich hätte die Vergangenheit inzwischen abgeschüttelt, aber seit ich meine alten Tagebücher gelesen habe, ist mir alles intensiv bewusst. Es ist immer noch in mir, stärker als jemals zuvor, und wächst wie ein Krebsgeschwür. Dabei dehnt es sich ständig aus, übt Druck auf meine lebenswichtigen Organe aus und vergiftet meinen Blutkreislauf.

Ich habe mir gestattet zu glauben, dass meine Reise hierher eine Art Heilmittel oder Gegengift sein könnte. Ich genieße es zweifellos, unter Pinguinen zu sein. Doch das genügt nicht. Mir wird langsam bewusst, dass nichts jemals genügen wird.

»Es ist alles eine große Verschwendung«, murmle ich, mehr zu mir selbst als zu Terry. »Mein Leben. Alles eine riesige, schmerzliche, unerklärliche, sinnlose Verschwendung.«

»Ich bin mir sicher, dass das nicht stimmt, Veronica«, ruft sie und streckt eine Hand in meine Richtung aus. Ich gebe vor, sie nicht zu sehen. »Ich wette, Sie haben eine Menge großartige Dinge getan.«

»Großartig? Wohl kaum.«

Dinge haben sich ereignet, und ich habe auf meine Art schnell und impulsiv darauf reagiert, richtig oder falsch. Dann verging Zeit, zog sich dahin, Jahr um Jahr, Jahrzehnt um Jahrzehnt, Schweigen um Schweigen. Wie die Schichten Erdreich und Fels und Eis, die sich nach und nach auf der Erdoberfläche gebildet haben. Wen kümmert es schon, dass tief im Inneren der Erde, genau in ihrem Kern, ein Feuer brennt?

»Hat es was mit Patrick zu tun?«, erkundigt sich Terry.

»Patrick?«

»Ja, so heißt Ihr Enkel doch, oder?« Sie hat ein gutes Gedächtnis.

»Ich nehme an, biologisch betrachtet ist er mein Enkel«, gebe ich zu.

»Also müssen Sie Kinder haben … Kinder gehabt haben. Ein Kind?« Ich nehme all die blauen und silbergrauen Muster in ihren großen Augen zur Kenntnis.

»Nein. Nicht im eigentlichen Sinn«, erwidere ich.

Sie wirkt leicht verunsichert. »Ich verstehe nicht, was Sie meinen. Sie sind für mich ein Buch mit sieben Siegeln, Veronica.«

Sie ist immer nett zu mir. Vielleicht schulde ich ihr eine Erklärung.

»Es war Krieg …«

Ich halte inne. Ich kann nicht darüber reden, es nicht laut aussprechen, wie sehr sie auch auf mich einredet. Das Leben ist eine sorgfältige Balance zwischen dem, was man preisgibt, und dem, was man für sich behält. In meinem Fall steht Letzteres im Vordergrund. Dinge nicht preiszugeben, das ist die einzige Möglichkeit, die man hat, um den Kopf oben zu behalten.

Warum sollte ich ihr überhaupt irgendetwas erzählen? Was geht es sie an?

»Ich würde mich jetzt gern ausruhen.« Ich erhebe mich mühsam, gehe in mein Zimmer und mache die Tür mit Nachdruck hinter mir zu.

27

Patrick

Bolton

Ehe ich weiterlese, bewaffne ich mich mit einem Guinness. Ich überlege, ob ein Joint zusätzlich helfen könnte, entscheide mich aber dagegen. Eigentlich möchte ich ganz mit
dem Rauchen aufhören. Vielleicht bringe ich Weedledum
und Weedledee einfach zu Judith zurück, dann komme ich
erst gar nicht mehr in Versuchung.

Es ist schon spät, aber was soll's? Ich schenke mir das
Guinness ein, strecke mich auf dem Bett aus und schlage das
Tagebuch abermals auf.

20. November 1940
Aggleworth

Ich habe hier schon so lange nichts mehr geschrieben.
Ich konnte einfach nicht. Noch jetzt spukt mir alles im
Kopf herum. Verrückte kleine Details. Das »Rektorin«-
Schild an der Tür. Miss Harrisons porige Haut. Ihre
kleinen, rastlosen Augen. Die strenge Haarrolle in
ihrem Nacken, an der sie ununterbrochen

herumfummelte. Und Tante Margaret, die gespenstisch bleich neben dem Tisch stand. Stocksteif.

Als ich gerufen wurde, dachte ich, sie hätten herausgefunden, dass ich Miss Meltons Kreide gestohlen habe. Ich hatte sogar den Hoffnungsschimmer, dass ich vielleicht zur Strafe nach London zurückgeschickt werden würde. Aber nein. Stattdessen erhielt ich die Nachricht – die schreckliche, grässliche, unfassbare Nachricht …

Oh Mum, oh Dad. Ihr habt gesagt, alles wird gut. Ihr habt es versprochen.

Ich hätte Miss Harrison und Tante Margaret am liebsten entgegengeschrien, dass sie logen, dass das unmöglich wahr sein konnte. Dad und Mum würden nicht … sie konnten nicht …

Sie lieben mich so sehr. Das würden sie mir niemals antun. Sie würden niemals ums Leben kommen, wie viele Bomben auch vom Himmel fallen, wie sehr der Rest der Welt auch leidet und blutet und brennt.

Miss Harrison, die wieder an ihrem dummen Haarknoten herumzupft. »Sie haben jetzt Frieden gefunden, mein Kind. Du musst das akzeptieren.«

Tante Margaret hasse ich mehr denn je, aber ich werde nie vergessen, was sie sagte, als ich zu Boden sank: »Es ist egoistisch, zu weinen, Veronica. Die beiden sind jetzt bei Gott. Sie würden nicht wollen, dass du weinst. Tränen sind ein Zeichen von Schwäche.«

Ich hörte ein Echo von Dads Stimme, seiner freundlichen, festen Stimme. Seine Worte, als er mich zum letzten Mal ansah.

»Sei stark!«

Ich biss mir innen auf die Wange. Meine Zähne packten das Fleisch so fest, dass ich Blut schmeckte.

Ich *werde* stark sein, Dad. Für dich. Ich werde *nicht* weinen.

Ich habe nicht geweint. Ich weine nicht. Ich werde nicht weinen.

1. Januar 1941
Eastcott Farm

Viel Zeit ist verflogen. Ich bin immer noch hier: Veronica McCreedy, eine von Hunderten Kriegswaisen, die mit ihrem grausamen Schicksal hadern, die versuchen, es zu begreifen. Jetzt muss ich mich einem neuen Jahr stellen.

1941 beginnt für mich auf der Eastcott Farm. Ich habe Weihnachten hier verbracht, weil Janet es mir angeboten hat. (Und wer würde schon Weihnachten mit Tante Margaret verbringen wollen?) Die Dramwells sind nett zu mir. Ich habe sogar ein Geschenk von ihnen bekommen, ein Stück Seife. Janet meinte, ich könnte sie gebrauchen, wenn ich mich wieder bei den Schweinen schmutzig mache. Ich gehe oft raus und besuche sie und die Kühe. Die Tiere sind meine Freunde. Aber ohne Mum und Dad ist Weihnachten kein Weihnachten.

Für das neue Jahr habe ich mir vorgenommen, stärker als je zuvor zu sein.

Letzte Nacht bin ich um Mitternacht aufgewacht. Janet und Norah schliefen beide. Ich schlüpfte aus dem

Bett, das wir drei uns teilen, wenn wir hier sind, und schlich barfuß zum Fenster. Ich öffnete das Medaillon und nahm vorsichtig die beiden Haarsträhnen heraus, meine einzige Verbindung zu meinen Eltern. Die Strähnen lagen auf meiner Handfläche in einem weißen Streifen Mondlicht und wirkten ganz friedlich. Ich nahm sie, strich mir damit über die Wange und versuchte, ein Flüstern von Mum, ein Flüstern von Dad zu erhaschen. Verlust ist schwer zu begreifen. Meistens kommt es mir so vor, als würde ich eine Geschichte lesen, die auf keinen Fall wahr sein kann. Dann kommt die Erkenntnis wie eine Explosion von Splittern, scharf und grausam, und mir bricht erneut das Herz.

18. Januar 1941
Dunwick Hall

Es ist fürchterlich kalt. Wir müssen zusätzliche Zeit einrechnen, um die Eisschicht zu zerschlagen, bevor wir uns morgens waschen können. Ich hasse es, mit den anderen Mädchen so lange zitternd im Nachthemd warten zu müssen. Die Morgen sind auch schrecklich dunkel. Dunkelheit ist schwer zu ertragen.

Um gegen all das anzukämpfen, gebe ich mich sehr, sehr laut und lebendig. »Manisch«, nennen Janet und Norah es. Ich spreche nicht ständig von meiner Trauer, und die beiden haben keine Ahnung, wie schwer ich innerlich verletzt bin. Das ist eigentlich auch gut so, denn ich will ohnehin nicht darüber sprechen. Ich bin froh über die Gesellschaft meiner beiden Freundinnen, weil sie mir hilft, alles andere auszublenden. Ich lache viel, ich bin ungezogen zu den Lehrerinnen, und ich breche in der Schule so viele Regeln wie möglich.

Im Englischunterricht haben wir angefangen, *Hamlet* durchzunehmen. Hamlet und ich haben viel gemein. Wir sind beide Waisen und ein bisschen verrückt. Wie ihm gefällt es mir, »ein wunderliches Wesen anzulegen«. Ich verstehe Hamlet, und Hamlet versteht mich.

An den meisten Wochenenden bin ich auf der Eastcott Farm, aber manche muss ich auch bei Tante Margaret verbringen. Zum Glück lässt mich Tante M. samstags nach wie vor zum Tanzunterricht gehen. Musik ist ein Rettungsanker für mich. Ich verliere mich in den würdevollen Walzern und den fröhlichen Foxtrotts. Die Rhythmen heitern mich auf, und dunkle Gedanken verfliegen in den wogenden Harmonien.

Meine restliche Zeit in Aggleworth ist allerdings trostlos. Tante M. schickt mich nicht nur sonntags in die Kirche, sondern hält mir endlose, monotone Vorträge. Sie redet und redet, sagt, Mum und Dad wären jetzt im Himmel und würden über mich wachen. Ich müsse mein Bestes geben, um ebenfalls dorthin zu kommen. Wenn Tante M. das sagt, klingt es so, als würde das schwierig werden, als würde der arme alte Gott besonders gnädig sein müssen, um mich einzulassen.

23. April 1941
Dunwick Hall

Sonnenlicht strömt durch die Rautenglas-Fenster
herein, und wir unternehmen Schulausflüge in die
Umgebung. Wir füllen unsere Körbe mit Schlüssel-
blumen. Später setzen wir uns hin, kleiden Kisten mit
Moos aus und füllen sie mit Blumen. Sie werden in
Krankenhäuser geschickt, in denen Kriegsverletzte
liegen.

Momentan verbringe ich viel Zeit auf der Eastcott
Farm. Ich lerne Janets Bruder Harry besser kennen.
Man kann Harry zwar nicht gerade gut aussehend
nennen, aber er hat einen ganz eigenen rustikalen
Charme. Er ist groß und stark und manchmal ziemlich
lustig. Am Samstag hat er einen Hasen geschossen,
was mir gar nicht gefiel, aber Mrs Dramwell hat ihn
später als Pastete zubereitet, und ich muss zugeben,
dass ich etwas davon gegessen habe. Heutzutage kann
man nicht allzu wählerisch sein, was Essen anbelangt.

Nach reiflicher Überlegung habe ich beschlossen,
dass ich Harry mag. Vielleicht wird die Zukunft doch
interessant.

22. Juni 1941
Eastcott Farm

Ich bin jetzt fünfzehn Jahre alt, fühle mich aber viel
älter. Wenn ich in den Spiegel schaue, habe ich den
Eindruck, ich sehe auch älter aus. Zumindest älter als
Janet und Norah.

Gestern kam nicht Harry, um uns am Tor von Dunwick Hall abzuholen, sondern ein großer, dunkler Mann in einer braunen Uniform mit gelben Schulterstreifen.

»Hallo, Giovanni«, sagte Janet. »Das sind meine Freundinnen: Norah und Veronica.«

»H-hallo, Janet, h-hallo, Norah. H-hallo, Veronica«, erwiderte er mit einem breiten Grinsen und einem übertriebenen »H«. Er sprach meinen Namen Silbe für Silbe aus: »Verr-on-ee-cah.«

Nachdem wir auf den Wagen geklettert waren, erklärte Janet: »Giovanni ist unser neuer Kriegsgefangener. Der alte hat nichts getaugt, deshalb haben wir nach einem anderen gefragt. Du kommst aus Italien, nicht wahr, Giovanni?«

Er nickte fröhlich.

Über Janets Geplapper und die klappernden Pferdehufe hinweg hörte ich ihn auf der ganzen Fahrt immer wieder »Verr-on-ee-cah, Verr-on-ee-cah« vor sich hin sagen. Als wir bei der Farm ankamen, nahm er eine Hand voll frisches Gras vom Wegrand und hielt es dem Pferd hin, während er in seiner Sprache sanft auf es einredete und seine Nüstern streichelte. Ich mag Giovanni.

Mrs Dramwell meinte, da ich Geburtstag hätte und zum Dank für all unsere Hilfe mit den Kühen, dürften wir Mädchen ein Picknick machen. Harry begleitete uns, und wir fuhren mit dem Fahrrad zu einem Aussichtspunkt am äußersten Ende der Eastcott Farm. Von dort aus sieht man die Felswände des Peak District. Die Luft war lau, und unzählige Blumen blühten: Pinkfarbenes Leimkraut und schäumend weißer Bärenklau säumten den Wegrand.

Unser Picknick machten wir im Schatten einer uralten Eiche. Wir hatten einen frisch gebackenen Laib Brot dabei, selbst gemachte Kartoffelpastete, eingelegte Zwiebeln, Äpfel und Ingwerkuchen. Harry saß neben meinen Füßen und reichte mir alles, obwohl ich durchaus in der Lage gewesen wäre, es mir selbst zu holen. Ich bemerkte, wie Norah mich jedes Mal ansah, wenn Harry etwas sagte, um meine Reaktion zu prüfen. Sie weiß, dass Harry mich anhimmelt.

Ich gebe zu, es ist schön, angehimmelt zu werden. Könnte ich mich vielleicht verlieben? Das wäre wahrscheinlich ziemlich angenehm.

Um ehrlich zu sein, glaube ich, dass mir ein bisschen Annehmlichkeit zusteht.

Ich brauche etwas, das mir Auftrieb gibt. In meinem Leben klafft ein Loch, und ich habe das Gefühl, es wird meine Seele verschlucken, wenn ich es nicht mit irgendetwas stopfen kann.

12. Juli 1941
Eastcott Farm

Endlich ist es so weit. Ich bin ganz kribbelig und nervös. Der Plan ist, dass wir mit dem Fahrrad zum Bahnhof fahren und gemeinsam den Zug in die Stadt nehmen. Nur Harry und ich. Das Kino ist dann lediglich einen kurzen Fußmarsch entfernt. Harry hat mir versichert, dass unser Vorhaben ungemein ungehörig ist, also bin ich dafür zu haben.

»Es vor meiner Mum geheim zu halten, wird nicht schwierig«, sagte er. »Ich erzähle ihr einfach, ich treffe mich mit meinen Freunden, dann denkt sie, du bist mit Jan und Nor oben.«

Janet findet das Ganze urkomisch. Norah dagegen ist von der Idee nicht gerade begeistert – warum wohl? Die beiden haben mir die Haare mit zigtausend Haarnadeln in großen Locken hochgesteckt. Ich trage mein mohnrotes Baumwollkleid, und für darüber habe ich mir Janets beste beigefarbene Jacke ausgeliehen. Wir besitzen keine Strümpfe, aber Janet hat mir eine Linie hinten auf die Beine gemalt, damit es so aussieht, als trüge ich Nylons.

Ich schreibe gerade, um die letzten zehn Minuten zu füllen, bevor ich mich auf den Weg mache. Das Ganze ist ziemlich aufregend. Mrs Dramwell befindet sich im Erdgeschoss und näht. Ich werde jeden Moment zur Hintertür hinausschlüpfen. Ich bin bereit.

Montag, 14. Juli 1941
Dunwick Hall

Ich weiß nicht, mit wem ich reden soll. Es gibt niemanden. Nur dich, mein liebes Tagebuch, wie immer. Nur du lauschst meinem Kummer und saugst ihn mit deinen traurigen weißen Seiten auf.

Folgendes ist am Samstagabend passiert:

Ich traf mich wie vereinbart mit Harry vor der Hintertür der Eastcott Farm. Er hatte sich Mühe gegeben, sich die Haare anzuklatschen, aber leider schienen seine Ohren dadurch noch weiter abzustehen.

Er hatte nur ein Fahrrad dabei. Das andere sei kaputt, sagte er.

»Aber du kannst dich hinter mich quetschen, ich trete in die Pedale. Du hast doch keine Angst, oder?«

Natürlich hatte ich keine. Ich kletterte hinter ihm auf den Sattel, und schon fuhren wir los. Wir nahmen schnell Geschwindigkeit auf. Mein mohnrotes Kleid flatterte im Fahrtwind. Ich hielt mich an ihm fest und spürte, wie sich seine Muskeln unter seinem Hemd bewegten. Und ich spürte, dass es ihm gefiel, wie ich mich an seinen Rücken presste.

»Meine Tante Margaret würde einen Anfall bekommen, wenn sie das wüsste!«, rief ich.

Im Zug musterten uns einige Leute missbilligend, während sie versuchten, unser Alter zu schätzen, aber niemand sprach uns an. Ich unterhielt Harry mit Geschichten über Tante M.s Knauserigkeit.

»Als ich dich kennengelernt habe, dachte ich, du hältst dich für was Besseres, Veronica«, sagte er zu mir, »aber das stimmt nicht. Man kann richtig Spaß mit dir haben.«

Der Film war ein Abenteuerfilm mit Jimmy Cagney in der Hauptrolle. Harry schien ihn aber überhaupt nicht sehen zu wollen. Sein Arm stahl sich immer wieder um meine Schultern. Zunächst gefiel mir das ganz gut, ich lehnte mich sogar ein bisschen an ihn. Mein Herz klopfte dabei in neuen Rhythmen. Ich spürte das Medaillon auf ihm liegen und sehnte mich umso mehr nach Liebe. Harry schmiegte sich immer enger an mich.

Doch dann drehte er das Gesicht zu mir und küsste

mich auf die Lippen. Ich zuckte zurück. Sein Atem stank nach gekochten Zwiebeln. Ich ertrug es nicht, dass sich seine Haut so pickelig und rau anfühlte.

»Hör auf!«, zischte ich. »Ich möchte den Film sehen.«

Auf dem Weg nach draußen stürzte er sich noch einmal auf mich. Seine Hände begrapschten mich am ganzen Körper. Ich machte einen Satz von ihm weg.

»Nein, Harry. Ich will das nicht. Lass mich in Ruhe!«

»Was? Erst machst du mich heiß, und dann wirst du plötzlich frostig? Das ist aber nicht sehr nett.«

Auf der Rückfahrt im Zug schwiegen wir beide wie ein Grab. Ich hatte Angst vor der Fahrt mit dem Rad und zermarterte mir das Hirn, wie ich zurück zur Farm oder zur Schule hätte kommen können. Doch es gab keine andere Möglichkeit.

18. Juli 1941
Dunwick Hall

O schmölze doch dies allzu beschmutzte Fleisch, zerging'
und löst' in einen Tau sich auf …

Hamlet bringt es auf den Punkt.

Es ist schrecklich. Janet redet nicht mehr mit mir. Sie sieht mich nicht einmal mehr an. Wenn ich mich neben sie setze, dreht sie sich jedes Mal demonstrativ weg. Anstatt Corned-Beef-Sandwiches mit mir zu teilen, wie wir es früher gemacht haben, schiebt sie sich diese selber in den Mund. Norah zeigt mir natürlich ebenfalls die kalte Schulter.

Harry muss den beiden erzählt haben, ich hätte ihn verführt, denn an der Schule sind hässliche Gerüchte im Umlauf. Meine Mitschülerinnen haben Freude daran, mich als Hure zu bezeichnen.

Ich werde mich auf gar keinen Fall dazu herablassen, meine Sicht der Ereignisse zu schildern, wenn diejenigen, die ich für meine Freundinnen gehalten habe, mir nicht einmal zuhören.

Ich bin innerlich völlig aufgewühlt und weiß nicht, was ich tun soll. Ich hasse Harry wie die Pest. Wie konnte er mir das nur antun? Ich denke mir alles Mögliche aus, wie ich mich an ihm rächen könnte, aber ich kann mein Vorhaben nicht in die Tat umsetzen, weil ich ihn überhaupt nicht mehr zu Gesicht bekomme. Ich werde nicht mehr auf die Eastcott Farm eingeladen.

Manchmal habe ich das Gefühl, dass mich die Ungerechtigkeit noch in den Wahnsinn treibt. Niemand auf dieser Welt nimmt mich in Schutz. Ich wünschte, wünschte, wünschte, Mum und Dad wären noch da. Nachts beiße ich fest in mein Kopfkissen. Nur so kann ich verhindern, dass ich mir die Augen ausweine.

Samstag, 19 Juli 1941
Bei Tante M.

Heute Morgen stand ich vor dem Schultor und wartete auf den Milchwagen, abseits von der Gruppe anderer Mädchen. Janet und Norah warteten ebenfalls und ignorierten mich.

Als der Eastcott-Wagen um die Ecke geklappert kam, konnte ich es mir nicht verkneifen, zu dem Kutscher aufzublicken. Doch es war nicht Harry. Es war Giovanni, der italienische Kriegsgefangene. »Verron-nee-cah!«, rief er. Ich tauschte ein kurzes Lächeln mit ihm. Ich fand es süß, dass er sich an meinen Namen erinnerte. Dann bemerkte ich, dass Harry ebenfalls auf dem Wagen war. Er half seiner Schwester und Norah mit übertriebener Galanterie. Dabei vermied er es die ganze Zeit sorgsam, den Kopf in meine Richtung zu drehen. Ich trug die Nase hoch.

Ich schnappte den Schluss eines Satzes von Janet auf: »… kein Recht, so arrogant zu sein, die miese Schlampe.«

In mir sträubte sich alles. Als Giovanni mit dem Wagen auf der Straße davonfuhr, beobachtete ich, wie Harry sich demonstrativ neben Norah setzte, den Arm um sie legte und sie lange auf die Lippen küsste. Beide blickten zu mir zurück, um meine Reaktion zu sehen. Ich stand allein da und bebte vor Wut.

Sonntag, 20. Juli 1941
Aggleworth

Als ich mich gestern auf den Weg zur Tanzstunde machte, war ich erschöpft von den heftigen Gefühlen der vergangenen Woche. Die Wärme der Sonne auf meinem Gesicht fühlte sich brutal an, da sie mir in Erinnerung rief, dass ich von meinen Mitmenschen keine Wärme mehr bekomme. Dem Himmel sei Dank, dass ich wenigstens noch tanzen kann.

251

Ich beeilte mich, zum Gemeindehaus zu kommen. Vor mir gingen zwei Männer. Einer der beiden schob eine Karre voll Gemüse die Straße entlang. Er trug eine braune Uniform mit gelben Schulterstreifen. Als hätte er meinen Blick gespürt, drehte er sich um und sah mich an. Es war Giovanni.

Er erkannte mich sofort und verbeugte sich so tief, dass ihm sein Wuschelhaar über die Augen fiel.

»Hallo«, erwiderte ich und imitierte ihn mit einem gespielten Knicks.

»*Bella!*«, rief er. Sein Begleiter drängte ihn dazu, weiterzugehen, aber er blieb noch einen Moment stehen, um eine Blume zu pflücken und sie auf die Straße zu legen, bevor er sich in Bewegung setzte.

Die beiden Männer waren bereits um eine Ecke gebogen und verschwunden, als ich bei der Blume ankam. Ich hob sie auf. Es handelte sich nur um einen Löwenzahn, aber wie ich diesen Löwenzahn liebte! Er war leuchtend gelb und strafte jeden Lügen, der seine Pracht geringschätzte. Ich strich über seine Blütenblätter und steckte ihn mir dann vorsichtig hinters Ohr.

Die Tanzstunde zog sich viel länger hin als üblicherweise. Anschließend schlenderte ich zu dem Markt unter freiem Himmel, anstatt mich gleich auf den Rückweg zu Tante M. zu machen. Ich schlängelte mich zwischen den Ständen hindurch, bis ich ihn hinter einem Berg Gemüse entdeckte.

Sein Gesicht hellte sich auf. Es war überhaupt nicht das Gesicht eines verzweifelten, unterdrückten Kriegsgefangenen. Er wirkte fröhlich und lebendig.

Plötzlich wurde mir bewusst, dass er der bestaus-
sehende Mann ist, der mir jemals begegnet ist.

Giovannis Augen sind dunkelbraun und lebhaft und
feurig. Seine Nase ist vornehm. Seine Haare sind
ungekämmt, und auf seinem Kinn befinden sich
Bartstoppeln, aber es sind nette Stoppeln, die zu ihm
passen. Er ist gut gebaut: groß, sehnig und kräftig. Aus
welchem Blickwinkel man ihn auch betrachtet, er ist
absolut hinreißend.

»Sie lassen dich allein rausgehen?«, fragte ich ihn
fasziniert.

»Ja, inzwischen schon. Die Leute an dem Stand
neben mir passen auf, dass ich nicht mit dem Geld
davonlaufe.« Er drehte sich zu einem älteren Mann mit
gestreifter Schürze, der neben ihm Fleisch verkaufte.
»Ich laufe nicht mit dem Geld davon, nicht wahr,
Mr Howard?«

»Nein, das tust du nicht«, erwiderte Mr Howard mit
einem Grinsen. »Weil ich das ganze Geld horte, das du
für dein Gemüse bekommst, deshalb. Und weil ich
deine Einnahmen Mrs Dramwell gebe, wenn ich sie
am Montag auf der Eastcott Farm sehe.«

Erstaunlich, dass einem Kriegsgefangenen so viel
Freiheit gewährt wird. Mr Howard und Giovanni
scheinen sich gut zu verstehen.

»Möchtest du Gemüse kaufen?«, fragte Giovanni.
»Schau her, ich habe ausgezeichnete Kartoffeln.
Und sehr schöne Rote Bete. Und ganz famose
Tomaten. Du magst doch bestimmt eine ganz famose
Tomate?«

»Sicher, ich hätte gern eine ganz famose Tomate!«

Ich drücke ihm ein paar Münzen in die Hand, und er reichte sie sofort an Mr Howard weiter.

Ich zog in Erwägung, an Ort und Stelle in die Tomate zu beißen, entschied mich aber dagegen. Rote Spritzer und Kerne überall im Gesicht hätten mir ganz sicher nicht besonders gut gestanden.

»Außerdem hätte ich gern …«, sagte ich nachdenklich und betrachtete dabei das Gemüse, »etwas für meine Tante Margaret. Was würdest du empfehlen, Giovanni?«

»Was mag sie denn?«, erkundigte er sich. Sein Blick wanderte zwischen mir und dem Gemüse hin und her.

»Ich weiß nicht, was ihr schmecken würde. Aber ich weiß, was ich ihr mitbringen will. Irgendwas sehr, sehr Altes und sehr, sehr Unschmackhaftes«, erwiderte ich. »Welches ist denn dein ältestes und unschmackhaftestes Gemüse?«

Sein Lachen war aufrichtig und fröhlich, aber trotzdem vertraulich, als wären wir Komplizen bei einem Verbrechen.

»Wie wäre diese alte verschrumpelte Rübe?«, schlug er vor.

Ich lächelte. »Absolut perfekt.«

Sonntag, 27. Juli 1941
Aggleworth

Ich sehne mich jetzt sehr nach den Samstagnachmittagen! Nicht wegen des Tanzunterrichts, sondern wegen meiner

anschließenden Ausflüge zum Markt. Giovanni weiß
bestimmt, dass ich nur seinetwegen komme. Gestern
hat er wieder Blumen gepflückt: Mädesüß, Wildrosen
und Unmengen von Löwenzahn. Er überreichte mir
den Strauß über seinen Gemüsestand hinweg mit einer
überschwänglichen Geste. Mr Howard machte sich
anderweitig zu schaffen und tat so, als habe er es nicht
gesehen.

Ich beschloss, Giovanni die größte Ehre
zuteilwerden zu lassen. »Giovanni, ich weiß, dass es dir
schwerfällt, meinen Namen auszusprechen. Würdest
du mich in Zukunft Very nennen?«

»Very? Ja, natürlich! *Very lovely. Very beautiful.* Very,
du Schatz!«

Ich schnurrte wie eine Katze. Ich, Very, der Schatz.
Wenn wir doch nur ein bisschen miteinander allein
sein könnten.

Sonntag, 3. August 1941

Es gibt so viel zu erzählen.

Erstens, ich bin verliebt. Wie könnte man sich nicht
in Giovanni verlieben, den feinsten und
bestaussehenden Mann auf der ganzen Welt? Und,
nein, es schert mich keinen Deut, dass er eigentlich ein
Feind ist. Dieser Krieg ist ohnehin völlig sinnlos.

Gestern war ich nicht in meiner Tanzstunde. Ich
bin gleich zum Markt gegangen, um nach ihm zu
suchen.

»Ist dir bewusst, dass ich das Tanzen sausen lasse,
um bei dir zu sein?«

»Ah, das ist schade. Ich möchte kein Mädchen vom Tanzen abhalten. Vor allem dich nicht, Very. Dich tanzen zu sehen, das wäre wirklich wunderbar.«

Ich machte eine schnelle Drehung auf der Straße. Er klatschte begeistert.

»Wollen wir miteinander tanzen?«

Er trat einen Schritt vor, legte den Arm um mich und nahm meine Hand. Es fühlte sich unbeschreiblich schön an. Ich ließ mich augenblicklich in seine Arme sinken, doch dann schritt Mr Howard ein und tippte ihm forsch auf den Rücken. »Nein, das lässt du lieber sein, Giovanni. Es gibt Grenzen, junger Freund.«

Giovanni ließ mich los.

Er flüsterte mir ins Ohr: »Ich habe gehört, heute Abend wird im Gemeindehaus getanzt.«

»Wollen wir es versuchen?«, flüsterte ich zurück, begeistert von der Idee.

»Es wird nicht einfach. Ich darf nicht hinein, weil ich ein Gefangener bin. Aber wenn ich mich von der Farm wegschleiche, könnten wir uns hinter dem Gemeindehaus treffen. Vielleicht hören wir dort die Musik und können miteinander tanzen.«

Mir gefiel, dass es so schwierig war, er es aber trotzdem unbedingt versuchen wollte.

»Ich komme«, versprach ich.

Am Abend sagte ich Tante Margaret, dass ich früh ins Bett gehen würde, weil ich Kopfschmerzen hätte. Mich unbemerkt hinauszuschleichen, das war ein Kinderspiel. Die Luft war warm und duftete berauschend nach Rosen und Heckenkirschen. Ich rannte den ganzen Weg.

Er war da. In dem Moment, als er aus der Dunkelheit trat, stürzte ich mich auf ihn und schlang die Arme um ihn. Ich konnte mich nicht zurückhalten. Erschrocken und zugleich erfreut bedeckte er mich mit stürmischen Küssen. Es war himmlisch.

Aus dem Gemeindehaus ertönte Musik. Giovanni und ich tanzten hinter dem Gebäude, wo uns niemand sehen konnte, im Halbdunkel auf dem erdigen Boden. Es fühlte sich so vertraut, so leidenschaftlich, so herrlich verwegen an.

»Very!«, flüsterte er. »Meine Very. Bei dir fühle ich mich so lebendig!«

»Ich mich bei dir auch!« Ich atmete ihn ein, seinen erdigen, männlichen Duft. Jede Zelle meines Körpers jauchzte vor Freude über die Innigkeit des Moments.

Im silbrigen Mondlicht, das uns umgab, sah er noch besser aus als sonst.

»Sie können jede Lampe auf der Erde verdunkeln, aber den Mond und die Sterne können sie nicht verdunkeln!«, flüsterte ich.

»Nein, das können sie nicht, Very«, sagte er, »und das Licht, das in meinem Herzen für dich brennt, können sie auch nicht verdunkeln.«

Doch auf einmal fing die Band an, eine andere Melodie zu spielen. Ich erstarrte.

»Was ist los?«, fragte Giovanni. »Stimmt was nicht, Very? Dieses Lied gefällt mir. Es ist fröhlich. Aber du ... du bist nicht fröhlich.«

Aus meinem tiefsten Inneren drang ein Seufzen. Ich lehnte mich schwer gegen das Tor. Bei dem Lied handelte es sich um den Lambeth Walk.

Giovanni schloss mich abermals in die Arme. »Du bist noch schöner, wenn du traurig bist«, sagte er zu mir.

Er hielt mich lange fest, küsste mich auf die Augen, die Nase, die Haare, den Mund. Ich war wie erstarrt, hielt meine Gefühle zurück, fest, ganz fest.

Dann erzählte ich es ihm. Ich erzählte ihm von Mum und Dad. Dass Mum mir immer Zöpfe geflochten und Geschichten erzählt hatte und dass Dad sich mit dem Kaminvorleger zugedeckt und geknurrt und so getan hatte, als sei er ein Bär, und dass wir miteinander gelacht hatten, bis uns die Tränen über die Wangen liefen. Dass wir uns gemeinsam meine Zukunft vorgestellt hatten: Mum hatte vermutet, ich würde Schriftstellerin werden, während Dad prophezeit hatte, ich würde eine berühmte Entdeckerin werden. Dass wir uns unter der Treppe zusammengekauert hatten, wenn die Luftschutzsirenen ertönten, und dass die beiden vor nichts Angst gehabt hatten. Dass Mum auch dann Krankenwagen gefahren war und Verletzten geholfen hatte, wenn es gefährlich war. Dass die Aussicht auf einen weiteren Krieg Dad traurig gemacht hatte, nachdem er den ersten nur knapp überlebt hatte. Dass ich den beiden wichtiger gewesen war als alles andere. Und dass ich jetzt niemandem mehr wichtig war.

Zum Schluss erzählte ich Giovanni, dass sie beide zerquetscht worden waren, als unser Haus über ihnen einstürzte.

Giovanni hörte zu, erschüttert, schweigend.

Als ich fertig war, strich er mir das Haar zurück. Ich

wollte nicht, dass er mich ansah. Mein Gesicht fühlte sich hässlich und verzerrt an.

»Und trotzdem weinst du nicht«, stellte er fest.

»Wenn ich anfange, werde ich nie wieder aufhören.«

Er presste seine Lippen auf meine. Es war eine dringliche Verbindung, als wollte er meinen ganzen Schmerz aufsaugen.

Ich befreite mich und sah ihm direkt in die Augen.

Seine Augen – dunkel, voller Verständnis.

»Giovanni, ich will dich.«

»Ich will dich auch.« Es war beinahe ein Flüstern, beinahe ein Wimmern, als versuchte er zu widerstehen.

Ich blickte mich um und sah das geneigte Dach einer Scheune, das sich schemenhaft gegen den Himmel abzeichnete.

Mich hielten ohnehin alle für eine Hure, also warum nicht?

»Jetzt oder nie«, drängte ich. »Wir müssen die Gelegenheit nutzen.«

Ich nahm Giovanni an der Hand und zog ihn über die vom Mond erhellten Felder zu der Scheune.

Er fragte, ob ich mir sicher sei.

Ja.

Ja, ich war mir noch nie in meinem Leben bei irgendetwas so sicher.

28

Patrick

Bolton
Dezember 2012

Ich räuspere mich. »Sei ehrlich«, sage ich zu Gav, »findest du, dass ich ein klitzekleines bisschen südländisch aussehe?«

Ich habe ihn überredet, mich auf ein schnelles Feierabend-Bier ins *Dragon's Flagon* zu begleiten. Er schaut mich neugierig an. »Vielleicht ein bisschen italienisch, zum Beispiel?«, füge ich hinzu. »Meine Nase eventuell?«

»Lass dich mal im Profil anschauen.«

Ich drehe den Kopf.

»Nein, finde ich nicht«, sagt er. »Das ist keine römische Nase. Lang, aber nicht römisch. Deine Haut ist allerdings recht braun. Die hat eindeutig einen Olivton.«

»Okay. Gut. Danke.«

»*Willst* du italienisch aussehen?«

»Will ich das?«

»Das habe ich *dich* gefragt!«

Mein Gott, ich habe keine Ahnung!

»Ich glaube, diese Tagebücher setzen mir zu«, erwidere ich als Antwort.

»Hm?«

»Weil ich ohne Eltern aufgewachsen bin, ist mir diese Granny-Sache ziemlich wichtig.«

Als ich das laut ausspreche, wird mir bewusst, dass etwas Wahres dran ist. Und die Tagebücher sind wirklich eine Offenbarung. In gewisser Weise wiederholt sich die Geschichte. Wie Granny V habe ich ziemlich früh beide Eltern verloren und musste lernen, mich allein durchzuschlagen. Andererseits waren die meisten meiner Pflegeeltern in Ordnung. Die junge Veronica hatte so jemanden nicht – sie hatte nur diese religiöse Spinnerin von einer Tante. Und sie hatte keine Drogen, auf die sie hätte zurückgreifen können. Mann, das muss echt hart gewesen sein. Kein Wunder, dass sie das ein bisschen aus der Bahn geworfen hat. Kein Wunder, dass sie immer auf der Suche nach Liebe war.

Ich habe meinen Dad nie kennengelernt, aber es ist klar, dass Veronica ihren Vater abgöttisch geliebt hat. Ich habe meine Mutter mit sechs Jahren verloren, was schrecklich war, aber ich denke, in gewisser Hinsicht ist es noch schlimmer, wenn man vierzehn ist. Man hat im Lauf der Jahre so viel Liebe aufgebaut und hat sich so oft umarmt, hat so viele Gespräche miteinander geführt und so vieles miteinander unternommen, und dann ist auf einen Schlag alles vorbei. Krass. Das hat im Kopf des armen Mädchens bestimmt einiges angerichtet.

»Du glaubst also, du hast vielleicht etwas italienisches Blut?«, fragt Gav.

Veronica ist mit Harry nur dieses eine Mal ausgegangen, aber ich bin mir nicht darüber im Klaren, wie dieser Abend geendet hat. Was die Fahrt nach Hause mit dem Fahrrad anbelangt, ist sie in ihrem Tagebuch nicht ins Detail gegangen. Sie war aber nicht glücklich damit, so viel ist sicher. Er hat sie doch nicht … Hat er sie etwa …? Nein, das kann nicht sein. Das hätte sie doch bestimmt geschrieben … oder nicht? Ich habe nur quergelesen, habe einige von den langen, langweiligen Abschnitten über die Schule ausgelassen, aber ich bin mir sicher, dass mir etwas so Bedeutendes nicht entgangen ist. Aber nachdem sich dieser schreckliche Zweifel in meinen dicken Schädel geschlichen hat, werde ich die letzten Tagebucheinträge auch noch überfliegen müssen, um so viel wie möglich herauszufinden.

Ich kippe den Rest meines Bieres auf einmal hinunter. »Sorry, Gav, ich muss los.«

Mein Puls spielt total verrückt.

Das ist doch lächerlich.

Giovanni *muss* mein Großvater sein, oder?

Terrys Pinguin-Blog

18. Dezember 2012

Adeliepinguine sind unendlich neugierig und unendlich aufdringlich. Heute lief Veronica und mir ein besonders vorwitziger Bursche nach, während wir Nester markierten. Er war noch nicht alt genug, um selbst eine Familie zu haben, und unsere Tätigkeit schien sein Interesse zu wecken. Hier ist ein Foto von ihm und Veronica, wie sie sich gegenseitig beobachten. Wie man sieht, hält sie ihre Handtasche so, dass sie sich deutlich außerhalb seiner Reichweite befindet.

Anderenorts nimmt die Natur ihren Lauf: Pärchen kopulieren, Eier werden gelegt, und die ersten Küken schlüpfen. Was für eine ausgelassene Truppe wir hier auf Locket Island haben!

29

Veronica

Locket Island

Ich schaue hinaus auf das riesige, wogende, schwarz-weiße Meer von Adeliepinguinen. Wohin ich auch blicke, sehe ich Interaktion zwischen einzelnen Pinguinen. Jeder von ihnen scheint sich absolut heimisch zu fühlen und fügt sich in die Gemeinschaft ein. Ich habe mich niemals so in den Kreis meiner Mitmenschen eingefügt. Einmal mehr werde ich mir meiner Vergangenheit schmerzlich bewusst.

Manchmal setzen Erinnerungen in den hintersten Winkeln des Gedächtnisses Staub an. Manchmal schweben sie über einem wie dunkle Schatten. Manchmal sind sie mit einer Keule hinter einem her.

Ich muss gerade an Giovanni denken. Ob er noch lebt? Auch nach all den Jahren sehe ich ihn noch recht deutlich vor meinem inneren Auge. Ich erinnere mich an seine Hände – groß und ein bisschen rau, aber mit einem feinen Gespür für meine Bedürfnisse. Ich kann die zarten Bartstoppeln auf seiner Wange beinahe wieder fühlen, seine Lippen auf meinen,

Jugend an Jugend, tausend erwachte Nervenenden, die Sehnsucht nach mehr.

Damals hätte ich mir keine stärkere Macht vorstellen können. Aber die Biologie schreibt vieles vor. Ist meine ganze Persönlichkeit nicht mehr als ein eigentümlicher Cocktail von Chemikalien? Und ist Liebe nur eine Abfolge von Biorhythmen, eine Ansammlung von elektrischen Impulsen an das Gehirn? Ein Überschuss an Hormonen? Vielleicht wird diese Alchemie, die wir Liebe nennen, unter bestimmten Umständen intensiviert, zum Beispiel von einem langen Sommer voller Sonnenschein, von jugendlichem Ungehorsam und von den entsetzlichen Tragödien des Krieges. Gut möglich.

Was wäre passiert, wenn wir hätten zusammenbleiben dürfen, Giovanni und ich? Hätte die enorme Anziehungskraft zwischen uns angedauert? Oder lag es nur am Irrsinn der damaligen Zeit, an der Tatsache, dass eine Beziehung zwischen uns verboten war, dass ich mich so hoffnungslos in ihn verliebte? Ich bin alt genug und zynisch genug, um zu wissen, dass es in Wirklichkeit daran lag.

Vielleicht hat er den Krieg nicht überlebt. Vielleicht ist er aber auch in sein Heimatland zurückgekehrt wie die meisten Kriegsgefangenen. Ich kann ihn mir durchaus als alten Mann vorstellen: gebeugt, faltig, Pfeife rauchend, durch einen mediterranen Olivenhain schlendernd. Denkt er jemals an das englische Mädchen, in das er vor so langer Zeit verliebt war? Selbst in seinen wildesten Vorstellungen wird es ihm nicht in den Sinn kommen, dass sie sich gerade mit drei jungen Wissenschaftlern und fünftausend Pinguinen in der Antarktis aufhält.

Ich könnte nach meiner Rückkehr nach Großbritannien die Agentur beauftragen, ihn ausfindig zu machen, wie sie

Patrick ausfindig gemacht hat. Ist auch das eine lange von mir vernachlässigte Pflicht?

Nein. Wenn Giovanni den Krieg überlebt hat und mich gewollt hätte, dann hätte er zu mir zurückkommen können. Er hätte eine Möglichkeit gefunden. Ich habe ohnehin bereits die Büchse der Pandora geöffnet, indem ich die Tagebücher noch einmal gelesen und meinen Enkel ausfindig gemacht habe.

Meine Gedanken wandern zu Patrick. Welcher Charakter verbirgt sich hinter den Schmutzschichten und dem Drogennebel? Habe ich womöglich zu hart über ihn geurteilt? Sein Verhalten am Flughafen stand in deutlichem Widerspruch zu dem bei unserer ersten Begegnung. Wäre ich nicht so auf den unmittelbar bevorstehenden Beginn dieser antarktischen Odyssee konzentriert gewesen, und hätte mich sein plötzliches Auftauchen nicht so erschreckt, hätte ich dem Jungen mehr Aufmerksamkeit geschenkt.

Jetzt habe ich ihm in Form der Tagebücher aus meiner Jugend meine Vergangenheit anvertraut. Ich hätte sie niemals einem anderen Menschen zeigen müssen und bin selbst ein wenig überrascht von meiner Entscheidung. Tatsächlich winde ich mich bei dem Gedanken, dass er sie liest. Und doch verspüre ich irgendwo unter den Schichten des Entsetzens durchaus Erleichterung darüber, meine Geschichte endlich mit jemandem geteilt zu haben. Offenbar hat meine impulsive Seite dieses Bedürfnis in mir erkannt.

Wird er sie lesen?, frage ich mich. Wird er verstehen?

»Sie scheinen tief in Gedanken versunken zu sein, Veronica.«

»Ist das gesetzlich verboten?«, frage ich knapp.

Die Farbe des Himmels wechselt von blau zu mauve, von

mauve zu dunkelgrau. Terry und ich waren stundenlang draußen. In regelmäßigen Abständen liegen noch immer Pin-
guin-Kadaver herum, im Eis erfroren. Ich versuche, sie nicht
anzusehen.

Die lebenden Pinguine verschwenden keine Zeit mit
Trauer oder Selbstmitleid. Dafür sind sie zu sehr beschäftigt.
Jeden Tag schlüpfen mehr Küken, drollige kleine Kreaturen,
die stämmigere, flauschigere Versionen ihrer Eltern sind. Die
Eltern machen sich abwechselnd auf den Weg zum Meer,
um Nahrung zu beschaffen. Beide kommen mit aufgeblähtem
Bauch zurück und füttern ihr Junges mit einer energischen
Schnabel-zu-Schnabel-Bewegung mit wieder hochgewürg-
tem Krill. Die ersten Küken sind inzwischen schon gewachsen
und wagen sich aus ihrem Nest heraus. Sie watscheln durch
Pfützen und Schlamm und piepen dabei ununterbrochen.

Ich erspähe eine winzige Gestalt, die sich schlaff am Rand
der Kolonie dahinschleppt. Das Küken ist aschgrau und
schmutzig. Es kommt nur langsam voran, macht immer nur
ein paar Schritte, dann bleibt es stehen und blickt sich um. Es
reckt den Hals, dreht den Kopf und betrachtet die anderen
Pinguine mit einem Ausdruck von Bedürftigkeit. Diese setzen ihre alltägliche Routine fort: Sie plaudern, streiten, zappeln in ihren Nestern herum, füttern und fressen wieder
hochgewürgten Krill. Doch dieses Küken wirkt einsam und
verängstigt.

»Wo sind denn seine Eltern?«, frage ich Terry.

»Wahrscheinlich sind sie tot. Wurden von einer Robbe gefressen oder sind in eine Eisspalte gefallen oder so. Es sieht
jedenfalls nicht so aus, als würden sie wieder auftauchen. Sie
hätten es nicht beide allein zurückgelassen, dafür ist es zu
jung. Armes kleines Ding!«

Das Küken stolpert auf einen erwachsenen Pinguin zu, der auf seinem Nest sitzt. Der Pinguin hackt es weg.

»Das Küken wird nicht lange überleben«, sagt Terry. »Es wird verhungern oder der Kälte zum Opfer fallen.«

»Können wir nichts dagegen tun?«, frage ich entsetzt.

»Tut mir leid, Veronica, aber nein. Unsere Regeln besagen, dass wir uns nicht einmischen. Die Natur ist manchmal grausam.«

»Ihre *Regeln*?«, frage ich und durchtränke das Wort mit Verachtung. Ich verabscheue Regeln. Die Leute erfinden ständig Regeln, um einen universellen Zweck zu verbergen, und dann verfangen sie sich in diesen Regeln und werden zu deren Sklaven. Sie haben das Gefühl, sie in allen Situationen befolgen zu müssen, und ignorieren dabei blind Vernunft und Nächstenliebe. Diese Regel ist ein Paradebeispiel für eine solche Absurdität.

»Ja, unsere Regeln«, erwidert Terry. »Menschliches Eingreifen hat der Tierwelt unglaublich geschadet. Am besten lässt man die Natur die Dinge selbst regeln. Andernfalls richtet man womöglich mehr Schaden an, als man Gutes tut.«

Ich gebe mir Mühe, meine Verärgerung zu unterdrücken. »Und wären wir in der Lage, dieses Küken zu retten, wenn es Ihre heiß geliebten Regeln nicht gäbe?«

Sie schüttelt traurig den Kopf.

Das ist keine richtige Antwort, und ich lasse sie nicht damit davonkommen. Ich wiederhole meine Frage.

»Na ja, ich nehme an, wenn wir das Junge bei uns aufnehmen und es füttern würden, bestünde eine geringe Chance, dass es überlebt«, gibt sie zu. »Aber nur theoretisch. Es würde womöglich abhängig von uns werden, was schlecht wäre. Die Idee hinter dem Ganzen ist, Pinguine in freier

Wildbahn zu unterstützen, und nicht, sie zu Haustieren zu machen.«

Ich versuche, das zu verdauen. Es fühlt sich unnatürlich an, als würde man versuchen, einen rostigen Nagel zu verdauen.

Sie entfernt sich und fängt an, ein Pinguin-Elternpaar zu filmen, das seinem pummeligen Jungen Fisch füttert. Mein Blick ist nach wie vor auf das Waisenkind fixiert. Er (ich habe für mich bereits entschieden, dass das Küken ein »Er« ist) taumelt erst in die eine Richtung und dann in die andere. Ich bin wie gelähmt, als wäre ich mit dem kleinen Pinguin verbunden. Ich spüre, was er spürt: Kälte, Verwirrung, Einsamkeit, Verlust. Er nimmt bestimmt an, dass bald von irgendwoher Hilfe kommt … doch dem ist nicht so.

Ich marschiere zu Terry. Meine Stimme klingt schrill und täuscht über den Kloß in meinem Hals hinweg.

»Terry, wenn wir nichts unternehmen, um dem Kleinen zu helfen, möchte ich in Zukunft nicht mehr in Ihrem Blog erscheinen.«

Terry lässt die Kamera sinken und blickt mir besorgt ins Gesicht. Ihr Blick ist suchend, als verstünde sie mich nicht ganz, als hätte ich etwas für mich Untypisches getan.

»Es liegt Ihnen wirklich am Herzen, stimmt's?«, sagt sie schließlich. »Sentimental zu sein bringt nichts, Veronica. Ehrlich, es hat keinen Sinn, sich Sorgen um Einzeltiere zu machen. Die Natur entscheidet, wer überlebt und wer stirbt. Es tut mir leid, aber so ist es nun mal. Versuchen Sie, dieses Küken zu vergessen, und richten Sie Ihr Augenmerk stattdessen auf all die fröhlichen Pinguine.«

Sie hat mich gebeten, das Unmögliche zu tun. All die fröhlichen Pinguine interessieren mich im Moment nicht. Es ist diese eine verlorene Seele, die gerade meine gesamte Aufmerksamkeit in Anspruch nimmt. Der kleine Pinguin lässt den Kopf hängen, buchstäblich. Seine Flossen hängen herunter. Sein Schnabel zeigt auf den kalten Erdboden, der bald sein Grab sein wird.

Ich glaube nicht, dass Terry so uneinsichtig ist. Sie hat nur von zwei dummen Männern eine Gehirnwäsche bekommen. Vielleicht werden sogar sie den Sinn erkennen, wenn es mir gelingt, die Sache anders anzugehen, und sie denken, sie erhalten auf diese Weise größere finanzielle Unterstützung. Es ist nicht unter meiner Würde, mir menschliche Gier zunutze zu machen.

»Wenn es Ihnen gelingen würde, diesen kleinen Kerl zu retten, und wenn Sie Fotos von ihm in Ihren Blog stellen, werden ihn bestimmt alle mögen. Er ist so ...« Ich räuspere mich. »Sie kriegen so *weitaus* mehr positive Publicity, als wenn Sie ihn seinem Schicksal überlassen.«

Terry steht regungslos da. Ich sehe Überlegungen über ihr Gewissen huschen, Möglichkeiten in ihren Augen aufleuchten. »Na ja, was die Publicity anbetrifft, haben Sie wahrscheinlich nicht unrecht. Es gibt nicht viel auf der Welt, was so niedlich ist wie ein Pinguin-Baby. Ich nehme an, die Leute würden sich für ihn erwärmen.«

»Ganz sicher!«, rufe ich aus. »Und sie würden bestimmt eher für das Projekt spenden, wenn Sie ein kleines knuddeliges Maskottchen hätten.« Ich warte, während sie fortfährt, die Vor- und Nachteile abzuwägen.

»Ich bezweifle sehr, dass wir Mike und Dietrich überreden können. Aber vielleicht besteht ja eine klitzekleine Chance. Ich nehme an, wir können es versuchen.«

»Wenn wir können, dann müssen wir.«

Eines muss ich schon sagen: Ich bin gut darin, meinen Willen durchzusetzen.

Terry stellt ihre Sachen ab. »Ich schaue mal, ob ich den kleinen Kerl erwische.«

Wir nähern uns dem Küken ganz langsam. Der kleine Pinguin dreht den Kopf zu uns, zeigt keine Angst. Terry hechtet auf ihn zu, packt ihn an den Füßen und am Schnabel und klemmt ihn sich unter den Arm. Der Vogel stößt ein schwaches Krächzen aus und flattert vor Schreck kraftlos, ergibt sich aber fast augenblicklich. Terry streichelt ihn sanft über den Nacken, was ihn zu beruhigen scheint. Ich nähere mich und streichle ihn ebenfalls. Er ist nicht größer als eine Teetasse. Seine Federn sind weich wie Baumwolle.

»Wir werden für dich tun, was wir können«, sage ich zu ihm. »Versprochen.«

Terry sieht mich lächelnd von der Seite an. »Wir sollten ihn lieber zur Forschungsstation bringen«, sagt sie. »Ich gebe Dietrich und Mike über Funk Bescheid und bitte sie, sich dort mit uns zu treffen. Ich sage ihnen nicht, warum. Hoffentlich wird es einfacher, sie zu überzeugen, wenn sie den armen Kerl mit eigenen Augen sehen.«

30

Veronica

Locket Island

Wie von Terry prophezeit, will der störrische Mike von der Idee überhaupt nichts wissen.

»Du hast uns *dafür* hierherkommen lassen? Bist du jetzt völlig übergeschnappt?«

Dietrich bleibt genauso standhaft. »Nein, Terry. Wir haben gesagt, das machen wir nicht.«

Terry schiebt sich die Brille auf der Nase hoch und macht den Reißverschluss ihres Anoraks ein Stück auf, sodass das kleine flauschige Paket zu sehen ist, das sich an sie kuschelt. »Ich weiß, ich weiß, aber seht ihn euch doch mal an! Es schadet ja nichts, wenn wir es versuchen. Und ich bin mir sicher, viele würden da zustimmen, Menschen auf der ganzen Welt, die meinen Blog lesen. Dieses kleine Küken könnte unserem Unterfangen ein Gesicht geben.«

»Ein zahmer Pinguin? Ein *domestizierter*, von Hand gefütterter Pinguin? Wohl kaum! Wir sind Wissenschaftler, Terry, falls du das vergessen hast. Wir sind Naturschützer. Wir halten nichts von menschlichem Eingreifen um jeden Preis. Habe ich recht, Dietrich?«

»Darauf hatten wir uns geeinigt«, entgegnet Dietrich mit einem Nicken.

Das Pinguin-Baby streckt den Schnabel heraus, dann den ganzen Kopf. Sich seiner misslichen Lage nicht bewusst, betrachtet es uns mit großen runden Augen. Sein Schnabel öffnet sich, aber es kommt kein Laut heraus. Das Küken versucht es noch einmal und bringt einen klagenden Pfeifton zustande.

Mike beugt sich unwillkürlich vor, um es genauer zu betrachten. Er streckt einen Finger aus und streichelt den Kopf des Tieres.

Ist es denkbar, dass der hartherzige Mike zu schmelzen beginnt?

»Du bist echt unglaublich, Terry!«, sagt er in einem Tonfall, der dafür sorgt, dass seine Bemerkung nicht nach einem Kompliment klingt, aber auch nicht streng. Er blickt wieder auf. »Ich wundere mich über dich. Du weißt doch, dass die Antwort ›nein‹ lauten muss.«

Ich mache den Mund auf, um etwas zu sagen, dann überlege ich es mir anders. Ich kämpfe gegen meine starken Gefühle an, wie ich es auch in der Vergangenheit immer getan habe, wenn sie mich zu überwältigen drohten. Ich weiß, dass Selbstbeherrschung, wenn ich sie aufbringen kann, in dieser Situation mein bester Verbündeter ist. Erfolg ist wahrscheinlicher, wenn ich mich unsichtbar mache. Ich beobachte Mike und Dietrich. Es gab Zeiten, als ich mühelos meinen Willen durchsetzen konnte. Ich brauchte nur die Augen etwas zu weiten, brauchte nur einen Schmollmund zu machen, und jeder Mann tanzte nach meiner Pfeife. Jetzt scheint alles, was ich tue, genau das Gegenteil zu bewirken. Meine einzige verbliebene Macht ist mein Portemonnaie, aber sogar das nutzt mir in diesem speziellen Fall nichts.

Terry jedoch könnte die beiden herumkriegen. Wenn sie nur ihre Brille absetzen und ein bisschen mit den Wimpern klimpern würde. Die offene Herausforderung wird sie niemals so meistern wie ich, als ich in ihrem Alter war, aber ich bin mir sicher, sie könnte eine schüchterne Überzeugungskraft aufbringen. Leider nicht! Sie hat keinen blassen Schimmer. Sie runzelt die Stirn auf äußerst unattraktive Weise.

»Komm schon, Deet, überleg doch mal! Dann hätten wir die Gelegenheit, ein Junges aus nächster Nähe eingehend zu studieren.«

»Das ist unlogisch, Terry«, erwidert Dietrich. »Solche Informationen brauchen wir nicht. Wir erforschen das Überleben der ganzen Spezies. Wir haben nicht die Zeit, uns um einen einzelnen Pinguin und seine Bedürfnisse zu kümmern.«

»Ja, aber ...«, sagt sie und verstummt.

Er schüttelt den Kopf. »Tut mir leid, Terry. Wir haben wichtigere Dinge zu tun.«

Das Küken lässt kraftlos den Kopf hängen, als verstünde es seine Bedeutungslosigkeit. Ich muss schlucken. Nur ich, die unbeliebte alte Schachtel Veronica McCreedy, die sich überall einmischt, bin gewillt, ihm zu helfen. Einmal mehr überkommt mich ein seltsames Gefühl der Verzweiflung. Es ist so stark, dass ich Dietrich und Mike am liebsten ins Gesicht schreien würde. Ich möchte ihre Köpfe gegeneinanderschlagen, damit sie verstehen, dass eine Spezies aus Individuen besteht. Dass Individuen das sind, worauf es ankommt. Es sind Männer wie die beiden, die Kriege verursachen, in denen zigtausend friedliebende Individuen für eine sogenannte noble Sache geopfert werden. Die Geschichtsschreibung blickt zurück und sagt, diese Seite hat gewonnen und diese Seite hat verloren, aber in Wirklichkeit gewinnt niemand. Und was ist mit den zigtausend Männern und Frauen und Kindern, die dabei zu Tode kommen? Kümmert sich denn niemand um sie? Jeder von ihnen zählt. Jeder Einzelne.

Und dieser einzelne Pinguin spielt ebenfalls eine Rolle. Zumindest für mich.

Das Küken hebt wieder den Kopf. Es ist so jung und total auf sich allein gestellt. In diesem Moment ist mir nichts auf der Welt so wichtig wie sein Wohlergehen.

Terry seufzt. Auch sie ist ziemlich aufgewühlt. Da sie den Pinguin nach Hause getragen und ihre Körperwärme mit ihm geteilt hat, ist eine Bindung zwischen den beiden entstanden.

»*Bitte*, Dietrich.«

Er zupft gestresst an seinem Bart. »Ich mache dir einen Vorschlag: Wir stimmen darüber ab.«

Mike meint, die Situation auf seine abscheulich voreingenommene Weise zusammenfassen zu müssen. »Also: Ziehen wir den Vogel von Hand auf und bleiben dafür immer die halbe Nacht auf, bis wir erschöpft sind und eine emotionale Bindung aufgebaut und ihn völlig von uns abhängig gemacht haben? Oder lassen wir der Natur ihren Lauf?«

»Lassen das Baby sterben, meinen Sie«, werfe ich ein.

»Das *Baby*? Das ist kein Mensch, Veronica«, erinnert mich Terry.

Dietrich hält ungeduldig eine Hand hoch. »Okay. Genug! Wir kennen die Fakten. Wer ist dafür, dass wir uns um das Küken kümmern?«, fragt er.

Ich hebe sofort die Hand. Terry hebt ihre ebenfalls. Sonst hebt niemand die Hand.

Mike macht ein finsteres Gesicht. »Veronica gehört nicht zu uns. Sie kann nicht abstimmen.«

Dietrich ignoriert ihn. »Und wer ist dafür, dass wir es wieder aussetzen?«

Mike streckt die Hand in die Luft. Unsere Blicke richten sich auf Dietrich. Ganz langsam hebt auch er die Hand.

»Tut mir leid, ihr beiden. Ich weiß, er ist niedlich, aber wir haben einfach nicht die Zeit und die Mittel.«

»Genau! Ich hätte es selber nicht besser formulieren können«, sagt Mike.

In Terrys Augen blitzt Wut auf. »Was ist das hier – Jungs gegen Mädels?«

Sie dreht sich abrupt um und geht mit dem Pinguin, dessen Kopf nach wie vor aus ihrem Anorak herauslugt, zur Tür.

Ich folge ihr. »Wo wollen Sie hin? Was haben Sie vor?«

»Ihn töten.«

Ich kann nicht glauben, was ich gerade gehört habe. »Was?«

»Ich schlage ihm einen Stein auf den Kopf. Das ist die schnellste, humanste Methode. Besser, als ihn langsam verhungern zu lassen.«

Ich bin entsetzt. »Das können Sie nicht machen!«

»Ich möchte es nicht tun, glauben Sie mir, Veronica. Ich möchte es ganz und gar nicht tun. Aber mir bleibt nichts anderes übrig. Die Männer haben entschieden«, entgegnet sie verbittert.

Ich ziehe sie zurück. »Ja, in der Tat, die Männer haben entschieden – aber müssen Sie deshalb gleich strammstehen? Bald sind Sie der Boss in diesem Laden hier. Warum üben

Sie nicht ein bisschen Mitarbeiterführung und bestehen einfach darauf?«

»Wir bräuchten die Unterstützung von allen, um den kleinen Kerl zu retten«, antwortet sie in resigniertem Tonfall. »Und selbst mir ist klar, dass es aus wissenschaftlicher Sicht nicht vernünftig wäre.«

Ich verliere sie. Sie entfernt sich.

»Nein!«, kreische ich.

»Veronica, bitte machen Sie es nicht noch schlimmer. Tut mir leid, es war ein Fehler von mir, Ihnen Hoffnung zu machen.«

»Es war *kein* Fehler von Ihnen. Ich will davon nichts wissen. Aus wissenschaftlicher Sicht vernünftig, ach ja? Die Wissenschaft kann zur Hölle fahren. Die Wissenschaft kann sich ins eigene Fleisch schneiden und sich verunstalten, wie es ihr gefällt, darum schere ich mich einen feuchten Kehricht.« Ich rede mich in Rage. »Armselige, kranke, grausame Mistkerle.«

»Veronica!«

Ich werfe meinen Wanderstock zur Seite und schwanke ein wenig, dann finde ich das Gleichgewicht wieder. »*Sie* mögen Wissenschaftlerin sein, aber *ich* bin keine, wie Mike richtig festgestellt hat. Also geben Sie mir den Pinguin.«

Sie starrt mich an.

Ich habe die Hände zu ihr ausgestreckt. »Los, geben Sie ihn mir. Ich kümmere mich selber um ihn.«

»Veronica, das können Sie nicht.«

»Doch, Terry. Doch, ich kann. Ich meine es ernst. Ich habe mich entschieden. Ich werde tun, was nötig ist, was auch immer nötig ist.« Und wenn es das Letzte ist, was ich auf dieser Erde tue. »Wenn Sie möchten, dürfen Sie mir natürlich helfen«, gestehe ich ihr zu. »Nicht als Wissenschaftlerin, sondern als Freundin.« Mit dem letzten Wort habe ich sogar mich selbst überrascht.

Terrys Brille ist ein bisschen beschlagen. Ihr Mund verzieht sich. Sie streckt die Finger aus und streichelt dem Küken den Kopf. Dann packt sie es mit einer blitzschnellen Bewegung mit beiden Händen und hält es mir hin.

»Ihr Pinguin, Ihre Verantwortung?«

»Genau!«, erwidere ich, nehme den Kleinen entgegen und drücke ihn an mich. Er bewegt sich kraftlos, ein kleines Häufchen Flossen, Füße und Flaum. Dann legt er den Kopf an meine Brust und scheint sich zu entspannen. Mein Herz fühlt sich an, als hätte es sich ausgedehnt. Jetzt, da ich ihn halte, wird mir auf einen Schlag bewusst, dass ich ihn – wie unvernünftig das Ganze auch sein mag – auf gar keinen Fall wieder hergeben kann.

Terry sieht mir zu. Sie blinzelt eine Träne weg. Dann hebt sie meinen Stock auf, reicht ihn mir und beugt sich zu mir vor.

»Ich helfe Ihnen. Natürlich helfe ich Ihnen«, flüstert sie. »Als *Freundin*.« Sie lächelt verschmitzt. »Wie, zum Teufel, haben Sie das hingekriegt, Veronica? Sie haben es geschafft, dass ich gegen meine Vernunft handle und gegen alles, was ich gelernt habe.«

»Und *mit* all Ihrer natürlichen Liebenswürdigkeit.«

»Man sollte Sie nicht unterschätzen.«

»Ich weiß.«

Sie streichelt abermals das Küken. »Bitte seien Sie nicht zu traurig, wenn er es nicht schafft.«

»Falls er es nicht schafft, weiß ich zumindest, dass wir es versucht haben«, erwidere ich. Es nicht zu versuchen, fände ich unverzeihlich.

»Wie sollen wir ihn nennen?«, fragt sie.

Ein Name huscht durch mein Bewusstsein, aber ich bin nicht in der Lage, diesen Namen auszusprechen. Stattdessen kommt mir ein anderer Name über die Lippen, unaufgefordert, ein Name, der in meinem Bewusstsein in letzter Zeit immer wieder auftaucht. Ehe ich mich zurückhalten kann, spreche ich ihn aus.

»Patrick.«

31

Veronica

Locket Island

»Er kann in meinem Zimmer bleiben«, sage ich entschlossen zu Terry, als wir wieder nach drinnen gehen. »Wir bauen ihm ein kleines Nest.«

»Machen Sie es ihm bequem, Veronica. Ich sehe nach, welchen Fisch ich in der Vorratskammer finde. Wir müssen ihm so schnell wie möglich Nahrung einflößen.«

Das Pinguin-Küken kuschelt sich an mich. Seine Füße hängen schlaff herunter, sein Kopf liegt schlapp an meiner Brust. Ich trage ihn durch den Aufenthaltsraum, flüstere ihm süße Worte zu und ignoriere die missmutigen Gesichter von Mike und Dietrich, als ich an ihnen vorbeigehe. Kurz bevor ich meine Zimmertür hinter mir schließe, höre ich Dietrich zu Mike sagen: »Lass sie. Der arme Vogel wird wahrscheinlich sowieso sterben.«

Ich drücke den »armen Vogel« vorsichtig an mich.

»Du wirst *nicht* sterben«, versichere ich ihm. Er antwortet nicht.

Wohin mit ihm? Ich setze ihn vorsichtig aufs Bett, während ich überlege. Er verharrt in einer halb liegenden Position, die Augen fast geschlossen. Meine leeren Koffer sind an einer Wand des Raums gestapelt. Ich bücke mich, was dafür sorgt, dass mein Rücken aus Protest ein bisschen knarrt, nehme den kleinsten Koffer und lege ihn aufgeklappt am Fußende aufs Bett. Dann polstere ich ihn mit meiner türkisfarbenen Strickjacke mit Goldknöpfen aus und setze das flauschige Waisenkind hinein. Es kollabiert sofort und bleibt auf dem Bauch liegen. Aus seinem Hinterteil sickert etwas rosafarbene Flüssigkeit.

»Mach dir keine Gedanken wegen der Strickjacke«, sage ich zu ihm. »Ich habe die gleiche noch in zwei anderen Farben.«

Er wirkt nicht im Entferntesten schuldbewusst. Wenn ich Pinguin-Gesichtsausdrücke lesen könnte (und ich glaube, dass ich das kann), würde ich sagen, er hat blanke Verwirrung bekundet. Er ist schlaff wie eine Stoffpuppe. Tatsächlich ist es schwer, zu glauben, dass er kein Plüschtier ist. Ich setze mich neben ihn aufs Bett, streichle seinen weichen Flaum, versuche, ihn zu beruhigen. Ich werde später nach draußen gehen und ein paar Steine, Muscheln und Flechten sammeln, damit er sich mehr zu Hause fühlt.

Terry kommt mit einer Schale mit penetrant stinkendem, rosafarbenem Brei in mein Zimmer.

»Oh, ich sehe, Sie haben schon eine Strickjacke geopfert«, stellt sie fest. »Wir hätten ihm doch eine alte Decke geben können.«

»Macht nichts. Was haben Sie denn da für ihn zum Fressen gebracht?«

»Thunfisch aus der Dose. Ich habe ihn warm gemacht und mit Wasser vermischt ... hoffentlich schmeckt er ihm. Er wird ihm auf jeden Fall guttun, wenn wir ihn ihm irgendwie einflößen können.«

Terry setzt sich neben dem Koffer aufs Bett, sodass wir ihn zwischen uns haben.

Sie holt eine kleine Spritze aus der Hosentasche. »Aus dem Labor. Dann lassen Sie es uns mal versuchen.« Sie zieht die Spritze auf und schwenkt sie vor seinem Schnabel. Er zeigt wenig Interesse. Er ist immer noch völlig erledigt.

Will er überhaupt leben?, frage ich mich. Ich habe automatisch angenommen, dass er will, was vielleicht ein großer Fehler von mir war.

»Wie ich befürchtet habe«, merkt Terry an. »Wir müssen nachhelfen.«

Ich betrachte die Schale mit der widerlichen Pampe prüfend. »Ich hoffe, wir müssen das nicht wieder für ihn hochwürgen.« In diesem Moment beginne ich, mich zu fragen, wo die Grenzen meiner Zuneigung für dieses hilfsbedürftige Geschöpf sind.

»Komm schon, Patrick!«, redet Terry auf ihn ein.

Das Küken zeigt jedoch kein Interesse an dem Fressen.

»Komm schon, Patrick! Patrick, komm schon!«, dränge ich ihn.

Terry stemmt vorsichtig mit Daumen und Zeigefinger seinen Schnabel auf. Bevor er Zeit hat zu protestieren, hat sie ihm mehrere Tropfen der Mischung in den Schlund gespritzt. Sie drückt ihm den Schnabel wieder zu und hält ihn zu. Der kleine Patrick zappelt und schlägt um sich, dann schluckt er. Wir sehen zu, wie der Kloß in seinem Hals nach unten wandert und auf sicherem Weg in seinen Magen ist. Für einen Moment wirkt er beleidigt, dass wir uns eine solche Freiheit genommen haben. Doch dann scheint er eins und eins zusammenzuzählen: Er hat Hunger, und das ist essbar, also muss die ganze unwürdige Angelegenheit als gut einzustufen sein. Er öffnet den Schnabel weit, um zu signalisieren, dass Nachschub benötigt wird.

Terry dreht sich mit einem triumphierenden Grinsen zu mir. »Tja, damit wäre die erste Hürde genommen!«

Ich klatsche vor Freude in die Hände. »Fantastisch! Oh Terry! Gut gemacht!«

»Nicht der Rede wert«, entgegnet sie bescheiden, stellt die Schale auf dem Bett ab und reicht mir die Spritze. »So, er ist Ihr Küken. Machen Sie mal.«

Ich brauche keine weitere Ermunterung. Ich ziehe eine großzügige Portion fischigen Brei auf und spritze sie in Patricks geöffneten Schnabel. Dieses Mal schluckt er begieriger. Er macht den Schnabel abermals auf.

Wir füttern ihn abwechselnd. Nachdem er ausgiebig gefressen hat, schütteln Terry und ich uns die Hand.

»Danke, Terry.«

»Danke, Veronica. Ich bin froh, dass Sie so beharrlich waren. Er ist die Mühe auf jeden Fall wert. Nicht wahr, kleiner Patrick?«, sagt sie zu unserem neuen Schützling.

Er wirkt schon jetzt kräftiger. Ich glaube zu erkennen, dass sich in seinen hellen Augen ein Funke Entschlossenheit entzündet hat, eine verbissene Willenskraft. Er *will* leben. Er wird sich alle Mühe geben und ist ganz wild darauf, den Widerständen zu trotzen.

Ich bin hier nicht der einzige Sturkopf.

Ich statte der Pinguinkolonie trotzdem noch jeden Tag einen Besuch ab, um unter den anderen Vögeln zu sein, allerdings nur einen kurzen. Patrick, der Pinguin, ist zu meinem Hauptanliegen geworden. Ich weiß jetzt, wo die verschiedenen Sorten Fisch in der Forschungsstation gelagert werden. Außer Thunfisch gibt es noch in tiefgefrorener Form Kabeljau, Hering und Fischstäbchen. Nach dem Auftauen entferne ich Haut, Gräten oder Panade, dann wärme ich den Rest im Ofen auf, vermische ihn vorsichtig mit Wasser und füttere ihn mit einer Spritze direkt in Patricks Schnabel. Es ist ein seltenes und befriedigendes Gefühl, einem anderen Lebewesen von Nutzen zu sein.

Terry möchte versuchen, auch noch etwas Krill für ihn zu beschaffen, weil es das ist (in wieder hochgewürgter Form), was er in der freien Natur fressen würde. Auf einigen umliegenden Inseln wird Fischerei betrieben. »Normalerweise möchte ich mit denen nichts zu tun haben«, hat sie mir mitgeteilt. »Ich habe ihnen gegenüber gemischte Gefühle, weil Überfischung eine der größten Bedrohungen für die Zukunft der Pinguine darstellt. Aber wenn wir unserem Patrick helfen können ...«

Patrick wird von Tag zu Tag kräftiger. Er verbringt viel Zeit in dem Koffer mit der türkisfarbenen Strickjacke, der jetzt auf dem Boden steht. Er spielt gerne mit den Goldknöpfen. Ich glaube, ihn fasziniert, dass sie rund sind und glänzen, was vermutlich jedem Kind gefallen würde.

Inzwischen ist er in der Lage, in meinem Zimmer herumzuwatscheln und kurze Ausflüge in den Aufenthaltsraum zu unternehmen. Natürlich kann er die Tür nicht selbst öffnen, und er versteht nicht, dass man eigentlich anklopft. Wenn er hinauswill, drückt er sich einfach an die Tür und wartet. Das beunruhigt mich, weil er dabei Gefahr läuft, zerquetscht zu werden, wenn jemand die Tür unvermittelt von der anderen Seite aufmacht. Dietrich ist es einmal beinahe passiert. Ich habe vorgeschlagen, dass wir immer »Pinguinfrei?« rufen sollten, bevor wir eine Tür öffnen. Man kann sich aber nicht darauf verlassen, dass alle daran denken.

Terry sagt, es sei äußerst wichtig, dass er keine Agoraphobie entwickelt und wir ihn deshalb unbedingt in der Forschungsstation umherwandern lassen müssen. Aus diesem Grund habe ich mich damit abgefunden, dass die meisten Türen im Gebäude offen bleiben. Ursprünglich empfand ich das als anstrengend und aufreibend, aber langsam gewöhne ich mich daran. Pinguin Patrick nutzt seine Freiheit voll aus und wandert nach Belieben umher.

Leider hat Patrick wie sein Namensvetter mit Hygiene überhaupt nichts am Hut. Es kommt ständig zu kleinen Unfällen, die ein starkes Reinigungsmittel und einen Wischmopp erfordern. Wäre Eileen zugegen, würde diese Aufgabe ihr übertragen werden, aber da die drei Wissenschaftler fast den ganzen Tag draußen unterwegs sind, ist es meine Verantwortung. Es macht mir keinen Spaß, einen Eimer Wasser herumzuschleppen, aber was sein muss, muss sein. Erstaunlich finde ich, dass ich mich der Herausforderung ohne eine Spur von Groll stelle.

Noch erstaunlicher ist die Tatsache, dass mein kleiner Pinguin anscheinend Gefallen an mir gefunden hat. Wenn ich ihn aufs Bett setze, kommt er in meine Armbeuge gekrochen und drückt sich an mich. Mir ist bewusst, dass jedes Baby-Lebewesen auf der Suche nach etwas Warmem ist, an das es sich kuscheln kann, aber ich kann nicht umhin, hocherfreut darüber zu sein, dass in diesem Fall ich dieses Etwas bin.

Dem kleinen Kerl macht es nicht einmal etwas aus, wenn sein Intimbereich schmutzig ist. Ich schrubbe ihn im Waschbecken. Er scheint das für eine Art Spiel zu halten. Er taucht immer wieder mit dem Kopf ins Wasser ein und macht den Schnabel auf reizende Art und Weise auf und zu. Dann schüttelt er seinen ganzen Körper, sodass die Tröpfchen durch die Luft fliegen. Ich schimpfe ihn sanft dafür, dass er mich nass gemacht hat, aber es ist unmöglich, ihm böse zu sein.

Terry wechselt sich nach wie vor beim Füttern mit mir ab, aber sie ist einen großen Teil des Tages draußen unterwegs. Wenn sie wieder zurück ist, kommt sie immer sofort in mein Zimmer, um zu sehen, wie es Patrick geht. Manchmal misst und wiegt sie ihn. Oft macht sie Fotos von uns beiden für ihren Blog.

»Ist Ihnen schon aufgefallen, dass er auf seinen Namen reagiert?«, habe ich sie gestern beim Abendessen gefragt. »Er streckt jedes Mal die Flossen und reißt die Augen auf, wenn wir das Wort ›Patrick‹ aussprechen. Und manchmal macht er auch den Schnabel auf.«

»Ja, das ist mir aufgefallen«, entgegnete sie. »Na ja, wir verwenden seinen Namen ja auch *sehr* oft.«

»Sie nennen ihn manchmal ›kleine Wurst‹«, gab ich zu bedenken. »Aber darauf reagiert er nicht. Den Namen ›Patrick‹ erkennt er.«

»Er erkennt seinen Namen nicht«, beharrte Mike mit seiner üblichen Bissigkeit. »Haben Sie schon mal was von den pawlowschen Hunden gehört?«

»Da klingelt es sehr wohl bei mir«, erwiderte ich.

»Haha. Sehr witzig.«

Dietrich meinte, ausholen zu müssen. »Pawlow klingelte immer, bevor er seine Hunde fütterte, wie Sie sich vielleicht erinnern, Veronica. Es dauerte nicht lange, bis die Hunde das Geräusch mit Nahrung assoziierten, sodass sie nach einer

Weile schon beim Läuten der Glocke in freudiger Erwartung anfingen zu sabbern. Bei Ihrem Patrick ist es wahrscheinlich das Gleiche. Pinguin-Küken haben ein sehr feines Gehör. Sie erkennen das Rufen ihrer Eltern in dem ohrenbetäubenden Lärm der Brutstätte. Sie sind Patricks Mutterersatz, und Sie sagen seinen Namen jedes Mal, wenn Sie ihn füttern. Es ist nicht überraschend, dass er so schnell gelernt hat, das Wort zu erkennen.«

Mike nickte. »Das ist einfach nur eine Instinkt-Reaktion.«

Mike hat sich offenbar vorgenommen, jegliche Spur von Sanftheit in seinem Charakter zu verbergen. Er nennt Patrick »diesen Vogel«. Er war sich von Anfang an sicher, dass mein Pinguin-Baby sterben würde – und wir wissen alle, dass Mike nicht gern zugibt, dass er sich getäuscht hat. Manchmal jedoch, wenn er sich unbeobachtet fühlt, ertappe ich ihn dabei, wie er unserem neuen Mitbewohner einen kleinen Leckerbissen hinhält. Auf seinem Gesicht zeichnet sich dann etwas ganz Seltenes ab: ein liebevolles Lächeln.

Terrys Pinguin-Blog

26. Dezember 2012

Na, das war dieses Jahr ein Weihnachten! Wir haben symbolisch gefeiert: ein anständiges Weihnachtsessen und am Abend Spaß bei Brettspielen und ein paar Weihnachtsliedern dank Dietrichs CD-Player. Doch die größte Neuigkeit ist, dass wir ein Pinguin-Baby adoptiert haben! Der Kleine hat beide Eltern verloren – was hier auf Locket Island leider häufig vorkommt. Normalerweise würden wir nicht auf die Idee kommen, einen so jungen Pinguin großzuziehen, aber wir haben momentan ein extra Paar Hände, und Veronica wollte unbedingt helfen. Es wird sehr interessant, sein Verhalten zu beobachten und seine Fortschritte zu überwachen.

Das Küken (wir haben es Patrick getauft) ist ein draufgängerischer Bursche. Als er letzte Woche hier ankam, wog er gerade einmal 510 Gramm, aber seitdem hat sich sein Gewicht fast verdoppelt. Hier ist er mit Veronica zu sehen, die ihm sein Weihnachtsessen füttert: eine Mischung aus Krill und Hering. Er ist für alles zu haben und hatte nichts dagegen, (fürs Foto) ein Partyhütchen aufzusetzen – im Gegensatz zu Veronica!

Wir mischen uns sonst nie in das Leben der Adeliepinguine ein. Aber Patrick, der Pinguin, ist ein Sonderfall, und er scheint in Veronicas Gesellschaft überglücklich zu sein. Ich denke, jeder wird zustimmen, dass diese Verbindung ziemlich bemerkenswert ist.

32

Patrick

Bolton

War dieser Giovanni ein One-Night-Stand? Hat er sie ge-
schwängert? Hat er sich als Mistkerl entpuppt? Und wird sie
noch verraten, was mit Harry passiert ist? Ich nehme das Tagebuch und blättere es durch, lese hier und da einen Eintrag,
suche nach Antworten.

Freitag, 15. August 1941
Dunwick Hall

Ein paar Mädchen bleiben in den Ferien hier, und ich
bin eines von ihnen. Zu Tante M. fahre ich nur an den
Wochenenden (und das auch nur, weil sie das Gefühl
hat, ab und zu ein wachsames Auge auf mich werfen
zu müssen, damit Gott nicht böse wird). Miss
Philpotts und Miss Long, zwei sehr langweilige
Lehrerinnen, sind die ganze Zeit hier in Dunwick
Hall, um uns zu beaufsichtigen, aber ich habe

herausgefunden, wie ich mich davonstehlen kann. Ich muss mich nämlich davonstehlen, wenn ich mich mit meinem Giovanni treffen möchte. Die Samstagsverabredungen auf dem Markt genügen nicht mehr. Ich spiele die Lehrerinnen gegeneinander aus, indem ich der einen sage, ich wäre krank, und der anderen, dass meine Tante meine Anwesenheit in Aggleworth wünscht. Ich lasse eine Spur der Verwirrung hinter mir zurück. Sie sind zu faul und zu dumm, um draufzukommen, dass ich mich in Wirklichkeit hinausschleiche und mich mit meinem Liebhaber treffe.

Dieser neue Lebensabschnitt ist anders als alles, was ich davor erlebt habe. Ich schwimme in einem wilden hellen Meer von Magie. Ich habe mich Hals über Kopf verliebt!

Zum Glück darf Giovanni den Pferdewagen der Eastcott Farm nehmen und allein damit fahren. Er ist gut darin, Ausreden zu finden, um sich mit mir zu vorher vereinbarten Zeiten an vorher vereinbarten Orten treffen zu können. Wenn ich zum Schultor hinaus bin, marschiere ich oft meilenweit auf Landstraßen, um zu unseren geheimen Rendezvous zu gelangen. Ich wähle nur die romantischsten Orte aus, die ich von meinen Fahrten mit dem Milchwagen kenne. Manchmal treffen wir uns unter einer ausladenden Eiche, manchmal in einer nach Heu duftenden Scheune, manchmal an dem mit Gänseblümchen übersäten Ufer eines Baches. Manchmal können wir uns nur für ein paar Minuten treffen, um über einen Zaun hinweg Küsse und geflüsterte Worte zu tauschen. Wenn wir uns vermissen, legen wir Liebesbriefe unter Steine, die wir mit einem gepflückten Löwenzahn markieren.

Je schwieriger es ist, Giovanni zu sehen, desto mehr sehne ich mich nach ihm. Ich träume vor mich hin und erledige irgendwie die Strick- und Putzaufgaben und die stumpfsinnigen Übungen, die Miss Philpotts uns gibt. In den Essenspausen versuche ich nicht einmal, mich mit den anderen Mädchen zu unterhalten. Ich lebe nur für mein nächstes Wiedersehen mit Giovanni.

Bei unserem letzten Treffen habe ich mich hinter einem Baum versteckt, um zu beobachten, wie er reagiert, wenn er glaubt, ich würde nicht kommen. Seine Enttäuschung war groß ... bis ich anfing zu singen. Wie seine Augen dann leuchteten!

»Very, du bist da! Wie famos!«, rief er und nahm mich in die Arme.

Mir gefällt sein lustiges Englisch, vor allem, dass er ständig das Wort »famos« benutzt. Ich habe angefangen, es selber dauernd zu benutzen.

»Es wäre famos, wenn du mich noch einmal küssen würdest.«

»Es wäre famos, wenn du meine Bluse aufknöpfen würdest.«

»Es wäre famos, wenn du deine Hände langsam, aber fest hierhin und dorthin legen würdest.«

Er tut immer gern, worum ich ihn bitte.

Wenn ich Giovannis Haut auf meiner Haut spüre, lösen sich der Krieg und der Schmerz und der Hass in Luft auf. Wir sind zusammen, und sonst ist nichts von Bedeutung.

Montag, 25. August 1941
Dunwick Hall

Giovanni und ich haben es gestern geschafft, den ganzen Nachmittag miteinander zu verbringen, während Tante M. bei einem Kirchentreffen war. Wir wanderten über eine Wiese voller Löwenzahn – unserer Blume. Einige waren leuchtend gelb, viele andere bereits verblüht. Wir gingen Hand in Hand, und die Brise ließ tausende flauschige Samen wie Konfetti im strahlenden Sonnenschein fliegen. Ich nutzte die Gelegenheit, um Giovanni Fragen zu seinem Leben zu stellen.

Giovanni wurde 1923 geboren, er ist also achtzehn Jahre alt (drei Jahre älter als ich, wobei er denkt, der Altersunterschied wäre kleiner, weil ich ihm gesagt habe, ich wäre siebzehn). Er steht seiner Familie sehr nahe, vor allem aber seiner Mutter.

»Als ich einberufen wurde, hat Mama geweint – ein ganzes Meer von Tränen! Das hat es noch schwieriger für mich gemacht, von zu Hause wegzugehen.«

Als ich das hörte, musste ich an meine Evakuierung aus London denken und an Mums gerötete und geschwollene Augen. Ich verbannte diese Erinnerung aus meinem Kopf und fragte Giovanni, ob es ihm bei der Armee gefallen habe.

Er sagte, nachdem er sich an sein neues Leben gewöhnt hatte, habe es ihm gefallen, mit seinen Kampfgefährten Späße zu machen. Aber was Kriegsführung anbelangt, sei er völlig ahnungslos gewesen. Er habe so gut wie keine militärische

Ausbildung erhalten, bevor er mit seinem Zug nach Libyen geschickt wurde.

Ich versuchte, mir das vorzustellen, wusste aber nicht einmal, wo Libyen liegt.

»Hattest du Angst?«

»Ja, hatte ich.« Er pflückte einen verwelkten Löwenzahn und pustete die weißen Samen in die Luft. »Ich hatte Angst davor, jemanden zu töten, und Angst davor, dass mich jemand tötet.«

Aber die britische Armee griff sie überraschend an und nahm den gesamten Zug gefangen, bevor er auch nur einen Schuss abfeuern konnte. Zuerst wurden sie alle zusammen in ein Kriegsgefangenenlager in Ägypten gebracht, dann nach London, und anschließend wurden sie in ganz Großbritannien verteilt. Das Lager, in dem er schließlich landete, befindet sich fünfzehn Meilen von der Eastcott Farm entfernt in einer Wellblechbaracke. Ein paar Hundert Gefangene aus verschiedenen Teilen Italiens sind dort untergebracht.

»Ich dachte, das Leben als Gefangener wäre sehr schlecht, aber so schlimm ist es gar nicht. Dein Land hat viele Männer verloren, viele Arbeiter. Heute werden viel häufiger Frauen als Arbeiterinnen eingesetzt als früher, aber das ist trotzdem nicht genug. England braucht zusätzliche Arbeitskräfte. Wir Italiener sind Gefangene, aber wenn wir arbeiten, werden wir auch bezahlt. Mit Zigaretten, mit Essensmarken, mit kleinen Freiheiten. Also, was haben wir geantwortet, als wir gefragt wurden, ob wir kooperieren?«

»Ihr habt eingewilligt.«

»Einige meiner italienischen Freunde denken, dass Mussolini sie eines Tages erschießen lassen wird, wenn sie einwilligen, deshalb haben sie sich geweigert. Aber diese Männer werden trotzdem in bewachten Kolonnen zum Arbeiten geschickt. Ich habe ja gesagt, und darum darf ich jetzt auf der Eastcott Farm bleiben und genieße ein bisschen Freiheit ... und diese famosen Extras.« Er streichelte meine Wange zärtlich mit dem Finger. »Dein Gesicht«, sagte er voller Verwunderung. »Dein wunder-wunderschönes Gesicht.«

Ich schnurrte wie eine Katze.

Als wir mit dem Küssen fertig waren, bat ich ihn um eine Locke von seinem Haar. Ich hatte eigens dafür eine Schere mitgebracht. Ich schnitt die Locke ab und legte sie vorsichtig zu den Haaren von Mum und Dad in das Medaillon.

Giovanni war von meiner Geste gerührt und überwältigt.

»Willst du nach dem Krieg mit mir in Italien leben, Very?«

Ich starrte ihn an, während er dastand und die federartigen Löwenzahnsamen um ihn herum schwebten wie tanzende Feen.

»Ja«, sagte ich. »Sehr gern.«

»Oh Very, mein Schatz!«, rief er und umarmte mich stürmisch. »Aber vielleicht möchtest du lieber in deinem Land bleiben?«

Ich schnitt eine Grimasse. »Ganz bestimmt nicht. Oh nein. Weit gefehlt.«

»Dann zeige ich dir die famosen Piazze und Brunnen. Wir gehen im Schatten der Olivenbäume …«

»Was sind Olivenbäume?«, fragte ich. Ich sollte mich besser informieren, wenn ich eines Tages in Italien leben werde.

»Olivenbäume? Das sind natürlich die Bäume, auf denen Oliven wachsen!«

»Aber was ist eine Olive?«

»Oh Very, meine Liebste, es gibt viele verschiedene Sorten von Oliven. Es gibt grüne und schwarze und violette, etwa so groß« – er zeigte es mir – »und es gibt sowohl süße als auch bittere. Oliven schmecken nach Sonnenschein und Erde und …« Er hielt kurz inne. »Sie schmecken nach Jugend.«

Ich gab ihm einen Klaps auf die Brust. »Ich finde dich unglaublich famos.«

Donnerstag, 4. September 1941
Dunwick Hall

Die Schule hat wieder angefangen. Das macht nichts. Ich bin nach wie vor geschickt darin, von Dunwick Hall fortzuschleichen. Aber ich mache mir Sorgen. Heute habe ich Erdkunde geschwänzt, um mich mit Giovanni zu treffen. Ich bin den Weg bis zum Rand des Dickichts entlanggerannt, wo wir verabredet waren, aber von ihm war weit und breit nichts zu sehen. Ich habe mindestens eine halbe Stunde gewartet. Eine Nachricht von ihm habe ich auch nicht gefunden. Ich habe unter jedem Stein in der Umgebung nachgesehen,

um ganz sicherzugehen. Ich weiß, es ist nicht immer
einfach für ihn, aber ich bin trotzdem sauer. Es hat
geregnet, und als ich zurückkam, klebte mir das Haar
an den Wangen. Ich bin ziemlich erschöpft und
durcheinander.

Dienstag, 30. September 1941
Dunwick Hall

Angst. Ich empfinde nichts als Angst. Angst, die wie
eine widerliche Flüssigkeit jeden Tag höher in mir
aufsteigt und alle meine Gedanken durchtränkt. Ich
habe ihn seit Wochen nicht mehr gesehen. Er ist
samstags nicht mehr auf dem Markt. Mr Howard ist
auch nicht mehr dort, deshalb kann ich ihn nicht
fragen. Giovanni weiß, wo ich wohne, weiß, wo sich
Tante M.s Haus befindet. Er würde es doch bestimmt
schaffen, Kontakt mit mir aufzunehmen, wenn er es
wirklich versuchen würde, oder nicht? Liebt er mich
nicht mehr? Hat er eine andere kennengelernt? Hat er
sich in eine von den Mägden auf der Eastcott Farm
verliebt? Ich habe ihnen nie Beachtung geschenkt, aber
ich glaube, eine von ihnen ist recht hübsch. Ich weiß so
wenig über Männer.

Nein. Ich kann nicht, will nicht glauben, dass mir
mein geliebter Giovanni untreu war. Hat er vielleicht
irgendeinen Unfall gehabt? Ist er … Könnte es sein,
dass er tot ist? Mein Herz schreit bei dem Gedanken
auf. Ich habe mir seinen Tod bereits in allen
Einzelheiten vorgestellt, um mich auf das Schlimmste
gefasst zu machen. Keine Informationen zu haben ist

schrecklich. Ich könnte Janet fragen, aber sie hasst mich, und ich bin mir sicher, sie würde mir nichts sagen.

Giovanni, wo bist du? Wo bist du, mein Liebster? Ich vermisse dich so sehr, dass ich mich richtig krank fühle.

Samstag, 11. Oktober 1941
Aggleworth

»Wenn die Leiden kommen, so kommen sie wie einzelne Späher nicht, nein, in Geschwadern.«

Heute Nachmittag habe ich auf dem Markt endlich Mr Howard gesehen. Er hat mir erzählt, dass Giovannis Lager für die Waffenproduktion in Beschlag genommen wurde und alle Gefangenen verlegt wurden.

»Tut mir leid, Miss. Ich kann Ihnen nicht sagen, wo sie jetzt sind.«

Ich weiß nicht, wie ich mit dieser elenden Situation umgehen soll. Ich habe keine Ahnung, ob ich meinen Giovanni jemals wiedersehen werde.

Ich bin erschöpft. Völlig erschöpft und ausgelaugt.

Freitag, 31. Oktober 1941
Dunwick Hall

Mir ist etwas aufgefallen, und das macht mir Angst. Obwohl ich kaum etwas esse, wird mein Bauch immer dicker.

Ich bin jetzt eine Frau. Das hätte mir früher bewusst werden sollen.

Was hätten Mum und Dad von mir gedacht? Wären sie entsetzt und beschämt gewesen? Trotzdem, es ist ihre Schuld, dass es überhaupt so weit gekommen ist. Warum mussten sie mich verlassen? Warum? Und jetzt hat Giovanni mich ebenfalls verlassen. Alle verlassen mich.

Heute habe ich mein Medaillon geöffnet, um die drei Haarsträhnen darin wegzuwerfen. Ich war im Begriff, sie zum Schlafsaalfenster hinauszuwerfen, doch dann überlegte ich es mir im letzten Moment anders. Nachdem sie wieder sicher verstaut waren, musste ich zur Toilette laufen und mich heftig übergeben.

Ich habe gehört, dass man sich in eine Badewanne mit heißem Wasser setzen und Gin trinken muss, aber in der Schule und bei Tante Margaret kann man nicht heiß baden, und es gibt ganz bestimmt keinen Gin. Am Samstag wollte ich in der Kirche von Aggleworth den Messwein stehlen, in der Hoffnung, dass er seinen Zweck erfüllen würde. Aber die Flaschen waren weggeschlossen, und der Schlüssel befand sich in der Sakristei.

Die einzige andere Möglichkeit besteht anscheinend darin, dass ich mir selber wehtue. Jeden Morgen und Abend schließe ich mich im Bad ein und schlage mit den Fäusten auf meinen Bauch ein, bis ich die Schmerzen nicht mehr ertrage. Bislang hat es keine Wirkung gezeigt. Das Baby ist entschlossen, in mir auszuharren.

Mittwoch, 10. Dezember 1941
Aggleworth

Was soll nur aus mir werden? Ich bin eine Gefangene
hier in meinem Zimmer bei Tante M. Meine Ängste
kann ich nur lindern, indem ich schreibe, deshalb
werde ich alles aufschreiben, was heute passiert ist.

Es begann alles heute Morgen, als ich auf dem Weg
zum Matheunterricht buchstäblich in Norah hineinlief.
Als wir gegeneinanderprallten, umklammerte ich
automatisch meinen Bauch. Sie blickte nach unten und
dann in mein Gesicht und wusste sofort Bescheid.
Wütentbrannt stürzte sie sich auf mich wie eine
Wildkatze. »Harry hat gesagt, du hast ihn angemacht,
aber er wäre nicht darauf eingegangen. Er lügt, habe
ich recht? Habe ich recht?«

Sie schubste mich gegen die Wand. »Du hast es mit
ihm getrieben, stimmt's, du kleines Luder? Und jetzt
trägst du seinen kleinen Bastard in dir.«

Ich war so schockiert von ihrer Gehässigkeit, dass
ich nicht antwortete.

Norah deutete mit dem Finger in mein Gesicht.
»Du konntest dich einfach nicht zurückhalten, oder?«

Ihre Sommersprossen schienen auf ihrer geröteten
Haut auszuschwärmen. Meine Weigerung zu
antworten machte sie noch wütender.

»Du wirst nicht mehr so hübsch sein, wenn ich mit
dir fertig bin!«, rief sie und ließ die Fäuste fliegen. Ich
wehrte mich.

Inmitten des heftigen Schlagens und Kratzens, das
folgte, hörte ich das Klipp-Klapp von Schuhen auf

dem Korridor. Dann Miss Philpotts' Stimme: »Mädchen, Mädchen, aufhören! Sofort aufhören!«

Sie trennte uns voneinander. Wir starrten uns finster an, schwer atmend. Norahs Nase blutete, und ihr Haar hatte sich aus dem Netz gelöst. Ich spürte tiefe Kratzer an meiner linken Wange.

Miss Philpotts führte uns nach oben zum Zimmer der Rektorin. Miss Harrison blickte von ihrem Schreibtisch auf, entrüstet über unser Erscheinen. »Ich bin empört, Mädchen. Was habt ihr zu eurer Verteidigung zu sagen?«

»Es tut mir sehr leid, Miss«, jammerte Norah, während sie sich ein Taschentuch auf die Nase presste, das sich rot verfärbte. »Ich konnte nicht einfach dastehen und nichts tun. Ich wurde wütend wegen dem« – sie machte eine selbstgerechte, anklagende Pause –, »was sie mit meinem Freund gemacht hat.«

Die Rektorin sah mich an.

»Das klingt nicht gut, Veronica. Was hast du zu deiner Verteidigung zu sagen?«

Ich stand erhobenen Hauptes da und ignorierte den stechenden Schmerz an meiner Wange. Ich beschloss, bei meiner Strategie zu bleiben und zu schweigen.

Norah mischte sich ein. »Bei allem Respekt, Miss, schauen Sie sie doch an. Sie weiß nicht, was sie sagen soll, und ich kann Ihnen verraten, warum: Weil sie schwanger ist.«

Die Stimme der Rektorin war jetzt lauter und schriller: »Ist das wirklich wahr, Veronica?«

Ich konnte es kaum abstreiten.

»Du bist fünfzehn Jahre alt! Noch ein Mädchen! Wie konnte das passieren? Das ist unglaublich – ein Unding!« Ihr Tonfall wurde zu einem Kreischen. »Schwanger mit fünfzehn! Fünfzehn! Du widerst mich an, Veronica McCreedy. Wir haben unter sehr schwierigen Umständen unser Möglichstes für dich getan. Ja, du hast einen schrecklichen Verlust erlitten, und es herrschen harte Zeiten, aber so etwas macht ein anständiges Mädchen nicht. Wo ist dein Sinn für Loyalität – gegenüber dieser Schule, gegenüber deinen verstorbenen Eltern, gegenüber deiner armen alten Tante, die sich um dich kümmern muss?«

Ich hätte reuevoll und demütig sein sollen. Das war ich aber nicht. Ich war trotzig.

»Es ist nicht möglich, dass du an dieser Schule bleibst«, fuhr sie fort. »Du hast Schande über uns alle gebracht. Ich werde deine gute Tante anrufen und sie bitten, sofort hierherzukommen und dich abzuholen.«

»Wie Sie meinen.«

Norah starrte mich finster an, und ihre Augen funkelten hasserfüllt.

Sie rief Tante M. an, die allerdings nicht kam und mich abholte. Stattdessen wurde mir gesagt, ich solle zusehen, wie ich allein nach Hause komme. Ich musste vierzig Minuten zur Bushaltestelle gehen, dann eine Stunde auf den Bus warten und dann noch bis ans andere Ende von Aggleworth marschieren.

Als ich ankam, stand meine Großtante schon an der Tür.

»Setz bloß keinen Fuß in dieses Haus.«

»Bitte, Tante Margaret. Ich bin müde.«

»Müde? Müde? Und wessen Schuld ist das? Als ich dich zu Gesicht bekam, wusste ich sofort, dass man dir nicht trauen kann. Abscheuliches, undankbares Mädchen. Schmutziges, widerliches, niederträchtiges Mädchen, dass du so etwas tust, dass du Schande über deine armen Eltern bringst, Gott hab sie selig. Dass du Schande über mich bringst.« Ihre Schimpftirade wollte und wollte nicht enden. Anscheinend hatte sie auf der Eastcott Farm angerufen und versucht, Harry dazu zu drängen, mich zu heiraten, was er natürlich abgelehnt hatte.

»Ich habe auch nicht die Absicht, ihn zu heiraten«, erklärte ich. »Kommt denn niemand auf die Idee, mich nach meiner Meinung zu fragen?«

»Er schwört, dass das Baby, das du in dir trägst, nicht von ihm ist. Er hat mir auf äußerst ungehobelte Weise zu verstehen gegeben, dass er sich weigert, das Kind eines anderen Mannes großzuziehen – und er hat ein anderes Wort benutzt, das ich nicht wiederholen möchte. Er beteuert, er hätte dich niemals angefasst. Sieh mir in die Augen und sag mir: Ist Harry Dramwell der Vater?«

»Nein.«

Hätte ich mich nicht aus seinem Griff befreit und ihm ins Gesicht gespuckt, wäre er vielleicht der Vater. Aber er ist es nicht, und darüber bin ich froh.

»Der Himmel möge dir vergeben, Mädchen! Mit wie vielen Männern hast du dich getroffen? Wenn er es nicht war, wer dann?«

Ich schleuderte ihr die Worte ins Gesicht. »Ein zehnmal besserer Mann als Harry. Ein Mann, den ich

von ganzem Herzen liebe. Und du brauchst dir keine
Sorgen zu machen, Tante. Sobald der Krieg vorbei ist,
werden wir unser Baby von hier wegbringen und im
Ausland leben.«

Unser Baby. Ich hatte das noch nie gesagt. Die
Worte bohrten sich in mein Herz.

Dicke Regentropfen fielen auf mein Haar und
meine Schultern. Tante M. trat widerwillig einen
Schritt zur Seite, um mich ins Haus zu lassen.

»Wer ist er?«, fragte sie.

»Er ist Soldat.«

»Aber wie, um alles in der Welt, konntest du einen
Soldaten kennenlernen?«

Ich ließ mich in einen Sessel sinken. »An sich ist
nichts weder gut noch böse, das Denken macht es erst
dazu«, murmelte ich, doch das Zitat ging völlig an ihr
vorüber.

»Du bekommst nichts zu essen, Veronica – nicht
einen Bissen –, bis du es mir gesagt hast.«

Ich habe schon so viel verloren. Es schien nichts
mehr übrig zu sein, was ich noch hätte verlieren
können.

»Mein Geliebter ist ein guter Mensch, ein edler
Mensch«, erwiderte ich. »Er hat für sein Land
gekämpft.«

»Ein Deutscher?«, fragte sie mit einem Keuchen.

»Ein Italiener.«

Ihre Gesichtszüge verzerrten sich zu einem
Schlachtfeld von Reaktionen. Ich hatte noch nie solche
lautlose Wut gesehen.

Ich sehne mich nach Giovanni. Wenn ich doch nur

mit ihm reden könnte, seine Arme wieder um mich spüren könnte, dann wäre alles in Ordnung.

Dienstag, 11. Dezember 1941
Das Nonnenkloster

Gestern, während ich schrieb, tätigte meine Tante unten mehrere Anrufe. Eine Stunde später hielt ein Austin 7 vor dem Haus.

Ich durfte ein paar Dinge mitnehmen: meine Tagebücher, mein Medaillon und meine Kleidung. Als ich in den Wagen stieg, musterte mich die Fahrerin (eine kleine, plumpe Frau in nüchterner Wollbekleidung) von Kopf bis Fuß. »Du hast Glück, dass wir Benzin hatten«, erklärte sie, als sie den Motor anließ.

»Glück, ach ja?«, entgegnete ich leise.

Tante M. kam nicht mit nach draußen, um sich von mir zu verabschieden.

Mein neues Zuhause ist ein Gefängnis mit makellos weißen Wänden, harten Stühlen, Kruzifixen und tickenden Uhren. Offenbar gibt es in der Umgebung kein Mütterhaus, deshalb hat Tante M. ihre Kirchenkontakte um Rat gefragt und dieses Kloster ausfindig gemacht, in dem die Nonnen gewillt sind, sich vorerst um mich zu kümmern. Perfekt für Tante M. Sie glaubt bestimmt, sie habe das Richtige getan. Ich plage nicht mehr ihr Gewissen, und sie kann ihr langweiliges Leben in Frieden weiterführen.

1. Januar 1942

Ein neues Jahr beginnt. Wer hätte gedacht, dass ich schwanger bin und in einem Nonnenkloster lebe?

Ich fühle mich hier nicht wohl.

In der Schule wurde ich wie ein Kind behandelt. Hier werde ich behandelt wie ein Hund. Die Schwestern betrachten mich mit Abscheu. Sie machen einen Bogen um mich, wenn sie sich im selben Raum befinden, und vermeiden jeglichen Körperkontakt, als würde ich sie beschmutzen, wenn sie mich berühren. Ich soll Scham empfinden, aber meine Gefühle erheben sich und rebellieren. Ich verspüre nur Wut.

Ich werde gezwungen, jeden Morgen an einem Gottesdienst in der kleinen Kapelle teilzunehmen. Ich stehe auf, wenn ich aufstehen soll, setze mich hin, wenn ich mich hinsetzen soll, und knie mich hin, wenn ich mich hinknien soll. Aber niemand hat Macht über das, was in meinem Kopf vor sich geht. Ich habe nur ein Gebet: dass mein Giovanni zurückkommt, mich findet und mich mit nach Italien nimmt.

Der Gottesdienst ist öde, aber zumindest verschafft er mir eine Pause von der unaufhörlichen Schufterei. Ich muss Fußböden schrubben und in der Wäscherei arbeiten, wo ich die Ordenskleider der Nonnen auswringe und aufhänge. Meine Hände sind von dieser Arbeit entzündet und wund. Ich bin ständig erschöpft. Eine dürre, sauertöpfische Nonne namens Schwester Amelia ist für mich verantwortlich. Sie versucht nicht, ihren Widerwillen gegen diese Aufgabe zu verbergen.

»Warum muss ich das für Sie tun?«, wollte ich gestern wissen, die Arme bis zu den Ellbogen in Seifenlauge.

Sie faltete die Hände mit einem Ausdruck erschöpfter Geduld. »Die Mutter Oberin, die weise und großzügig ist, hat entschieden, was für dich von größtem Nutzen ist. Sie weiß, dass die materielle Welt die spirituelle oft widerspiegelt. Wäsche waschen wird dir dabei helfen, deine Seele zu läutern.«

»Ich habe keine Seele!«, erwiderte ich scharf.

»Sag so etwas nie wieder!«

»Ich habe keine Seele, ich habe keine Seele, ich habe keine Seele«, sang ich in dem Rhythmus, in dem ich nasse Kleidungsstücke gegen das Waschbrett schlug.

Ich habe mir noch jemanden zum Feind gemacht.

Ich vermisse weder Tante Margaret noch meine Schulkameradinnen noch den Unterricht. Aber ich vermisse das bisschen Freiheit, das ich früher hatte. Ich vermisse die freie Natur. Ich vermisse noch immer meine heimlichen Verabredungen mit Giovanni, und ich vermisse Mum und Dad mehr denn je.

Freitag, 24. April 1942

Ich schreibe nicht mehr viel hier hinein. Wozu auch? Jetzt gerade schreibe ich nur, weil mir langweilig ist und ich mir wünsche, alles wäre vorbei.

Ich muss nicht mehr Wäsche waschen. Ich bin in einem kleinen, dunklen Zimmer eingeschlossen. Drei Nonnen sehen abwechselnd nach mir, um sich zu vergewissern, dass ich noch lebe. Sie bringen mir

Weißbrot, Eipulver, Eintopf und braune Brühe. Sie halten Wache und passen auf, dass ich das Bett nicht verlasse. Ich habe versucht, das Fenster aufzumachen, aber es ist abgeschlossen und der Schlüssel fehlt. Anscheinend wollen sie unbedingt verhindern, dass Frischluft und Tageslicht in das Zimmer gelangen.

Mein Körper gehört nicht mehr mir. Er ist ein Vehikel für eine neue Kraft, die niemand aufhalten kann. Meine Haut dehnt sich um das knollenförmige Wesen, das in mir wächst. Wie ich mich auch drehe, ich finde einfach keine bequeme Position. Wenn es mir gelingt, einzuschlafen, träume ich von Mum und Dad und meinem geliebten Giovanni, die alle von einem riesigen Erdrutsch mitgerissen werden. Ich wecke mich selber auf, wenn ich ihnen zurufe. Ich werde aber keine Schwäche zeigen. Ich werde nicht weinen.

Außerhalb der Mauern, die mein derzeitiges Leben umgeben, tobt noch immer der Krieg. Von Tante Margaret höre ich kein Sterbenswörtchen.

Ich fühle mich nicht mehr wie ich selbst. Ich fühle mich nicht einmal mehr wie ein Mensch. Das wachsende Wesen in meinem Bauch saugt jegliches Leben aus mir heraus. Ich versuche, mir die Schwellung als einen kleinen Menschen mit einer vielversprechenden Zukunft vorzustellen, doch es gelingt mir nicht. Ich will ihn nur loswerden, will, dass wir zwei eigenständige Wesen sind, und dann bin ich vielleicht wieder in der Lage zu denken.

Montag, 4. Mai 1942

Ich bin nicht mehr allein auf dieser Welt. Ich bin
Mutter! Ich habe ein wunderschönes kleines Baby, das
ich lieben kann. Wäre meine Mutter doch noch hier
und könnte ihn sehen! Und Dad. Dad wäre völlig
vernarrt in ihn. Und Giovanni. Ich stelle mir vor, wie er
unseren kleinen Sohn hält und seine Augen vor Stolz
funkeln. Wie sehr ich mir wünsche, er wäre hier.

Das Blut und die Schmerzen waren wirklich
schrecklich. Schockierend. Ich möchte mich jetzt
allerdings nicht mehr daran erinnern, denn jetzt ist
alles anders. Er ist hier: ein neues Leben, mein kleiner
Junge. Mit gerötetem Gesicht, sich windend, aber in
jeder Hinsicht vollkommen. Ich bestaune seine
winzigen Finger und Zehen, und jedes Mal, wenn ich
ihn ansehe, erschrecke ich über die Woge grenzenloser
Liebe, die mich überrollt. Es ist eine andere Art von
Liebe, als ich sie jemals empfunden habe. Sie ist heftig
in ihrer Intensität und doch fast schmerzhaft zart.

»Du bist … du bist so weich … und so anders …
aber du bist wunderbar!«, flüstere ich meinem Baby zu.
Seine Antwort ist ein Glucksen.

Ich habe beschlossen, ihm einen italienischen
Namen zu geben, aber ich kenne nur zwei: Giovanni
und den Namen von Giovannis Vater.

»Enzo. Bist du ein Enzo?«, habe ich ihn gerade
gefragt. Er boxt begeistert in die Luft. Ich bilde mir
ein, ihm gefällt der Stakkato-Klang des Wortes.

Ich habe die Schere ausfindig gemacht, mit der
Schwester Molly die Nabelschnur durchtrennt hat, und

Enzo damit vorsichtig ein paar Strähnen seines Haars für mein Medaillon abgeschnitten.

Da, gleich neben der Haarsträhne deines Vaters, kleiner Enzo. Du wirst ihn eines Tages kennenlernen, mein entzückender italienischer Junge, da bin ich mir ganz sicher.

1. Januar 1943

Wieder ist ein Jahr zu Ende, wieder beginnt ein Jahr. Ich bin sechzehn und lebe immer noch in dem Nonnenkloster. Enzo und mir geht es gut. Wir kümmern uns umeinander. Mehr als das: Wir haben Freude aneinander. Ich bin jetzt nie mehr einsam.

»Bis dein Daddy kommt, heißt es, wir zwei gegen den Rest der Welt, mein kleiner Schatz«, flüstere ich ihm zu. »Nur bis dein Daddy kommt …«

Die Nonnen schenken Enzo nicht viel Aufmerksamkeit. Ich arbeite wieder in der Wäscherei und habe ihn immer in meiner Nähe. Meistens wälzt er sich lachend in seiner Wiege oder streckt seine kleinen Arme aus und bewegt sie in der Luft, als würde er auf einer imaginären Geige spielen. Wann immer es geht, setze ich ihn auf den Boden und sehe zu, wie er herumkrabbelt und alles erkundet. Wenn er lacht, lache ich mit ihm. Wenn er weint, drücke ich ihn an mein Herz, bis er wieder glücklich ist. Wenn er sich besudelt, nehme ich Unmengen von frischen, feuchten Tüchern, um ihn abzuputzen, bis er wieder makellos sauber ist. Seine Windeln machen mir zusätzliche Wascharbeit, aber ich tue viel lieber etwas für ihn als für die dummen Nonnen.

Oft lasse ich die Wäsche liegen und eile zu meinem Enzo, um ihn in den Arm zu nehmen und zu wiegen. Ich singe »You Are My Sunshine« oder irgendein anderes Lied, das mir gerade in den Sinn kommt, und er ist völlig fasziniert. Er legt seine kleinen Finger um meinen Daumen und hält ihn fest, oder er greift nach abtrünnigen Locken von mir. Ich bekomme nur noch halb so viel Arbeit erledigt wie früher.

Der arme Enzo hatte überhaupt kein Spielzeug, inzwischen habe ich ihm aber aus einer alten Socke eine Puppe genäht. An einem Abend bin ich lange aufgeblieben und habe ein Katzengesicht auf die Socke genäht, ein Gesicht mit einem breiten Lächeln und Schnurrhaaren aus Wolle. Wenn ich die Hand in die Puppe stecke und sie miauen lasse, kreischt Enzo jedes Mal vor Freude.

Außerdem habe ich herausgefunden, dass es im Kloster eine Bibliothek gibt. Sie enthält überwiegend religiöse Bücher, aber es gibt dort auch einige klassische Romane, worüber ich mich sehr freue. Abends lese ich laut *Ivanhoe*, während ich meinen Sohn auf meinem Schoß wiege. Er blickt mit seinen großen dunklen Augen zu mir auf und schmiegt sich an mich, beruhigt von meiner Stimme. Dann erzähle ich ihm alles über seinen gut aussehenden Vater und dass wir drei eines Tages in Italien leben und famose Oliven essen werden.

33

Patrick

Bolton

Was? Das ist alles? An dieser Stelle ist Schluss. Danach kommen nur noch leere Seiten.

Ich glaube es nicht. Warum hat sie plötzlich aufgehört? Das ist mir ein totales Rätsel. Sie hat den Jungen doch geliebt. Sie war verrückt nach ihm. Andererseits weiß ich, dass sie ihn irgendwann zur Adoption freigegeben hat. Was zum Teufel …?

All das geht mir immer und immer wieder durch den Kopf. Ich muss mich unbedingt mit Granny V treffen, wenn sie aus der Antarktis zurück ist, und versuchen, sie dazu zu bringen, dass sie mir mehr erzählt. Ich werde aus dieser Frau überhaupt nicht schlau.

34

Veronica

Locket Island

Irgendetwas passiert mit meinem verschrumpelten alten Herz. Nach sieben Jahrzehnten Untätigkeit scheint es wieder aufzuwachen. Ich kann das nur der ständigen Anwesenheit eines kleinen, rundlichen, flauschigen Pinguins zuschreiben.

In der Tat vergöttere ich Pinguin Patrick weitaus mehr, als ich es tun sollte, und weitaus mehr, als ich zuzugeben bereit bin. Die Tatsache, dass Terry und ich uns gemeinsam um ihn kümmern, hat mich ihr ebenfalls nähergebracht.

Es ist der Abend des zweiten Weihnachtsfeiertags. Mir bleiben nur noch ein paar Tage auf Locket Island, bevor ich zurück nach Schottland reisen und mich von den beiden verabschieden muss. Terry sitzt neben mir auf meinem Bett, und der kleine Patrick liegt wie hingegossen auf meinen Knien, beide Flossen ausgestreckt. Wir haben ihm gerade zerdrückte Fischstäbchen gefüttert, und sein Gesichtsausdruck verrät pure Glückseligkeit.

Terry hebt den leeren Teller auf. »Ich sollte besser gehen und noch was Nützliches tun.«

»Nein, gehen Sie noch nicht!«

Sie stellt den Teller ab und sieht mich neugierig an.

Ich habe eine völlig neuartige Empfindung: den Wunsch, mich zu öffnen, sowohl Terry als auch dem Pinguin gegenüber. Ich beschließe, mich gewähren zu lassen. Was habe ich schon zu verlieren?

Ich beginne langsam und bedächtig, mit sorgfältig strukturierten Sätzen. Ich spreche von Dingen, bei denen ich mir nicht hätte vorstellen können, dass ich sie jemals über die Lippen bringe. Ich erzähle meinen beiden Zuhörern alles über meine Evakuierung nach Derbyshire und Dunwick Hall, über Tante Margaret und meine sogenannten Freundinnen Janet und Norah, über den schrecklichen Tod meiner Eltern. Ich erzähle ihnen von Harry und von Giovanni. Und ich gebe preis, dass ich in jungen Jahren schwanger war und daraufhin ins Kloster verbannt wurde.

Patrick bewegt sich, scheint fasziniert zu sein, dass ich so viel rede, was äußerst ungewöhnlich ist. Er dreht sich auf die Seite, um mich mit einem Auge anzusehen. Seine Füße rutschen von meinem Schoß, und Terry, die unbewusst näher zu mir gerückt ist, hebt sie vorsichtig an und legt sie auf ihre Knie, sodass er eine Brücke zwischen uns bildet.

Ich sehe Terry nicht an, während ich spreche. So ist es einfacher für mich. Stattdessen richte ich den Blick auf mein kleines Pinguin-Küken und streichle ihm gedankenverloren mit einem Finger über die Brust. In seinem jungen, erwartungsvollen Gesicht finde ich ein wenig Trost.

Was als Nächstes kommt, wird schwierig.

Ich hätte niemals gedacht, dass ich irgendwann einmal jemandem erzählen würde, was mit meinem Baby passiert ist. Doch aus irgendeinem Grund tue ich es jetzt, in dieser Forschungsstation auf Locket Island vor der Küste der Antarktischen Halbinsel, in Gegenwart einer bebrillten Wissenschaftlerin und eines kleinen Pinguins. Es kommt mir so vor, als habe die Erzählung von selbst Fahrt aufgenommen und könne nicht mehr gestoppt werden, bis sie an ihrem Ende angelangt ist.

Ich erzähle von Enzo. In knappen, zersplitterten, eiskalten Worten, die nicht einmal einen Bruchteil dessen auszudrücken vermögen, was er mir bedeutet hat. Was er mir noch immer bedeutet.

»Am 24. Februar 1943 lag Enzo in seiner Wiege und schlief fest. Ich war gerade damit beschäftigt, verschmutzte Kleidung zu kochen, als ich sie hörte. Fröhliche Stimmen, kräftig, mit ausländischem Akzent. Sie sprachen davon, sich Kräuter ansehen zu wollen, bevor sie ihren Besuch beendeten. Schwester Amelia führte sie den Korridor zum Garten im Hof entlang. Ich hatte die Tür zur Wäscherei offen gelassen, damit die Dampfwolken abziehen konnten. So dumm von mir, die Tür offen zu lassen ... sie ihn sehen zu lassen ... Hätte ich diese Tür doch nur zugemacht.«

Ich reiße mich zusammen und fahre fort: »Ihre Gesichter, als sie hereinspähten. Ein Mann und eine Frau, viel älter als ich. Sie waren überrascht und freuten sich, als sie meinen kleinen Enzo sahen, der in seine Decke gekuschelt schlief. Sie fragten, ob sie ihn in den Arm nehmen dürften. Ich sagte widerwillig ja. Woher hätte ich es wissen sollen? Wie unbedarft ich damals war! Sie hoben ihn hoch und sprachen liebevoll über ihn. Auf seinem Gesicht zeichnete sich ein Lächeln ab, ein reizendes Lächeln, ein Lächeln, das die beiden viel zu lange betrachteten. Dann, zwei Wochen später ...«

Ich bin wieder ganz dort, in der Vergangenheit: 11. März 1943. Eine sechzehnjährige Mutter, gezeichnet, aber stark. Nach wie vor voller Hoffnung und voller Träume, trotz allem, was passiert ist. Feuer strömt durch meine Adern. An diesem Nachmittag bin ich allerdings ein wenig erschöpft. Ich bin damit beschäftigt, die Ordenskleider der Nonnen durch die Mangel zu drehen, kurble langsam und sehe zu, wie sich die Rollen drehen und sich Wasser in den Eimer ergießt. Meine Gedanken sind bei Enzo. Schwester Amelia hat ihn mit ins Studierzimmer genommen, weil ein Arzt hier ist, der seine ersten Zähne untersuchen wird. Aus irgendeinem Grund habe ich ein ungutes Gefühl. Ich lasse das Wäschegestell herab und hänge das Ordenskleid zum Trocknen auf. Dasselbe mache ich mit einem zweiten Ordenskleid, dann mit einem dritten, dann mit einem vierten: Vor mir hängt eine Reihe feuchter schwarzer Schatten. Beim fünften fange ich an, mir Sorgen zu machen, dass mit Enzos Zähnen womöglich etwas nicht in Ordnung ist. Als ich bei Nummer neun angelange, ist er immer noch nicht zu mir zurückgebracht worden. Ich gerate in Panik. Ich lasse den Berg nasser Ordenskleider, die Mangel und das Wäschegestell stehen und liegen, renne durch das Kloster und stürme die Treppe zum Studierzimmer hinauf. Stille, ein leerer Schreibtisch und freie Wände. Ich haste wieder nach unten, wobei meine Füße auf den Stufen donnern. Im Korridor laufe ich Schwester Amelia in die Arme.

»Wo ist Enzo?«, höre ich mich mit angespannter, schriller Stimme fragen.

Sie schüttelt langsam den Kopf. Ihre Finger umschließen das silberne Kruzifix, das an ihrer Brust herabhängt.

Ich starre sie an, wirr. »Was haben Sie mit ihm gemacht?«
Dann erzählt sie es mir.
Meine Schreie hallen im Korridor wider. Mein Baby.
Mein Baby.

35

Veronica

Locket Island

»Oh! Oh, Veronica!«

Aufgeschreckt von Terrys Jammern, rutscht Patrick, der Pinguin, zu Boden, landet elegant auf den Füßen, watschelt los und steckt seinen Schnabel in verschiedene Dinge.

»Wie haben Sie es nur ertragen, dass Ihnen Ihr Baby einfach so weggenommen wurde?«, fragt Terry.

Wie erträgt man etwas?

»Mir blieb nichts anderes übrig«, erwidere ich. »Die Nonnen meinten, es sei besser so. Sie glaubten, sie hätten das Richtige getan. In ihren Augen war es ein Geschenk Gottes, dass sich das Pärchen, das zu Besuch gewesen war, unbedingt ein Kind wünschte. Sie hatten ohnehin überlegt, was aus uns werden soll – sie konnten sich nicht auf Dauer um uns kümmern, und ich war nicht in der Lage, allein für ein Baby zu sorgen. Ich hatte kein Geld, keine Arbeit, keinen Ehemann, keine Perspektive. Mein Sohn sei jetzt in einer guten, christlichen Familie, versicherten sie mir, und er werde ein viel, viel besseres Leben haben, als er es bei mir, einer gebrandmarkten Jugendlichen, jemals hätte haben können. Was weiß ich, vielleicht hatten sie recht. Damals war alles ganz anders. Sie können sich gar nicht vorstellen, *wie* anders.«

Terry hat keine Ahnung, was es in den Vierzigerjahren für eine junge Frau bedeutete, ein Baby zu bekommen und keinen Ehemann zu haben. Man zerstörte sich damit sein Leben in jeglicher Hinsicht. Man brachte Schande über sich, die man nie wieder loswurde. Sie wurde zu einem Teil von einem wie Lepra. Andere Leute wollten einen nicht mehr berühren, wechselten lieber die Straßenseite, als mit *so einer* sprechen zu müssen.

»Aber die Nonnen haben Sie ausgetrickst!«, ruft Terry empört.

»Weil sie wussten, ich hätte mein Baby niemals hergegeben – nicht einmal, wenn ich es mit dem Leben bezahlt hätte.«

Mir ist bewusst, dass mein Medaillon schwer auf meiner Haut aufliegt. In meinem tiefsten Inneren brodelt etwas wie geschmolzene Lava und sucht nach einem Weg nach draußen.

Terry hört mir entsetzt zu, als ich mein Leben, nachdem Enzo mir weggenommen wurde, in groben Zügen umreiße. Wie es mir gelang, mich aus dem Nonnenkloster zu befreien und mich zurück ins Leben zu kämpfen, wie ich mir eine Stelle bei einer Bank suchte und mich hocharbeitete. Wie ich jahrelang stillschweigend trauerte. Ich hielt meine Vergangenheit gut unter Verschluss. Niemand hatte eine Ahnung, was mir widerfahren war. Ich mied jeglichen Kontakt zu den Menschen, die ich vor dem Krieg oder während des Krieges gekannt hatte. Tante Margaret bekam ich nie wieder zu Gesicht.

Im Lauf der Jahre habe ich unzählige Male versucht, meinen Sohn ausfindig zu machen, aber die damaligen Adoptionsgesetze machten es einer leiblichen Mutter unmöglich, ihr Kind aufzuspüren. Außerdem hatten Enzos neue Eltern seinen Namen geändert und mit den Nonnen vereinbart, dass diese ihre Identität geheim halten würden. Ich glaube, es war Geld im Spiel, die Nonnen weigerten sich jedenfalls kategorisch, mir irgendwelche Informationen zu geben. Als ich mich zehn Jahre später abermals an dasselbe Kloster wandte, behaupteten sie, die Kontaktdaten der Familie, zu der er gekommen war, seien verloren gegangen. Ich hegte die Hoffnung, Enzo selbst werde vielleicht letzten Endes, sobald er erwachsen war, einen Weg finden, um mit mir Kontakt aufzunehmen, doch dazu kam es nie. Meine zweite Hoffnung war, dass Giovanni eines Tages zu mir zurückkehren würde. Falls er noch am Leben war und mich noch immer liebte, würde er doch bestimmt versuchen, mich zu finden? Als verheiratetes Paar wären unsere Chancen, Enzo ausfindig zu machen, viel besser. Doch die Jahre verstrichen, und beide Hoffnungen starben letztendlich mangels neuer Informationen.

Doch Blässe und Magerkeit schienen mir genauso gut zu stehen, wie mir rosige Wangen und Begeisterung gestanden hatten. Ich zog eine Menge männlicher Aufmerksamkeit auf mich, schreckte jedoch davor zurück und erwarb den Ruf, kalt wie ein Fisch zu sein.

Allerdings gab es einen Mann, der nicht lockerließ. Als stolzer Eroberer vieler Frauen nahm er mich sofort ins Visier, nachdem er mich das erste Mal gesehen hatte. Das war an seinem gesamten Verhalten abzulesen, als er an jenem Tag die Bank betrat, und daraufhin fand er jeden Tag eine Ausrede, um zu kommen und mit mir zu flirten. In all meinen Jahren bei der Bank hatte ich nie so viele sinnlose Geldgeschäfte gesehen.

»Hugh Gilford-Chart war ein charmanter, energischer, gut aussehender Mann«, erzähle ich Terry. »Er war auf mehr als eine Art mächtig, ein bekannter Immobilienmagnat. Und er schmeichelte meiner Eitelkeit. Meine barsche Art und meine ständigen Zurückweisungen waren ihm völlig egal. Genau genommen schien ihm das sogar zu gefallen. Jedenfalls überschüttete er mich mit Komplimenten. Und Komplimente hört man immer gern.« Auch ich war nicht immun dagegen. Dass ein Mann so großes Interesse an mir hatte, obwohl ich seine Gefühle ignorierte, war zweifellos erfreulich. Zu diesem Zeitpunkt lag meine Beziehung mit Giovanni bereits zwölf Jahre zurück. Ich wusste, dass er nicht mehr zu mir kommen würde.

»Ich war nicht in Hugh verliebt, aber ich fühlte mich zu ihm hingezogen. Als er um meine Hand anhielt – mit Champagner, Diamanten und dem Angebot einer Reise nach Paris, mit Aufenthalt in einem protzigen Hotel –, fiel mir die Entscheidung nicht schwer. Ich sagte ja. Ich erwartete keine perfekte Ehe, aber ich wusste die Sicherheit zu schätzen, die er bot.

Mein Leben verbesserte sich durch ihn in vielfacher Hinsicht. Mir wurden ein luxuriöser Lebensstil, mehrere Hausangestellte und Urlaube an exotischen Orten ermöglicht. Für die Arbeit meines Mannes interessierte ich mich ebenfalls. Ich bildete mich weiter, las über Geld, Kapitalanlagen und Immobilien. Als mein Mann bemerkte, dass ich Geschäftssinn besaß, übertrug er mir in seiner Firma die Verantwortung für den ländlichen Bereich. Meine Hauptaufgabe bestand darin, Cottages auf dem Land zu kaufen und sie zu vermieten.

Leider liebte mein Mann alle Frauen, nicht nur mich. Ein Jahr nach unserer Hochzeit hatte er die erste Affäre. Ich wusste sofort Bescheid. Er war nachlässig beim Verwischen seiner Spuren, und sie ließ überall Lippenstiftflecken und Spitzen-Strumpfhalter zurück. Sie war seine Sekretärin. Was für ein Klischee. Ich war angewidert, wenn auch nicht gänzlich überrascht. Als mein Mann der Sekretärin überdrüssig war, wurden seine Affären so zahlreich wie Asseln in einem verfaulten Baumstamm. Irgendwann hatte ich die Nase voll und reichte die Scheidung ein, nachdem ich seine Lügen und seine Untreue acht Jahre lang toleriert hatte. Dank meiner Erfahrung in der Bank waren mir seine Vermögensverhältnisse bis ins letzte Detail bekannt, und ich kam gut dabei weg und konnte viele der Immobilien auf dem Land behalten.

Inzwischen habe ich die meisten davon verkauft. So bin ich zu meinen Millionen gekommen«, erkläre ich Terry. »Ich habe im Lauf der Jahre klug investiert und sehr wenig für mich selbst ausgegeben.« Zumindest nach meinen Begriffen wenig, wobei ich wesentlich mehr ausgebe als etwa Eileen. Oder Terry.

»Ich kam nie in Versuchung, noch einmal zu heiraten.«

Terrys Augen sind zwei klare, mit Mitgefühl gefüllte Seen. »Das kann ich Ihnen nicht verübeln.«

»Jahre später erhielt ich Neuigkeiten von meinem Sohn. Eine Cousine der Adoptiveltern machte mich ausfindig. Allerdings nur, um mich über seinen Tod in Kenntnis zu setzen.«

Ich erinnere mich noch ganz genau an jenen Tag, an dem ich die Post durchsah und den dreiseitigen Brief las, der

Enzos Leben zusammenfasste – oder das Leben von Joe Fuller, der er geworden war. Ich erfuhr daraus, dass er beim Bergsteigen ums Leben gekommen war und dass ich ihn nie würde kennenlernen können.

Terry tupft sich die Augen mit dem Ende ihres Ärmels ab. »Das tut mir sehr leid für Sie. Sie haben so viel durchgemacht! Aber Sie – Sie weinen nie, Veronica.«

»Nein.«

Das ist wohl wahr. Seit dem Tag, als mir Tante Margaret sagte, Weinen sei ein Zeichen von Schwäche, habe ich keine einzige Träne vergossen. Ich wollte nicht schwach sein. Ich will immer noch nicht schwach sein. Ich habe Schwäche schon immer verabscheut.

»Aber *nie* zu weinen! Ich dachte immer, das wäre unmöglich. Wie schaffen Sie das nur?«, fragt Terry mit einem lauten Schniefen.

»Jahrelange Übung«, entgegne ich. »Viele Jahre lang.«

Dann erzähle ich weiter. »Aus dem Brief erfuhr ich, dass Enzo keine Kinder hatte, und ich hatte wiederum keinen Grund, daran zu zweifeln. Vor Kurzem kam mir jedoch in den Sinn, dass ein Cousin das womöglich nicht mit absoluter Sicherheit wusste. Ich beschloss, es selbst nachzuprüfen. Und so fand ich heraus, dass ich einen Enkel habe: Patrick.«

Der andere Patrick bleibt wie angewurzelt stehen, als er seinen Namen hört, dreht sich um und blickt zu mir auf. Ich strecke die Hand zu ihm aus. Er kommt her und reibt den Kopf an meinen Fingern. Ich freue mich über die Berührung, freue mich über den kleinen spitzen Schnabel und den zerzausten Babyflaum.

»Sie waren bestimmt begeistert, nach so langer Zeit herauszufinden, dass Sie einen Enkel haben«, ruft Terry, offenbar entschlossen, einen Lichtstrahl am Ende meiner Leidensgeschichte zu finden. Sie möchte unbedingt glauben, dass sich mein Enkel und ich im »Glücklich-bis-ans-Ende-aller-Tage«-Land befinden.

Ich erwidere nichts auf ihren Kommentar. Unter meiner Haut macht sich eine seltsame Klammheit breit. Sie lässt mich frösteln wie ein Winternebel.

Ich muss allein sein.

Patrick, der Pinguin, schläft friedlich. Er hat einen Fuß ein Stück angehoben und an einer Seitenwand des Koffers abgestützt. Seine Brust hebt und senkt sich mit jedem Atemzug, und aus seinem leicht geöffneten Schnabel dringt ein leises, gurgelndes Pinguin-Schnarchen.

Ich strecke mich langsam. Alles hat sich verändert. Die Vergangenheit ist wiederaufgetaucht. Erinnerungen an meinen Vater, an meine Mutter, an Giovanni und an meinen geliebten kleinen Enzo keimen schmerzhaft in meinem Bewusstsein auf. Mein kleiner Junge, den ich nie wiedergefunden habe, der mir weggenommen wurde, bevor er lernte, meinen Namen zu sagen, der starb, bevor er auch nur wusste, wie sehr ich ihn vermisst habe.

Wie sehr ich mich nach ihnen allen sehne, nach dem, was hätte sein können. Sie alle wurden mir zu früh entrissen. Ich habe das Gefühl, von innen stranguliert zu werden.

Dieser Raum ist viel zu klein. Er ist klaustrophobisch. Beklemmend.

Nicht weit entfernt wartet eine riesige Kolonie Adeliepinguine unter den unendlichen Weiten des Polarhimmels auf mich. Die Pinguine können mir helfen, da bin ich mir sicher. Sie besitzen ein uraltes Wissen, das weit über das verwirrte

Streben der Menschheit hinausgeht. Ich muss nach draußen und bei ihnen sein. Nur ich, Veronica McCreedy, die Elemente und fünftausend Pinguine. Niemand sonst.

Dietrich ist im Computerraum. Mike und Terry höre ich in der Küche reden. Ich zwänge mich lautlos in meinen Anorak und in meine Mukluks und schnappe mir meinen Stock. Diesmal verzichte ich darauf, eine Handtasche mitzunehmen, und schleiche mich auf Zehenspitzen hinaus.

Ein eisiger Wind peitscht mir Schnee ins Gesicht. Ich gehe, so schnell ich kann, um Abstand zur Forschungsstation zu gewinnen, und blicke mich nicht um. Ich bin kurzatmig. Dampfwolken steigen in der eiskalten Luft auf. Ich zwinge mich weiterzugehen, den Hang hinauf, wobei ich mich bei jedem Schritt schwer auf meinen Stock stütze.

Mein Gesicht ist taub. Es ist kälter, als ich es je zuvor empfunden habe. Der Himmel hängt tief, brodelt in düsteren Mustern. Während ich dahinmarschiere, frischt der Wind immer mehr auf. Er schlägt mir entgegen, faucht mir in die Ohren. Aber ich werde von einer inneren Kraft angetrieben, die ähnlich stürmisch ist. Ich muss die Pinguine sehen, muss endlich mit den Pinguinen allein sein. Ich setze einen Fuß vor den anderen. Immer und immer und immer wieder. Irgendwie komme ich trotz meiner protestierenden Lunge am oberen Ende des Hangs an.

Und da sind sie: Vor meinen Augen erstreckt sich eine riesige wogende Masse Leben, ein schwarz-weißes Meer von Müttern, Vätern, Paaren und Babys.

Ich gehe hinunter und marschiere im düsteren Schneetreiben zwischen ihnen umher. Manche heben den Kopf und sehen mich an, aber die meisten kümmern sich weiter um ihre eigenen Angelegenheiten. Sie suchen gemeinsam

Schutz, füttern gemeinsam, streiten gemeinsam, schlafen gemeinsam.

Das ist es, wird mir bewusst. Das ist es, was ihrem Leben einen Sinn gibt. Dieses »Gemeinsam«, das meinem Leben immer völlig gefehlt hat. Alles, was ich besitze, ist in Silber eingeschlossen, hängt an einer Kette und liegt unter meiner Thermounterwäsche auf meiner Haut. Vier Haarsträhnen.

Ein Hurricane der Trauer fegt durch mich hindurch. Und plötzlich heule ich mit dem Wind und vergieße Tränen des Kummers. Sie sprudeln in einem heftigen Schwall aus meinem tiefsten Inneren hervor. Ich hätte mir niemals träumen lassen, dass sich so viele Tränen in mir angestaut haben.

Inzwischen fällt es mir schwer, zu atmen. In meinem Brustkorb spielt sich etwas Seltsames ab. Es herrscht dort eine Kälte, als würde sich ein riesiger Eisberg in Bewegung setzen. Dann beginnt der Berg ohne Vorwarnung zu bersten und bricht genau in der Mitte auseinander. Schmerz durchfährt mich. Ich stoße einen spitzen Schrei aus. Der Schmerz wird stärker und lässt nicht wieder nach. Ich spüre das Eis in tausend nadelspitze Splitter zerbersten, die meinen Körper auseinanderreißen.

Ich sacke zu Boden.

36

Patrick

Bolton

Normalerweise würde ich meinen Computer nicht an einem Montagmorgen vor der Arbeit einschalten. Nicht um halb sieben. Aber mein Schlafrhythmus spielt verrückt. Das Pärchen in der Wohnung unter mir kreischt sich an und trampelt herum, was einer guten Nachtruhe nicht gerade zuträglich ist. Außerdem muss ich ständig an Granny V denken.

Ich dachte, in dem Tagebuch würde noch mehr stehen. Zum Beispiel, was aus dem kleinen Enzo geworden ist – aus *meinem Vater*. Aus dem Typen, von dem ich meinen Teint habe und wer weiß, was für Eigenschaften noch. Ich habe erfahren, dass Veronica ihn zur Adoption freigegeben hat, doch das ergibt irgendwie keinen Sinn. Nach dem Tagebuch zu urteilen, hat sie ihn nach Strich und Faden vergöttert. Und sie war ganz bestimmt kein Weichei, nicht der Typ von Mädchen, das sich von den Nonnen oder irgendjemand anderem dazu hätte überreden lassen.

Die ganze elende Angelegenheit spukt mir ununterbrochen im Kopf herum, und bei dem Lärm von unten ist an Schlafen überhaupt nicht zu denken. Also habe ich mich im Bett aufgesetzt und versuche, mich abzulenken, indem ich im Internet surfe. Ich habe mich auf ein paar interessanten Websites über Stromkreise und LED-Lampen umgesehen, und ich habe mir ein paar YouTube-Videos über die Bauweise von Brücken angeschaut. Es ist fast Zeit, aufzustehen.

Bevor ich mich auslogge, checke ich noch meine E-Mails, und was sagt man dazu: Ich habe eine von penggroup4Ant bekommen. Ich frage mich, ob es weitere Pinguin-Attacken auf Handtaschen gegeben hat. Oder vielleicht geht es um Grannys neueste Mission, um den kleinen Pinguin, den sie adoptiert hat. Aber es ist etwas, womit ich überhaupt nicht gerechnet habe, und mit einem Mal ist mir ein bisschen schlecht.

»Was ist denn los, Mann?«

Da lächle ich und denke, ich lasse mir nichts anmerken, aber Gav entgeht nichts. Ich erzähle ihm von Granny V.

»Schlimm?«

»Ja. Richtig schlimm. Das Ende, sozusagen.«

Er legt mir eine Hand auf die Schulter. »Das tut mir leid, Mann. Echt hart. Und ausgerechnet jetzt, da du sie gerade kennengelernt hast.«

Das ist ein bisschen übertrieben. Man kann nicht sagen, dass ich sie kennengelernt habe. Ich habe sie insgesamt zweimal gesehen. Allerdings war ich ziemlich tief in ihrer Teenager-Gedankenwelt, als ich die Tagebücher gelesen habe.

»Sie steckt in Gesellschaft von drei Wissenschaftlern und fünftausend verdammten Pinguinen im Polargebiet fest. Was für ein Abgang!« Ich versuche, die Sache ins Witzige zu ziehen, aber keiner von uns beiden lacht.

»Krass«, sagt Gav.

Ich schleppe unser Reklameschild nach draußen und stelle es vor dem Laden auf, dann gehe ich wieder rein und sehe auf der Liste nach, welche Reparaturen heute anstehen.

»Fährst du hin?«, fragt Gav.

Ich schaue ihn verdutzt an. »Was?«

»Hast du vor, hinzureisen? In die Antarktis, um dich von ihr zu verabschieden.«

»Wir haben uns bislang noch kaum begrüßt«, erwidere ich. Was für eine bizarre Idee. Ich in der Antarktis!

»Na ja, ist doch gar nicht so abwegig«, sagt er, als hätte er meine Gedanken gelesen. »Sie ist schließlich deine Großmutter. Und deine einzige lebende Verwandte.«

»Komm schon, Mann. Das ist doch nicht machbar. Drei Gründe: Erstens würde sie mich gar nicht dahaben wollen, zweitens wird sie wahrscheinlich nicht so lange durchhalten, bis ich da bin, drittens würde der Cashflow es nicht zulassen, und viertens kann ich Kälte nicht ausstehen.«

»Das sind vier Gründe.«

Wir bringen den Vormittag auf die übliche Weise hinter uns. Eine fünfköpfige Familie kommt in den Laden und möchte wissen, ob es in näherer Zukunft E-Bikes bei uns geben wird (wird es nicht). Wir verkaufen ein paar Kleinteile. Ein Junge kommt herein, der den Schlüssel zu seinem Fahrradschloss verloren hat und einen neuen passenden Schlüssel haben will, anstatt ein neues Schloss zu kaufen. Es dauert lange, ihm zu erklären, dass der Sinn und Zweck von Schlössern und Schlüsseln Sicherheit ist und ein Schlüssel derselben Marke deshalb nicht zu seinem alten Schloss passt. Und selbst wenn er passen würde, wir verkaufen Schlüssel nicht einzeln. Ich verliere langsam die Geduld, also löst Gav mich ab. Er ist wirklich sehr diplomatisch.

Mir gelingt es ab und zu, mich zu konzentrieren; eher selten, um ehrlich zu sein. Ich wünschte, ich könnte irgendwas zu Granny sagen, könnte sie noch einmal sehen, um ihr zu sagen ... Na ja, ich weiß nicht, was ich sagen würde, aber ich würde *etwas* sagen.

»Denkst du immer noch an deine Granny?«, erkundigt sich Gav, als ich mit meinen Sandwiches hinten rausgehe, um Mittagspause zu machen.

»Ja. Ich wünsche mir, ich hätte schon früher alle diese anderen Dinge über Granny gewusst. Und ich wünsche mir, ich bekäme noch ein paar Antworten, da ich jetzt weiß, welche Fragen ich gern stellen würde. Außerdem wünsche ich mir, sie wäre nicht so weit weg, damit ich alle Missverständnisse zwischen uns ausräumen könnte, bevor ... du weißt schon.«

»Dann willst du dich also *doch* verabschieden?«

»Ich würde, wenn ich könnte«, gebe ich zu. »Aber, wie ich schon gesagt habe, der Cashflow und so weiter. Ich kann kaum meine Miete bezahlen. Die Reise dorthin kostet bestimmt einen Tausender.«

»Aber du würdest bis in die Antarktis reisen, wenn du die Kohle hättest? Obwohl du Kälte nicht ausstehen kannst?«

Ich nicke. »Ich schätze mal, ich würde es machen. Wie du gesagt hast, sie ist meine einzige Verwandte. Ich habe sie gerade erst gefunden, und jetzt bin ich kurz davor, sie schon wieder zu verlieren. Sie hat verdammt viel mehr zu bieten, als mir bewusst war. Und ich habe irgendwie das Gefühl, dass wir noch nicht fertig miteinander sind.«

Gav sieht mich lange an. »Patrick, tut mir leid, wenn ich taktlos bin, aber das Ganze hat auch was Positives. Sieht so aus, als würdest du vielleicht bald Millionär werden.«

Ich behaupte nicht, dass mir dieser Gedanke noch nicht gekommen ist. Aber ich habe ihn wieder verworfen, da er mir ehrlich gesagt ein bisschen weit hergeholt erschien. Auf jeden Fall wollte ich mich nicht um ungelegte Eier kümmern.

»Meinst du, Granny wird mir ihre Millionen vermachen?«

»Das meine ich.«

»Ach was. Sie kann mich doch nicht ausstehen.«

Er schüttelt den Kopf. »Das glaube ich nicht. Du hast dir doch die Mühe gemacht, zu ihr an den Flughafen zu fahren, oder? Ich wette, das hat sie gerührt, auch wenn sie es sich nicht hat anmerken lassen. Und sie hat dir die Tagebücher geschickt. Die waren weggeschlossen, hast du gesagt, mit einem Zahlenschloss gesichert, also hat sie sie bestimmt nicht überall herumgereicht. Dann hat sie dir die Zahlenkombination geschickt. Niemand sonst hat diese Tagebücher gelesen, Mann, nicht mal ihre treue Pflegerin, hast du mir gesagt. Komm schon, Patrick, es liegt doch auf der Hand, dass sie dir ihr Geld vermachen wird!«

Ich nehme an, es ergibt einen Sinn, wenn er es so formuliert. Ach du Scheiße! Ich als Millionär ist noch abwegiger als ich in der Antarktis. Ich mache vor lauter Aufregung einen kleinen Luftsprung. Gav hält die Hand hoch, und ich klatsche ihn ab.

Die Begeisterung hält allerdings nicht lange an. Ich hasse die Vorstellung, dass Granny V da draußen in der Kälte im Sterben liegt.

»Hör mal, Gav. Eigentlich würde ich schon gern hin und sie sehen. Du würdest mir nicht vielleicht unter Umständen …«

»Was, Mann? Spuck's aus.«

Geld ist eine Belastung. Ich kann mir nie sicher sein. Granny V ist exzentrisch und impulsiv, so viel weiß ich. Es ist durchaus möglich, dass sie mir ihre Kohle hinterlässt, aber sie könnte sie genauso gut einem Waisenhaus oder so vermacht haben.

Die Worte purzeln mir aus dem Mund. »Du würdest, äh, nicht vielleicht in Erwägung ziehen, mir das Geld für ein Flugticket zu leihen, oder?«

Er klopft mir auf den Rücken. »Na klar, Mann. Ich dachte schon, du würdest nie fragen!«

Mein Gott, was mache ich da? Bin ich denn total bescheuert? Wenn die Waisen Grannys Erbe bekommen, wie soll ich dann jemals meine Schulden bei Gav zurückzahlen?

»Vielleicht solltest du über die Antwort noch mal nachdenken«, höre ich mich sagen.

Gav will davon nichts wissen. »Nein, schon in Ordnung. Das Timing hätte eigentlich gar nicht besser sein können: Das Erbe meiner Mum ist gerade eingetroffen. Ich möchte gern was Sinnvolles damit machen.«

Wir diskutieren noch eine Weile. Ich möchte wirklich keine Schulden bei Gav haben, für den Fall, dass Granny V mir keinen Penny hinterlässt. Er ist allerdings nicht zu bremsen. Sagt, ich könnte es ihm irgendwann in den nächsten zwanzig Jahren zurückzahlen. In Raten oder wie auch immer. Sagt, genau genommen wäre es gar nicht so viel. Sagt, er wäre mir sowieso etwas schuldig, weil der Fahrradladen ohne mich nie überlebt hätte. Da übertreibt er ein bisschen.

Während er redet, freunde ich mich mit der Idee an, in die Antarktis abzuzischen. Fange an, mich ein bisschen als Held zu sehen. Ich, Patrick der Tapfere, begebe mich auf eine heroische Reise, um der aufgewühlten Seele einer alten Frau Frieden und Harmonie zu bringen. Aber dann fällt mir etwas ein.

»Moment mal, was ist mit der kleinen Daisy? Solltest du das Geld nicht dafür ausgeben, dass sie die beste Behandlung bekommt? Wenn es irgendwas gibt, was ihr hilft, ist das viel wichtiger, als dass du mich ans andere Ende der Welt schickst.«

Er will aber nichts davon wissen. Anscheinend gibt es keine Behandlung, die Daisy nicht sowieso schon bekommt.

Ich habe trotzdem ein schlechtes Gewissen. »Wenn schon keine andere Behandlung, wie wär's dann mit einer Belohnung?« Ich hasse den Gedanken, dass Daisy meinetwegen etwas entgeht.

»Daisy bekommt jede Menge Belohnungen. Und es ist genug Geld da, um ihr noch mehr zu kaufen. Halt einfach den Mund und sieh zu, dass du einen Flug buchst!«

Ich werde nicht mehr mit ihm diskutieren. Ich werde die Dinge mit Granny Veronica in Ordnung bringen.

Antarktis, ich komme!

37

Veronica

Locket Island

Ich bin eine unförmige Ansammlung kleiner Punkte. Jeder kleine Punkt ziept und sticht, tut weh und ist wund. Ich liege unter einem riesigen Haufen Decken, aber mir ist kalt, so kalt. Ich atme flach und keuchend.

Eine Frau wuselt herum.

»Schauen Sie, Veronica, unser Pinguin-Küken stattet Ihnen einen Besuch ab. Der Kleine wird von Tag zu Tag größer und lebhafter. Er macht sich hervorragend.«

Ich versuche, die Augen aufzustemmen. Durch den schmalen Seeschlitz dringt quälend grelles Licht. Ich kann Formen erkennen, aber alles hat verschwommene Konturen. Eine kleine, flauschig graue Gestalt watschelt im Zimmer umher. Ich möchte die Hand ausstrecken und sie berühren, aber ich bin dazu nicht imstande. Meine Augenlider bleiben auch nicht geöffnet. Die Jalousien schließen sich wieder vor der Helligkeit.

»Und Sie machen sich auch hervorragend, Veronica.« Meine Augenlider zucken gerade lange genug, dass ich die

Frau sehe. Sie kommt mir bekannt vor. Sie hat schlaffes Haar, das sich über ihre Schultern ergießt, und trägt eine Brille, die ihre traurigen blauen Augen vergrößert.

Sie ist eine Lügnerin. Ich mache mich nicht hervorragend.

Sie spricht abermals mit erzwungener Fröhlichkeit. »Wir haben eine Überraschung für Sie, Veronica. Ihr Enkel kommt! Den ganzen weiten Weg bis in die Antarktis. Nur, um Sie zu sehen.«

Die Worte treiben umher, umkreisen mich langsam. Dann verbinden sie sich plötzlich zu etwas Festem, und ich verstehe ihre Bedeutung.

Ich weiß, wo ich bin und was das alles zu bedeuten hat. Diese junge Frau hat einen Männernamen. Ich mag sie, betrachte sie als Freundin. Terry, ja, Terry: Wissenschaftlerin auf Locket Island in der Antarktis. Was hat Terry gerade gesagt? Das Echo ihrer Worte klingt noch in meinem Kopf nach. Sie hat gesagt, dass mein Enkel zu Besuch kommt.

Mein Enkel! Um Himmels willen! Ich muss in noch schlechterer Verfassung sein, als ich dachte. Ich öffne die Lippen und versuche zu sagen: »Richten Sie ihm aus, das ist nicht nötig«, aber die Worte bleiben mir im Hals stecken und weigern sich herauszukommen.

So fühlt sich Sterben also an. Wer hätte gedacht, dass es so frustrierend und langweilig ist? Ich möchte, dass es vorbei ist, aber es wird sich bestimmt so lange wie möglich hinziehen, genau wie das Leben. Wie überaus mühsam.

Etwas stöhnt. Das bin ich.

Ich spüre, wie mir eine Hand das Haar aus der Stirn streicht.

Sie spricht leise, nah an meinem Ohr. Ihre Sätze sind kurz und durch Pausen voneinander getrennt. Sie folgen ihren unzusammenhängenden Gedanken. »Er müsste bald hier sein. Wir müssen noch ein Bett herrichten. Hoffentlich macht ihm Enge nichts aus. Wir müssen improvisieren. Aber echt schön, ihn kennenzulernen. Ich freue mich darauf ... glaube ich. Was er wohl zu alldem sagen wird?«

Ich wünschte, sie würde aufhören zu plappern. Ich wünschte, sie würde stattdessen mein Baby vom Boden hochheben und mich seinen flauschigen Kopf streicheln lassen. Ich würde es sehr gern noch einmal berühren, bevor ich sterbe.

»Sie müssen zusehen, dass es Ihnen bald wieder besser geht, Veronica. Für Ihren Enkel.«

Mein Enkel? Ach ja. Er. Ich glaube, ich kann mich vage erinnern. Aus einer verrückten Laune heraus habe ich Eileen aufgetragen, ihm meine Tagebücher zu schicken. War das sehr unklug? Mein Kopf tut mir weh, wenn ich versuche, die einzelnen Gedankengänge zu trennen. Hat nicht jemand gesagt, er würde kommen? Wenn er tatsächlich kommt, falle ich aus allen Wolken. Ich falle schon aus allen Wolken, dass er es überhaupt in Erwägung zieht. Vielleicht ist das Ganze ein Missverständnis.

Im Hintergrund sagt jemand: »Ich habe mir überlegt, wie verwirrend es wird, zwei Patricke in der Forschungsstation zu haben. Wir können sie ja Patrick eins und Patrick zwei nennen. Aber vielleicht sollte unser kleines flauschiges Knäuel einen neuen Namen bekommen? Was meinen Sie, Veronica?«

Das interessiert mich nicht im Geringsten, aber ich bin nicht imstande, es zu sagen.

»Wie nennen wir dich, kleines Knäuel?«

Die Stimme hält inne. Ich dämmere langsam ein. All die Patricke und Zahlen und Knäuel sind etwas ermüdend.

Terry meldet sich wieder zu Wort. »Jetzt weiß ich's! Ich hab's. Auf Ihrem Nachttisch liegt *Große Erwartungen*, und wir haben große Erwartungen an unser kleines Knäuel. Also sollten wir ihn nach der Hauptfigur in dem Buch benennen. Wir sollten ihn Pip nennen!« Ihre Stimme verändert sich, als sie den Kopf dreht und den kleinen rundlichen Kerl auf dem Fußboden anspricht. »Einverstanden, dass wir dich von jetzt an Pip nennen?«

Aus der Zimmerecke ertönt eine Antwort, ein schriller, flötender Laut, der sich beinahe wie das Wort »Pip« anhört.

»Ich werte das mal als ein Ja!« Ich höre Zuneigung aus ihren Worten heraus.

Das stellt das Bild wieder scharf: Das Knäuel ist ein Pinguin. Patrick ist ein Pinguin. Pip ist ein Pinguin. Alle sind ein und derselbe. Alle liegen mir am Herzen. Ich hoffe wider jegliche Vernunft, dass sich die Leute hier um ihn kümmern, wenn ich nicht mehr da bin. Ich glaube, das werden sie tun. Zumindest Terry wird sich um ihn kümmern. Die anderen beiden sind Männer, glaube ich. Ihre Namen fallen mir im Moment nicht ein. Allerdings erinnere ich mich, dass sie ebenfalls eine Schwäche für Patrick-Knäuel-Baby haben – Pip, wie er jetzt anscheinend heißt. Der weiche, flaumige Pip mit den großen Augen und den großen Füßen, deren Schlurfen ich hören kann, wenn ich angestrengt lausche.

»Nein, Pip, lass Veronicas Pantoffeln in Ruhe!«

Was macht er mit meinen Pantoffeln? Ich will nachsehen, aber es fällt mir zu schwer, die Augen aufzumachen, und den Kopf zu drehen, das ist schlichtweg unmöglich.

Ein Seufzen versucht, sich den Weg durch meine Lunge zu bahnen, schafft es aber nicht. Sogar flach zu atmen fühlt sich an, als würde jemand eine Säge durch meine Eingeweide ziehen.

Wie jammerschade, dass ich die Sache mit meinem Vermächtnis für die Adeliepinguine nicht geregelt habe. Ich hätte mich früher darum kümmern sollen. Das war ein Fehler, wieder einmal. Wahrscheinlich wird mein ganzes Erbe jetzt an meinen Enkel gehen. Das ist ganz und gar nicht das, was ich wollte. Ich wollte, dass alles für eine gute Sache verwendet wird.

Wieder prasseln Worte auf mich ein, sickern durch die Wolke des Bedauerns. »Mir tut das alles so leid, Veronica.« Ihre Stimme klingt belegt und unglücklich. »Es tut mir schrecklich leid, dass Sie den ganzen weiten Weg gekommen sind und wir uns so … und wir uns so verhalten haben. Sie haben so unerschütterlich gewirkt, so stark. Mir war nicht bewusst … Ich hätte nie gedacht, dass es so weit kommen könnte. Sie waren eine Herausforderung für uns, sicher, aber haben auch frischen Wind reingebracht, und ich mag die Einzige gewesen sein, aber … ich persönlich mochte Sie. Ich mochte Sie sehr, und ich wollte, dass Sie bleiben.«

Ich wünschte, sie würde aufhören, in der Vergangenheitsform über mich zu sprechen. Das ist gar nicht höflich.

»Und als Sie sich dann so für die Pinguine begeistert haben, hatte ich das Gefühl, trotz all unserer Unterschiede eine Seelenverwandte gefunden zu haben.«

Sie wird sentimental, spricht mit tränenerstickter Stimme. Mir wird jetzt etwas bewusst, das mir nie aufgefallen ist: Terry ist einsam.

»Als Sie mir dann Ihre Geschichte erzählt haben, hat mir das fast das Herz gebrochen«, fährt sie fort. »Ich wäre gern in die Vergangenheit gereist und vor all den Jahren Ihre Freundin gewesen, als Sie so dringend eine gebraucht hätten. All die Leute, die sogar dann so gemein zu Ihnen waren, als Sie um Ihre Eltern getrauert haben. Das war grausam, grausam, grausam. Und Sie waren noch so jung. Und dass sie Ihnen Ihr Baby weggenommen haben, das war so ... so verkehrt in jeder Hinsicht.«

Ich bin mir nicht sicher, ob ich das noch lange aushalte.

Plötzlich scheppert es am anderen Ende des Zimmers.

»Ach, Patrick!«, ruft Terry. »Ich meine, Pip! Was hast du denn vor, um Himmels willen? Oh Veronica, Sie sollten ihn sehen! Er ist in den Papierkorb geklettert, und nur sein Kopf schaut noch raus. Er sieht so lustig aus!«

38

Patrick

Locket Island

Ich bin da.

Ich, Patrick. Da, Antarktis. Unglaublich.

Die Reise war nicht ohne. Es gelang mir, ein Last-Minute-Ticket zu ergattern. Im Flugzeug war es eng und langweilig, und der Flug schien sich ewig hinzuziehen. Die letzte Etappe, die Überfahrt mit dem Schiff, war allerdings super. Unzählige treibende Eisberge, in allen möglichen Formen und Größen. Manche erinnerten an Frischkäsekleckse, andere an Weißbrotstücke. Manche waren scharf wie Zähne, manche gemasert und zersplittert wie Glasscherben, die Sonnenstrahlen einfangen. Die Tierwelt war auch völlig irre. Auf den Felsen lümmelten Robben, über uns kreisten riesige Vögel, und Pinguine schossen ins Wasser und wieder heraus oder standen in Scharen am Ufer. Einmal waren sogar riesige Buckelwale zu sehen. Ich kann es immer noch nicht glauben.

Und jetzt bin ich in dieser Forschungsstation. Granny V hält Gott sei Dank noch durch. Es ist ein Jammer, sie so zu sehen. Sie hat mit den Augen signalisiert, dass sie mich wahrgenommen hat, aber sie kann nicht sprechen oder so. Ich weiß nicht, ob sie mich erkennt oder nicht. Schwer zu sagen.

Von den Wissenschaftlern habe ich noch etwas mehr darüber erfahren, was passiert ist. Sie hat sich allein hinausgeschlichen, haben sie erzählt. Sie hätten ihr das niemals erlaubt, wenn sie davon gewusst hätten – vor allem, weil ein Schneesturm im Anzug war. Kein gewaltiger Schneesturm, der alles in seinem Weg verwirbelt, wie man sie hier draußen manchmal erlebt, aber doch ziemlich schlimm. Schlimm genug, dass sie in Panik gerieten und sofort mit ihren Verbandskästen hinauseilten. Schlimm genug, dass sie, als sie Granny V zusammengesackt auf dem Boden fanden, befürchteten, sie würden es nicht schaffen, sie lebend zurück zur Forschungsstation zu bringen. Schlimm genug, dass der Helikopter mit dem Notarzt erst vier Stunden später einfliegen konnte.

Sie schaffen es aber, sie zurückzubringen, und machten alles richtig, indem sie sie warm hielten. Als der Arzt schließlich eintraf, diagnostizierte er bei ihr Unterkühlung und eine Lungeninfektion. Sie bekam eine große Dosis Penicillin injiziert und Antibiotika verabreicht. Es war die Rede davon, sie in ein Krankenhaus in Argentinien zu fliegen, aber als sie versuchten, sie hochzuheben, fing sie an zu schreien. Der Arzt kam daraufhin zu dem Schluss, dass es besser sei, sie in Ruhe hier liegen zu lassen. Wollte er damit sagen, sie »in Frieden ruhen« zu lassen? Zumindest bat er die Wissenschaftler, Grannys Angehörige zu verständigen. Und hier bin ich.

Ich wette, die Wissenschaftler sind angefressen. Zuerst kriegen sie eine Sechsundachtzigjährige ab, die bissig wie ein Kampfhund und stur wie eine Wildziege ist. Als Nächstes zieht sie los und ruiniert sich ihre Gesundheit. Und dann komme ich, der beklopppteste Enkel der Welt, mit dem Schiff an, mit dem sie hätte abreisen sollen.

Allerdings sind sie selber eine ziemlich sonderbare Truppe, diese drei Schnee-Musketiere. In der Reihenfolge, wie sympathisch ich sie finde, heißen sie Terry, Dietrich und Mike. Terry ist eine Sahneschnitte mit Brille. Strähniges blondes Haar, das sie in ihre Kapuze steckt. Kleine Grübchen, wenn sie lächelt. Und funkelnde Augen.

»Oh, ich dachte, Sie wären ein Typ, nachdem Sie *Terry* heißen«, sagte ich als Allererstes, als sie sich vorstellte.

»Das denkt jeder«, entgegnete sie mit ihrem Grübchenlächeln. »Tja, ich könnte genauso gut einer sein«, fügte sie hinzu, eher für sich als für mich. Nicht selbstmitleidig, sondern ganz sachlich. Man könnte sie aber auf gar keinen Fall für einen Typen halten, wenn man sie sieht. Nie im Leben!

»Das mit Ihrer Großmutter tut mir so leid«, sagte sie. Aufrichtig. Sie errötete, als wäre es ihre Schuld.

»Keine Sorge«, erwiderte ich. Das klang, als wäre mir das Ganze egal, deshalb fügte ich hinzu: »Sie ist eine starke Frau. Wer weiß, vielleicht ist sie bald wieder obenauf.« Das klang oberflächlich, deshalb sagte ich: »Sie haben das super gemacht. Danke, dass Sie sich um sie gekümmert haben!« Das klang dämlich, aber mir fiel nichts ein, was ich sonst hätte sagen können, also hielt ich schnellstens den Mund.

Nachdem wir nach Granny gesehen hatten, führten mich alle gemeinsam in ihrer Forschungsstation herum. Diese ist in Wirklichkeit gar nicht so klein, zumindest ist sie von innen größer, als sie von außen aussieht. Ein Raumwunder, sozusagen. Es gibt einen Computerraum (genau genommen eher ein Schrank), eine Toilette mit Waschgelegenheit und eine Küche, die an einen Raum grenzt, den sie als »Lounge« bezeichnen, was luxuriös klingt, es aber nicht ist. Und es gibt – was ziemlich erstaunlich ist, wenn man es sich überlegt – für jeden ein Zimmer. Sogar für mich ist ein Zimmer vorgesehen. Na ja, eigentlich handelt es sich um eine Abstellkammer. Sie haben sie für mich ausgeräumt und ein Feldbett hineingestellt. Mann, bin ich froh, dass ich mir nicht mit Granny einen Raum teilen muss.

Genau genommen hat Granny sowieso schon einen Zimmergenossen, und zwar ein Pinguin-Baby, das ulkigste und niedlichste Ding, das man sich vorstellen kann: eine kleine flauschige Kugel mit großen Füßen und einer riesigen Persönlichkeit. Sie nennen den Kleinen Pip. Offenbar lebt er seit anderthalb Wochen in der Forschungsstation. Die Wissenschaftler verhalten sich, als wäre seine Anwesenheit völlig normal. Ich muss sagen, dass ich das Ganze ein bisschen surreal finde. Es fällt mir schwer, zu verstehen, wie sie leben.

»Was hat Sie denn ursprünglich dazu bewogen, hierherzukommen?«, fragte ich Dietrich bei einem starken Kaffee, nachdem ich mich ein bisschen eingelebt hatte. Dietrich ist der Boss hier, aber auf eine nette Art. Er erinnert mich an Gav, ist aber behaarter und ausländischer. (Mike ist der Möchtegern-Boss, und das auf eher nicht nette Art. Er erinnert mich eigentlich an niemanden. An einen jüngeren Piers Morgan vielleicht?)

Dietrich strich sich über den Bart, während er sich die Antwort auf meine Frage überlegte. »Ach, wissen Sie, der Nervenkitzel wissenschaftlicher Entdeckungen. Faszination für die Extreme des Lebens, für die Art und Weise, wie Lebewesen unter solchen Bedingungen funktionieren. Außerdem besteht die Möglichkeit, der Tierwelt und der Umwelt ein bisschen zu helfen ...«

»Und Sie?«, fragte ich Mike.

Er nippte nachdenklich an seinem Kaffee und musterte mich, während er seine Antwort abwog. »Ich bin für diesen Job auf einzigartige Weise qualifiziert«, sagte er. »Es wäre Verschwendung, wenn ich meine Fähigkeiten nicht nutzen würde.« Bescheidener Typ (von wegen).

Terry verdrehte die Augen und stieß impulsiv einen kleinen Seufzer aus.

»Und was ist mit Ihnen, Terry?«, fragte ich. »Warum sind Sie nach Locket Island gekommen?«

»Das ist mein Traumjob. Ich liebe Pinguine«, entgegnete sie geradeheraus und schob ihre Brille auf der Nase nach oben.

Den Rest des Nachmittags verbrachte ich an Granny Vs Bett. Ich dachte an die Tagebücher und dass ich etwas sagen sollte, falls sie plötzlich den Löffel abgibt. Ich hatte während der Reise Zeit, darüber nachzudenken, aber die Worte kamen einfach nicht. Gav wüsste, was er zu sagen hätte, und er würde den richtigen Ton treffen, aber ich bin bei solchen Sachen total mies. Also saß ich einfach wie eine Dumpfbacke da. Vielleicht genügt ja die Tatsache, dass ich die Strapazen auf mich genommen habe und hierhergekommen bin, damit es ihr ein kleines bisschen besser geht. Das hoffe ich zumindest.

Beim Abendessen bombardierte Mike mich mit Fragen.

»Und, Patrick, was machen Sie beruflich?«

Ich wand mich auf meinem Stuhl. Mir ist klar, dass Mike mich nicht besonders mag. Terry hat mir gesagt, dass er ein bisschen abweisend gegenüber jedem Neuzugang ist, der das Gleichgewicht in der Forschungsstation stört. Er hat sich gerade erst an Granny gewöhnt, und jetzt muss er sich mit meiner Wenigkeit herumschlagen. Tja, Pech gehabt, Kumpel!

»Ich arbeite montags in einem Fahrradladen, und ich gehe stempeln«, sagte ich.

»Stempeln? Dann ist der Job im Laden Ihr einziger?«

»Richtig erraten.«

»Dann bekommen Sie also Ihre Wohnung vom Staat bezahlt?«

Wie man Patrick in einem einfachen Satz Missbehagen bereitet.

»Mike!«, rief Terry. »Sei nicht so unhöflich!«

Mike drehte seine Gabel und wickelte akribisch die Spaghetti auf. »Tut mir leid, ich will nicht unhöflich sein. Ich bin nur neugierig, was unseren neuesten Besucher anbelangt, das ist alles. Wir bekommen ja nicht oft Besuch.«

»Die Miete wird vom Amt bezahlt, ja«, teile ich ihm mit.

»Ich nehme an, Sie haben keine Familie oder Frau, die Sie ernähren müssen?«

»Nein.«

Mike verzog den Mund. Vermutlich war es eine Art Lächeln. »Was machen Sie denn den lieben langen Tag in Ihrer Einzimmerwohnung?«

»Ach, dies und das. Glotze. Zeitschriften. Pflanzenpflege. Nichts Weltbewegendes.«

Nach dem Essen kam Terry mit mir in Granny Vs Zimmer.

»Tut mir leid wegen dem Verhör«, flüsterte sie mir ins Ohr.

Ich grinste. »Dieser Mike ist ein bisschen verkrampft, oder?«

»Ach, er kommt manchmal so rüber, aber wenn man ihn besser kennenlernt, ist er in Ordnung.«

»Sind Sie beide zusammen?«

»Um Gottes willen, nein! Er hat zu Hause in London eine Freundin. Sie ist ein ziemlich hohes Tier, organisiert Konferenzen für die Geschäftswelt, glaube ich.«

»Oh«, erwiderte ich, »das überrascht mich. Ich hatte den Eindruck, er ist *Ihnen* ziemlich zugetan.«

Sie wirkte belustigt. »Mike? Mir zugetan? Seien Sie doch nicht albern!«

»Na ja, dem Anschein nach kann er die Augen nicht von Ihnen lassen.«

Sie warf mir einen völlig ungläubigen Blick zu und verschwand schnell in Veronicas Zimmer. Ich ging ihr nach. Pip, der Pinguin, lag in seinem Koffer-Bett auf dem Fußboden, hob den Kopf und blickte zu uns auf. Er schien uns zu erkennen und uns zu gestatten, nach der Patientin zu sehen, dann ließ er den Kopf wieder sinken.

Grannys Zustand hatte sich nicht verändert. Sie lag völlig regungslos auf dem Rücken. Ihre schlaffe Haut war mit Flecken übersät. Ihr Haar stand auf dem Kissen nach allen Seiten ab. Sie hatte dunkle Schatten unter den Augen. Mann, sie sah hundeelend aus.

Terry legte ihr die Hand auf die Stirn. »Sie fühlt sich sehr heiß an. Versuchen wir, ihr ein bisschen Wasser einzuflößen. Könnten Sie …?«

Ich schob die Hand unter Grannys Kopf und richtete sie vorsichtig auf. Dabei wurde mir bewusst, dass ich sie bislang noch nie berührt hatte. Mein Gott, wie traurig, dass sie sich so zerbrechlich anfühlte. Ihre Augen flackerten ein bisschen. Meine Hand verfing sich in etwas: in einer Kette um ihren Hals.

»Was ist das?«

»Ach, das ist ein Medaillon, das sie trägt«, entgegnete Terry. »Ich dachte, es wäre womöglich unbequem für sie, und habe versucht, es abzunehmen, aber sie hat um sich geschlagen und mir ziemlich deutlich zu verstehen gegeben, dass sie nichts davon wissen wollte. Ich nehme an, es hat einen ideellen Wert.«

»Ja, wahrscheinlich.« Ich gab nicht preis, dass ich in ihren Tagebüchern davon gelesen hatte.

Terry hielt Granny ein Glas Wasser an die Lippen, und wir sahen zu, wie sie ein oder zwei Schlucke trank. Sie machte eine leichte Bewegung, als wollte sie signalisieren, dass es genüge. Ich legte sie wieder zurück auf das Kissen und drückte leicht ihre Hand. Mag sein, dass ich es mir nur eingebildet habe (es war schwer zu beurteilen), aber ich glaube, sie erwiderte den Druck.

»So, Granny V«, sagte ich. »Ist es jetzt besser?« Sie antwortete natürlich nicht.

Ich fragte mich, wie viel sie von alldem mitbekam.

Es sieht nicht gut aus. Ganz und gar nicht gut.

39

Veronica

Locket Island

Die Reize des Todes sind mannigfaltig. Keine Schmerzen mehr. Kein Stress mehr. Keine Erinnerungen mehr. Keine Entscheidungen mehr. *»'s ist ein Ziel«*, wie Hamlet sagt (es fällt sicher auf, dass ich mich noch ziemlich genau an meinen Shakespeare aus Schulzeiten erinnere), *»aufs Innigste zu wünschen.«* Sterben. Schlafen. Das ist ziemlich verlockend. Entspannend. Und obendrein hat man keine Schmerzen mehr – hatte ich das schon erwähnt?

Denn in diesem Moment *habe* ich Schmerzen, heftige, unerbittliche Schmerzen. Sie strömen durch sämtliche Poren meines Körpers, krallen sich in meine Lunge und bohren sich wie brennende Säure in jeden Winkel meines Herzens. Ich hoffe inständig, dass der Tod bald eintritt.

Meine antarktischen Gefährten werden ihre liebe Mühe damit haben, meinen Leichnam für eine anständige Bestattung zurück nach Ayrshire zu schaffen. Vielleicht ist es ihnen aber auch egal. Womöglich werde ich hier unter dem Schnee begraben. Womöglich werden Scharen von Pinguinen über mein Grab wandern. In ihrer unnachahmlichen Pinguin-Art werden sie meine verwesende Anwesenheit ignorieren und mit dem Kopulieren, Fortpflanzen und Defäkieren weitermachen. Auch Unzählige von ihnen werden um mich herum sterben. Meine Seele kann auffahren und sich unter ihre Seelen mischen. Das setzt natürlich voraus, dass ich eine Seele habe (was fraglich ist) und dass sie Seelen haben (was ebenfalls unwahrscheinlich ist).

Ich blicke kurz auf mein Leben zurück. In diesem Stadium gibt es doch angeblich tiefgründige Offenbarungen, nicht wahr? Darauf warte ich jedoch vergeblich. Meine Geschichte vermittelt kein bedeutendes Wissen, keine letzten Worte, die geschliffen genug wären, um sie der Nachwelt zu hinterlassen. Ich denke nur: Was sollte das alles?

Patrick ist hier. Mein Enkel Patrick, eine große, unbeholfene Gestalt an meinem Bett. Terry hat mir mein Hörgerät eingesetzt, falls er irgendwelche Perlen der Weisheit von sich geben sollte. Patrick hat tatsächlich »Hallo, Granny« zu mir gesagt, aber abgesehen davon nur sehr wenig. Ich konnte nichts erwidern, schaffte es jedoch, zu blinzeln, um ihn wissen zu lassen, dass ich ihn wahrgenommen habe. Er wirkt unglaublich linkisch. Er sitzt auf einem Stuhl neben dem Bett und hält etwas in der Hand. Ich glaube, es handelt sich um eine Zeitung oder um eine Zeitschrift, da es raschelt. Außerdem seufzt er sehr oft.

Ich bin erstaunt, dass er gekommen ist. Anscheinend weiß er, dass ich zu krank bin, um mein Erbe zu regeln.

Nach langer Stille höre ich jemanden ins Zimmer kommen.

»Alles in Ordnung bei Ihnen beiden?«

Terrys Stimme klingt hell und warm, soll tröstlich wirken. Die Antwort meines Enkels lässt nicht lange auf sich warten. »Ja. Alles okay, nur, na ja … still.«

»Pip war die letzte Stunde bei mir und hat mir beim Aufräumen zugeschaut, aber ich habe ihn wieder mitgebracht. Ich dachte mir, Veronica hat ihn vielleicht gern hier. Seine Anwesenheit scheint beruhigend auf sie zu wirken. Sie haben doch nichts dagegen, oder?«

»Ähm, nein. Nein. Er ist echt niedlich.«

»Ich muss sein Bettzeug ausschütteln. Würden Sie ihn kurz halten?«

»Äh …«

Es ist ein Rascheln zu hören, dann ein »Au!« von Patrick.

»Vielleicht lieber doch nicht«, sagt Terry. »Er kennt Sie noch nicht. Warten Sie kurz. Wenn ich ihn halte und Sie ihn vorsichtig streicheln, so …«

»Sind Sie sicher, dass er nicht noch mal auf mich losgeht? Sein Schnabel ist echt scharf!«

»Sie haben ihn erschreckt, weil Sie zu ungestüm waren. Sehen Sie? Jetzt ist er glücklich. Er wird ganz anschmiegsam, wenn man ihm den Nacken streichelt. Stimmt's, Pip?«

Eine kurze Pause, und dann kichert sie. »Da, er mag Sie.«

Ich höre Pips leise fiepen und vermute, er möchte abgesetzt werden.

»Wollen wir ihn ein bisschen herumlaufen lassen?«

»Macht er denn nicht auf den Fußboden?«

»Nein. Und wenn, wische ich es ruck, zuck auf. Kein Thema.«

»Ist das nicht, na ja … unhygienisch oder so?«

»Ich finde, wenn er Veronica glücklich macht, sollte er sie besuchen, so oft er will, meinen Sie nicht?«

»Ja. Sie haben recht. Ähm, Terry, ja. Stimmt.«

Patrick klingt verlegen. Man möchte meinen, er hätte noch nie eine junge Frau gesehen, die ein Pinguin-Baby auf dem Arm hat.

Terry spricht wieder. »Würden Sie ihn kurz im Auge behalten? Ich hole mir eine Tasse Tee. Möchten Sie auch eine?«

»Oh, äh, ja. Cool. Danke.«

Ich spüre, dass er sich wieder hinsetzt, und höre, wie ein paar Seiten einer Zeitschrift umgeblättert werden. Dann Terrys Schritte an der Tür.

»Bitte schön, Tee für uns. Und für Pip habe ich das hier mitgebracht. Jetzt ist seine Mittagessenszeit.«

Ein starker Fischgeruch durchdringt den Raum, begleitet von diversen klackernden, fiependen und saugenden Lauten.

Pinguin-Fütterung in Gegenwart einer sterbenden Sechsundachtzigjährigen. Wenn nicht ich die Sterbende wäre, würde ich lauthals lachen.

40

Patrick

Das alte Jahr ist zu Ende, und ein neues hat begonnen. Nicht, dass das irgendeinen Unterschied machen würde. Niemand war in Feierlaune. Ich bin seit vier Tagen hier, und Granny V hat in der ganzen Zeit überhaupt nichts gegessen. Sie liegt nur da und blickt verdrießlich drein. Ich nehme an, das ist kein gutes Zeichen.

Ich fühle mich hier wie das fünfte Rad am Wagen. Ich kann nichts für sie tun, außer mich an ihr Bett zu setzen und zu hoffen, dass sie meine Anwesenheit wahrnimmt. Und idiotische Kommentare abzugeben, auf die sie wahrscheinlich mit Spott reagieren würde, wenn sie sie hören könnte, was ich bezweifle. Die Wissenschaftler lassen mir jede Menge Freiraum. Sie sind sowieso ziemlich beschäftigt. Anscheinend ist es von entscheidender Bedeutung, dass sie jeden Tag losziehen, um Pinguine zu zählen und Pinguine zu kennzeichnen und Pinguine zu wiegen und andere Pinguin-Sachen zu machen. Aber sie sind nett zu mir. Na ja, zumindest Terry und Dietrich sind nett. Mike toleriert mich. Dieser Typ hat Probleme. Schaut auf jeden herab, der keinen Doktor in Pinguin-Wissenschaften hat.

Ich bin froh, dass mir Pip, der Penguin, Gesellschaft leistet. Er fühlt sich hier ganz zu Hause, schläft viel, frisst viel, läuft viel im Kreis herum und gerät uns oft zwischen die Füße. Und, ich gebe es zu: Manchmal rede ich mit ihm. Das mag verrückt klingen, aber ich finde es ziemlich erleichternd, mit einem Pinguin zu reden. Es ist jedenfalls einfacher, als mit einer komatösen Sechsundachtzigjährigen zu sprechen.

Terry zufolge hieß Pip vor meiner Ankunft Patrick. »Veronica hat ihn nach Ihnen benannt«, erklärte sie.

Ich war völlig platt. Granny ist schon ein komischer Vogel, daran besteht kein Zweifel. Ein verdammt komischer Vogel.

Der Helikopter-Arzt war hier, derselbe, der schon einmal da war. Er hat ihr noch einmal Antibiotika verabreicht und uns erklärt, dass sie keine Beschwerden hätte und dass wir nichts weiter für sie tun könnten, außer da zu sein. Er sagt, sie bekommt es mit, auch wenn man es ihr nicht anmerkt. Ihr Zustand sollte sich sehr bald zum Besseren oder zum Schlechteren wenden. Er ließ durchblicken, dass er so oder so nicht noch einmal gerufen werden möchte. Wir sollen einfach dafür sorgen, dass sie nicht friert und genug trinkt.

Unter dem Bett steht ein Plastikgefäß für Notfälle. Terry ist toll und kümmert sich um sämtliche Hygieneangelegenheiten. Ich habe mich angeboten (ich hatte das Gefühl, mir bleibt nichts anderes übrig), aber, Mann, war ich froh, als Terry dies übernahm! Sie meint, Veronica würde auf gar keinen Fall wollen, dass ein Mann es macht, und ich glaube, da hat sie recht. Ich vermute, dass Granny die ganze Situation hasst, in der sie sich befindet. Echt hart, alt und so krank zu sein, vor allem dann, wenn man eine Million Kilometer von zu Hause weg ist.

»Sie können nicht die ganze Zeit an Veronicas Bett sitzen«, sagte Terry gestern zu mir. »Da werden Sie doch verrückt. Im Moment ist sie ja stabil. Sie kann bestimmt eine Stunde oder zwei auf Sie verzichten, damit Sie mal die Adeliepinguine sehen können.«

Ich muss zugeben, dass ich große Lust hatte, der Kolonie einen Besuch abzustatten. »Na, wenn Sie das sagen.« Ich schlüpfte in mein Fleece.

»Ist Ihnen darin denn warm genug?«

»Ich habe zwei Sweatshirts drunter. Aber nein, wahrscheinlich nicht. Ich bin kein großer Freund von solchen Temperaturen.« Warum rutschen mir eigentlich immer die falschen Bemerkungen heraus? Ich klinge wie ein Weichling.

»Wir haben einen Ersatzanorak. Ziehen Sie besser den an.« Sie brachte mir eine Jacke, die zehnmal so dick war wie meine eigene.

»Danke.«

Sie blickte auf meine Turnschuhe hinunter. »Sie sind nicht annähernd so gut vorbereitet wie Ihre Großmutter. Ich glaube, Sie sollten sich lieber Mikes zweites Paar Mukluks ausleihen.«

»Er flippt doch bestimmt aus, wenn ich das mache.«

»Nein, dafür hat er Verständnis.«

Die Mukluks passten recht gut, und um ehrlich zu sein, erwiesen sie sich als nützlich.

Schnee! Das hatte ich beinahe vergessen! Die Helligkeit

schlägt einem sofort entgegen, wenn man einen Fuß vor die Tür setzt. Die Landschaft verschluckt einen einfach. Die Klarheit. Die Schärfe jedes Atemzugs, wenn die Luft in der Lunge ankommt. Mann, das ist echt nicht ohne!

Einen gleißenden Hang hinauf und auf der anderen Seite wieder hinunter, und da waren wir: Pinguinland. Wirklich beeindruckend, diese Vögel. Tausende mehr, als ich erwartet hatte, so viele, dass man den Boden zwischen ihnen fast nicht sehen konnte. Und ordentlich Lärm machten sie auch. Übermütig und eigensinnig. Wie Menschen, nur kleiner und schnabeliger und schwarz-weißer und lustiger. Ich schwöre, es ist unmöglich, sie *nicht* zu mögen.

Ich habe andauernd dumme Dinge wie »wow« und »cool« und »krass« gesagt. Einige Vögel waren neugierig auf uns und bildeten eine kleine Gruppe um uns. Wir beobachteten sie, sie beobachteten uns. Keine Ahnung, was in mich gefahren ist, aber ich habe mich gebückt, einen kleinen Schneeball geformt und ihn auf einen von ihnen geworfen – nicht fest, sondern spielerisch. Er landete genau vor seinen Füßen. Der Pinguin blickte überrascht nach unten, dann sah er mich an. Nicht feindselig, nur irgendwie verdutzt. »Entschuldige, Kumpel«, rief ich ihm zu. »War nicht böse gemeint. Nur ein wissenschaftliches Experiment. Um rauszufinden, ob du sauer wirst oder nicht. Gut gemacht, mein Freund. Volle Punktzahl fürs Nicht-sauer-Werden.«

Ich drehte mich zu Terry um und deutete auf ihr Notizbuch. »Sie sollten das festhalten«, sagte ich zu ihr.

Sie lachte. »Sie sind witzig.«

Als wir weitergingen, rechnete ich beinahe damit, dass der Pinguin mir einen Schneeball nachwerfen würde, was er aber nicht tat.

Kurze Zeit später sagte Terry: »Patrick, ich habe mich gefragt ...«

»Ja, Terry?«

»Wegen Ihrer Großmutter, wegen Veronica. Ich nehme an, Sie haben sie sehr gern, oder?«

»Äh ... weil sie eine so herzliche und sonnige Persönlichkeit hat?«

Terry gluckste. Sie versteht mich. »Na ja, schließlich haben Sie den weiten Weg hierher auf sich genommen.«

»Ja. Das liegt daran, dass ... Nun, das ist kompliziert.«

Terry erweckte den Eindruck, als könne sie sich nicht entscheiden, wie sie es formulieren solle, beschloss dann aber, es einfach zu sagen.

»Ich vermute, sie hat Ihnen von ihrem vielen Geld erzählt?«

»Dass sie einen ganzen Haufen davon hat? Ja, das hat sie.«

Eine kurze Pause. Terry betrachtete den Horizont. »Und hat sie Ihnen auch von ihren Plänen für ihr Testament erzählt?«

»Um Gottes willen, nein!«

Ihre Stimme wurde ganz leise, und ich hatte Schwierigkeiten zu verstehen, was sie als Nächstes sagte. »Veronica hat kein Testament gemacht, hat sie mir gesagt. Sie wollte eines machen, wenn sie wieder zu Hause ist.«

Ich war ein wenig überrascht, dass Terry auf so einem Thema herumritt. Sie wirkt auf mich nicht wie jemand, bei dem sich alles ums Geld dreht.

Ich zuckte mit den Schultern. »Wie werden wahrscheinlich nie erfahren, welche Pläne sie hatte.«

Terry marschierte weiter. »Vermutlich nicht«, verkündete sie in die frostige Luft hinein.

Terry kommt heute als Erste von der Adeliepinguinkolonie zurück. Sie ruft: »Hi, Patrick!«, dann verschwindet sie sofort im Büro.

Als sie zwanzig Minuten später wieder auftaucht, stehe ich in der »Lounge« herum und starre ins Leere. So ist es nun mal. Manchmal muss man sich einfach eine kleine Auszeit von den Freuden an Granny Veronicas Bett gönnen.

»Meine Güte, mir fällt nichts ein, was ich in meinem Blog schreiben könnte«, gesteht Terry. »Veronica ist inzwischen nicht mehr daraus wegzudenken, aber ich möchte nicht preisgeben, dass sie krank ist.«

Es muss irgendeine großartige Perle der Weisheit geben, die ich besteuern kann, aber ich finde einfach keine.

»Schwierig«, entgegne ich.

»Wahrscheinlich ist es das Beste, wenn ich sie gar nicht erwähne. Ich möchte nicht lügen und … das ist alles so traurig.« Sie schluckt und bekommt feuchte Augen. Ich frage mich, wie ich sie am besten trösten könnte. Ob eine Umarmung in Ordnung wäre. Unter diesen Umständen vielleicht schon. Aber bevor ich mich entscheiden kann, kommen Mike und Dietrich herein und klopfen den Schnee von ihren Stiefeln. Der Moment ist verstrichen.

Nachdem wir alle mit den unvermeidlichen »Wie war dein Tag?«-, »Wie geht's Veronica?«- und »Wie geht's den Pinguinen?«-Unterhaltungen durch sind, spreche ich etwas an, worüber ich in letzter Zeit öfter nachgedacht habe.

»Kann ich mal für Sie kochen? Ich würde gern was tun, um danke zu sagen, dass Sie sich um Granny kümmern.« Schließlich kann ich auf keinen Fall Kohle beisteuern.

Terry strahlt von einem Ohr zum anderen. »Oh, das ist sehr nett von Ihnen!«

Mike grinst höhnisch. »*Können* Sie überhaupt kochen?«

»Gar nicht so übel«, erwidere ich, genervt von seinem Zynismus. Er denkt anscheinend, ich wäre für überhaupt nichts zu gebrauchen. »Ganz und gar nicht übel.«

»Ah, das sind sehr gute Neuigkeiten!«, ruft Dietrich aus. »Vor allem, wenn Sie sich was einfallen lassen, was wir normalerweise nicht kochen. Wir sind ein bisschen in der Wiener-Würstchen-, Dosenbohnen- und Pasta-Tretmühle. Mein Gott, wir können nichts mehr davon sehen.«

»Dürfte ich einen Blick in Ihre Vorratskammer werfen?«

»Klar, gerne. Folgen Sie mir, mein Freund.« Er geht mit mir ins Hinterzimmer. Anscheinend verwenden sie immer nur Konserven und Nudeln, Reis und Fertigsoßen. Das Einzige, was sonst geöffnet wurde, ist eine riesige Kiste mit Erdnussbutter.

»Wir haben auch tiefgekühlte Lebensmittel«, sagt Dietrich und führt mich zu einem kleinen Anbau auf der Rückseite der Forschungsstation. »Fleisch und Gemüse – was sich einfrieren lässt. Von dem Blumenkohl würde ich an Ihrer Stelle die Finger lassen. Der schmeckt widerlich.«

Ich kann mir gut vorstellen, dass einem tiefgefrorener Blumenkohl in der Speiseröhre stecken bleibt. Mir fallen aber ein paar Stücke Rindfleisch auf.

»Das ist nicht schlecht. Aus Argentinien«, klärt Dietrich mich auf.

Außerdem gibt es eine Schachtel tiefgefrorene rote und gelbe Paprika. Ich fange in Gedanken an zu planen.

Eine Stunde später verbreitet sich der Duft von echtem Essen: von meinem Rindergulasch mit Paprika. Er lockt die Wissenschaftler aus verschiedenen Ecken der Forschungsstation an den Herd.

Ich richte üppige Portionen an. Gerne würde ich sie mit irgendwelchen frischen Kräutern garnieren, aber frische Kräuter sind hier nicht drin. Ich habe Unmengen gekocht, sodass für jeden ein Nachschlag da ist. Sie essen, als wären sie am Verhungern. Ich bin stolz, das gebe ich durchaus zu.

»Es ist noch genug für morgen da, wenn es Ihnen nichts ausmacht, zweimal hintereinander das Gleiche zu essen«, sage ich.

»Ausmachen?«, ruft Terry mit vollem Mund.

»Sie dürfen wiederkommen«, sagt Dietrich.

Mike verliert kein Wort über das Essen, aber ich sehe, dass er es verschlingt.

»Schmeckt's?«, frage ich demonstrativ.

»Ja. Sehr gut. Wirklich sehr gut. Danke«, erwidert er steif.

Terrys Pinguin-Blog

3. Januar 2013

Hier sind die neuesten Fotos von Pip, dem Pinguin. Ja, wir haben uns entschieden, ihn umzubenennen, weil wir momentan noch einen Patrick (einen menschlichen) auf der Insel zu Besuch haben.

Pip hat ordentlich zugelegt, wie ihr sehen könnt, und wiegt jetzt 1700 Gramm. Er ist ein leidenschaftlicher Entdecker und erkundet gern neue Schlafplätze. Sein neuester Platz ist ein Papierkorb …

Momentan gibt es in der Forschungsstation viel zu tun, und meine Zeit ist knapp bemessen, deshalb habe ich nur noch ein paar reizende Pinguin-Fotos für euch.

41

Veronica

Locket Island

Dad ist hier und Mum, und die beiden tanzen gemeinsam in der Küche den Lambeth Walk. Ihre Schritte klappern laut auf dem Fußboden. Das Fenster ist offen, und dahinter erstreckt sich ein endloser, strahlend blauer Himmel, verschwommen und leicht schwankend. Eine Brise weht herein und hebt die beiden vom Boden hoch, als wären sie kleine Papierschnipsel. Ich versuche, sie zu erwischen, jage ihnen nach. Aber sie rutschen mir durch die Finger und fliegen zum Fenster hinaus – tanzende Schatten, die in das endlose Blau gesaugt werden.

Ich höre eine Stimme rufen: »Verr-on-ee-cah!« Zuerst hat es den Anschein, als käme das Rufen von vorn, dann, als käme es von hinten. Ich drehe mich immer und immer wieder um. Dann donnert es von oben auf mich herab: *Ab ins Kloster mit dir, los!*

Jetzt sehe ich Janet, Norah und Harry. Sie wirken nicht ganz echt, sondern wie riesige Puppen-Versionen ihrer selbst. Sie werfen mir anzügliche Blicke zu, zeigen höhnisch mit dem

Finger auf meinen Bauch und umkreisen mich wie Wölfe. Norah stürzt sich auf mich. Ich blute und blute. Aber es ist kein Blut, was aus meinen Adern fließt, es ist Erdbeermarmelade.

Plötzlich sind Nonnen da, ein Strom von Nonnen in Schwarz und Weiß, der an mir vorbeifließt. Jede von ihnen hält mir ein Baby zur Begutachtung hin, reißt es aber wieder an sich, bevor ich erkennen kann, ob es sich um meinen Enzo handelt. Ich ertrage das nicht mehr. Ich stürze mich schreiend in die Fluten. Der schwarz-weiße Strom schließt sich über mir. Ich warte darauf, von den Füßen der Nonnen zertrampelt zu werden, aber … es sind keine menschlichen Füße. Es sind Füße mit Schwimmhäuten, weich und leicht. Und mir wird bewusst, dass die Nonnen seidig glänzende, dichte Federn und kleine Stummelschwänze besitzen. Es sind keine Nonnen. Es sind Adeliepinguine.

Ist das Giovanni, der hier bei mir ist? Ich sehe nicht gut, aber ich glaube, er beugt sich übers Bett. Er will mich küssen. Ich versuche, seinen Namen auszusprechen, aber mein Mund ist zu trocken. Er weicht zurück. Es gibt keinen Kuss, keine Berührung. Und, nein, es ist nicht Giovanni, das sehe ich jetzt. Es ist irgendein ungehobelter junger Mann mit unrasiertem Gesicht und zerzaustem Haar, der vor sich hin murmelt und nach Fisch riecht. Er kommt mir völlig unbekannt vor. Oder doch nicht?

»Patrick!«, ruft jemand. Die Stimme einer Frau, klar, aber trotzdem sanft. »Ich mache mich auf den Weg zur Brutstätte. Sie kommen zurecht, oder?«

»Ja, kein Problem«, entgegnet der Mann, dessen Gesicht sich über mir befindet. Ich spüre, wie sich eine Hand kurz auf meine Stirn legt. Dann: »Verdammt, bist du heiß!«

Ist es doch Giovanni? Sein Haar hat eine ähnliche Farbe, und irgendetwas an seinen Augen ... Aber nein, ich bin mir sicher, dass er es nicht ist. Ich habe ihn zumindest anders in Erinnerung. Und mein Gedächtnis ist so gut wie ... so gut wie das von Hamlet.

Ich bewege abermals die Lippen und versuche zu sprechen, aber es ist zwecklos.

Patrick. Der Name hallt in meinem Kopf wider. Ich glaube, es gab einen Jungen namens Patrick. Ja, ein Junge, von dem ich gehofft hatte, er würde sich als Oase erweisen, der sich schließlich aber doch nur als eine weitere Fata Morgana in der trockenen Wüste meiner durstigen Seele herausstellte. Ich kämpfe erneut mit Angst und habe den unangenehmen Verdacht, dass sich jemand, auf den ich einmal meine Hoffnungen gesetzt habe, als furchtbar unreinlicher, Cannabis rauchender Rüpel entpuppt hat. Das Bild vor meinem inneren Auge scheint zu dem Mann zu passen, der jetzt hier ist.

Ich kann mich nicht konzentrieren. Ich versuche, meine Gedanken in die richtige Reihenfolge zu bringen, aber sie sind ein verheddertes Knäuel. Moment ... es tut sich etwas. Die Worte *Patrick* und *Enkel* werden miteinander verknüpft. Aber das ist doch lächerlich! Patrick ist ein Vogel, ein kleiner flauschiger Pinguin. Da bin ich mir sicher. Mein Enkel kann unmöglich ein Pinguin sein.

42

Patrick

Locket Island

Oh Gott! Oh nein! War's das? Sie sieht grauenhaft aus. Ihr Gesicht ist zerknittert wie ein altes Papiertaschentuch. Ihr Mund ist seltsam verzerrt. Ein rasselnder Atemzug ist zu hören, dann entsteht eine schrecklich lange Pause vor dem nächsten Atemzug. Ich beuge mich vor und lege ihr die Hand auf die Stirn. Ihr Kopf glüht förmlich, aber ihre Hände sind eiskalt. Ihre wässrigen Augen blicken zu mir auf, verschwommen und verwirrt. Flehend. Aber was kann ich tun?

Mann, ich fühle mich elend. Ich möchte dieses Leid nicht allein mit ansehen müssen.

Ich eile zur Eingangstür der Forschungsstation und reiße sie auf, in der Hoffnung, dass Terry noch nicht weg ist, aber draußen sind nur Helligkeit und Stille. Sie ist bei den Pinguinen und kommt erst in ein paar Stunden zurück. Die anderen beiden sind schon in aller Frühe zur Kolonie aufgebrochen. Pip döst in seinem Papierkorb. Es sieht so aus, als wären am Ende nur ich und der Pinguin bei Granny.

Ich renne zurück in ihr Zimmer. Sie zappelt wie ein Fisch auf dem Trockenen. Ich nehme einen kalten feuchten Waschlappen und lege ihn auf ihr Gesicht. Sie zittert am ganzen Körper. Dann fällt sie schlaff zurück aufs Kissen.

»Granny, Granny, nein!« Ich schlucke. Ich bin so ergriffen, dass es sich anfühlt, als hätte sich irgendein Reptil in meinem Hals verkeilt.

Ich will nicht, dass Granny stirbt. Ich habe Gefühle, die ich seit Jahren nicht mehr hatte. Ein plötzliches heftiges Verlangen nach familiärer Bindung. Das Bedürfnis, mehr über sie zu erfahren. Scham wegen meines Verhaltens bei unserer ersten Begegnung. Bedauern, dass ich ihr nicht zeigen konnte, wie gerne ich es wiedergutgemacht hätte. Dann ist da noch die Tatsache, dass sie in die Antarktis gereist ist. Sie ist in die *Antarktis* gereist, an diesen ungewöhnlichen wilden Ort am Ende der Welt – ich finde das auf seltsame Weise rührend. Außerdem wirbeln in meinem Kopf Bilder aus ihren Tagebüchern umher: von der jungen Veronica, lebendig und voller Feuer, bereit, es mit allem und jedem aufzunehmen. So ganz anders als jetzt.

Sie runzelt die Augenbrauen, als versuche sie, sich etwas zusammenzureimen. Ihr Mund nimmt eine andere Form an. Ich beuge mich nah zu ihr vor, weil ich ihre Worte unbedingt verstehen will.

Sie atmet flach und keuchend. Schließlich flüstert sie heiser ein einziges Wort, meinen Namen: »Patrick.«

Daraufhin wacht Pip auf, der Terry zufolge unter einer Identitätskrise leidet, seit er umbenannt wurde. Er klettert aus dem Papierkorb und plumpst auf den Fußboden. Dann katapultiert er sich mit erstaunlicher Kraft und Energie in die Luft und landet auf dem Bett. Er denkt zweifellos, dass

Granny ihn zur Fütterung gerufen hat. Gieriger kleiner Kerl. Er kippt auf dem Bettzeug nach vorn um und robbt auf dem Bauch auf ihr Gesicht zu. Sie öffnet erschrocken die Augen und richtet den Blick auf ihn. Die beiden sind fast Nase an Schnabel, Schnabel an Nase. Es hat den Anschein, als befänden sie sich in einem lautlosen Dialog, mit mir als unbeteiligtem Zuschauer.

Und ich schwöre, ich sehe, wie Granny sich verändert, wie sie vor meinen Augen eine Verwandlung durchläuft.

43

Veronica

Locket Island

Ich habe das alles satt und bin bereit zu gehen. *Denn wer ertrüg' der Zeiten Spott und Geißel ... das Herzweh und die tausend Stöße ... die unsers Fleisches Erbteil?*

Ich nicht. Nicht mehr. Niemand könnte mein Leben als Erfolg bezeichnen. Warum sollte ich mir die Mühe machen, noch länger daran festzuhalten?

Und doch.

Wenn man darniederliegt und eine Kanonenkugel von einem kleinen Pinguin auf einen springt und einen mit funkelnden Augen anstarrt, hält man für einen Moment inne bei dem, was man gerade tut, selbst wenn es sich dabei ums Sterben handelt.

Sein Körper ist warm und klein und rundlich, waagrecht auf der Bettdecke positioniert und gerade schwer genug, um sanft auf meiner Brust zu lasten. Genau über meinem Herzen.

Die Welt hat eine ganze Zeit wild gewackelt. In diesem Moment beruhigt sie sich und kommt zum Stillstand. Der

Raum sieht schärfer und heller und unglaublich klar definiert aus, als hätte jemand alles mit einem Stift umrandet. Mein Kopf ist frei. Außerdem sind meine Schmerzen völlig verschwunden. Ich fühle mich leicht und unbeschwert.

Pip. Das kleine Tier heißt Pip, daran besteht für mich nicht der geringste Zweifel. Pip, mein geliebter Pinguin. Und der ungepflegte Mann, der hinter Pip aufragt, ist Patrick, mein geliebter Enkel.

Geliebter Enkel? Bin ich jetzt völlig übergeschnappt?

Anscheinend halluziniere ich, denn jetzt sehe ich große, dicke Tränen über sein Gesicht laufen. Ich richte den Blick wieder auf Pip, suche nach Bestätigung.

Gilt all diese Trauer mir?

»Ja, das ist richtig«, erwidert Pip.

Ich bin mir sicher, dass er etwas gesagt hat. Oder vielleicht doch nicht? Nein, es waren keine Worte zu hören. Vielleicht hat er mit den Augen gesprochen. Ja, ich glaube, so war es. Wie merkwürdig … Mir wird langsam bewusst, dass einem die Augen eines Pinguins vieles sagen können, sofern man bereit ist, zuzuhören.

Gedanken steigen aus meinem Unterbewusstsein auf, doch es hat abermals den Anschein, als würden sie mir durch Pip übermittelt. Er lächelt mit dem ganzen Körper. »Dann bleibst du also bei uns! Du wirst nicht sterben, oder?«

»Ich werde nicht sterben?« Das scheint mir eine ziemlich vorschnelle Annahme zu sein.

»Nein«, erwidert er, ohne zu zögern. »Das hoffe ich zumindest.«

Ich fühle mich geschmeichelt. Genau genommen bin ich vor Freude aus dem Häuschen. »Das hoffst du?« Es ist eine seltene Gabe, auf diese Weise mit einem Pinguin kommunizieren zu können, unhörbar, ohne die Lippen zu bewegen.

»Betrachte es so«, schlägt er vor. Ich bin gespannt darauf, zu hören, was er zu sagen hat. »Vor einiger Zeit hast du mich gerettet«, fährt er fort. »Vor dem sicheren Tod. Du hast entschieden, dass mein Leben einen Wert hat, obwohl ich nur ein Pinguin bin. Also ist es nur fair, wenn du mich entscheiden lässt, ob *dein* Leben einen Wert hat. Und weißt du, was ich denke? Es hat auf jeden Fall einen Wert.«

Es ist wirklich nett, das von einem Pinguin gesagt zu bekommen.

»Du hast die Wahl«, fährt er fort, ohne den Blick von mir abzuwenden, aber er bewegt eine Flosse, sodass sie meine Wange streift. »Und ich bitte dich höflich, dir alle Mühe zu geben, wieder gesund zu werden. Denn ich persönlich würde mich sehr freuen, wenn du am Leben bleibst.«

»Tatsächlich?«, frage ich belustigt.

»Ja! Und dieser Mann hier ebenfalls, dein geliebter Enkel alias Patrick.«

»Geht es immer noch ständig um Patrick?«

»Ist das nicht genau der Punkt?«

Ich richte den Blick auf Patrick. Er hat noch immer Tränen in den Augen. Ich bin verunsichert, was echt ist und was nicht.

Mein Blick kehrt zu Pip zurück. »Siehst du?«, sagt er. »Man kann dich durchaus gernhaben, auch wenn du es einem partout schwermachen willst. Du brauchst nicht so allein zu sein.«

Bilde ich mir das ein, oder ist gerade ein Sonnenstrahl ins Zimmer gefallen?

»Bitte«, sagt er, »bleib noch ein bisschen am Leben und überzeug dich selbst.«

Er verschwimmt langsam, wird trüb und unscharf. Die außergewöhnliche Episode scheint beendet zu sein. Die Wirklichkeit ist zurück, und ich spüre, wie mein Körper wieder von Schmerzen durchflutet wird. Aber die Worte hallen in meinem Kopf wider.

Bleib noch ein bisschen am Leben und überzeug dich selbst …

44

Veronica

Locket Island

»Im Ernst, ihr Gesicht hat sich völlig verändert.« Das ist Patricks Stimme. »Sie hat regelrecht gestrahlt. Und sie konnte den Blick nicht von dem kleinen Kerl abwenden.«

»Das ist interessant«, höre ich Terry erwidern. »Möglicherweise hat sie dieses Phänomen erlebt, das manchmal eintritt, wenn jemand dem Tod nahe ist. Angeblich ist es eine Art Euphorie. Für manche ist es Licht am Ende eines Tunnels. Für andere – na ja, ich vermute, Veronica ist ziemlich besessen von Pip. Womöglich hat es sich bei ihr anders gezeigt.«

»Es war echt total bizarr, was auch immer es war.«

»Sie scheint sich aber wieder ein bisschen gefangen zu haben, oder?«

Es gelingt mir tatsächlich, ein paar Partikel Kraft zu sammeln. Vielleicht werde ich noch einige Tage leben. Ganz, ganz vielleicht werde ich sogar noch ein paar Jahre leben.

Im Moment bin ich allerdings nicht in der Lage, das Leben besonders zu würdigen. Aber angesichts dessen, was Pip gesagt hat (oder nicht gesagt hat?), bin ich bereit, es noch einmal zu versuchen.

Pips Anwesenheit ist Balsam. Selbst wenn ich die Augen geschlossen habe oder er sich außerhalb meines Blickfelds befindet, spüre ich seine Nähe. Manchmal setzt Terry ihn aufs Bett, und er kuschelt sich in meine Armbeuge und genießt die Wärme. Er spornt mich weiterhin beim Überleben an und hält mein altes Herz irgendwie am Schlagen.

Meine Lunge fühlt sich wie ein müder, schlaffer Ballon an, der sich auflöst, sobald er mit einer nennenswerten Menge Luft gefüllt wird. Meine Muskeln schmerzen. Mein Hals ist mit Schleifpapier ausgekleidet. Sprechen kommt überhaupt nicht infrage. Aufrecht sitzen ebenso wenig. Meine Tage sind unfassbar langweilig. Meine einzige Ablenkung besteht darin, dass ich dem lausche, was um mich herum vor sich geht. Man kann wohl sagen, dass ich noch nie in meinem Leben so viel zugehört habe. Noch nie habe ich meine Aufmerksamkeit so intensiv auf andere gerichtet.

Ich finde Freundlichkeit verwirrend. Es ist nicht meine Angewohnheit, ihr zu trauen. Bislang bin ich immer davon ausgegangen, dass andere nur deshalb freundlich zu mir sind, weil sie eine Gegenleistung erwarten. Heutzutage erwarten sie in der Regel Geld.

Doch jetzt stelle ich diese Meinung infrage. Die Menschen, die ich hier auf Locket Island um mich habe, sind auf eine Art und Weise nett zu mir, mit der ich nicht gerechnet habe. Ich hatte angenommen, sie hätten alle ein Motiv, aber vielleicht sind sie einfach nett, weil es in ihrer Natur liegt.

Dietrich kommt ziemlich oft in mein Zimmer. Er verschwendet keine Zeit mit oberflächlichem Geplauder oder um zu fragen, wie es mir geht. Er weiß, dass ich nicht antworten kann. »Mrs McCreedy!«, ruft er eifrig. »Ich lese Ihnen noch ein Kapitel aus *Große Erwartungen* vor. Das wird Ihnen bestimmt gefallen.« Er räuspert sich und beginnt ohne lange Vorrede. Ich werde in die Geschichte eines kleinen Jungen voller Hoffnungen und Träume getaucht. Die Erzählung ist unterhaltsam. Sie veranlasst mich, über die Jugend nachzudenken und wie schnell sie vergeht. Und darüber, wie unsere Erfahrungen uns verändern. Was für ein Mensch wäre aus mir geworden, wenn meine Jugend anders verlaufen wäre? Wenn meine Eltern nicht gestorben wären? Wenn der Krieg mich nicht mit Giovanni zusammengeführt oder uns wieder auseinandergerissen hätte? Wenn ich mein Baby hätte behalten dürfen?

Hinter meinen Augen baut sich langsam Druck auf. Eine heiße Flüssigkeit steigt an die Oberfläche, staut sich und ergießt sich dann über mein Gesicht und auf das Kopfkissen. Ich versuche nicht, sie aufzuhalten. Ich bin machtlos.

Dietrich liest weiter. Inzwischen mag ich seine Stimme. Sein österreichischer Akzent hat etwas Sanftes. Mir gefällt, wie seine Stimme die Wörter beim Lesen streichelt. Manchmal, wenn es in der Geschichte um Liebe geht, hält er inne, als würde er nachdenken. Er hat zu Hause in Österreich eine Frau und Kinder. Mir fällt auf, dass ich genau spüre, wie sehr er sie vermisst.

Zeit vergeht: Minuten, Stunden, Tage. Es ist unmöglich, den Überblick zu behalten. Mike, Patrick und Terry statten mir alle noch häufiger einen Besuch ab als Dietrich. Sie erscheinen in verschiedenen Konstellationen, von denen jede eine ganz eigene Dynamik hat.

Mikes Besuche überraschen mich am meisten. Ich weiß, dass er mich nicht besonders mag, deshalb muss es irgenddeinen anderen Grund dafür geben. Hat er ein schlechtes Gewissen, weil er anfangs so garstig zu mir war? Oder möchte er jemandem etwas beweisen?

»Veronica, hallo, ich komme, um zu sehen, wie es Ihnen geht«, fängt er jedes Mal an und setzt sich auf die Kante des Stuhls an meinem Bett. »Heute ist es draußen ein bisschen wärmer. Es hat knapp 1,8 Grad Celsius ...« (Das sagt mir gar nichts. Ich kenne nur Fahrenheit.) »Die Sonne scheint allerdings nicht. Ich mache mich bald auf den Weg zur Brutstätte.« Er versorgt mich mit Neuigkeiten aus der Pinguinkolonie und bleibt dabei ganz sachlich. Der Pinguin namens Sooty sitzt immer noch einsam und verlassen auf seinem Nest. Jeden Tag schlüpfen weitere Küken. Viele von ihnen verhungern oder werden von Raubtieren aus dem Leben gerissen. Andere gedeihen. Ich stelle sie mir vor meinem inneren Auge vor und hoffe, dass es mir eines Tages wieder gut genug geht, um sie besuchen zu können.

Wenn Mike und Patrick zusammentreffen, kommt es jedes Mal zu knappen Wortwechseln. Kleine spitze Bemerkungen von Mike. Sturer Widerstand von Patrick. Verschiedene Formen von gegenseitigem Ausstechen. Trifft Mike dagegen auf Terry, schlägt er einen leiseren, viel sanfteren Ton an, ist mir aufgefallen.

Wie ich bereits vermutet habe, verschließt sich Mike vor der Realität.

Terry ahnt natürlich nichts. Sie betrachtet sich als unattraktiv, als beinahe asexuell, weil sie keine typische Titelbildschönheit ist. Sie sieht sich als Sonderling und verwendet ihre ganze Energie darauf, sich um Pip zu kümmern und sich um mich zu kümmern. (»Bitte versuchen Sie, etwas zu essen, Veronica. Ich habe Pilzsuppe. Pip, du musst dich noch gedulden. Du bist gleich an der Reihe.«) Sie macht sich gerne nützlich. Es scheint ihr nicht einmal etwas auszumachen, die unappetitlichen Aufgaben zu übernehmen, den Nachttopf zu leeren und mithilfe von Schwämmen und Waschlappen für meine Sauberkeit zu sorgen. Ich lasse über mich ergehen, was nötig ist, und bin ihr dankbar für ihr Feingefühl und ihre Diskretion. Falls sie von den Faxen meines Körpers auch nur annähernd so angewidert ist, wie ich es bin, findet sie diese Aufgaben bestimmt sehr wenig reizvoll. Zum Glück ist sie äußerst geschickt darin, das zu verbergen.

Mein Enkel ist am häufigsten hier. Er hat offenbar nichts anderes zu tun. Ich verstehe einfach nicht, warum er in die Antarktis gekommen ist. Es fällt mir schwer zu glauben, dass er allein meinetwegen so eine lange und strapaziöse Reise auf sich genommen hat, und doch scheint es so zu sein. Am Anfang war mir seine Anwesenheit unangenehm, aber langsam gewöhne ich mich daran. Er redet inzwischen viel mehr. Manchmal ist nicht ganz klar, mit wem von uns beiden er spricht, mit Pip oder mit mir. Er berichtet lang und breit von seinen Bemühungen, aus den dürftigen Vorräten hier etwas Anständiges zu kochen. Er erzählt uns von dem Fahrradladen zu Hause, in dem er arbeitet. Er spricht von seinem Freund (»Kumpel«) Gavin (»Gav«) und einem kleinen Mädchen namens Daisy, das an Krebs erkrankt ist. Wenn er denkt, ich würde schlafen, redet er sogar über seine Pflegeeltern und seine Exfreundinnen. Langsam offenbaren sich weitere Teile seines Lebens.

Ich halte die Augen fest geschlossen und höre zu. Ob ich halluziniert habe oder nicht, ich kann nicht vergessen, wie Pip zu mir gesprochen hat, als ich im Sterben lag. Ich erinnere mich, was er über Patrick gesagt hat, und an ein Wort, das mir herausgerutscht ist und das er anscheinend aufgegriffen hat: das Wort »Geliebter«.

Es mag sein, dass mir nur ein kurzer Aufschub gewährt wird. Aber wenn ich tatsächlich noch eine Weile lebe, dann besteht kein Zweifel: Ich werde meine Meinung über alles überdenken müssen.

45

Patrick

Locket Island

Granny und ich haben zumindest eines gemein: Wir sind beide pinguinverrückt. Um ehrlich zu sein, habe ich mir früher nicht viele Gedanken über Pinguine gemacht, doch das hat sich geändert. Was haben Pinguine an sich? Ich bin mir nicht sicher, ob es an ihren menschlichen Zügen oder an ihrer schrulligen Vogelhaftigkeit liegt, aber sie zu beobachten ist totale Therapie. Sie bringen mich zum Lachen. Sie lassen mich dahinschmelzen. Sie sind so klein, und trotzdem strotzen sie vor Leben. Das ist eine wunderbare Sache.

Die Wissenschaftler wenden einen großen Teil ihrer Zeit in der Forschungsstation dafür auf, ihre Notizen auszuformulieren. Einen Fernseher gibt es nicht, und sie benutzen oft das superlangsame Internet, deshalb habe ich angefangen, die Bücherregale zu erkunden. Bei den Romanen handelt es sich dem Anschein nach überwiegend um langweilige Klassiker wie Dickens und *Jane Eyre*. Keine Krimis oder Actionromane, außer Sherlock Holmes und ein paar angestaubte Bücher von Agatha Christie. Allerdings gibt es Unmengen von Literatur über Pinguine. Ich habe angefangen, einiges davon zu lesen. Eigentlich ist es ziemlich interessant.

»Ihre Großmutter bekommt gern vorgelesen«, sagte Dietrich neulich zu mir, als er mich in einem der Pinguin-Bücher blättern sah.

»Ist das Ihr Ernst?«

»Na ja, *Große Erwartungen* scheint ihr zu gefallen. Sie können es ja mit *Was Sie schon immer über Pinguine wissen wollten* bei ihr versuchen, wenn Sie meinen, das ist eher ihr Ding.«

»Danke für den Tipp. Vielleicht mache ich das.«

Ich mache es tatsächlich. Ich lese Granny jeden Tag aus dem großen Band Pinguin-Fakten vor. Ich setze Pip aufs Bett, und er leistet uns gern Gesellschaft. Anscheinend fasziniert es ihn, mehr über seine Spezies zu erfahren. Manchmal schaut er zynisch drein, als wolle er sagen: »Ja, das trifft es ziemlich genau, aber das ist völliger Blödsinn.« Dann wieder zerrupft er die Seiten mit dem Schnabel und testet ihren Geschmack und ihre Konsistenz.

Auf Grannys Wangen ist ein Hauch von Farbe zurückgekehrt. Heute hat sie es geschafft, etwas Suppe zu schlucken, ein oder zwei Löffel Minestrone. Sie spricht immer noch nicht viel, aber sie hat in einem Tonfall großer Verwunderung gesagt: »Du bist ein guter Koch, Patrick.«

Ich habe mich darüber ziemlich gefreut. »Mensch, vielen Dank, Granny!«

Sie murmelte noch irgendetwas, allerdings so krächzend, dass ich es nicht verstand.

»Wie war das, Granny? Was hast du gesagt?«

Sie räusperte sich. »Ich habe gesagt, das muss der Italiener in dir sein.«

Natürlich! Der Italiener in mir! Auf die Idee war ich noch nicht gekommen.

Terry und ich sind wieder unterwegs, Pinguine beobachten. Der Schnee ist leicht und pulvrig wie gesiebter Puderzucker. Das Meer schimmert silberblau, herausgeputzt mit seinem klobigen Schmuck von treibenden Eisschollen.

»Und, sind Sie froh, dass Sie hierher nach Locket Island gekommen sind?«, fragt Terry, während wir mit knirschenden Stiefeln dahinmarschieren.

»Nein«, erwidere ich, stecke die Hände in die Taschen und ziehe die Mundwinkel nach unten, »es ist absolut grauenvoll hier.«

Sie fängt an, sich zu entschuldigen, und sagt, wie schlimm das Ganze für mich sein muss. Ich unterbreche sie mit einem Lachen.

»Terry, Schluss! Ich bin schließlich nicht am Boden zerstört vor Trauer.« Ich erzähle ihr, dass ich Granny eigentlich nur zweimal gesehen habe und was für ein Fiasko es war. »Mittlerweile mag ich sie aber«, gestehe ich. »Ich hätte nie gedacht, dass ich das mal sagen würde.«

»Freut mich sehr, das zu hören, Patrick.«

Terry hat etwas an sich: Man hat das Gefühl, dass man ihr alles sagen kann, wirklich alles, und dass sie dabei cool bleibt.

»Ich bin nur aus einem Grund hergekommen«, gebe ich zu. »Sie hat mir ihre Tagebücher aus ihrer Teenagerzeit geschickt. Diese Geste hatte was. Und sie hat eine verdammt schlimme Vergangenheit. Also hielt ich es für angemessen, hierherzukommen und in ihren letzten Stunden bei ihr zu sein.«

»Welche letzten Stunden?«

Wir kichern vergnügt. Sieht so aus, als bliebe uns Granny noch eine Weile erhalten.

Wir sind bei der Kolonie angekommen. Ich blicke auf das riesige Pinguinmeer und atme den berauschenden Guanogestank ein.

»Möchten Sie mir heute ein bisschen beim Wiegen helfen?«, fragt Terry. Sie zeigt mir, wie man einen Pinguin packt und dabei dem stechenden Schnabel und den schlagenden Flossen ausweicht; wie man ihn in die Wiegetasche steckt, ehe er sich's versieht; wie man ihn wiegt und wieder freilässt. Das Ganze ist eine Kunst für sich. Ich lasse ein bisschen auf mir herumhacken, und ein paar Vögel befreien sich aus meinem Griff und flüchten, bevor ich sie unter Kontrolle bringe. Das ist allerdings okay. Eigentlich sogar mehr als okay. Mann, ich bin Feuer und Flamme!

Terry wiegt und notiert, während ich die Rolle des Ober-Pinguin-Zähmers übernehme. Ich werde immer geschickter dabei, zumindest sehe ich es so. Wir lachen, oh, wie wir lachen.

Nachdem wir neun oder zehn Pinguine gewogen haben, sagt Terry zu mir: »Ich habe gerade über Veronica nachgedacht.«

»Mm?« Das macht Gav immer bei mir, wenn er mir etwas aus der Nase ziehen will. Ich möchte ausprobieren, ob es bei Terry auch funktioniert. Das tut es.

»Sie hat mir von ihrer Kindheit erzählt. Vom Krieg. Und von ihren Eltern und Giovanni und ihrem Baby.«

»Granny hat sich Ihnen anvertraut?« Sogar Granny hat bemerkt, wie cool Terry ist.

Terry zuckt mit den Schultern. »Veronica hat ewig nichts von sich erzählt. Aber eines Tages ist alles aus ihr rausgesprudelt.«

»Vielleicht haben diese kleinen Kerle hier dazu beigetragen«, merke ich an und reiche Terry einen dicken, verdutzt dreinblickenden Pinguin.

»Ja, das kann ich mir gut vorstellen.« Sie nimmt den Pinguin, steckt ihn in die Wiegetasche, liest das Gewicht ab und notiert es in ihrem Buch. »Veronica ist immer und immer wieder verletzt worden«, fährt sie fort. »Alle, die sie geliebt hat, sind aus ihrem Leben verschwunden. Ich glaube, sie hat sich im Lauf der Jahre selber beigebracht, in jedem nur das Schlechteste zu sehen, damit sie auf keinen Fall eine emotionale Bindung eingeht. Weil sie einfach keinen weiteren Verlust mehr ertragen würde.«

»Da haben Sie womöglich recht, Terry.«

Sie seufzt. »Ich kann mir nicht mal vorstellen, wie schlimm es sein muss, wenn einem sein Baby einfach weggenommen wird!«

»Weggenommen?«

»Ja, so ist es Veronica ergangen. Als die Nonnen sich ihn geschnappt und dem kanadischen Pärchen gegeben haben. Und sie konnte sich nicht mal von ihm verabschieden.«

Ich starre Terry an, als das, was sie gesagt hat, bei mir ankommt. »Sie meinen ... Sie meinen, sie hatte *keine Wahl?*«

»Hat sie Ihnen das denn nicht erzählt? Steht es nicht in den Tagebüchern?« Terrys Augen weiten sich vor Verwunderung. Dann klappt ihr die Kinnlade herunter, als ihr bewusst wird, dass ich keine Ahnung hatte, was passiert ist.

»Ich dachte, *sie* hätte ihn zur Adoption freigegeben, obwohl es den Anschein hatte, dass sie ihn sehr mochte. Jetzt kapiere ich es. Mein Gott, arme Veronica! Armes Kind!«

Wir versinken beide kurz in Gedanken. »Ich glaube, es ist gut, dass Sie es jetzt wissen«, sagt Terry schließlich. »Er war immerhin Ihr Vater. Sie wissen, dass er tot ist, oder?«, fügt sie besorgt hinzu.

»Ja, ja. Er ist in seinen Vierzigern beim Bergsteigen verunglückt.«

Sie seufzt abermals, und ihr Gesicht nimmt einen philosophischen Ausdruck an. »Das Leben ist grausam, nicht wahr? Kaum hat man eine Sache verarbeitet, passiert etwas anderes. So viele Menschen sterben.«

»Ähm … ich will ja nicht pessimistisch sein, aber ich glaube, wir sterben *alle* irgendwann«, erwidere ich.

Sie schenkt mir ein Lächeln. Es ist frech und absolut umwerfend. »Aber wir müssen es noch nicht jetzt tun, oder?«

»Nein«, stimme ich ihr zu, »wir sollten unbedingt die Zeit genießen, die wir haben.«

»Hoppla! Pinguin!« Wir waren so ins Gespräch vertieft, dass wir den dicken Pinguin in der Wiegetasche vergessen haben. Terry lässt ihn frei, und wir sehen zu, wie er ein bisschen taumelt, bevor er zurück zu seinen Kumpels rutscht.

Wir bleiben noch eine Weile da, um noch mindestens dreißig Pinguine zu wiegen, und ich genieße jede Minute. Es macht echt riesigen Spaß. Ich verstehe vollkommen, warum Terry, Mike und Dietrich davon besessen sind. Es wäre eine Tragödie, wenn sie das Projekt abbrechen müssten.

Mein begriffsstutziges Hirn kapiert es endlich. Das ist es, was Terry mir sagen wollte, als sie über Geld redete, aber sie war zu feinfühlig, um es auszusprechen. Granny hat ihr bestimmt gesagt, dass sie vorhabe, ihre Millionen lieber dem Pinguin-Projekt zu vermachen als meiner Wenigkeit. Ich wette, Terry hat deshalb ein schlechtes Gewissen. Einerseits braucht sie das Geld unbedingt für ihre geliebten Pinguine, andererseits denkt sie, ich hätte ein Anrecht darauf. Sie sieht beide Seiten, weil das nun einmal ihre Art ist, und nimmt an, ich wäre scharf auf die Kohle.

Und bin ich scharf darauf? Nun, betrachten wir es einmal so: Bis vor ein paar Monaten wusste ich überhaupt nicht, dass ich eine Granny habe. Und abgesehen davon, dass ich Gav zurückzahlen würde, was er für meine Reise hierher hingeblättert hat (was mir tatsächlich Sorgen macht), wüsste ich eigentlich gar nicht, was ich mit so viel Geld anfangen sollte. Wahrscheinlich würde ich es für nutzloses Zeug verprassen. Videospiele, Fitnessstudio-Mitgliedschaften, Bier, Fahrräder, ausgefallene Kochutensilien und dergleichen.

Nein, Granny V soll ihre Millionen ruhig den Adeliepinguinen vermachen. Sie brauchen es viel dringender als ich.

46

Veronica

Locket Island

»Du warst sehr nett zu mir.«

»Tu nicht so überrascht, Granny.«

Ursprünglich standen mir bei dem Wort »Granny« die Haare zu Berge, vor allem, wenn es für mich verwendet wurde, vor allem von ihm. Allmählich gewöhne ich mich aber daran. Der Junge ist großzügig mit seinen Aufmerksamkeiten und immer behutsam bei seiner Fürsorge.

»Ein gewisses Maß an Erstaunen gebe ich zu«, sage ich zu ihm.

Ich sitze gekrümmt im Bett, wobei meine Schultern und mein Kopf auf einem Haufen Kissen ruhen. Meine Lebensgeister erwachen langsam wieder. Natürlich kann ich noch keine Berge versetzen, aber es ist eine immense Erleichterung, zumindest wieder richtig atmen und essen zu können. Patrick hockt neben mir auf dem Stuhl. Er hat mir gerade Tee gebracht. Terry befindet sich am anderen Ende des Raums und befestigt ein leuchtend orangefarbenes Markierungsband an Pips Flosse. Da Pip inzwischen nach draußen darf, ist es wichtig, dass wir ihn nicht aus den Augen verlieren. Ich mache mir große Sorgen um ihn. Ich habe etliche Pinguine umkommen sehen, und das erste Mal, als ich mitansehen musste, wie ein Küken in den Klauen einer Raubmöwe hing, hat sich in mein Gedächtnis eingebrannt. Es wäre unerträglich für mich, wenn unserem lieben Pip etwas zustieße. Ich versuche, den Gedanken zu vertreiben. Er ist schlecht für meinen Blutdruck.

Es ist besser, geliebt und verloren zu haben, als nie geliebt zu haben. Dieses Zitat wirbelt mir im Kopf herum. Woher stammt es? Ich kann nicht klar denken. Es ist jedenfalls nicht aus *Hamlet*.

Sobald Pip ein bisschen größer ist, muss er bei seinen Artgenossen leben. Terry hat zu bedenken gegeben, dass wir ihn nicht ewig füttern können und dass das ohnehin verkehrt wäre. Er ist keiner von uns; er ist ein Pinguin. Er muss die Möglichkeit bekommen, sein Pinguin-Potenzial voll zu entfalten und eigenständig zu leben, fernab von uns Menschen. Zu gegebener Zeit wird die ganze Kolonie Richtung Meer ziehen. Adeliepinguine verbringen den Winter auf dem Packeis, wo eine höhere Lufttemperatur herrscht als an Land. Sie suchen sich Risse im Eis, durch die sie Fische fangen. Solche Dinge können wir Menschen Pip nicht beibringen. Er muss sie von seinen Artgenossen lernen.

Ich richte meine Aufmerksamkeit wieder auf meinen Enkel. Wenn ich Patricks Gesicht genau betrachte, erkenne ich in seinen Augen eine Spur von Giovanni.

»Ich gebe zu, dass mein erster Eindruck von dir nicht gut war«, teile ich ihm mit. »Deine mangelnde Reinlichkeit hat mich damals ziemlich abgeschreckt. Ich nehme erfreut zur Kenntnis, dass sich das seitdem gebessert hat.«

Er nimmt meine Feststellung mit einem Nicken zur Kenntnis. »Herzlichen Dank.«

»Aber das größte Problem für mich war dein Drogenkonsum.« Ich wüsste gerne, wie es in diesem Punkt steht. »Als ich deine Einzimmerwohnung betrat, hast du dem Anschein nach Cannabis geraucht. Ich nahm an, dass du abhängig bist.« Seit er hier angekommen ist, habe ich keine Anzeichen dafür bemerkt, aber es ist durchaus möglich, dass er seiner widerlichen Angewohnheit im Freien nachgeht.

Er überlegt. »Na ja, ich nehme an, ich war *halb*-abhängig, wenn du weißt, was ich meine. Jetzt ist alles okay bei mir, falls du dich das fragst. Ich habe nur wieder angefangen, Gras zu rauchen, weil … mir manchmal Ereignisse ziemlich zusetzen. Zu dem Zeitpunkt, als du beschlossen hast, in mein Leben zu treten, war meine Freundin gerade mit einem anderen Typen durchgebrannt, und das war für mich verdammt hart, Granny.«

»Ich verstehe.« Ich trinke einen Schluck Darjeeling und bin beeindruckt. Er hat genau die richtige Farbe, ist weder zu stark noch zu schwach.

Ich schaue kurz zu Terry hinüber, die vorsichtig an Pips Markierungsband zieht, um sicherzustellen, dass es fest sitzt. Gleichzeitig lauscht sie mit einem Ohr unserer Unterhaltung.

»Seit meiner Ankunft hier habe ich meine Meinung über Leute, die Cannabis konsumieren, noch einmal überdacht«, fahre ich fort. »Dank Terry.« Wäre mir zu einem gewissen Zeitpunkt in meinem Leben eine solche Droge angeboten worden, hätte ich die Gelegenheit zweifellos beim Schopf ergriffen. »Abhängigkeit ist eine ernste Sache, aber manchmal sind wir alle anfällig. Ich selbst bin süchtig nach gutem Tee.«

Patrick grinst. »Das ist wahrscheinlich eine viel bessere Art von Abhängigkeit.«

Terry schaltet sich ein. »Kann eine Abhängigkeit denn überhaupt gut sein?«

»Ich habe den Verdacht, dass einige gar nicht so schlecht sind«, erwidere ich. »Ihre Abhängigkeit, zum Beispiel, Terry.«

Sie zieht überrascht die Augenbrauen hoch. »Welche Abhängigkeit?«

»Ihre Pinguin-Abhängigkeit.«

»Die kann ich nicht leugnen«, gibt sie zu. »Die Pinguine nehmen fast alle meine Gedanken und fast meine ganze Energie in Anspruch.« Sie zieht Pip spielerisch am Schnabel. Wir schauen ihn alle drei voller Zuneigung an. Er spreizt die Flosse mit dem neuen Markierungsband ab und schwenkt sie hin und her, um zu testen, ob sie noch funktioniert. Nachdem er sich überzeugt hat, dreht er den Kopf lässig auf die andere Seite und fängt an, sich zu putzen.

Terry erhebt sich. »So, das hätten wir. Ich sollte ihn besser mit zur Kolonie nehmen und ihn den anderen Küken vorstellen.«

»Muss das sein? So früh?«

»Ich bringe ihn natürlich wieder mit hierher, aber es ist Zeit, herauszufinden, wie er sich mit seinen Artgenossen versteht. Wir müssen verhindern, dass er aufwächst und sich für einen Menschen hält. Und er ist inzwischen groß genug, um draußen einen richtigen Spaziergang machen zu können.«

»Darf ich auch mitkommen?«, fragt Patrick.

»Klar.«

Ich mache Anstalten, mich aus dem Bett zu kämpfen. »Was machst du da, Granny?«

»Ich komme mit.«

»Auf keinen Fall!«, sagen Patrick und Terry im Chor.

»Sie bleiben hier im Warmen«, fügt Terry hinzu.

Ich will protestieren, falle aber zurück aufs Bett. Im Moment bin ich körperlich nicht zu einem Ausflug zur Brutstätte in der Lage, so verzweifelt ich es mir auch wünsche.

Patrick packt mich in die Bettdecke ein. Seine großen, sanften Hände haben etwas Beruhigendes.

Ich strecke meine Hand zu Pip aus, der sofort angehüpft kommt und sich daran reibt.

»Ihr passt gut auf ihn auf, ja?«, flehe ich und blicke von Patrick zu Terry und wieder zurück. »Bleibt in seiner Nähe. Lasst ihn nicht in die Nähe von Raubmöwen oder Robben. Oder in die Nähe aggressiver erwachsener Pinguine. Und ihr bringt ihn sofort nach Hause, wenn er hungrig oder einsam oder irgendwie unglücklich wirkt?«

»Natürlich machen wir das, Granny.«

»Und ich will, dass ihr ihn sofort hierher zu mir bringt, wenn ihr wieder da seid, auch wenn ihr denkt, ich schlafe.«

Ich werde nicht schlafen. Ich werde vor Sorge kein Auge zumachen.

»Alles wird gut, Veronica«, behauptet Terry beharrlich. »Vertrauen Sie uns.«

Es sieht so aus, als bliebe mir nichts anderes übrig.

War das ein Geräusch an der Tür? Sind sie zurück? Ich greife nach meinem Hörgerät, setze es ein und stelle es auf maximale Lautstärke.

»Wie eine Mutter, deren Kind zum ersten Mal in die Schule geht.«

»Ja, das ist zwangsläufig nicht einfach.«

»Wahrscheinlich ist es meine Schuld, weil ich zugelassen habe, dass sie so eine enge Bindung aufbaut.«

»Machen Sie sich keine Vorwürfe. Ich weiß, wie Granny ist. Sie kann total ...«

»Hallo?«, brülle ich. »Seid das ihr beiden? Habt ihr Pip dabei?«

»Oh, hallo, Veronica!«, ruft Terry zurück. »Ja, wir ziehen gerade die Schuhe aus. Wir sind gleich bei Ihnen. Er ist ...«

Ich höre ein Rascheln, und Pips kleines Gesicht erscheint an meiner Zimmertür.

»Pip!«, rufe ich.

Er schüttelt die Flossen und wackelt mit dem Kopf.

»Dir geht's gut! Dir geht's gut!« Meine Wangen sind feucht. Ich bin nicht in der Lage, die Tränen zurückzuhalten. »Ach, wie dumm von mir, solche Schwäche zu zeigen!«, verkünde ich, als Patrick und Terry hereinkommen.

»Schwäche?«, wiederholt Terry. »Niemand würde Sie schwach nennen, Veronica.« Ich hole mein Taschentuch unter dem Kopfkissen hervor und tupfe mir wie wild die Augen ab.

»Weinen ist vollkommen in Ordnung, Granny«, versichert Patrick mir. Er hebt Pip hoch und setzt ihn auf die Bettdecke. »Weinen hat nichts mit Schwäche zu tun.«

Terry nickt. »Da stimme ich zu. Im Gegenteil. Tränen kommen einem dann, wenn man viel zu lange zu stark war.«

»Kümmert euch nicht um mich«, sage ich in scharfem Ton. »Wärt ihr so nett und würdet mir bitte ausführlich über Pips Ausflug zur Brutstätte berichten?«

Pip sei zunächst schüchtern gewesen, erzählen mir die beiden, und sei ihnen nicht von der Seite gewichen. Doch als seine Neugier überhandnahm, habe er sich langsam einer Gruppe von annähernd gleichaltrigen Küken genähert, die miteinander spielten. Er habe nicht mitgespielt, die Gruppe aber fasziniert beobachtet und sich ihr immer weiter genähert.

Terry holt ihre Kamera hervor und zeigt mir ein Foto.

Sie lacht. »Er hat großen Respekt vor den erwachsenen Pinguinen, aber es war ein guter Anfang.«

»Er ist ein echter Held«, fügt Patrick hinzu.

»Danke, dass ihr auf ihn aufgepasst habt«, sage ich mit leicht zittriger Stimme zu den beiden.

Mein Enkel streichelt Pip über den Kopf. »Es war uns ein Vergnügen, Granny.«

Ist es zu glauben, Patrick hat den Generator repariert! Terry zufolge ist er die Leiter hinaufgestiegen, um einen Blick auf die Windkraftanlage zu werfen, und hat irgendein Kauderwelsch über Wellen, Naben und Schwungräder gemurmelt. Dann hat er sich sehr zu Mikes Unmut ein paar Teile von einem kaputten Zaun und alte Schlittenkufen geschnappt und das Ding wieder zusammengeflickt. Jetzt haben wir wieder unsere normale Stromversorgung. Das bedeutet, Dietrich kann so viele CDs hören, wie er will, Terry kann den Computer so lange benutzen, wie sie will, und ich kann wieder so viel Tee trinken, wie ich will. Allein bei dem Gedanken daran geht es mir schon besser.

»Merkwürdig, nicht wahr, dass mein Enkel, der überhaupt keine Qualifikationen besitzt, es schafft, den Generator zu reparieren, während Sie es trotz Ihrer Ausbildung nicht geschafft haben«, sagte ich zu Mike.

»Er hat uns überrascht«, gab Mike schmollend zu. »Aber zu meiner Verteidigung, Veronica, mein Fachgebiet ist Biochemie, nicht Mechanik.«

Bravo, Patrick!

Ich frage mich, ob etwas Besonderes in den Genen der McCreedys liegt: ein Unternehmungsgeist, das Bedürfnis, die eigenen Grenzen zu sprengen. Ich habe dieses Bedürfnis mehrmals in meinem Leben verspürt – zum Beispiel vor meiner Reise in die Antarktis. Aus dem Wenigen, was ich über das Leben meines Sohnes weiß, schließe ich, dass es ihm genauso ergangen ist. Seine Adoptivcousine hat mir in ihrem Brief erzählt, dass mein Enzo (alias Joe) zu Sturheit neigte und sich mit seinen Grenzen nie abfand. Er liebte Herausforderungen und unberührte Natur, deshalb begann er mit dem Bergsteigen. Dass Patrick ähnlich tickt, zeigt sich darin, dass er hierhergekommen ist und auf Leitern klettert, um Sachen zu reparieren.

Ich gebe zu, ich bin ziemlich stolz.

Da ich jetzt wieder in der Lage bin, mich zu unterhalten, möchte ich mit meinem Enkel über eine bestimmte Angelegenheit sprechen.

»Patrick, du sagst, du erinnerst dich überhaupt nicht mehr an deinen Vater?«

Er schüttelt den Kopf. »Nein. An gar nichts. Du?«

»Ich erinnere mich, dass ich seine Windeln gewechselt habe.«

Und ich erinnere mich, wie er sich angefühlt hat, erinnere mich an seine Wärme, wenn er sich mit seinen kleinen Ärmchen an mich geklammert hat, mein entzückender kleiner Hoffnungsschimmer.

»Ich weiß, dass du ihn nicht hergegeben hast. Ich weiß,

dass sie ihn dir weggenommen haben, ohne dich zu fragen«, erklärt Patrick.

Tja, ich hätte gedacht, das läge auf der Hand. Wenn ich ein Mitspracherecht gehabt hätte, wäre alles ganz anders gekommen.

Einen übermütigen Moment lang überlege ich, ob ich mein Medaillon öffnen und Patrick die Haarsträhne vom Kopf seines Vaters zeigen soll, aber ich kann mich nicht dazu durchringen. Zumindest noch nicht. Das wäre zu viel des Guten. Ich gebe mich mit dem Wissen zufrieden, dass Patrick meine Tagebücher gelesen hat. Er weiß, wie viel mir Enzo bedeutet hat.

Genau genommen weiß er eine Menge über mich, während ich sehr wenig über ihn weiß.

»Deine Mutter …?«, will ich fragen.

»Hat sich umgebracht, als ich sechs war«, antwortet Patrick.

»Oh.«

Es tut mir sehr leid, das zu erfahren. Dass jemand so weit geht, ist wirklich eine Tragödie, vor allem deshalb, weil andere aus dem Leben gerissen werden, ohne es sich ausgesucht zu haben. Und einen kleinen Jungen allein auf der Welt zurückzulassen, das ist unentschuldbar. Aber mir ist bewusst, dass mein Enzo den kleinen Patrick ebenfalls verlassen hat. Seinen eigenen Sohn. Warum hat er das getan? *Warum*?

»Erinnerst du dich noch, ob deine Mutter jemals über deinen Vater gesprochen hat, als du klein warst?«, frage ich.

»Kein Wort. Aber ich kann dir sagen, Granny: Ich habe ihn abgrundtief gehasst! Ich habe ihm die Schuld an ihrem Tod gegeben. Dachte, sie hätte es getan, weil er sie hatte sitzen lassen. Aber … in letzter Zeit habe ich viel darüber nachgedacht, und mir ist bewusst geworden, dass der Grund ein anderer gewesen sein könnte. Es könnte daran gelegen haben, wie sie war, weißt du. Total depressiv. Rückblickend kann ich das verstehen. Vielleicht hat er sein Bestes gegeben, konnte mit ihren Launen aber einfach nicht umgehen … und ist aus dem Grund gegangen.«

Ich betrachte den schäbig gekleideten jungen Mann vor mir und bin voller Verwunderung. Erstaunlicherweise ist er gewillt, Gnade vor Recht ergehen zu lassen. Er hat zweifellos ein gutes Herz.

»Vielleicht könnten wir irgendwann mal – und das ist nur ein Vorschlag, Granny, sag mir, dass ich mir das abschminken kann, wenn du willst – gemeinsam nach Kanada reisen und mehr über meinen Dad rausfinden, über sein Leben.«

»Das würde ich sehr gern tun, Patrick. Ja, wirklich sehr gern.«

Terrys Pinguin-Blog

9. Januar 2013

Im Moment dreht sich alles ums Entdecken. Die Pinguin-Küken sind unendlich neugierig und wagen sich immer weiter aus ihrem Nest hinaus – auch unser kleiner Pip. Er hat jetzt schon ein paar Ausflüge zur Kolonie hinter sich, und wir sind stolz (und erleichtert), dass er langsam Freundschaften schließt. Seine Menschen weiß er allerdings nach wie vor zu schätzen.

Hier ist ein Foto, das einem einfach gefallen *muss*: Veronica liest Pip ein Kapitel aus *Große Erwartungen* vor. Er wirkt ziemlich interessiert, nicht wahr? Er war Veronica in letzter Zeit ein großer Trost, da sie unter einer Atemwegsinfektion gelitten hat. Allerdings überhaupt kein Grund zur Sorge!

Euch fällt bestimmt auf, wie stark Pip gewachsen ist, und wir entdecken bereits richtige Federn unter seinen Kükendaunen. Diese Federn sind wie ein Taucheranzug, der hier auch dringend benötigt wird.

Normalerweise ist die erste Begegnung eines jungen Pinguins mit dem Meer ein Schock. Die Jungtiere schnappen nach Luft und zappeln, wenn sie in den Wellen herumgewirbelt werden, ohne sich ihrer Fähigkeiten bewusst zu sein … bis sie untergehen und plötzlich bemerken, dass sie zu erstaunlichen wasserballettartigen Kunststücken in der Lage sind.

Pip hatte bereits mehrere Begegnungen mit Wasserhähnen und Waschbecken. Wir tun unser Möglichstes, um sicherzustellen, dass er sich auch bei seinen Artgenossen zu Hause fühlt, bevor er den großen Schritt macht – was sehr bald sein wird.

47

Veronica

Locket Island

Terry strahlt von einem Ohr zum anderen.

»Mein letzter Blogeintrag wurde achthundertsechsundvierzig Mal retweetet!«

Mike blickt von seinen Notizen auf und zieht die Augenbrauen hoch. »Nicht möglich!«

»Wenn ich es dir sage! Das Foto von Pip und Veronica mit
Große Erwartungen hat den Ausschlag gegeben. Jede Menge
nette Kommentare gibt es auch.«

»Wow! Gut gemacht, Terry!«, ruft Mike mit ungewöhnli-
cher Begeisterung und Großzügigkeit.

»Und gut gemacht, Pip und Veronica«, erwidert Terry spitz.

Er nickt anerkennend in meine Richtung. Ich habe es endlich in den Aufenthaltsraum geschafft und sitze, in eine violette Wolldecke gewickelt, auf meinem Stuhl. Es ist Abend,
und wir haben vor, uns gemeinsam einen Film anzuschauen.
In einem der Regale befindet sich eine kleine Sammlung fla-
cher Schachteln, bei denen es sich offenbar um DVDs han-

delt (ich habe keinen blassen Schimmer, wofür das steht). Terry hat den Computer-Bildschirm geholt und ihn auf den Tisch gestellt, um ihn an dem Dingsbums anzuschließen, das DVDs abspielen kann. Patrick ist in der Küche und bereitet ein »Schoß-Dinner« für uns alle zu.

Dietrich spielt unterdessen am anderen Ende des Raums mit Pip Tauziehen. Bei dem Tau zwischen den beiden handelt es sich um Dietrichs orangefarbenen Schal. Ich bin mir nicht sicher, wie das Spiel begonnen hat, aber Pip, der partout nicht loslassen will, hat ein Ende des Schals fest im Schnabel. Jedes Mal, wenn Dietrich (der auf allen vieren herumkriecht) am anderen Ende zieht, taucht Pips Kopf nach vorn ab, und er rutscht schwankend über den Fußboden, die Flossen abgespreizt, um das Gleichgewicht zu halten. Dann lässt Dietrich nach, und Pip schlurft eilig rückwärts, um an Boden wiedergutzumachen, den er verloren hat. Als Dietrich wieder anzieht, plumpst Pip auf den Bauch. Wild strampelnd schlittert er vorwärts, gezogen von dem Schal, der gespannt ist und immer länger wird.

»Also gut, Kleiner, du hast gewonnen«, sagt Dietrich lachend und überlässt dem Sieger den Preis. »Aber bitte zerkau ihn nicht.«

Pip stößt einen triumphierenden Laut aus. Er zerrt den Schal in eine Zimmerecke, Stück für Stück, und macht sich dann daran, ihn auseinanderzunehmen.

»Was hast du über deinen Blog gesagt, Terry?«, fragt Dietrich, während er sich aufrappelt.

»Beliebt wie nie«, erwidert sie. »Achthundertsechsundvierzig Retweets.«

Terry hat mir von Twitter und Tweets und Retweets erzählt, was mir alles außerordentlich sinnlos erscheint.

»Mein Gott, das ist ja noch besser als nach der Serie *Die Misere der Pinguine* mit Robert Saddlebow!«

»Ich weiß.« Sie wirkt stolz. »Und außerdem gibt's jede Menge neue Follower! Vielleicht lohnt es sich, Andeutungen zu machen, dass das Pinguin-Projekt dringend Geldmittel braucht.«

Die Stimmung im Raum sinkt augenblicklich von fröhlich zu düster. Das passiert jedes Mal, wenn das Ende ihres Projekts zur Sprache kommt. Terry hat mir anvertraut, dass sie beim Anglo-Antarctic Research Council finanzielle Unterstützung beantragt hat, aber auf taube Ohren gestoßen ist. »Was meint ihr, Leute?«

Dietrich kratzt sich am Kinn. »Na ja, wir sollten nicht habgierig rüberkommen.«

»Vielleicht wäre es das Beste«, schlägt Mike vor, »den Schwerpunkt nicht nur auf die Forschung auf Locket Island zu legen, sondern auf die prekäre Situation der Pinguine im Allgemeinen beziehungsweise die des ganzen Planeten.« Er dreht sich zu mir. Ich sehe Leidenschaft in seinen Augen, erkenne, dass er trotz seines kaktusartigen Gebarens mit Herzblut bei der Sache ist. »Wussten Sie, dass wir uns in der schlimmsten Phase des Artenstrebens seit dem Verschwinden der Dinosaurier befinden? In hundert Jahren könnte die Hälfte aller heute lebenden Arten ausgestorben sein.«

Da ich mich selbst der Hundert-Jahre-Marke nähere, kommt mir diese Zeitspanne erschreckend kurz vor. Ich werde nicht mehr hier sein und die Zerstörung mitansehen müssen, aber trotzdem …

Die Hälfte aller heute lebenden Arten – ausgestorben. Ich hatte geglaubt, dass ich, Veronica McCreedy, etwas bewirken könnte, aber jetzt wird mir bewusst: Es bedarf mehr als einer alten Frau und ihres Vermächtnisses von ein paar Millionen Pfund, um die Adeliepinguine und ihren Lebensraum zu retten.

»In den kommenden fünfzehn bis vierzig Jahren werden bereits unzählige Tierarten ausgestorben sein«, fährt Mike fort. »Eisbären, Schimpansen, Elefanten, Schneeleoparden, Tiger … die Liste ist lang.«

»Großer Gott!«, rufe ich. Mein Entsetzen ist so groß, dass ich mich wieder ziemlich unwohl fühle.

»Was für ein trauriges Erbe wir der nächsten Generation hinterlassen«, merkt Dietrich an. Ich weiß, dass er an seine eigenen Kinder denkt. Seine Augen sehen verschleiert aus.

»Was hat diese ganze Twitter-Sache dann für einen Sinn?«, frage ich Terry. »Was, in aller Welt, können diese Tweeter schon ausrichten?« Ich bezweifle sehr, dass *sie* Millionen an Naturschutzorganisationen spenden werden, selbst wenn sie es in irgendeinem Paralleluniversum, das keinerlei Ähnlichkeit mit unserem hat, gerne täten.

Sie wirkt nachdenklich. »Vielleicht sollte ich darauf in meinem Blog eingehen. Ich könnte Tipps einstreuen, wie man seinen Lebensstil verändern kann: was man kauft, was man isst, welche Branchen man unterstützt, wie man reist. Jede Kleinigkeit hilft.«

Ich frage mich, ob sich die Situation tatsächlich beheben lässt. Im Krieg brachten alle Opfer für das Gemeinwohl. Das könnte wieder funktionieren, wenn es nur genug Menschen hinreichend wichtig wäre.

Ich sammle mit meiner Zange Müll an der Küste von Ayrshire, aber ich mache mir über diese Dinge sicher nicht genug Gedanken. Ich muss mich bemühen, mir bessere Gewohnheiten anzueignen.

Wenn ich wieder zu Hause bin, werde ich Eileen sagen, dass von meinem Geld keine Ingwerplätzchen mehr aus Läden in Kilmarnock gekauft werden, obwohl ich sie für mein Leben gern esse. Ich erinnere mich, dass Ingwerplätzchen in einem kunststoffbeschichteten Karton verpackt sind. Darin befinden sie sich in einem geformten Kunststoffeinsatz, der in eine weitere Lage Kunststoff eingewickelt ist. Zweifellos werden sie unnötigerweise um den halben Erdball transportiert.

Ich bin durchaus bereit, für das Wohl des Planeten auf Ingwerplätzchen zu verzichten.

»Die erschreckendste Bedrohung für die Natur – und für uns alle – ist der Klimawandel«, sagt Mike. »Wir müssen Druck auf die Politiker ausüben, denn das Einzige, worum sie sich Sorgen machen, sind die Ergebnisse der nächsten Wahlen. Wir müssen ihnen immer und immer wieder sagen, dass uns unsere Welt wichtig ist.«

Das ist sie ganz gewiss.

»Was könnte wichtiger sein?«, fragt Terry voller Leidenschaft.

»Wichtiger als was?«, erkundigt sich Patrick, der gerade ein Tablett ins Zimmer balanciert, das mit Weinflaschen, Käsestangen, verschiedenfarbigen Soßen und Miniatur-Pizzen beladen ist.

»Luxus!«, ruft Terry aus, die mit einem Mal wieder fröhlich und beschwingt ist. Ich bin mir nicht sicher, ob sie die Frage beantwortet oder das Essen meint.

Mike wirft ihr einen Blick zu, den ich nicht ganz interpretieren kann. Irgendetwas scheint ihm zu schaffen zu machen. Dann starrt er Patrick an und nimmt jeden Quadratzentimeter seines Gesichts unter die Lupe.

»Was ist? Was habe ich denn getan?«, will mein Enkel wissen. Er stellt das Tablett geräuschvoll auf den Tisch und sieht uns alle fragend an. Sein Blick bleibt an Terry hängen. Sie schiebt ihre Brille auf der Nase hoch und errötet ein bisschen. Dann schaut sie auf das Essen. »Sie verwöhnen uns schon wieder nach Strich und Faden, Patrick!«

»Sieht hervorragend aus«, stellt Dietrich fest. »Und riecht hervorragend. Fangen wir an. Ich kann meinen Magen schon knurren hören.«

Patrick reicht die Käsestangen herum. Ich drehe meine in einer cremigen grünlichen Masse und knabbere daran. Überaus schmackhaft.

»Und, für welchen Film habt ihr euch entschieden?«, fragt er.

»Noch für keinen. Wir wurden abgelenkt«, erwidert Terry. »Worauf hätten Sie denn Lust? Wir haben sie alle schon gesehen, also sollten Sie und Veronica entscheiden.«

Patrick lässt den Blick über das Regal wandern und liest ein paar Titel vor. »*Der rosarote Panther kehrt zurück, Ein Quantum Trost, Mission Impossible, The Green Mile …*«

Ich spitze die Ohren. »Der letzte hört sich nett an.«

»Ich glaube nicht, dass er dir gefallen würde, Granny. Er ist eher … na ja, *nicht* nett. Wie wär's mit …« Er überlegt. »*Vanity Fair – Jahrmarkt der Eitelkeit?*«

»Ich denke, das wäre eine sehr gute Wahl.«

Der Film ist tatsächlich äußerst unterhaltsam, zumindest empfinde ich es so. Ein gutes Kostümdrama ist in vielerlei Hinsicht ein Genuss, und die Figuren interessieren mich. Ich stelle allerdings fest, dass Patrick auf seinem Stuhl hin und her rutscht und leise seufzt, und mir wird bewusst, dass er den Film mit Rücksicht auf meine Vorlieben ausgesucht hat, nicht auf seine eigenen.

Ich habe es heute geschafft, mir ein ordentliches Frühstück einzuverleiben, einschließlich Haferbrei und Toast. Die Überreste stehen neben meinem Bett auf einem Tablett. Jetzt überkommt mich abermals Erschöpfung, und ich habe das Bedürfnis nach einem Nickerchen. Patrick und Terry stehen an der Zimmertür und sprechen mit gedämpfter Stimme.

»Sollen wir mit Pip rausgehen?«, höre ich Terry leise fragen. »Ich habe den Eindruck, er wird unruhig.«

»Gute Idee. Sollen wir Granny wecken?«

Die beiden stehen nah beieinander. Das erkenne ich an ihren Stimmen.

Ich kämpfe gegen den Schlaf an, um zuzuhören.

»Nein«, erwidert Terry, »dann setzt sie sich bloß wieder unter Druck, weil sie mitkommen will, und das geht auf gar keinen Fall. Am besten schleichen wir uns einfach raus.«

»Aber wir sollten ihr eine Nachricht hinterlassen, sonst flippt sie aus, wenn Pip weg ist.«

»Stimmt. Prima Idee.«

Patrick und Terry verstehen sich gut. Liegt da womöglich ein Hauch von Romantik in der Luft? Patrick gibt seine Gefühle nicht preis, aber ich erkenne einen wachsenden Eifer. Er ist wie ein Baum, der in der ersten Frühlingswärme Blätter bekommt. Terry mag ihn auch, das ist offensichtlich – aber andererseits mag Terry jeden. Sie gibt jedem das Gefühl, er wäre etwas Besonderes. Sie ist so ziemlich das genaue Gegenteil von mir.

Ich höre Patrick zum Papierkorb gehen und Pip herausheben. »Komm schon, kleiner Quälgeist. Du begleitest uns heute!« Terry und Patrick stoßen gurrende Laute aus. Ich weiß, dass sie das Küken streicheln, ihm den Bauch und den Kopf kraulen. Er genießt bestimmt jede Sekunde. Ich hebe verstohlen ein Augenlid an, um einen kurzen Blick auf die beiden zu werfen. Sie sind wie Eltern, die ein Riesentrara um ihr Neugeborenes machen.

Ich denke darüber nach, als sie Pip mit nach draußen nehmen und die Tür schnell hinter sich schließen. Patrick und Terry. Terry und Patrick. Ein schrulliges Duo. Pip und ich haben eine enge Beziehung zwischen den beiden entstehen lassen. Je länger ich darüber nachgrüble, desto überzeugter bin ich: Patrick und Terry passen zusammen wie Topf und Deckel.

Ich habe nur eine vage Vorstellung, wie viel Zeit vergangen ist. Der Kalender verrät mir, dass wir immer noch Januar haben. Ich weiß, das Datum, an dem meine Rückreise nach Großbritannien ursprünglich geplant war, ist längst verstrichen. Angeblich kommt in einer Woche wieder ein Schiff, und da es mir inzwischen bedeutend besser geht, werden Patrick und ich voraussichtlich an Bord gehen (der Arzt hat bei einer telefonischen Beratung zugestimmt). Das ist äußerst bedauerlich in Hinblick darauf, was zwischen Patrick und Terry möglich wäre, da ihnen nicht die Zeit bleibt, um es zu verwirklichen. Patrick wird auf gar keinen Fall die Erlaubnis bekommen, seinen Aufenthalt zu verlängern, selbst wenn er wollte. Er ist weder Wissenschaftler noch Millionär.

Terry und Patrick werden unweigerlich auseinandergerissen werden.

Das ist einer der gemeinen Streiche, die das Schicksal gerne spielt. Aufgrund langer, bitterer Erfahrung weiß ich, wie viel Kraft es kostet, sich dem Schicksal zu widersetzen, wenn es solche Grausamkeiten verübt.

Terry und Patrick sind allerdings beide zu jung und zu unerfahren, um das zu begreifen und etwas dagegen zu unternehmen.

48

Patrick

Locket Island

So froh ich auch bin, dass Granny V nicht das Zeitliche gesegnet hat, sie auf dem Schiff und im Flugzeug nach Hause
zu begleiten, wird trotzdem kein großer Spaß. Immerhin
habe ich mich mittlerweile an ihre kleinen Marotten gewöhnt. Ich muss einfach das Unerwartete erwarten.

»Ich wette, Sie sind froh, dass Sie uns bald loswerden«, sage
ich zu den anderen. Wir sind gerade mit dem Frühstück fertig, und ich frage mich, was ich Granny rüberbringen soll. Es
sind noch ein paar einigermaßen passable Scheiben Speck
übrig, und ich werde ihr eine Kanne Darjeeling machen.

Dietrich lächelt. »Es ist natürlich eine Erleichterung, dass
wir uns keine Sorgen mehr um Mrs McCreedy machen müssen, aber es wird ohne Sie beide bestimmt ziemlich trostlos
hier.«

»Wir werden Ihre Kochkünste vermissen«, fügt Mike hinzu.

Deet zwinkert. (Ein Spitzentyp, dieser Deet. Ich habe ihm
von Gavs Tochter Daisy erzählt, und er hat extra für sie eine

Pinguin-Zeichnung angefertigt. Ich habe sie Gav gestern per Mail geschickt.)

»Wir sind Veränderungen hier gewohnt«, sagt er zu mir. »In ein paar Wochen haben die Küken ihr neues Federkleid und begleiten ihre Eltern erstmals bei deren Ausflügen ins Meer. Für uns ist das immer richtig traurig.«

Terry richtet den Blick starr auf die Wand. »Man weiß jedes Jahr, dass der Zeitpunkt kommt, aber trotzdem ist es jedes Mal eigenartig emotional.«

Mike lässt sich von ihrer Stimmung anstecken und seufzt. »Dieses Jahr wird es noch schlimmer, weil wir wissen, dass es womöglich unser letztes Mal ist.«

Es sieht so aus, als hätte er gemischte Gefühle. Er hat seine Freundin in England, und wenn das Projekt endet, kann er mit ihr zusammenleben und vielleicht das ganze Heiraten- und-Kinderkriegen-Programm angehen. Trotzdem habe ich den Eindruck, dass er voll in seinem Element ist, wenn er unabhängig und draußen im Eis und in der Kälte in Pinguin-Angelegenheiten vertieft ist. Seine Komfortzone ist hier.

Neulich habe ich von Deet etwas Interessantes erfahren. Mike war derjenige, der Granny V an jenem verhängnisvollen Tag im Schnee liegend gefunden hat, obwohl sie alle draußen waren und nach ihr gesucht haben. Mike war derjenige, der Erste Hilfe geleistet und sie zurück zur Forschungsstation getragen hat. Mike war derjenige, der ihr eigentlich das Leben gerettet hat. Er ist nicht annähernd so ätzend, wie er tut. Er hat einfach nur haufenweise Komplexe. Aber er ist in Ordnung. Hin und wieder kann ich sogar ein nettes Gespräch mit ihm führen.

Terry fängt an, das Geschirr abzuräumen. Sie wirkt traurig; die Pinguine liegen ihr sehr am Herzen. Ich würde ihr gern vorschlagen, dass wir uns in England treffen, falls das Locket-Island-Pinguin-Projekt endet und sie dorthin zurückgeht. Es wäre toll, wenn ich noch mehr Zeit mit ihr verbringen könnte. Ich sage allerdings nichts. Es soll nicht so klingen, als würde ich hoffen, dass das Projekt eingestellt wird.

Als ich Grannys Zimmer betrete, sitzt sie mit einer Wolldecke über den Knien auf dem Stuhl. Pip liegt wie hingegossen auf ihrem Schoß und schläft. Mann, wie glückselig er wirkt. Granny blickt auf ihn hinunter, ein liebevolles Lächeln im Gesicht. Ich muss sagen, bei dem Anblick bin ich froh, dass ich eine Granny habe. Sogar ein bisschen froh, dass sie völlig übergeschnappt ist.

Sie sieht zu mir auf. In ihren Augen funkelt Entschlossenheit. »Gut, dass du hier bist, Patrick.« Sie klopft auf den Stuhl neben ihr. »Es gibt ein paar praktische Dinge zu besprechen.«

Ich setze mich hin. »Du machst schon einen viel besseren Eindruck, Granny.«

»Mir geht's auch schon viel besser. Eigentlich bin ich mir ziemlich sicher, dass ich noch eine ganze Weile leben werde. Jahre womöglich. Vielleicht bin ich sogar so großzügig, mir noch ein ganzes Jahrzehnt geben.«

»Juhu! Ich freue mich, das zu hören!« Ich springe wieder auf und umarme sie. Ich kann mich einfach nicht beherrschen, obwohl sie wahrlich nicht der Typ für Umarmungen ist. Zu meinem Erstaunen legt sie die Arme um mich und umarmt mich sozusagen zurück – kurz. Ich bin mir ziemlich sicher, dass ich es mir nicht eingebildet habe.

Die Bewegung weckt Pip auf. Er hüpft von ihren Knien auf den Fußboden und fängt an, sich mit dem Schnabel die Brust zu putzen. Kleine Fetzen Flaum fallen ab, legen mehr von dem neuen, seidig glänzenden Federkleid darunter frei.

Granny tastet in ihrer Handtasche herum, die neben ihrem Stuhl steht. Nicht die scharlachrote Handtasche (die einer Pinguin-Attacke zum Opfer gefallen ist), sondern ein hässliches, leuchtend pink- und goldfarbenes Ding. Sie holt ein Taschentuch hervor, putzt sich geräuschvoll die Nase und schaut mir dann in die Augen. »Also, kommen wir zur Sache. Ich denke, der Anstand gebietet es, dich wissen zu lassen, dass ich beabsichtige, mein Testament aufzusetzen, sobald ich wieder zu Hause bin.«

»Verstehe«, sage ich. Jetzt kommt's.

Sie heftet den Blick auf mich. Mir ist noch nie aufgefallen, wie viele verschiedene Farben ihre Augen haben. Schiefergrau und meergrün, mit Goldsprenkeln durchsetzt.

»Ich habe vor einiger Zeit entschieden, dass ich mein gesamtes Erbe dem Pinguin-Projekt hinterlassen werde«, sagt sie mir.

Ich nicke. Ich kann nicht behaupten, dass ich überrascht bin. »Okay.«

»Ich habe eine besonders starke Bindung zu den Adeliepinguinen aufgebaut«, fährt sie fort, »und ich glaube, dass es unerlässlich ist, irgendwie für den Fortbestand dieser Spezies zu sorgen. Wenn ich dazu einen kleinen Beitrag leisten kann, möchte ich das gern tun.«

»Granny, du brauchst mir das nicht zu erzählen.« Sie denkt, ich bin ordentlich angefressen, weil ich ihr Geld nicht bekomme. Das bin ich aber nicht. Wichtig ist, dass es ihr wieder gut geht.

»Diese Wissenschaftler wissen im Großen und Ganzen, was sie tun, und ich vertraue ihnen«, fährt sie fort. »Sie werden von mir großzügig ausgestattet, wenn ich sterbe ...«

»Granny, hör auf!«

»Es hat keinen Sinn, wenn ich ein Blatt vor den Mund nehme, Patrick. Wir wissen beide, dass es schon fast so weit war. Früher oder später wird es passieren. Bis dahin werde ich dem Pinguin-Team ein monatliches Stipendium zukommen lassen, damit es die Arbeit fortsetzen kann.«

Genau wie ich gehofft hatte. Mehr oder weniger. Aber das bedeutet auch, dass alle drei Wissenschaftler bis in alle verdammte Ewigkeit hier auf Locket Island bleiben werden.

»Terry wird sich freuen«, sage ich. Das stimmt. Sie wird begeistert sein. Sie wird keinen Gedanken an mich armen Tropf im Fahrradladen in Bolton verschwenden.

Granny fährt fort. »Ich werde für die Zukunft des Projekts großzügig vorsorgen, unter der Bedingung, dass die Wissenschaftler jedes Jahr mindestens ein verwaistes Küken retten«, verkündet sie. »Damit sie daran erinnert werden, dass sie ein Herz haben.«

Ich lache. »Du machst wirklich jedem das Leben schwer, Granny.«

Sie wirkt erfreut, als wäre das ein Kompliment.

Terry sitzt im Aufenthaltsraum auf dem Fußboden und windet sich in ihre wasserdichte Hose. »Werfen Sie mir bitte mal die Klettereisen her?«

Ich betrachte die Klettereisen mit gespieltem Entsetzen. »Mit denen könnte man jemanden schwer verletzen.« Sie nimmt sie mir aus der Hand und legt sie an, dann fuchtelt sie mit dem Fuß in meine Richtung. Die Zacken durchbohren die Luft und schlitzen sie auf. Terry feixt wie eine Hexe.

»Netter Versuch, aber Boshaftigkeit liegt Ihnen nicht im Blut, Terry.«

Ich schlüpfe in meine Jacke und in Mikes Ersatzschnee-stiefel Er hat wegen der Stiefel nie einen Kommentar abge-geben, wie man fairerweise sagen muss.

»Geht ihr gemeinsam raus?« Mike, der an der Tür steht.

Sein Tonfall sorgt dafür, dass sich mir die Nackenhaare aufstellen.

»Pip muss mal wieder raus«, sagt Terry. »Veronica kommt inzwischen gut zurecht. Ich dachte mir, ich nehme ihn mit ans Nordende der Kolonie. Da war er noch nie, und das ist wahrscheinlich die letzte Gelegenheit. Und wir können nachsehen, wie es Sooty geht.«

»Wollen Sie mitkommen?«, frage ich Mike.

»Nein. Ich überlasse das euch beiden. Ich muss Guano-Analysen machen.«

Wir holen Pip aus Veronicas Zimmer. Terry sagt, wir müs-sen ihn so oft wie möglich mit der Kolonie in Berührung bringen. Er muss sehr bald dorthin zurück und sein Leben allein meistern. Manchmal lassen wir ihn in der »Krippe«. So sagen die anderen dazu, wenn Pinguin-Eltern ihre Jungen in der Gruppe zurücklassen, während sie auf Fischfang gehen. Pip wird immer tapferer. Er watschelt mit den anderen Küken herum und spielt mit ihnen Fangen und Pfützenhüpfen und so weiter. Jedes Mal, wenn wir ihn mitnehmen, müssen wir Granny versprechen, dass wir ihn im Auge behalten. Ich weiß nicht, wie sie sich jemals von diesem Pinguin trennen will.

Terry und ich gehen langsam. Pip folgt uns mit einem ge-wissen Abstand, wie ein tapsiger Welpe. Heute ist es nicht besonders kalt, eher erfrischend. Der Schnee hat Lücken. An manchen Stellen hat er sich in Klecksen angesammelt, die wie Marshmallows aussehen, an anderen ist er hauchdünn, sodass Grashalme und Kieselsteine durchschauen.

»Hoffentlich bereuen Sie es nicht, dass Sie hierhergekommen sind«, fängt Terry an. »Wenn wir gewusst hätten, dass Veronica derart zäh ist, hätten wir Sie niemals hierherbestellt.«

Ich werfe einen Blick in den Himmel. Er hat die Farbe von Haferbrei und sieht verpixelt aus.

»Alles gut, Terry. Sie haben alles richtig gemacht.«

»Tatsächlich? Ich bin mir da nie sicher.«

Granny hat ihr und den anderen beiden gesagt, dass sie das Locket-Island-Projekt in Zukunft finanzieren wird. Sie waren so dankbar, dass ihnen die Worte fehlten. Sogar Mike. Die Situation war erwartungsgemäß ein bisschen unangenehm.

»Bitte glauben Sie mir, wenn ich sage, dass ich Veronica nie um irgendwas gebeten habe«, fleht Terry. »Ich habe echt nicht damit gerechnet, dass sie uns so viel Geld zukommen lassen würde, obwohl sie etwas von ihrem Testament erwähnt hatte. Sie denken nicht, ich hätte sie ausgenutzt, oder?«

Terry hat keine Ahnung, wie großartig sie ist. »Meine Güte, Terry, nein! Wenn überhaupt, dann war es umgekehrt! Sie waren immer ehrlich und aufrichtig und gut und ...«

Jetzt bin ich derjenige, der mitten im Satz verstummt. Ich sehe sie an, und alles fühlt sich ein bisschen eigenartig an. Ich weiß nicht, was passiert ist, warum die Atmosphäre plötzlich anders ist. Normalerweise sind wir völlig entspannt, wenn wir zusammen sind.

Ich plappere hastig weiter: »Sie haben mir mehr dabei geholfen, Granny V kennenzulernen, als es irgendjemand anderer hätte tun können. Sie sind der einzige Mensch, dem sie sich geöffnet hat. Nicht mal ihrer Haushälterin Eileen ist sie in all den Jahren so nahegekommen.«

Das ist wichtig. Mir wird jetzt klar, wie sehr ich mir Granny V in meinem Leben wünsche. Sowohl meine Mum als auch mein Dad haben mich verlassen, wenn auch auf unterschiedliche Art und Weise. Aber meine Granny – nun, sie hat mich *gesucht*, oder etwa nicht? Es hat eine Weile gedauert, aber sie hat mich gefunden.

Wir sind an der Kuppe des Hangs angelangt, und die Sonne ist hinter den Wolken hervorgekrochen. In der Ferne, auf dem See von der Form einer Medaillon-Öse, erstreckt sich ein schmaler Streifen Sonnenlicht über die Wasseroberfläche.

»Granny kennenzulernen, das war eine krasse Offenbarung«, sage ich zu Terry. »Mag sein, dass es verrückt von mir war, den ganzen Weg hierherzukommen, aber ich bin froh, dass ich es getan habe. Wenn ich in Bolton geblieben wäre, hätte ich all das nie zu Gesicht bekommen!« Ich deute auf die Landschaft vor uns: auf die Zacken am Horizont, die farbigen Kleckse der Flechten auf den Felsen, die Pinguinkolonie, die sich vor uns erstreckt wie eine geschäftige Metropole voller Leben, Liebe und Schmerz.

»Außerdem, wenn ich nicht in die Antarktis gekommen wäre, hätte ich nie …« Ich beiße mir auf die Zunge, und mir ist bewusst, dass meine Augen Terrys suchen, und ich mich frage, ob sie womöglich das Gleiche empfindet. Ihre Augen liefern keinen Hinweis. Aber wie sehr sie glänzen, und wie tief sie sind … Man könnte ertrinken in diesen Augen. Ich wende den Blick schnell ab, bevor es dazu kommt. Ich drehe mich zu Pip um und breite die Arme aus, während sich unser gefiederter Freund müht, zu uns aufzuschließen.

»… hätte ich nie diesen kleinen Kerl kennengelernt!«

Ich nehme ihn in die Arme. Er stößt ein überraschtes Quietschen aus. Ich rolle im Schnee auf den Rücken, hebe ihn über mich und halte ihn in einer Pseudo-Flugposition, bei der seine Stummelfüße nach hinten und seine Flossen seitlich abstehen. Aus Pips Schnabel dringt ein gurgelnder Laut, als würde er ebenfalls lachen. Terry zückt ihre Kamera, die sie um die Schulter trägt, und richtet sie auf uns, um den Moment einzufangen. »Hey, das ist klasse!«, ruft sie. »Ein toller Mix aus Freude, kindischem Verhalten und Zuneigung zwischen Mensch und Pinguin. Wem würde da nicht das Herz aufgehen?« Sie huscht auf die andere Seite, um noch ein Foto zu schießen, stolpert aber über einen Stein. Der Ruck entlockt ihr einen spitzen Schrei und schickt sie zu Boden, wo sie mit ausgestreckten Armen und Beinen landet.

»Alles okay?« Der Aufschlag war ziemlich laut. Ist sie verletzt? Einen Moment lang herrscht Stille.

Ich setze Pip ab. Terrys Kopf ist verdreht, ihr Gesicht im Schnee. Sie bewegt sich nicht.

Ich rolle mich zu ihr hin und drehe sie zu mir um. Ihre Brille ist zur Seite geschoben. Ich nehme sie ihr vorsichtig ab und lege sie weg. Sie lächelt. Nein, sie lacht. Um Terry und mich ist alles weiß, ihr Mund nah an meinem. Unter meinem. Unsere Körper sind durch Schichten über Schichten wasserdichter Kleidung getrennt, aber unsere Lippen treffen sich und pressen sich aufeinander.

Eine Zeit lang ist sie nicht imstande zu sprechen. Als ihre Lippen wieder frei sind, beantwortet sie meine Frage. »Ja, Patrick. Alles ist sehr okay, danke.«

49

Patrick

Locket Island

Die Umstände sind in diesem Moment irgendwie miteinander kollidiert, und ich konnte überhaupt nichts dagegen tun.

Aber ... hey! Ergebnis!

Wir gingen weiter, bis wir uns mitten in der Pinguinkolonie befanden. Ab und zu blieb Terry stehen und hob den Kopf, um sich von mir küssen zu lassen. Mit unserem Publikum von Gentlemen im Smoking, die keine Hemmungen hatten, uns anzustarren, fühlte sich das ein bisschen indiskret an. Aber wenn eine Frau wie Terry sich von einem Mann küssen lässt, dann küsst man sie natürlich. Und mit jedem Kuss wurde ich panischer, was ihre Erwartungen anbelangt und dass ich nicht in der Lage wäre, sie zu erfüllen, aber gleichzeitig wollte ich mehr von ihr. Ich wollte jeden Teil von ihr, physisch, mental, emotional, das ganze Paket. Wenn Gott in diesem Moment vor mich getreten wäre und zu mir gesagt hätte: »Patrick, mein Sohn, du hast zwei Wahlmöglichkeiten.

Möglichkeit eins beschert dir Weltfrieden, und Möglichkeit zwei bedeutet, du kannst für immer bei Terry in der Antarktis bleiben.« Ich schwöre, ich hätte mich dafür entschieden, für immer bei Terry in der Antarktis zu bleiben. Im Ernst, ich hätte sofort ja gesagt.

Nach dem ungefähr zwanzigsten Kuss sagte Terry: »Es wird schwierig, das vor den anderen geheim zu halten.«

»Ähm, ich will dir ja nicht deine Illusionen rauben, aber ich glaube, sie wissen es bereits«, entgegnete ich und deutete auf die zigtausend Schnabelgesichter, die uns ansahen.

»Nicht vor den Pinguinen, du Dödel! Vor Dietrich und Mike.«

»Müssen wir es denn geheim halten?«, fragte ich. Ich war irgendwie in der Stimmung, es von den Dächern zu schreien. Oder von den Eisbergen oder so.

»Ja, Patrick, das müssen wir«, erwiderte sie, als verstünde es sich von selbst.

»Geheimniskrämerei ist echt nicht mein Ding, Terry.«

»Meines auch nicht«, sagte sie, »aber was sein muss, muss sein.«

»Und warum muss es sein?«

»Zunächst mal würden sie sich Sorgen machen. Sie würden denken, dass ich sie mit der Arbeit im Stich lasse. Vielleicht hätten sie sogar Angst, dass ich mit dir zurück nach Großbritannien gehe.«

Warum muss die Zukunft immer hereinplatzen und alles kaputtmachen? Das Leben bombardiert einen ständig mit Problemen, oder etwa nicht? Kaum läuft alles wie geschmiert, taucht ein neues Problem auf, und dann steht man da und gibt sein Bestes, um herauszufinden, was, zum Teufel, man dagegen tun kann.

Mir bleiben – Moment – gerade einmal fünfeinhalb Tage Beziehung mit Terry, bevor ich mit Granny zurück ans andere Ende der Welt reisen werde.

»Das war's also? Das war alles? Ein paar Küsse im Schnee?«

»Küss mich noch mal«, sagte sie.

Ich ließ mich nicht zweimal bitten.

Wir erklommen gemeinsam einen weiteren Hang, stiegen über schneegefüllte Rinnen und glänzende Kieselsteine. Die Sonnenstrahlen wärmten uns den Rücken. Die Bollwerke aus Eis überall um uns schimmerten weiß mit glänzenden Schattierungen in Grün, Blau und Türkis. Terry wusste genau, wohin sie ging.

»Schau!«, sagte sie und deutete geradeaus. Vor uns saß Sooty, der vollständig schwarze Pinguin, auf seinem Nest. Er blickte ziemlich selbstgefällig drein, wie ich fand.

»Immer noch kein Ei in Sicht«, stellte Terry fest. »Er wirkt allerdings ziemlich entschlossen. Wer weiß, vielleicht hat er doch eine Partnerin gefunden.«

Mir gefällt, wie sehr ihr die Pinguine am Herzen liegen.

Als wir denselben Weg zurückmarschierten, den wir gekommen waren, entdeckte ich eine glänzende Robbe, die sich auf einem Felsen sonnte und uns mit leerem Blick fixierte. Sie war so dick und schwabbelig, dass ich laut auflachte. Doch Terry meinte, Robben seien die Erzfeinde der Adeliepinguine. An Land seien sie nicht besonders gefährlich, unter Wasser dagegen absolut tödlich. Robben verstecken sich unter der Meeresoberfläche und packen nichts ahnende Pinguine an den Füßen. Dann schleudern sie sie heftig hin und her und schlagen sie gegen das Eis, bis sie tot sind und eine rote Lache im weißen Wasser treibt.

»Gehen wir zurück zu Pip«, sagten wir gleichzeitig. Vielleicht waren wir ein bisschen zu sehr mit uns selbst beschäftigt gewesen.

Zum Glück war Pip wohlauf. Er hatte bei einer Pinguin-Krippe Zwischenstation gemacht, ohne von uns dazu ermuntert zu werden – ein hervorragendes Zeichen, was seine Zukunft anbelangt. Er watschelte fröhlich mit einer Gruppe junger Pinguine herum. Glücklicherweise hat sein Sozialverhalten offenbar nicht allzu sehr darunter gelitten, dass er von Menschen aufgezogen wurde. Nur gut, dass er das orangefarbene Markierungsband an der Flosse trägt, da man ihn sonst leicht mit den anderen verwechseln könnte. Sosehr wir Pip lieben, er sieht seinen Artgenossen ziemlich ähnlich. Sein orangefarbenes Markierungsband stach unter den gelben Bändern der anderen Pinguine deutlich heraus.

Erwachsene Pinguine kehrten zu der Krippe zurück und riefen ihre Sprösslinge zu sich. Die Jungen erkannten die Stimmen sofort und bewegten sich schnurstracks mit erstaunlicher Treffsicherheit auf ihre jeweiligen Eltern zu. Sie wollten auf gar keinen Fall die Chance auf eine hochgewürgte Portion Krill verpassen. Pip versuchte es bei verschiedenen erwachsenen Pinguinen, aber keiner fiel darauf herein. Sie wollten nichts von ihrem kostbaren Hochgewürgten an einen Eindringling verschwenden, wie niedlich er auch sein mochte.

»Tut mir leid, Kleiner!«, rief ich ihm zu. »Du musst wieder mit uns kommen, bis du gelernt hast, dir selber Fische zu fangen.«

Pip drehte den Kopf und betrachtete mich. Ich hätte schwören können, er hatte jedes Wort verstanden. Jedenfalls kam er auf uns zu und drückte sich zärtlich gegen Terrys Knie. Dann sah er zu seinen Spielkameraden zurück, als wollte er sagen: »Hey, Leute, das sind *meine* Eltern.«

Wir beugten uns zu ihm hinunter und streichelten ihn. Eine Handvoll Kükendaunen löste sich und schwebte in der Brise davon.

Nach einer Weile zog Terry mich hoch und legte die Arme um mich. Ich drückte sie lange an mich, während Gefühle in mir aufwallten.

Sie stieß einen tiefen Seufzer aus. »Das ist alles so schwierig. Ich ... oh Gott, ich wünschte, du könntest bleiben.«

Schön.

»Du brauchst mich aber nicht ›Gott‹ zu nennen«, sagte ich.

Sie tat so, als würde sie mir gegen das Schienbein treten. Was ich eigentlich hätte sagen sollen, wäre gewesen: »Ich würde mir auch wünschen, dass ich bleiben könnte«, doch dafür schien es jetzt ein bisschen spät zu sein. Also zeichnete ich stattdessen ein Herz in den Schnee und schrieb ein T und ein P hinein. Das war eine ziemlich gute Behelfslösung. Terry schien es jedenfalls zu gefallen.

Pip war fasziniert und beugte sich hinunter, um mein Kunstwerk zu betrachten.

»Ich weiß, du denkst, das P wärst du, aber das bin ich, Kumpel«, sagte ich zu ihm. Er zeigte sich unbeeindruckt und latschte prompt über das Herz, wobei er die Kontur und die Buchstaben verwischte. Vandale.

»Was sollen wir tun?«, fragte Terry. Ich wusste, sie meinte unsere Beziehung. Das war eine gute Frage.

»In jedem Fall die fünf gemeinsamen Tage genießen«, schlug ich vor. »Jeden Moment genießen, den wir allein miteinander verbringen können. So viele solche Momente wie möglich herbeiführen.«

Die kommenden fünf Tage werden hart, mit einer kranken Großmutter und einem Pinguin, den es zu versorgen gilt, und einer Hütte voller Wissenschaftler ohne Bewegungsfreiheit, von unserer neu entdeckten Leidenschaft ganz zu schweigen.

Ich zog meine Handschuhe aus und strich Terry das Haar aus dem Gesicht. Ihre Wangen fühlten sich kalt und weich an. Ihre Augen sahen ein wenig feucht aus.

Ich musste fragen. Mann, ich musste einfach. »Bist du dir sicher, dass du nicht mit mir nach England kommen willst?«

Die Pinguin-Schar rückte in den Hintergrund, ihr Lärm verstummte für einen Moment. Sie alle schienen mit mir auf ihre Antwort zu warten.

Dann spürte ich es: dieses flaue Gefühl in der Magengegend. Jeder kennt es. Wie man es im Supermarkt bekommt, wenn es ein »Drei für den Preis von einem«-Sonderangebot für Bier gibt und man acht Träger kauft, um dann an der Kasse festzustellen, dass man sich verlesen hat. Das »Drei für den Preis von einem«-Angebot galt nicht für Bier, sondern für Minitüten Erdnüsse.

Ich weiß, ich hätte die Frage nicht stellen sollen. Ich hätte wissen müssen, dass sie mich niemals den Pinguinen vorziehen würde.

»Nein, Patrick. Tut mir leid. Es ist ... Nein, das geht nicht. Nicht jetzt, wo klar ist, dass das Projekt eine Zukunft hat. Ich muss einfach ein Teil davon sein. Es bedeutet mir alles.«

Das »alles« setzte mir enorm zu. Ich musste mich irgendwie von Terry befreien und warf einen Blick auf die Uhr.

»Verdammt, ich bin seit vier Stunden unterwegs. Höchste Zeit, dass ich nach Granny sehe.«

Ich lief zurück, rannte im Eiltempo durch den Schnee.

50

Patrick

Locket Island

Was, zum Teufel, ist los? Ich dachte, Granny wäre auf dem Weg der Besserung, dachte, sie wäre außer Gefahr. Dachte, wir würden nächste Woche auf dem Rückflug in Erinnerungen an die Pinguine schwelgen, und alles wäre in Ordnung. Anscheinend habe ich mich getäuscht. Sie lag wieder im Bett und war völlig weggetreten, als ich von der Kolonie zurückkam. Als die anderen später hereinkamen, wachte sie auch nicht auf. Genauso wenig, als wir Pip fütterten, obwohl er dabei einen Höllenlärm machte. Ich brachte ihr ein leichtes Abendessen und stellte es auf einem Tablett neben ihr Bett, aber das Essen war am nächsten Morgen unberührt.

Heute hat sie auch noch nichts zu sich genommen. Sie ist nicht einmal in der Lage, den Kopf zu heben. Sie ist wieder blasser und hat einen glasigen Blick, irgendwie abwesend. Terry, Mike und Dietrich waren den ganzen Tag draußen unterwegs, deshalb war es totenstill. Ich habe mir das dicke Buch geschnappt und versucht, Granny ein paar

Pinguin-Fakten vorzulesen. Sie hat überhaupt keine Reaktion gezeigt.

Es ist fast fünf Uhr, als ich die Tür und die Stimmen der drei Wissenschaftler höre, die gemeinsam zurückkommen.

»Leute, Granny geht's wieder schlecht«, sage ich gleich zur Begrüßung zu ihnen. »Sie hat den ganzen Tag nichts gegessen und keinen Muskel bewegt.«

Terry eilt sofort in Grannys Zimmer, und ich höre sie immer und immer wieder Veronicas Namen sagen. Als sie zurückkommt, ist jegliche Farbe aus ihrem Gesicht gewichen.

»Patrick hat recht. Ich habe sie nicht dazu gebracht, mit mir zu sprechen. Sie wirkt richtig krank.«

Dietrich zieht die Stirn in Falten. »O Gott, ich fasse es nicht.«

Mike wird plötzlich wieder zum Mann der Tat. »Wir sollten versuchen, noch mal den Arzt herzuholen. Ich verständige ihn sofort per Funk.« In einer Krisensituation ist es gut, Mike bei uns zu haben. Er eilt in die Küche, um sein Funkgerät zu holen. Wir hören ihn in dringlichem Tonfall sprechen und eine gedämpfte Stimme am anderen Ende Fragen stellen. Als er zurückkommt, wirkt er aufgebracht.

»Er will nicht kommen. Sie haben angeblich einen Notfall. Er meinte, solange Veronica keine Beschwerden hat und warmgehalten wird, kann er auch nicht mehr tun.«

»Irgendwas muss man doch machen können!«, rufe ich aufgeregt. Mein Gott, ich hasse das.

Er schüttelt den Kopf. »Er hat wieder gesagt, sie wäre eine alte Dame, und hat angedeutet, dass es das Beste sei, sie friedlich einschlafen zu lassen. Tut mir wirklich leid, Patrick.«

Er klingt, als würde er es auch so meinen. Terry kommt auf mich zu und umarmt mich. Ich gebe zu, dass es sich gut anfühlt. Aber ich kann es nicht genießen. Ich ertrage den Gedanken nicht, dass es mit Granny wieder bergab geht, wo ich gerade noch dachte, wir hätten das Schlimmste hinter uns. Ich habe mir erlaubt zu hoffen, wir könnten noch einmal ganz von vorn anfangen. Ich wollte ihr meinen besten Zitronen-Polenta-Kuchen aller Zeiten machen und mir diesmal alles anhören, was sie zu sagen hat, anstatt wegen Lynette total verkrampft zu sein. Meine Güte, Lynette! Inzwischen ist mir Lynette völlig schnuppe.

Ich glaube es einfach nicht, dass sich Granny wieder auf dem absteigenden Ast befindet, da wir doch gerade dabei waren, uns kennenzulernen. Mein Leben wird nie wieder dasselbe sein. Diese Erkenntnis fühlt sich an wie ein Schlag ins Gesicht, und zwar wie ein sehr harter.

51

Patrick

Locket Island

Vielleicht ist es auch gut, dass die Sanitäter nicht gekommen sind. Sie wären sonst bestimmt ziemlich genervt gewesen. Mit Granny ging es an diesem Tag rapide abwärts, am nächsten wirkte sie dagegen schon wieder viel munterer. Zumindest schaffte sie es, ein bisschen Suppe zu schlürfen und ein paar Worte mit mir zu wechseln.

Am nächsten Tag ging es ihr dann wieder so richtig schlecht. Sie lag reglos im Bett, aß nichts, antwortete nicht. Stand abermals an der Schwelle des Todes.

Sie ist wie ein menschliches Jo-Jo. Das treibt uns noch alle in den Wahnsinn. An einem Tag isst sie wie ein Scheunendrescher und ist quietschfidel und energiegeladen, dann ermattet sie plötzlich und scheint zu nichts mehr imstande zu sein. Dann, wenn wir uns schon mit einem antarktischen Sterbebett-Szenario abgefunden haben, setzt sie sich plötzlich auf und sagt, sie habe Hunger und fühle sich bestens. Ich kapiere das nicht. Was, zum Teufel, ist da los?

»Sie hält uns ganz schön auf Trab, nicht wahr?«, sagte Dietrich nach dem dritten Ab und Auf zu mir.

»Das kann man wohl sagen«, erwiderte ich.

Ich schrieb Gav eine E-Mail, um ihm Bericht zu erstatten. Er mailte zurück: *Halt durch, Kumpel, und tu, was nötig ist.* Und eine Nachricht von der kleinen Daisy, die sich für die Pinguin-Zeichnung bedankte, mit einem Foto von ihr mit der Zeichnung. Ich druckte das Foto aus und zeigte es Deet, der sich riesig freute. Granny V zeigte ich es ebenfalls, und sie schien bei dem Anblick richtig aufzuleben – nur um später wieder schlapp zu machen.

Trauer ist im besten Fall eine seltsame Angelegenheit. Noch seltsamer ist sie, wenn man glaubt, das Ganze wäre eine todsichere Sache (ich bitte um Entschuldigung für das Wortspiel) und sie dann plötzlich wieder verschwindet, nur um einen später abermals zu überrollen. Sie ist sozusagen der Bungee-Jump unter den Emotionen. Man wird total durchgerüttelt. Sie beschert einem einen flauen Magen, macht einen zitterig und wackelig, bringt den Schlafrhythmus völlig durcheinander. Langsam wünsche ich mir, ich hätte einen Joint zur Hand.

Und dann ist da noch Terry. Ich hätte niemals gedacht, dass ich so verdammt schnell mit dem Kopf voraus in einen solchen Berg von Gefühlen schlittern könnte. Und sie sagt dasselbe über sich. Obwohl wir wissen, dass das mit uns keine Zukunft hat, scheint keiner von uns beiden in der Lage zu sein, es zu kontrollieren. Wir versuchen, vernünftig zu sein, geben zu bedenken, dass wir beide nur Trost suchen … aber ich weiß, und sie weiß (und sie weiß, dass ich weiß), dass verdammt viel mehr dahintersteckt.

Da ist eine Riesenmenge Schmerz, der nur darauf wartet, sich auf mich zu stürzen. Ich steuere direkt darauf zu. Selbst wenn Granny überlebt, werde ich fix und fertig sein, weil ich mich von Terry verabschieden muss.

Wird Granny es schaffen? Das Schiff, das uns mitnehmen soll, legt morgen auf Locket Island an, aber um ehrlich zu sein, habe ich nicht die geringste Ahnung, ob wir an Bord gehen werden oder nicht.

52

Veronica

Locket Island

Meine Lebensphilosophie lautete schon immer: »Wer nicht wagt, der nicht gewinnt.« Ich habe mich gestern meinem lieben Pip anvertraut, während die Menschen beim Abendessen waren. Pip mag es, wenn man ihm etwas erzählt, und lauscht jedem Wort. Er kratzte sich auf äußerst nachdenkliche Weise mit dem Fuß am Kopf, und ich bin mir sicher, dass mein hinterlistiger Plan seine Zustimmung gefunden hat.

In den vergangenen Tagen haben sich mein Enkel und die Wissenschaftler unendlich viele Sorgen gemacht, haben über Funk medizinischen Rat eingeholt und abwechselnd über mich gewacht. Dietrich hat wieder angefangen, mir aus *Große Erwartungen* vorzulesen, und Mike hat wieder begonnen, mich über die Außentemperatur in Grad Celsius zu informieren.

Unterdessen zähle ich sorgfältig die Tage. Ich passe genau auf, was ich esse und was mein Äußeres (mithilfe meines Schminktäschchens) preisgibt. Ich beobachte. Ich lausche.

Mir ist aufgefallen, dass ich – wenn ich mir Mühe gebe – eine ziemlich gute Menschenkenntnis besitze.

Terry und Patrick übernehmen viele Schichten gemeinsam. Die beiden tauschen unzählige bedeutungsvolle Blicke, und wenn sie denken, ich würde schlafen, flüstern sie sich auch oft Zärtlichkeiten zu. Manchmal herrscht lange Zeit Stille. Ich achte darauf, nicht die Augen aufzumachen, aber ich bin mir sicher, ich höre Küsse.

Gestern habe ich mich ein bisschen gestärkt, aber jetzt ist es Zeit, noch ein kleines Opfer zu bringen, um meine Sache voranzutreiben. Ich werde heute an keiner Mahlzeit teilhaben. Ich nehme ein Feuchttuch aus der Packung auf meinem Nachttisch und wische mir jede Spur von Make-up aus dem Gesicht. Ich konsultiere den Spiegel. Ja, ich sehe bereits wesentlich ungesünder aus.

Unsere Abreise ist für den heutigen Nachmittag geplant, und sollte auch nur der geringste Zweifel daran bestehen, dass ich nicht reisefähig bin, wird es Zeit für mein *Pièce de résistance*. Die anderen frühstücken gerade und haben mich für gesegnete zehn Minuten allein gelassen.

Ich klettere lautlos aus dem Bett und tausche meinen wollenen Schottenmuster-Morgenmantel gegen mein violettes Seiden-Negligé, das, so hoffe ich, die dramatische Wirkung verstärken wird. Dann positioniere ich mich mit größter Sorgfalt auf dem Fußboden. Den Kopf zur Seite gedreht. Mein Haar in alle Richtungen abstehend. Mein Negligé um mich herum aufgebauscht. Ich strecke langsam ein Bein aus und schaffe es, den Fuß so weit zu heben, dass ich das Wasserglas auf dem Nachttisch zur Seite schieben kann … immer weiter … bis es über die Kante kippt und mit einem donnernden Krachen auf dem Fußboden landet.

Schnelle Schritte sind zu hören, jemand ruft: »Veronica? Veronica! Was ist passiert?«

Und dann ein »Oh nein!«, ein »Mein Gott!« und ein »Verdammte Scheiße!« im Chor, als sie mich zu Gesicht bekommen.

53

Veronica

Locket Island
Zweieinhalb Wochen später

Ich bin zäh wie ein Ochse, aber es gibt Grenzen, was man seinem Körper zumuten kann. Irgendwann hörte ich mit meinen Sperenzchen auf und gab mir selbst die Chance, mich richtig zu erholen. Mein (zumindest nach meiner Einschätzung) geschickt manipulierter, schwankender Gesundheitszustand erreichte genau das, was ich erreichen wollte.

Wir verpassten das Schiff, mit dem wir hätten abreisen sollen. Patrick hängt nun schon viel länger als geplant hier fest. So lange, dass er nicht nur seine beeindruckenden Fähigkeiten bei technischen Problemen unter Beweis stellen konnte, sondern auch so lange, dass er und Terry sich ineinander verlieben konnten, Hals über Kopf, auf ungeschickte und überwältigende, gute altmodische Art und Weise.

Meine zweite, vielleicht nicht ganz so wundersame Genesung ist abgeschlossen. Ich habe mich in den vergangenen zwei Wochen mehrmals mit Patrick und Pip in Begleitung der Wissenschaftler zur Brutstätte gewagt. Es macht mich glücklich und traurig zugleich, zu beobachten, wie gut sich mein Kleiner mit seinen Pinguin-Freunden versteht. Vielleicht bilde ich es mir nur ein, aber ich könnte schwören, dass er seine Menschenfamilie neuerdings mit anderen Augen betrachtet, als würde er überlegen, ob es sich bei uns um übergroße, schlaksige Pinguine mit seltsamer Zeichnung handelt.

Die Jungen sind inzwischen alle deutlich größer und werden immer geselliger. Das geschäftige Gemeinschaftsleben auf Locket Island geht weiter und führt mir vor Augen, dass ich selbst seit meiner Ankunft hier viel über das Leben in einer Gemeinschaft gelernt habe. Und wie hart die Bedingungen auch sein mögen, ich, Veronica McCreedy, bin wie die Pinguine eine Überlebenskünstlerin.

Ich muss mich allerdings noch daran gewöhnen, den Dingen hier ihren Lauf zu lassen. Deshalb bin ich heute Morgen in der Forschungsstation geblieben, um meine Sachen durchzusehen. Meine Gedanken richten sich wieder auf zu Hause, auf The Ballahays, auf das andere Ende der Welt. Hier fühlt es sich an, als sei zu Hause die Illusion, während es sich bei der antarktischen Wildnis um die einzige Wirklichkeit zu handeln scheint. Bald wird es umgekehrt sein.

Meine eintönige Alltagsroutine wird wieder beginnen. Ich werde mich damit beschäftigen, Rosen für den Esszimmertisch zu arrangieren, Stauden aus dem Katalog zu bestellen und über dem *Telegraph*-Kreuzworträtsel zu brüten. Ich werde mit meinem Wanderstock, meiner Handtasche und meiner Abfallzange den Küstenpfad entlangmarschieren. Ich werde keine Thermounterwäsche und keine Mukluks brauchen. Ich werde Eileen Vorhaltungen wegen Staub und Spinnen machen.

Doch manche Dinge werden nie mehr so sein wie früher. Ich habe die Gesellschaft Tausender Vögel genossen, deren *joie de vivre* man erlebt haben muss, um sie glauben zu können. Ich habe mit drei Wissenschaftlern am südlichsten Zipfel der Welt zusammengewohnt und habe ihre Arbeitsmethoden kennengelernt. Vielleicht noch überraschender ist, dass ich mich auf den ziemlich befriedigenden Prozess eingelassen habe, Gedanken und Erfahrungen mit meinem lange verloren geglaubten Enkel zu teilen.

Darüber hinaus hatte ich eine Diskussion mit einem Pinguin-Baby und habe infolgedessen dem Tod ein Schnippchen geschlagen – zumindest vorerst. Solche Dinge verändern eine Frau. Selbst eine sehr alte und mürrische wie mich.

Ich rechne jeden Moment mit Patrick. Er hat versprochen, vor den anderen zurück zu sein, um das Mittagessen zuzubereiten (offenbar einen herzhaften Eintopf).

Ich höre ihn an der Tür und mache mich bereit. Er hat kaum seine Jacke und seine Stiefel ausgezogen, als ich das Gesprächsthema anschneide, über das ich in den vergangenen sechs Stunden nachgegrübelt habe. Ich muss sichergehen, dass ich alles sage, was ich sagen möchte, bevor es mir wieder entfällt.

»Patrick, ich glaube, wir beide haben die Gastfreundschaft auf Locket Island inzwischen deutlich überstrapaziert. Wir werden bald in unsere Heimat zurückkehren. Du kannst es doch bestimmt kaum erwarten, wieder in Bolton zu sein, oder?«

Er lässt sich auf einen Stuhl sinken. »Ich, äh ... also ... ähm, ja und nein. Es ist schwierig.«

Ich werde nicht um den heißen Brei herumreden. Ich muss es wissen.

»Schwierig, ach ja? Ich verstehe. Und ist der Grund dafür zufällig Terry?«

Er zeigt das, was gemeinhin als »verzögerte Reaktion« bezeichnet wird, glaube ich. »Der Grund dafür ist Terry«, gibt er schließlich zu.

»Das dachte ich mir fast.« Veronica McCreedy lässt sich nicht an der Nase herumführen. Ich bin zwar eine alte Schachtel, aber ich kann mich erinnern, wie es ist, in jemanden verliebt zu sein. Ich kann mich auch erinnern, was für eine Qual es ist, auseinanderzugehen. »Du wirst dieses Mädchen niemals von ihren Pinguinen loseisen können«, sage ich zu ihm. Ich bin mir in diesem Punkt sehr sicher, und Patrick muss sich ebenfalls darüber klar werden. »Sie sind ihre Liebe, ihr Leben, ihre Berufung. Selbst wenn es dir gelänge, sie loszueisen, würde sie dich irgendwann dafür hassen.«

Er lässt die Schultern hängen.

»Schon möglich.«

Ich mustere ihn. Nach und nach verstehe ich, wie er tickt. Ich muss die Sache mit einiger Sorgfalt angehen, sodass es nicht den Anschein hat, als würde ich ihn seiner Wahlmöglichkeiten berauben. »Denk doch mal nach, Patrick«, dränge ich ihn. »Denk nach. Es muss nicht so sein. Es gibt eine Alternative.« Wenn er von selbst darauf kommt, weiß ich, dass es ihm ernst ist.

»Was denn? Dass ich hierbleibe, meinst du?« Er schüttelt betrübt den Kopf. »Als ob sie mir das erlauben würden. Das würden sie nicht. Das können sie nicht.«

Er ist sich seiner Verdienste überhaupt nicht bewusst. »Ihnen schmeckt, was du kochst«, erkläre ich. »Und du hast den Generator für sie repariert. Deine praktischen Fähigkeiten sind äußerst nützlich. Du hast mir erzählt, dass du inzwischen ziemlich geschickt in der Kunst des Pinguin-Hütens bist. Außerdem hast du dir durch das Vorlesen des Pinguin-Buches ein umfassendes Fachwissen angeeignet.« Seine Augenbrauen gehen langsam nach oben, während ich spreche. Ich werde immer überschwänglicher. »Jemand wie du könnte hier eine echte Bereicherung sein. In der Forschungsstation ist auf jeden Fall genug Platz für mindestens eine zusätzliche Person. Wenn du ein bisschen finanzielle Unterstützung hättest … Wenn du vielleicht privat von jemandem gesponsert werden würdest …«

Patricks Augenbrauen sind so weit nach oben gewandert, wie es überhaupt möglich ist. »Was willst du damit sagen, Granny?«

Ich räuspere mich und wähle meine Worte mit Sorgfalt. »Nun, in Anbetracht der Tatsache, dass die Wissenschaftler mir wesentlich länger als erwartet Unterkunft gewährt haben, und das unter extrem schwierigen Bedingungen, würde ich gerne über die Finanzierung der Fortsetzung des Projekts hinaus die Mittel für einen zusätzlichen Mitarbeiter bereitstellen.«

Er springt vom Stuhl auf. »Das würdest du tun?« Er erinnert mich an einen großen übermütigen Hund, dem man sein Lieblingsspielzeug hingehalten hat.

»Nur unter einer Bedingung: dass du dieser zusätzliche Mitarbeiter bist. Würdest du gern hierbleiben, wenn ich das einfädeln kann?«

Er stürzt sich auf mich und umarmt mich stürmisch. Es ist schon das zweite Mal, dass das passiert. Aus seiner Sicht habe ich mich im Handumdrehen von einer mürrischen alten Frau in einen leuchtenden Engel verwandelt.

»Patrick, ich bitte dich, hör auf damit!«

Er gehorcht und weicht respektvoll zurück. Ich greife zu meinem Taschentuch und tupfe mir rasch die Augen ab. Sie bereiten mir in letzter Zeit öfter Probleme.

Patrick hat in der Zwischenzeit begonnen, sich der Konsequenzen des Plans bewusst zu werden. Er lässt sich wieder auf den Stuhl sinken. Jetzt wirkt er niedergeschlagen wie ein Hund, dem man sein Lieblingsspielzeug wieder weggenommen hat. »Toll von dir, Granny, dass du auf diese Idee gekommen bist. Du bist echt der Hammer. Aber das wird nicht funktionieren. Sie haben hier ihren eigenen kleinen Club. Sie sind eben echte *Wissenschaftler*. Ich bin nur ein Gammler. Selbst wenn du sie dafür bezahlst, werden sie mich niemals hierbleiben lassen.«

Ich falte mein Taschentuch sorgfältig zusammen und verstaue es wieder in meiner Handtasche. »Ich glaube, du wirst feststellen, dass sie werden.«

»Sie *werden*? Wie meinst du das? Wie in: Sie *werden* mich hierbleiben lassen?«

Ich nicke zustimmend.

»Du hast mit Dietrich gesprochen?«, fragt er atemlos.

»Das habe ich. Und er hält es für eine ausgezeichnete Idee.«

»Tatsächlich?« Die Hündchen-Begeisterung kehrt zurück. Dann, als ihm ein weiterer Gedanke kommt, fällt seine Stimmung wieder in den Keller. »Aber Mike wird nicht zustimmen. Er kann mich nicht ausstehen.«

»Ganz im Gegenteil, Patrick. Ich habe mich auch mit ihm unterhalten. Er weiß deine Fähigkeiten wirklich zu schätzen. Er hat darauf bestanden, dass wir dich dazu überreden, hierzubleiben und bei dem Projekt mitzuhelfen.«

Dabei handelt es sich um ein leichtes Schönfärben der Wahrheit. Er braucht nicht zu wissen, dass es bei Mike umfangreicher Überzeugungsarbeit sowohl von mir als auch von Dietrich bedurft hatte.

Ich warte darauf, dass er fragt. Ich brauche nicht lange zu warten.

»Und ... Terry? Sie ist hier bald der Boss. Hast du es ihr gegenüber auch angesprochen?«

Der metaphorische Hundeschwanz verharrt auf halbmast. Es ist ziemlich unterhaltsam, zu beobachten, wie sich Anspannung, Furcht und Hoffnung gegenseitig über sein Gesicht jagen.

»Terry gegenüber habe ich den Plan noch nicht erwähnt«, erwidere ich. »Ich hielt es für das Beste, wenn ich mir zuerst der Rückendeckung der anderen sicher sein kann. Ich dachte mir, sie hat wegen ihres persönlichen Interesses womöglich Bedenken, sodass sie nein sagt. Außerdem musste ich nachprüfen, dass du tatsächlich so erpicht darauf bist hierzubleiben, wie ich vermutet habe.«

»Das bin ich, Granny. Und ob ich das bin!«

Das Ganze verläuft äußerst zufriedenstellend.

»Du bist echt der Hammer, Granny. Ich fasse es nicht.«

»Kommt dein Fahrradladen-Freund ohne dich aus?«

»Ach, Gav sieht das bestimmt entspannt. Er kennt einen Haufen Leute, die meinen Platz einnehmen können, kein Problem.«

»Ausgezeichnet.«

»Ich habe Gav allerdings eine Menge zu verdanken«, fügt Patrick hinzu, nachdem er noch einmal darüber nachgedacht hat. »Und ich werde ihn krass vermissen.«

Es wäre erfreulich, wenn er sich dazu herablassen würde, mich ebenfalls zu vermissen, aber ich weigere mich, mir diesbezüglich auch nur die geringste Hoffnung zu machen. Deshalb bin ich angenehm überrascht, als er herausplatzt mit: »Aber was ist mir dir, Granny? Nachdem wir uns jetzt gefunden haben, hätte ich dich gern ein bisschen öfter zu Gesicht bekommen.«

Ja, wirklich sehr angenehm überrascht.

Er rauft sich seinen Haarschopf. »Du überlegst doch nicht ... du überlegst doch nicht etwa, selber auf Dauer hierzubleiben?«

Dieser Gedanke ist mir tatsächlich durch den Kopf gegangen, doch sogar meine Verschrobenheit hat ihre Grenzen. Außerdem ist in meinem Alter ein gewisses Maß an Komfort unabdingbar, wie mir bewusst geworden ist. Den antarktischen »Sommer« zu überstehen, war schwierig genug. Ich möchte mir lieber nicht vorstellen, wie der Winter auf Locket Island ist.

»Was das Pinguin-Projekt anbelangt, wird sich meine Rolle auf die Bereitstellung finanzieller Mittel beschränken«, informiere ich Patrick. »Ich kehre wie geplant nach Schottland zurück.«

»Wann immer ich in der richtigen Hemisphäre bin, besuche ich dich«, verspricht er. »Und wenn ich komme, dann können wir vielleicht anfangen, Nachforschungen zu meinem Dad anzustellen.«

Ich nicke, um ihm zu signalisieren, dass auch ich das Bedürfnis habe, mehr zu erfahren.

Wir schweigen beide, während wir in Gedanken Optionen für die Zukunft durchgehen. »Ich habe viel über meine eigene Situation nachgedacht«, sage ich, nachdem er noch ein bisschen Zeit hatte, seine neuen Perspektiven zu verarbeiten. »Ich möchte mein großartiges Zuhause mehr nutzen, als ich es bislang getan habe. Manchmal ist es dort ziemlich einsam, und das Lachen von Kindern würde dem Haus guttun. Denkst du, dein Freund Gavin würde ab und zu mit seiner Familie zu Besuch kommen? Vor allem seine Tochter Dora würde ich gern kennenlernen.«

»Ähm, sie heißt eigentlich Daisy.«

Wie mühsam, dass das Mädchen einen so wenig einprägsamen Namen hat. Ich verdränge das Ärgernis. »Dora, Daisy, oder wie auch immer sie heißt, denkst du, sie würde gern mal kommen und eine Weile bei mir wohnen? Sie müsste zwangsläufig meine Gesellschaft erdulden, aber es sollte ihr und ihrem Bruder trotzdem möglich sein, etwas Spaß zu haben.«

»Ich bin sicher, sie werden dich sehr gern besuchen, Granny! Du wirst dich mit Daisy bestimmt blendend verstehen.«

Das ist ein gewisser Trost. Mir graut vor all den bevorstehenden Verabschiedungen. Am schlimmsten wird es, Pip Lebewohl zu sagen, da ich weiß, dass ich ihn nie wiedersehen werde. Ich werde nicht noch einmal eine solche Reise machen können. Und ich kann jedem versichern, die Zuneigung, die man für einen jungen Pinguin empfindet, kennt kaum Grenzen.

Ich bin überzeugt, Terry und die anderen werden Pip im Auge behalten, so lange es ihnen möglich ist. Aber sie werden ihn nicht vor den zahlreichen Gefahren im Meer beschützen können. Mit etwas Glück wird er mich womöglich überleben. Pinguine können zwanzig Jahre oder älter werden, habe ich mir sagen lassen. Vielleicht wird ihn das Locket-Island-Team Jahr für Jahr zurückkehren sehen, und ich weiß, dass sie mir schreiben werden, wenn es Neuigkeiten von ihm gibt. Ich muss mich allerdings auf schlimme Nachrichten gefasst machen. Für Raubmöwen ist er mittlerweile zu groß, aber Seeleoparden werden diese Vögel als größte Gefahr ablösen.

Ich muss stark sein. Vielleicht finde ich in Daisy eine neue Aufgabe. Womöglich werde ich ihr sogar etwas über mein Leben erzählen. Langsam komme ich zu der Überzeugung, dass es eine gute Idee ist, gelegentlich anderen Leuten zu sagen, wie es einem geht. Zumindest dann, wenn man diese Leute sorgfältig auswählt.

Patrick wirkt noch immer völlig elektrisiert. Eigentlich wollte ich noch eine andere Sache ansprechen. Was war das noch gleich? Es ist mir entfallen, was extrem frustrierend ist. Ich weiß aber, dass es wichtig war.

54

Patrick

Locket Island

»Du wirst dich mit Daisy bestimmt blendend verstehen«, sage ich zu Veronica. Das ist absolut wahr. Ich kann mir die beiden sehr gut miteinander vorstellen. Eine neue Mission für Granny wäre toll. Sie braucht jemanden, um den sie sich kümmern kann, wie sie sich die ganze Zeit um Pip gekümmert hat. Das bringt das Beste in ihr zum Vorschein.

Es entsteht eine Pause, während Granny grübelt.

»Deine Terry«, sagt sie schließlich.

Terry. Dieses wunderbare Wort. Das Wort, das mich mit Hoffnung erfüllt.

»Sie ist etwas ganz Besonderes. Etwas ganz Besonderes, hast du verstanden?«

»Kein Grund zu schreien, Granny. Ich habe dich schon verstanden.«

Granny runzelt die Stirn. »Du behandelst sie gut, sonst komme ich schnurstracks zurück in die Antarktis – und wenn ich dazu aus dem Grab steigen muss – und suche dich heim.«

Terrys Pinguin-Blog

6. Februar 2013

Es gibt jede Menge Pinguin-Neuigkeiten. Pip ist wohlauf und glücklich und verbringt immer mehr Zeit mit seinen Artgenossen. Sein Federkleid ist noch ziemlich ungleichmäßig, und er hat momentan eine Irokesen-Frisur.

Und ihr erinnert euch vielleicht an den Pinguin, den wir Sooty nennen. Nun, ich freue mich, berichten zu können, dass er eine Partnerin gefunden hat: eine wunderschöne Pinguin-Dame mit hellen Augen. Als wir ihn das letzte Mal gesehen haben, wirkte er sehr stolz und fast ein bisschen überrascht. Und sie schien schwer verliebt zu sein. Nennt mich sentimental, aber ich finde Pinguin-Liebe einfach wundervoll. Vielleicht ist es dieses Jahr schon zu spät für die beiden, um noch zu brüten, aber ich bin mir ziemlich sicher, dass sie auf viele Jahre hinaus miteinander glücklich sein werden.

55

Veronica

Locket Island

Die Reize des Lebens sind vielfältig, selbst für eine Sechsundachtzigjährige wie mich. Ich werde ein bisschen aushol-
len und bitte um Entschuldigung für meine Belehrungen.
Ja, das Leben bringt Schmerz und Probleme zuhauf (»in
Geschwadern«, wie Hamlet sagen würde), aber hin und wieder, wenn man drauf und dran ist aufzugeben, gibt es auch
Anlass zu großer Freude. Das Leben hält manchmal Überraschungen bereit wie die plötzlich entdeckte Liebe zu einem Enkel, wie eine Gruppe von Wissenschaftlern, denen
man mehr am Herzen liegt, als man dachte, wie ein Mädchen, das sich die Mühe macht, einen zu verstehen. Es hält
manchmal Offenbarungen bereit, die man einer riesigen
Schar gedrungener, kreischender Vögel zu verdanken hat.
Und es hält manchmal eine neue Hoffnung bereit, die plötzlich in einem Herzen sprießt, das davon überzeugt war, die
gesamte Menschheit sei schlecht, in einem Herzen, das die
Welt satthatte.

Das Leben ist mitunter durchaus großzügig. Dann heilt es dieses Herz und flüstert einem zu, dass es immer möglich ist, noch einmal neu anzufangen, niemals zu spät, um etwas zu bewirken. Es versichert einem, dass es viele, viele Dinge gibt, für die es sich zu leben lohnt. Und eines dieser Dinge – eines der am wenigsten erwarteten, erfreulichen Dinge überhaupt – sind Pinguine.

Wir blicken aufs Meer hinaus. Ein großes graues Schiff liegt zwischen den Eisbergen in der Bucht. Meine Koffer sind um mich herum versammelt.

Eine Zeile aus *Hamlet* geht mir durch den Kopf. Wahrscheinlich habe ich es noch nicht erwähnt, aber mein Gedächtnis ist so gut, dass ich mich an unzählige Shakespeare-Passagen aus meiner Kindheit erinnern kann.

Ich murmle die Worte vor mich hin: »Dies über alles: sei dir selber treu.« Unmittelbar nach dieser Zeile fallen mir die Worte meines Vaters ein, die Worte, die mich immer dazu brachten, meine Abfallzange auf meine Spaziergänge mitzunehmen: *Es gibt drei Sorten von Menschen auf der Welt, Very. Es gibt diejenigen, die die Welt schlechter machen, diejenigen, die keinen Unterschied machen, und diejenigen, die sie besser machen. Streng dich an und sei einer von den Menschen, die die Welt besser machen.*

Ich erinnere mich an seinen Gesichtsausdruck, als er das sagte, an sein warmes Lächeln und an den Rauch seiner Zigarette, der in weichen Kringeln in der Küche schwebte. Wie sehr ich mir wünsche, er und meine Mutter hätten bis ins hohe Alter gelebt und mich durch die mannigfachen Turbulenzen des Lebens geleitet. Wie sehr ich mich noch jetzt nach ihnen sehne!

Ich wende mich, einen Kloß im Hals, von den anderen ab und betrachte die zerklüftete Landschaft von Locket Island. Vor dem seidig blau-grauen Himmel ragen Klippen auf. Über den Schneebänken und den vielfarbigen Flechten segeln Möwen. Schmelzwasserbäche schimmern und glitzern auf den dunklen vulkanischen Felsen. Ich möchte alles mental einsammeln, um es mitzunehmen, zumindest in meiner Erinnerung. Ich atme tief durch.

Ich habe Patrick noch nicht gesagt, dass ich mich umentschieden habe, was mein Erbe anbelangt. Sobald ich wieder an der grünen Küste von Schottland angekommen bin, werde ich mein Testament aufsetzen, aber ich werde meine Millionen doch nicht dem Pinguin-Projekt vermachen. Ich werde jeden Penny meinem Enkel hinterlassen. Was er damit anstellt, ist seine Entscheidung. Ich werde mir immer Sorgen um unseren Planeten machen und wegen der schrecklichen Dinge, die Menschen ihm antun, aber es gibt Grenzen, was sich mit Geld erreichen lässt. Manchmal muss man das Herz entscheiden lassen, was geschieht.

Ich vertraue Patrick. Und wenn er aus dem Takt gerät, hat er Terry, der ich noch mehr vertraue. Vielleicht täusche ich mich, aber ich habe den Verdacht, dass die Adeliepinguine auch so erheblich profitieren werden.

Es ist Zeit, sich zu verabschieden. An verschiedenen Stationen meiner Reise werden mir verschiedene kleine Männer auf Schiffen und in Flugzeugen beim Ein- und Aussteigen mit meinen Koffern helfen. Mein Gepäck ist etwas leichter als bei der Anreise. Es fehlt darin die türkisfarbene Strickjacke mit Goldknöpfen – sie wurde für einen besonders guten Zweck gespendet. Es fehlen darin außerdem die scharlachrote Handtasche, die irreparabel beschädigt wurde, sowie die Seife und der Darjeeling-Tee.

Pip ist hier bei uns. Ich ertrage es kaum, ihn anzusehen.

»Bist du dir ganz sicher, dass du nicht hier bei uns in der Antarktis bleiben willst, Granny?«, fragt Patrick.

Ich spüre, dass die drei Wissenschaftler ihm hinter meinem Rücken hektisch Zeichen geben, dass sie ganz bestimmt den Kopf schütteln und die Handkante wie ein Messer quer über den Hals ziehen. Ich bin stark versucht zu sagen: »Ja, ich habe beschlossen, bis zu meinem Tod hier auf Locket Island zu bleiben«, aber ich bin mir nicht sicher, ob Mike diesen Schrecken überleben würde. Also spreche ich stattdessen die Wahrheit aus: »Nein, es ist Zeit, dass ich mich auf den Weg nach Hause mache. Locket Island ist für euch junge Leute. Kümmert euch um eure Zukunft und um die Zukunft der Pinguine und um die Zukunft des Planeten. Das hier ist kein geeigneter Ort für mich, nicht mehr. Ich brauche Lebensumstände, die unbegrenzte Mengen Warmwasser und frisches Gemüse beinhalten, einen elektrischen Kaminofen mit Flammenattrappen und eine Auswahl an mehreren qualitativ hochwertigen Teeservice. Und ich fange an, die immergrünen Pflanzen auf The Ballahays zu vermissen. Außerdem braucht Eileen mich.«

Terry tritt einen Schritt vor. »Sie e-mailen uns, ja?«

»E-mailen!« Das glaube ich nicht.

»Granny schreibt keine E-Mails«, erklärt Patrick.

»Vielleicht sollten Sie in Erwägung ziehen, sich einen Computer anzuschaffen, Mrs McCreedy«, schlägt Dietrich vor.

Was für eine unangenehme Vorstellung. Ich runzle die Stirn. »Dazu wird es auf gar keinen Fall kommen«, erwidere

443

ich. »Ich werde Ihnen richtige Briefe mit Füllfederhalter und Tinte schreiben. Ich bin sicher, Eileen ist so nett, sie in ihren Computer zu übertragen. Und ich werde sie bitten, mir sämtliche Antworten auszudrucken, die ich vielleicht von Ihnen bekomme. Natürlich werde ich Eileen auch um eine Ausfertigung Ihres Dingsda bitten, Terry.«

»Sie sprechen von meinem Blog?«

»Ja.« Das Wort war mir für einen Moment entfallen.

»Es wird nicht dasselbe sein ohne Sie, Veronica.«

»Nichts wird dasselbe sein«, fügt Mike mit einem Zwinkern hinzu.

»Wir werden Sie vermissen«, versichert Dietrich mir und nimmt meine Hände in seine.

Mike gibt mir als Nächster die Hand. »Passen Sie auf sich auf!«, sagt er. »Sie werden es vielleicht nicht glauben, aber ich bin wirklich froh, dass Sie da waren.«

Ich sehe ihn verwundert an.

Patrick und Terry umarmen mich nacheinander, dann heben sie Pip hoch und halten ihn mir hin. Ich streiche mit den Fingern durch sein Gefieder. Inzwischen sind nicht mehr viele Babydaunen übrig, nur noch ein drolliges Büschel auf seinem Kopf, das im Wind leicht wackelt, als er den Kopf bewegt.

Ich weiß, dass ich diesen Pinguin nie wiedersehen werde, meinen kleinen gedrungenen Freund, der unglaublich viel bewirkt hat. Er drückt als Geste der Zuneigung den Kopf an meine Hand, als wüsste er es ebenfalls.

Ich berühre mein Medaillon, das unter vielen Schichten Bekleidung hängt, das Metall glatt auf meiner Haut. Es ist jetzt voll bepackt. Außer den vier Strähnen, die sich schon darin befanden, enthält es jetzt zwei weitere Strähnen menschlichen Haars sowie ein kleines Büschel Flaum von einem Pinguin.

Meine Augen tränen abermals, was ziemlich lästig ist. Anscheinend wird das zur Gewohnheit.

Ich drehe mich zum Schiff um.

Terrys Pinguin-Blog

9. Februar 2013

Auf Locket Island hat sich einiges getan. Die Jungen sind inzwischen voll entwickelt und werden bald ihren ersten Ausflug ins Meer unternehmen. Die riesigen Wellen werden sie nervös machen, aber sie werden sich trotzdem in die Fluten wagen. Sie haben eine »Spür-die-Angst-aber-tu-es-trotzdem«-Einstellung. Es wird sehr traurig für uns, sie gehen zu lassen. Unser Pip wird unter ihnen sein. Wir haben ihn nach und nach mit der Kolonie bekannt gemacht, und er verbringt immer mehr Zeit bei seinen Artgenossen, was eine große Erleichterung für uns ist.

So verlockend es ist, wir geben uns Mühe, die Pinguine nicht als kleine schwarz-weiße Menschen zu betrachten. Sie unterscheiden sich stark von uns und sind etwas ganz Besonderes. Pip ist keine Ausnahme, deshalb ist es unerlässlich, dass er mit seinen Artgenossen interagiert und mit all den »mysteriösen« Pinguin-Aspekten des Lebens umzugehen lernt, die wir Menschen nie ganz verstehen werden und nur bewundern können. Die Monate im Meer werden für ihn voller neuer Abenteuer sein.

Wir sind alle sehr stolz auf ihn, vor allem Veronica.

Leider ist Veronicas Aufenthalt hier zu Ende. Aber wir freuen uns sehr, einen neuen Helfer im Pinguin-Team begrüßen zu dürfen: Patrick, der kein Geringerer ist als Veronicas Enkel.

Veronica hat versprochen, sich von ihrem Zuhause an der Westküste Schottlands aus auch in Zukunft für Pinguine einzusetzen. Es war eine besondere Ehre für uns, sie hier bei uns zu haben. Ich kann aufrichtig sagen, dass wir ihren Besuch niemals vergessen werden.

56

Veronica

The Ballahays
März 2013

»Sind Sie sicher, Mrs McCreedy?«

»Ganz sicher, Eileen.«

Sie hat ihre verblüffte Miene auf. Ihre Finger zappeln herum, während sie sämtliche plausiblen Erklärungen für mein launisches Verhalten durchgeht, die ihr einfallen.

»Ist es wegen den Pinguinen?«

»In gewisser Weise, ja. Man könnte sagen, die Pinguine haben alles verändert.«

»Zum *Guten*?«, fragt sie unsicher.

»In der Tat, ja. Ganz gewiss. Man könnte sogar sagen, dass die Pinguine mich *gerettet* haben.«

Ihre Gesichtsmuskeln entspannen sich. »Oh Mrs McCreedy! Das ist ja wunderbar!«

Ich lasse mich nicht zu einer Antwort herab. Stattdessen begutachte ich mich in dem goldgeränderten Spiegel über dem Kaminsims. Die Veronica McCreedy, die zu mir zurückblickt, ist unansehnlich wie eh und je, trotz des großzügig aufgetragenen Lippen- und Augenbrauenstifts. Mir ist bewusst, dass sich meine Verwandlung im Inneren vollzogen hat.

»Also, nur um sicherzugehen, dass ich Sie richtig verstanden habe«, fährt Eileen fort, als erwarte sie, dass ich die Instruktionen, die ich ihr gegeben habe, bestreiten werde. »Sie möchten, dass ich die Betten in den beiden Zimmern mit Blick auf den Rosengarten überziehe?«

»Ganz genau. Und, Eileen, bitte vergessen Sie nicht, die Frisierkommoden gründlich abzustauben und zu polieren. Es ist eine ganze Weile her, dass sie das letzte Mal benutzt wurden.«

»Da haben Sie recht!« Sie bleibt an der Tür stehen. »Gut möglich, dass sie Lärm machen werden«, warnt sie mich.

»Die Frisierkommoden?«

»Nein, die Kinder.«

»Lassen Sie mir meinen Willen, Eileen, und trauen Sie mir zu, dass ich es mir gründlich überlegt habe.«

Selbstverständlich bin ich nicht erpicht darauf, dass das Gleichgewicht von The Ballahays von herumtobenden Kindern gestört wird. Aber gleichzeitig empfinde ich eine starke Entschlossenheit, was die kleine Daisy anbelangt, und möchte sie unbedingt kennenlernen. Da sie gerade einmal acht Jahre alt ist, wäre es abwegig, zu erwarten, dass sie den ganzen weiten Weg hierher auf sich nimmt, ohne zumindest einen Teil ihrer Familie mitzubringen. Ich habe mich deshalb – was ein wenig beängstigend ist – dazu verpflichtet, alle vier bei mir aufzunehmen. Die Einladung habe ich in Form eines handgeschriebenen Briefes verschickt und war beruhigt, als ich ebenfalls per Royal Mail eine sehr höfliche und begeisterte

Zusage erhielt. Ich vermute, Patrick hat seinem Freund aus dem Fahrradladen einige erklärende E-Mails zukommen lassen. Wie es scheint, haben Terrys Blogeinträge in Bolton eine kleine, aber erlesene Anhängerschaft gewonnen. Soweit ich weiß, müssen auch noch Schulden bei Gavin beglichen werden. (Ich bringe es einfach nicht über mich, ihn »Gav« zu nennen. Es ist mir schleierhaft, warum heutzutage alle darauf bestehen, ihren Namen zu verunstalten.)

Eileen holt stapelweise saubere Bettwäsche aus der Waschküche. »Keine Sorge, Mrs McCreedy. Ich komme zurück und mache die Tür zu, wenn ich die Hände frei habe«, ruft sie mir auf dem Weg aus dem Zimmer zu.

»Machen Sie sich auf gar keinen Fall Umstände, Eileen. Die Tür kann offen bleiben.«

Damit Pip rein und raus kann … Aber nein, ich muss mir immer wieder in Erinnerung rufen, dass Pip nicht bei mir ist. Er ist am anderen Ende der Welt. Ich kann nur von ganzem Herzen hoffen, dass er am Leben und wohlauf ist. Haben Pinguine Erinnerungen? Denkt er hin und wieder an mich? Der Gedanke an ihn schmerzt mich. Ich kann ihn mir ganz genau vorstellen: wie er seine Flossen vor Aufregung abspreizt, wie sein neues schwarz-weißes Federkleid glänzt, wie Entschlossenheit in seinen Augen brennt. Vielleicht schlittert er gerade gemeinsam mit seinen Pinguin-Freunden über den Schnee. Vielleicht ist er tief unter der blau-grünen Wasseroberfläche und jagt Fische. Oder vielleicht reitet er unbekümmert auf den sonnenbeschienenen Wellen des Südpolarmeers.

Ich hatte völlig vergessen, wie klein Kinder sind. Der Junge versteckt sich hinter seinem Vater (der eher wuchtig ist), als wir uns einander vorstellen, während Daisy vor ihm herumtänzelt. Sie ist wirklich eine sehr zierliche Person. Sie trägt eine gelbe Latzhose und einen gepunkteten, eng um den Kopf gebundenen Schal und hat etwas Zielstrebiges und Wissbegieriges an sich. Ihre Haut hat eine Blässe, die in Verbindung mit den fehlenden Haaren darauf hindeutet, wie krank sie ist, was ihre Energie allerdings kaum verringert zu haben scheint. Sie spricht schnell und bewegt sich schnell. Ein Wortschwall ergießt sich aus ihrem Mund, als sie an mir vorbei in den Hausflur saust. Ihre Eltern murmeln schüchtern Entschuldigungen.

Ich koche Tee.

Ich habe mich eingehend mit der Frage auseinandergesetzt, welches Teeservice ich verwenden soll, und mich für das Coalport-Porzellangeschirr entschieden. Es ist erlesen, ohne allzu einschüchternd zu wirken, wenn man mit den feinen Dingen des Lebens womöglich nicht vertraut ist. Eileen hat es sich in ihrer unendlichen Weisheit nicht nehmen lassen, Cupcakes mitzubringen. Die sind ziemlich grauenhaft, mit einer grellen, pinkfarbenen und violetten Glasur überzogen und mit Miniatur-Silberkügelchen bestreut, die eine ernsthafte Gefahr für die Zähne darstellen. Ich habe sie trotzdem auf Tortenspitzen gestellt und sie mit einer Auswahl an Karamellwaffeln und Mürbegebäck (*keine* Ingwerkekse) ergänzt. Wir bringen alles auf dem Teewagen hinüber ins Wohnzimmer. Eileen reicht die Cupcakes und das Gebäck herum, während sie unsere Besucher darüber informiert, dass das Wetter in Ayrshire nicht immer so schlecht ist.

»Lassen Sie sich keinen Bären aufbinden!«, warne ich sie. »Das Wetter ist oft noch deutlich schlechter als momentan.«

»Trotzdem vielleicht nicht so kalt wie in der Antarktis?«, schlägt Gavin vor.

Ich stimme zu. »Das Klima in Schottland scheint sich in der Tat verändert zu haben. Für mein Empfinden ist es seit meiner Reise erheblich milder geworden.«

Während wir unseren Tee in kleinen Schlückchen trinken, sprechen wir über Patrick. Es gelingt mir, Gavin und seine Frau davon zu überzeugen, dass sich mein Enkel als fabelhafte Ergänzung für das Locket-Island-Team erwiesen hat. Er ist fleißig und, soweit ich es beurteilen kann, glücklich. Gavin stellt viele Fragen zu Terry, von denen ich einige gerne beantworte. Ich gebe nicht preis, wie zufrieden ich mit mir bin, dass ich dort ein solches Potenzial geschaffen habe. Während wir uns unterhalten, gelingt es den Kindern im Handumdrehen, sich das ganze Gesicht mit pinkfarbener und violetter Glasur zu verschmieren.

»Dürfen wir auf Erkundungstour gehen? Dürfen wir uns in dem großen Haus umsehen, bitte?«, zetern sie.

Kaum habe ich ihnen die Erlaubnis erteilt, schon rennen sie los und machen überall Rabatz. Ich höre sie bei verschiedenen Entdeckungen kreischen, auf den Treppen trampeln, in Nischen aufschreien, um das Echo zu testen. Ich gebe mir Mühe, mein Entsetzen unter Kontrolle zu halten.

Gavin und seine Frau sagen mir, dass ihr Nachwuchs sich in Kürze beruhigen werde und dass sie Spielsachen im Auto hätten, die ihnen eine gewisse Schonfrist gewähren würden. Die beiden verschwinden mit Eileen im Schlepptau nach draußen in den Nieselregen, um die erwähnten Spielsachen und ihr restliches Gepäck zu holen. Als der kleine Junge sie hinausgehen hört, schlüpft er hinter ihnen nach draußen und brüllt irgendetwas Unverständliches von einem »Robosaurus«. Ich will lieber gar nicht wissen, worum es sich dabei handelt.

Mir ist aufgefallen, dass Daisy unterdessen ins Wohnzimmer zurückgekommen ist und gerade sämtliche Schubladen der Kommode aufzieht. Ich habe schreckliche Angst, dass sie den Kerzenständer umstößt.

Ich lasse mich auf dem Sofa nieder und klopfe auf den Platz neben mir. »Komm, setz dich zu mir, Daisy. Ich möchte etwas mir dir besprechen.«

»Was denn, Veronica?«

Obwohl sie noch so klein ist, ich so viele Jahre älter bin als sie, und sie mich erst seit zwanzig Minuten kennt, nennt sie mich tatsächlich beim Vornamen! Ich lasse es allerdings dabei bewenden.

»Ich muss dir etwas Wichtiges sagen«, wiederhole ich.

»Wie wichtig denn?« Es wird nicht einfach werden, sie zu überzeugen.

»Es ist für die ganze Welt wichtig«, erwidere ich. »Es ist wichtig für den Planeten und für alle, die auf ihm leben. Es ist mir persönlich wichtig. Und, weil du die Zukunft bist, Daisy, ist es wichtig für *dich*.«

Jetzt habe ich ihre Aufmerksamkeit. Sie wendet sich von der Kommode ab, kommt angesaust und setzt sich neben mich.

»Aber ich sage es dir nur, wenn du ganz still sitzt und sehr, *sehr* leise bist.«

»Das schaffe ich«, versichert sie mir mit einiger Begeisterung und Lautstärke. »Ich kann stillsitzen. Schau.« Sie erstarrt in einer komischen Pose. »Und ich kann auch sehr leise sein«, flüstert sie. »Wie eine Maus. Siehst du?«

Ich lasse sie einen Moment warten. Die Stille ist köstlich. Ihre Augen sind weit aufgerissen, hungrig.

Ich werde das genießen.

»Sei ganz Ohr, Daisy, ich erzähle dir jetzt alles über Pinguine …«

Epilog

Giovanni liegt in Neapel in einem Krankenhausbett. Er nimmt die Menschen, die sich um ihn scharen, kaum wahr. Ihm ist nicht bewusst, dass sich vier Generationen seiner Familie versammelt haben, um bei ihm zu sein, wenn er seine letzten Atemzüge tut. In seinem Kopf schwirren helle, nicht zusammenpassende Bruchstücke der Vergangenheit umher.

Die Bilder, die er jetzt vor seinem inneren Auge sieht, stammen aus den Jahren, die er als Kriegsgefangener im Norden Englands verbracht hat. Er greift ein bestimmtes Jahr heraus, das Jahr, in dem er das wunderschöne englische Mädchen kennenlernte. Wie war gleich wieder ihr Name? Veronica, so hieß sie.

Giovanni erinnert sich nicht mehr, wie die Sache endete. Er erinnert sich auch nicht mehr an seine Rückkehr nach dem Krieg, als er sich seiner Mutter anvertraute und ihr von seinen Plänen erzählte, nach England zurückzugehen und Veronica zu suchen. Seine Mutter wollte davon nichts wissen. Veronica habe ihn gewiss vergessen, beharrte sie. Es wäre so viel besser für ihn, wenn er ein nettes italienisches Mädchen heiraten würde, sagte sie – und es gäbe da ein passendes italienisches Mädchen, das ihn unbedingt wiedersehen wolle. Giovanni folgte dem Rat seiner Mutter. Manchmal zweifelte er, ob er sich richtig entschieden hatte, fragte sich, ob er Veronica auf Dauer hätte glücklich machen können. Hätte es funktionieren können? Sie beide waren so wahnsinnig verliebt ineinander gewesen … aber sie waren auch beide so jung und so liebesbedürftig gewesen …

Nach und nach nahm sein neues Leben Gestalt an. Er gründete eine glückliche, chaotische Familie, die ihm im Lauf der Jahre zahllose Sorgen und unendliche Freude bereitete und in seinem Kopf wenig Platz für etwas anderes ließ.

Doch jetzt betritt Veronica für einen Moment wieder seine Gedankenwelt. Auf ihren Lippen zeichnet sich ein Lächeln ab. Das Bild von ihr ist frisch und deutlich. Wunderschöne Veronica! Sie schreitet, eine wilde Entschlossenheit in den Augen, durch die Landschaft von Derbyshire, und ihr mohnrotes Kleid weht in der Brise. Veronica: wahrhaftig, willensstark und herrlich lebendig. Wie sie leuchtet! Ganz egal, was das Leben ihr beschert, sie wird allen Widrigkeiten trotzen. Was auch immer sie tut, sie wird außergewöhnlich sein.

Danksagung

Ein riesiges Dankeschön an alle, die dieses Buch lesen. Sie sorgen dafür, dass sich alles gelohnt hat, und ich wünsche mir von Herzen, dass Sie jede Minute genießen.

Zu *Miss Veronica und das Wunder der Pinguine* haben viele Menschen beigetragen. Wie immer gilt mein herzlicher Dank meinem großartigen Agenten Darley Anderson und seinem Team. Ohne sie wäre dieses Buch niemals geschrieben, geschweige denn gelesen worden!

Tausend Dank an Sarah Adams und Danielle Perez, meine hochqualifizierten Lektorinnen, für all ihre Weisheit und ihren Rat. Sie haben alles viel klarer und besser gemacht. Enorm profitiert habe ich auch vom redaktionellen Input von Francesca Best und Molly Crawford, als der Roman noch in den Anfängen steckte, und von Imogen Nelson in den späteren Stadien. Mit Transworld und mit Berkley zusammenzuarbeiten ist ein immenses Privileg. Mein Dank gilt auch den tollen Mitarbeiterinnen der Marketing- und Werbeabteilung (Alison, Ruth, Tara, Danielle, Fareeda und Jessica) für ihre Ideen und ihre harte Arbeit. Ich war bei ihnen in besten Händen. Zu Dank verpflichtet bin ich auch dem großartigen Team von Penguin Random House Canada, ganz besonders Helen Smith, die mir ein erhebendes Pinguinbuch und eine ganze Menge Begeisterung geschickt hat, als ich eine Aufmunterung am dringendsten nötig hatte.

Ein besonderes Dankeschön geht an Nia Williams, die meine ersten Kapitel gelesen hat, als ich im Panikmodus war, und mir ihre Zustimmung gegeben hat. Ohne ihre ständige Ermutigung wäre es mir schwergefallen, weiterzumachen.

Pinguine sind beeindruckende Tiere und haben diese Geschichte zu dem gemacht, was sie ist. Ein großes Dankeschön geht an meine liebe Freundin Ursula Franklin, deren Liebe zu Pinguinen mich auf die Idee gebracht hat, deren Bücher zum Thema Pinguine mir bei der Recherche geholfen haben und deren Fotos von Pinguinen ein Wunder, eine Freude und eine Inspiration sind.

Living Coasts in Torquay ermöglichte mir die unvergessliche Erfahrung, echten Pinguinen aus nächster Nähe zu begegnen. Ich habe die Anekdoten von Pinguin-Aufseherin Lauren aufgesaugt und hatte das Glück, Jason Keller kennenzulernen, der so nett war, mir detailliert über die Handaufzucht von Pinguinbabys zu berichten. Noah Strykers Buch *Among Penguins* war für mich von unschätzbarem Wert, und Noah beantwortete bereitwillig meine unangenehmen Fragen über den Alltag eines Pinguinforschers in der Antarktis. Louise Emmerson von der Australian Antarctic Division stellte mir freundlicherweise Daten über Adeliepinguinküken zur Verfügung. Tausend Dank an all die fantastischen Pinguin-Fachleute.

Locket Island existiert nicht wirklich, aber ich habe mein Bestes gegeben, um die Atmosphäre der Südlichen Shetlandinseln einzufangen. Ich bin dem British Antarctic Survey zu Dank verpflichtet: Seine Website enthält viele faszinierende Blogs, verfasst von Wissenschaftlern, die in der Antarktis arbeiten. Ich habe mich auch von den Fernsehsendungen von David Attenborough inspirieren lassen. Der WWF ist eine weitere wunderbare Organisation, bei der ich mich für Informationen über Adeliepinguine und für ihre »*Adopt a Penguin*«-Kampagne bedanken möchte. Ich kann nicht umhin zu hoffen, dass dieser Roman vielleicht den einen oder anderen dazu inspiriert, Pinguine zu adoptieren – oder irgendetwas anderes für das Wohl unseres Planeten zu tun.

Aus Gründen der historischen Genauigkeit habe ich zahlreiche Bücher und Websites zu Rate gezogen, aber ich hatte auch das Glück, mit mehreren Menschen sprechen zu können, die den Zweiten Weltkrieg selbst miterlebt haben, und ein paar Dinge zu hören, an die sich meine Eltern noch erinnern können. Den Bewohnern des Westerley Care Home in Minehead bin ich dankbar dafür, dass sie so viele ihrer Kriegserinnerungen mit mir geteilt haben. Außerdem möchte ich Mary Adams dafür danken, dass sie mich ihre Memoiren hat lesen lassen und mir von Anderson-Luftschutzunterständen und Glycerin-Kuchen erzählt hat.

Vielen Dank auch an alle, die zu anderen Forschungsbereichen beigetragen haben, darunter Nia Williams (noch einmal), Ed Norman und Swati Singh. Etwaige Fehler gehen alle auf mein Konto.

Ich bin überwältigt, dass mich beim Schreiben so viele Menschen aus der Buchbranche unterstützt haben. Mein Dank gilt meinen Autorenkolleginnen und -kollegen Trisha Ashley, Phaedra Patrick, Simon Hall, Rebecca Tinnelly und Jo Thomas. Außerdem Lionel Ward bei Brendon Books in Taunton, Kayleigh Diggle bei Liznojan Books in Tiverton, Miche Tompkins vom Appledore Book Festival sowie Marcus und Stuart bei Waterstones in Yeovil. Und natürlich allen, die in irgendeiner Form mit Bibliotheken in Somerset zu tun haben: Ihr seid alle ganz große Klasse!

Danke (und Entschuldigung) möchte ich allen meinen Freunden sagen, die sich mit meinen Marotten abgefunden und mich unterstützt haben, selbst wenn ich – wie so oft – gerade »woanders« war. Außerdem möchte ich unserem Purrsy danken, der immer bei mir ist, wenn ich schreibe, schnurrt und lustige Sachen macht. Er gibt mir auf seine ganze eigene Art moralische Unterstützung, die mir enorm hilft, was Tierliebhaber sicher nachvollziehen können.

Am allermeisten möchte ich mich bei Jonathan bedanken – dass du mir und meinem Chaos dein Arbeitszimmer geopfert hast und dich um Computerprobleme, Logistik, Rechnungen, Wäsche, Gartenarbeit und eine Million anderer Dinge gekümmert hast, damit ich schreiben kann. Du hast mir immer zur Seite gestanden und bist derjenige, der das alles möglich gemacht hat.